《西游记》

NEW RESEARCH OF
THE JOURNERY TO THE WEST

研究新探

杨俊 著

社会科学文献出版社
SOCIAL SCIENCES ACADEMIC PRESS (CHINA)

江苏省高校哲学社会科学重点研究基地重大项目
《〈西游记〉文化传播研究与数据库建设》（2015JDXM033）
结项成果

前　言

时光匆匆，2018 年阔步走来，35 年的教育教学生涯已经定格在《西游记》研究的理性格局中，我只能以如此兴奋、高昂的姿态向"西游学"致敬。

1983 年 6 月，从完成第一篇《西游记》研究学术论文算起，我已经在这一领域艰难跋涉 35 周年。其实，大学本科毕业论文本来想选择《金瓶梅》研究作为方向，导师徐凌云先生不同意，主要是考虑当时的历史与现实条件的因素，让我定位为中国古典名著，我于是就选择了《西游记》，从人物形象入手，一步步迈进，养成学术研究的踏实、勤勉精神、风范，越过 80 年代，步入 90 年代，幸运地遇到伯乐：《中国社会科学》杂志社程建、云南社会科学院蔡毅、江苏《明清小说研究》编辑部副主编吴圣昔、《光明日报》文艺部《文学遗产》编辑曲冠杰、上海《学术月刊》副主编夏锦乾等，使我的 20 多篇学术论文能够顺利刊出，在国内学术界收获巨大的荣誉与影响。1991 年 3 月参与《简明中国文学史》撰写，被安徽大学中文系五大教授指定撰写《西游记》一章；《西游记》研究的巨大影响，让我从中学教师迈进大学教师的行列，此后连续在《明清小说研究》《江苏社会科学》《云南社会科学》《学术界》《人民日报》（海外版）发表 10 多篇学术论文，登上国家级《西游记》研究的学术殿堂。1986 年 11 月出席全国第二届《西游记》学术研讨会，1989 年 7 月出席全国《西游记》超前意识未来观学术研讨会，2002 年 8 月出席第四届《西游记》与中国文化国际学术研讨会，2003 年 10 月出席河南大学《西游记》与中国文化国际学术研讨会，2006 年 8 月出席 2006《西游记》（连云港）文化国际学术研讨会，2004~2016 年，主持 6 届吴承恩《西游记》国际学术研讨会，先后担任中国古典文学普及研究会《西游记》文化委员会副会长，吴承恩《西游记》研究会常务会长兼秘书长，与苏兴、吴圣昔、李洪甫、李安纲、曹炳建、蔡铁鹰、徐习军、杨兆青、竺洪波等学人结识、交往，历经学术界的纷争、淬炼，我已经脱去青年的稚气，保持着一颗火热、敏感而平常的心，为了学术，可以牺牲诸多名利，始终保持一份对于《西游记》热诚的"初心"。无论地老天荒，无论矛盾纷争，无论名誉昭彰，我心始终向着真理，学术研究一切以理性、冷静的判断为前提，以实事求是的精神为精髓，朝着未来迈进。

以历史发展的眼光审视《西游记》，剔除非学术性的因素，以版本、作者、思想、学术史为框架，选择鲁迅、苏兴、中野美代子、蔡铁鹰等作为现代及新时期《西游记》研究的中坚力量代表，跨越国度、时代，客观评价，期望弥补现有《西游记》研究史的缺漏，为总结研究得失而张目；弘扬实事求是的精神，抵御《西游记》研究界的不当风气，杜绝臆测、忽视学术伦理的粗俗、草率研究，正本清源，弘扬鲁迅、胡适等树立的现代学术范式，弥补古典文学研究的缺憾。本人针对20世纪80年代中国古典文学研究界的危机，提出"建立科学的'西游学'势在必行"，从宏观、中观、微观方面，构建"西游学"体系，以理论与运用为范畴，站在未来学的高度审视《西游记》研究，期待开拓研究新路径，为研究步入辉煌境界而努力，至今仍有一定的学术价值与意义。

本书奉献的是我35年来的对于《西游记》研究的最执着的文章，也是我对于"西游学"的实践呈现，通过对于《西游记》版本、作者、思想、学术史等方面的探索，为下一步系统完成《〈西游记〉研究史》奠定基础，是迈向历史与未来的一次冲锋陷阵的小小战役，期待方家的批评、指正！

感谢社会科学文献出版社的慧助。

目　录

关于《西游记》祖本的争议述评

《西游记》研究的关键问题是什么？作者？版本？还是祖本？按照古代小说的研究性质衡量，"祖本"是关键问题，解决"祖本"的关键是"版本"，有了"版本"依托，"祖本"就有着落，"作者"问题就逐渐明朗化了。

"祖本"概念为何？据《辞海》《辞源》，书籍或碑帖最早的刻本或拓本，为以后各本所从出者。清·翁方纲《苏斋题跋·赐潘贵妃兰亭原刻本》："此宋高宗赐潘贵妃本，王弇州以为理宗者，误也。今慈溪姜氏、湖州钱氏，皆有此本重刻之石，此其祖本也。"①

现存最早的《西游记》有繁本、简本系列，繁本为百回本《西游记》系明代"新刻出像官板大字西游记"，"李卓吾先生批评西游记"两种；而简本为朱鼎臣《唐三藏西游释厄传》、杨志和《西游传》两种。简本与繁本的关系如何？谁是祖本？长期以来已经成为困扰《西游记》研究界的严峻问题。

一 关于祖本问题，是困扰学界的"疑难杂症"之一

20世纪20年代以来，关于《西游记》祖本争论异常激烈，主要有三种观点。

1. 杨本说

由鲁迅先生在《中国小说史略》中最先提出，1983年，陈新先生在《江海学刊》《西游记研究》《明清小说研究》等刊发论文，重申鲁迅先生的观点，并通过系统比对研究，得出杨本是今存西游故事最完整的古本，吴承恩创作《西游记》，是以杨本的故事间架作为主要依据，"朱本的前七

---

① 《辞源》，商务印书馆，2011。

卷是吴承恩未完成的稿本，朱鼎臣不过把这稿本和古本《西游记》（杨本）拼凑成书，三种本子的关系是杨本→朱本（吴承恩未完成的稿本和杨本的扭合）→世本（吴承恩最后改定本）"。① 赵伯英在《盐城师专学报》1990年第2期发表《一部伟著的雏形——杨志和〈西游记传〉述评》，力主"杨本是吴本的雏形即祖本"，杨本给吴承恩写《西游记》提供了好的脚本，为吴本的成就铺了底，"在吴之前有了这个本，吴本才可能取得更高的成就"。② 吴圣昔的《杨本不可能是〈西游记〉祖本》从"杨本在吴本之先、杨本主题和人物形象与吴本相同、杨本语言通俗、口语化，而吴本显然在此基础上有所润饰，杨本艺术上的特点给吴本提供了好的脚本"等四个方面予以反驳，认为估测杨志和为公元1566年证据不足，也可以推测杨本的粗略，也可能在吴本之后的妄删；举第一回回前诗和瀑布飞泉诗推断杨本为吴本祖本值得重新认知，但无力，因为赵文所引杨本的诗句固然是"万载"，但在明代朱仓岭本（杨本）上看到不是"万载"而是"覆载"，锦盛堂梓《西游记传》，《四游记》中《西游记传》本也是。至于瀑布飞泉诗，两种（杨本、吴本）基本相同；赵文举以第三十二回《唐三藏收妖过黑河》为例，"一回写两事，一遭火云洞之火，一遭黑水河之妖，一山一水，同是遇难逢妖，各有异趣，两事巧妙组成一回，产生一波方平一波又起的艺术魅力"。吴圣昔认为"这一论证，当然同样不足以成为杨本为吴本祖本的依据；理由很简单，据此也可以推断杨本是吴本的节本的结论，因为吴本早为上述情节安排提供了删节的基础"。"赵文作者也许没有想到，朱本的情况竟也与杨本相同，朱本卷十第一则《唐三藏收妖过黑河》，不但题目与杨本一样，而且回中内容也无二致，即一回写了两件事"。③

2. 朱本说

澳大利亚籍华人学者柳存仁教授在《伦敦所见中国小说书目》中提出，国内学者陈君谋、朱德慈等均认同。

柳存仁先生于1962年发表的《西游记明刻本》提出："不只是《西游记传》删割《释厄传》而袭取其大部分文字，百回本《西游记》对《释厄

① 陈新：《唐三藏西游记后记》，人民文学出版社，1984。
② 赵伯英：《一部伟著的雏形——杨志和〈西游记传〉述评》，《盐城师专学报》1990年第2期。
③ 吴圣昔：《西游新证》，新疆大学出版社，1993，第1版，第88~98页。

传》即《西游记传》实际上也有所承袭，百回本《西游记》必定是《释厄传》和《西游记传》以后的产物，即朱本—杨本—世本（吴本）。"① 但英国杜德桥先生立即予以反驳，认为柳先生的观点比较勉强，根本不能成立，"与现成百回本比，可发现朱、杨两种都不是纯粹创造的作品，一定是根据前一种祖本。似乎就是吴本，而加以省略及改写的"。②

陈君谋认为百回本《西游记》是在民间流传的取经故事、平话、宝卷以及戏曲，特别是在朱鼎臣《唐三藏西游记释厄传》基础上整理、创作成的。

朱德慈认为，"朱本的初刻时间不会晚于隆庆五年（1571），朱本刊刻的时候，吴承恩的《西游记》还没有着手写作（至多是刚开始），世德堂刊本就是吴的初刻本，它比朱本的出现要晚 20 多年。从朱本的前后矛盾而吴本和谐的情况看，从朱本的回末诗与吴本的回末结语及回目的对比来看，从吴本对朱本的个别字词的修改、润色情况看，朱本前七卷中的这一切现象，如果真出自吴承恩之手，即使其初稿时也必不如此平庸；而朱本如果是匆匆删改吴本，也只能是从大局着眼，绝没有在这些细小的地方做更动的可能和必要；并且，朱本的文字显然很糟糕。只有认为朱本早于吴本，吴本是根据朱本精心改造、扩展。于是，吴本出现这类更严谨、更合理，更具艺术性的情况，才能令人信服"③。

3. 大典本说或平话本说

郑振铎先生于 20 世纪 30 年代，发表《〈西游记〉演化》，系统全面考察《西游记》故事演变、版本源流，提出古本《西游记平话》为吴氏《西游记》祖本。英国学者杜德桥，国内学者李时人、邢治平、曹炳建等均认同此说。

陈辽先生比较了朱本、杨本、吴本和其他有关西游记资料，认为《西游记平话》是朱本、吴本的祖本，杨本是朱本、吴本、《西游记平话》的

---

① 柳存仁：《〈西游记〉明刻本》，《和风堂文集》，上海古籍出版社，1992。
② 杜德桥：《〈西游记〉祖本的再商榷》，《新亚学报》第六卷第 2 期，1964。收入刘世德编《中国小说研究——台湾香港论文选辑》，上海古籍出版社，1983。
③ 朱德慈：《〈西游记〉三种版本的新检讨》，西游记研究会编《西游记研究》第一辑，1986，第 183~200 页。

"扭合本"。① 曹炳建先生在《百回本〈西游记〉祖本探源》中指出，朱本非百回本祖本的证据，朱本是一个版本怪胎，总体看，前七卷除卷四叙写唐僧身世的有关情节为世本所无外，其余情节和大部分词句，都和世本前十五回大致相同，只是朱本相对简略些。这证明两者之间确实有继承与被继承的关系。从朱本的节末诗来看，也明显有删改百回本的痕迹。朱本的第二、四、六回的节末诗，都是前两句分别同于世本的一、二、三回的回末诗，后两句分别同于世本的二、三、四回的回末诗。从朱本的节目来看，风格上也有高低雅俗之分：凡来自百回本的，一般都比较文雅；凡是朱本添加的，一般都比较粗俗。相比较世本来说，朱本缺少了乌鸡国、车迟国、通天河等几个故事，也能证明是由于删改时顾此失彼造成的。由此，朱本绝不可能是百回本《西游记》的祖本，而只能是百回本的删改本。②

二 "祖本"争鸣的新态势

百回本《西游记》的"祖本"问题，一直是《西游记》研究的重大前沿问题。清代自《西游证道书》诞生开始，就有"古本"的说法，汪憺漪说"得大略堂《释厄传》古本"。有人认为即是朱鼎臣的《唐三藏西游释厄传》，因为该书卷四保存了"唐僧出世"的完整故事："唐太宗诏开南省""陈光蕊及第成婚""刘洪谋死陈光蕊""小龙王救醒陈光蕊""殷小姐思夫生子""江流和尚思报本""小姐嘱儿寻殷相""殷丞相为婿报仇"。而明代的"金陵世德堂官板大字西游记"，"李卓吾点评《西游记》"，杨志和《西游传》均没有如此详尽的记述与描写。

衡量《西游记》"祖本"，关键在于必须有书证、物证等相关实证材料。据现有的材料，可能无法最终解决这一问题。因为在《西游记》版本中，简、繁本外又有删节本，散布于英国、法国、日本、美国等地，多种类型异常复杂，至今无法将其全部归总起来，使得许多研究者无法厘清头绪，未看到全部版本原书，看问题就必然片面、武断，甚至臆测而导致误断、曲解。因为相关因素的存在，我们无法限定某些关键因素的唯一

① 陈辽：《〈西游记平话〉是〈西游记〉的祖本》，西游记研究会编《西游记研究》第二辑，1988，第63~61页。
② 曹炳建：《〈西游记〉版本源流考》，人民出版社，2012，第151~160页。

性、排他性与区别性。

（一）关于明代《西游记》"繁本""简本"的先后性，无法最终获得一致确认

从作品本身也无法找到确凿的证据，否定某些一般性的常识。按一般常理，先有"简本"，再不断完善到"繁本"。然而，有时则会出现相反情况，先有了比较成熟的"本子"，再不断适应市场、阅读的需要，删繁就简，以低廉的价格占领市场。当然，也不能排除，"简本""繁本"同时出现，适应市场的需求而使然。因为，目前为止，我们无法界定三种本子："朱本""杨本"与"世本"的先后及关联度。

（二）由于《西游记》版本演变过程的纷繁复杂，难以找到全面的可信材料，也无法对现有的版本做出科学、客观的研究结论

争鸣的一直存在，各家观点相左，确实是存在相关证据的可疑度。王辉斌、吴圣昔关于《西游记》"祖本"的争鸣尤为引人注目。

21世纪的近15年来，吴圣昔先生在《西游记》版本研究上用力甚勤，取得较大成果。曹炳建先生专注于《西游记》版本研究，获得国家社科基金一项资助，发表多篇论文，出版专著《〈西游记〉版本源流考》[1]。王辉斌先生，先于1989年在《南都学坛》发表《〈西游记〉祖本新探》以来，吴圣昔先生在《宁夏大学学报》1995年第2期发表《〈证道书〉白文是〈西游记〉祖本吗？》[2]予以争鸣，王辉斌又于《宁夏大学学报》1996年第1期发表《再论〈西游记〉祖本为〈西游释厄传〉——对吴圣昔〈商榷〉一文的质疑》，吴圣昔则在《宁夏大学学报》1997年第1期发表《〈西游释厄传〉综考辨证录》，在《中华文化论坛》2003年第3期发表《"祖本"探讨的演变与错位》予以反驳，王辉斌则在《荆楚理工学院学报》2012年第3期刊发《四论〈西游记〉的祖本问题》予以反驳。持续23年的论争，王辉斌先后出版《四大奇书研究》《四大奇书探究》[3]予以收录并总结。

---

① 曹炳建：《〈西游记〉版本源流考》，人民出版社，2012，第151~160页。
② 吴圣昔：《〈证道书〉白文是〈西游记〉祖本吗？》，《宁夏大学学报》1995年第2期。
③ 王辉斌：《四大奇书研究》，中国文联出版社，2001；《四大奇书探究》，黄山书社，2014。

　　王辉斌在《〈西游记〉祖本新探》中，从"江流儿故事与朱本及朱本被删本的关系""朱本被删本的真面目""《西游释厄传》流传简况蠡测"，并合勘汪象旭《西游证道书》中的相关评语，得出《西游记》祖本为《西游释厄传》。吴圣昔以《〈证道书〉白文是〈西游记〉祖本吗？》予以驳斥，王辉斌又以《再论〈西游记〉祖本为〈西游释厄传〉——对吴圣昔〈商榷〉一文的质疑》做出回应，从"《西游释厄传》梓行于万历年间是确凿的历史事实、吴文的商榷歪曲了《新探》的结论、吴文在朱本上所存在的若干问题"予以回应；吴圣昔《评再论〈西游记〉祖本为〈西游释厄传〉》予以再回应。王辉斌又以《关于〈西游记〉祖本的再探讨——吴圣昔〈评〉文驳论》，对于吴文进行了再驳论。王辉斌《四论〈西游记〉的祖本问题——吴圣昔"兼谈""错位"二文批谬》针对吴圣昔《〈西游释厄传〉综考辨证录》《"祖本"探讨的演变与错位》关于《西游记》祖本问题研究具有代表性的八个方面，进行条陈式的揭示与评析。

　　王辉斌先生认为，大略堂"西游释厄传"为《西游记》祖本，理由是，作为百回本《西游记》祖本有两个"必备条件"：一是"只有梓行于万历前后即在朱本问世前而书名又为《西游释厄传》者，才能成为朱本的被删本"，二是"朱本第四卷既有较为完整的江流儿故事，那么，作为朱本的被删本也就必须是有专门章节的唐僧出世"。以上两个条件，缺一不可能成为百回本的祖本。在现有的明代《西游记》中开端均有"欲知造化会元功，须看《西游释厄传》"。"万历二十年前，金陵坊刻家唐光禄所购得的原有序的百回本《西游记》，乃是被汪象旭在《西游证道书》中极力称誉的大略堂本《西游释厄传》，因奇之以其作为底本予以重刊。其间，唐光禄又请好事者华阳洞天主人进行校勘，因发现该书中关于江流儿故事在时间上的矛盾，即自行删之。唐光禄为以示所刊本与大略堂本的区别，除请陈元之重新写了一篇《序》以换旧序之外，还将书名径作《西游记》，并于其冠上'新刻出像官板大字'八字，用以招徕读者。而就在唐光禄请人校勘与重刊《西游释厄传》的万历二十年前后，羊城人朱鼎臣应刻家书林刘莲台之约，亦在对大略堂本进行重新编辑，使之成为一种保留有江流儿故事的简本，并在署名前增添了'唐三藏'三字。世德堂本与朱本虽分为繁、简两种《西游记》刊本，但因均据'大略堂'本而为之，故于第一回的开首安排了一首字句内容完全相同的回前诗，并用'须看西游释厄传'七字作结，旨在向后人昭示其皆源出《西游释厄传》。"①

吴圣昔先生对此持不同意见，认为：王先生的两个"必备条件"本身尚须加以论证，而作为立论"审视点"的"江流儿"故事究竟在《西游记》定稿本中有否，目前学界正在论争，径作大前提来推断结论显然不妥；而所谓《西游释厄传》或"大略堂"古本，至今并无新材料发现，仍是孙楷第先生指出那样"不足为持论根据"；今存明清版本开场诗中"须看西游释厄传"，实指该书本身，而并非特指早起某部《西游记》。②

王辉斌先生对吴圣昔的质疑予以反驳，先后以五篇文章做出不同回应。两人的关于《西游记》"祖本"的研究可谓翻江倒海、杂乱有序、层层推进、没有尽头。双方的争鸣势均力敌，不分上下。不过，由于讨论的问题过于专业化、狭窄化，没有引起学术界核心期刊及主流媒体的关注，只在边陲相关学报刊发，在日益学院化、核心期刊化的学术圈子，这一争鸣没有引起更多学术大家的注目和参与，使得起也匆匆，落也匆匆，没有辩出高下、是非曲直来，由于论辩的外延不断扩大，导致相关"祖本"核心问题没有得到真正解决。

（三）从单纯比较朱本、杨本与世本之关系转入对于明代王府本《西游记》的探寻

20 世纪 90 年代以来，学者对《西游记》祖本研究转入对于鲁王府、周邸本的关注。

对于《西游记》原貌探寻的转向，我们欣喜地看到学者们从单一的比较杨本、朱本、世本的先后关系过渡到对于百回本《西游记》原始面貌的探寻。这一现象的形成应该归功于日本学者太田辰夫，他在《鲁府本西游记和西游释厄传》中推测百回本《西游记》的最早本子是《西游释厄传》，其次是鲁府本。鲁府本对于《西游释厄传》有增有删，最大的删除是陈光蕊物语的内容。③ 国内黄永年、黄霖、程毅中、程有庆、吴圣昔等十分关注此本，黄永年认为鲁府本在周邸本之前，徐朔方赞同，并认为"此书早于

---

① 王辉斌：《〈西游记〉祖本新探》，《宁夏大学学报》1993 年第 4 期。
② 吴圣昔：《〈证道书〉白文是〈西游记〉祖本吗？》，《宁夏大学学报》1995 年第 2 期。
③ 〔日〕太田辰夫：《西游记的研究》，研文出版（山本书店出版部），1984，第 1 版，第 244~259 页。

今所见各百回本，可谓定论"。① 吴圣昔则认为，我们不能证明鲁府本《西游记》是小说，相反倒有材料说明这个《西游记》极有可能是丘处机的《长春真人西游记》，而周邸本《西游记》则是小说。盛于斯《休庵影语·西游记误》中所说的那个周邸本《西游记》则是小说无疑，因为它明明记载了这个本子的两个回目，却又与今见百回本《西游记》有所出入，说明是两个不同本子。②

三 "祖本"争鸣的启迪

综上所述，关于《西游记》祖本的研究，一直持续 200 多年，跨越两个多世纪，掀起《西游记》研究走向现代学术史的开端，一批中国现代学术史上的名家鲁迅、胡适、郑振铎、孙楷第、柳存仁等的涉足，提升了这一学术命题的品质与温度，在 20 世纪 80~90 年代的学术研究黄金期，有 10 多位海内外学者朝着这一学术命题的方向迈进，从文本出发，从历史、时代、文本本身、语言等方面系统、全面比较探讨朱本、杨本、世本之间的关系，回溯《西游记》演变史，获得诸多有益的经验与成果。

但是，我们也不得不清醒地看到，学界对于《西游记》祖本的研究仍然停留在 20 世纪初叶鲁迅、胡适、郑振铎等先生所开拓的路径之上，缺少开拓新路径的眼光与胸襟，虽然"朱本"的发现改变了前此的杨本与世本的研究格局，但缺乏对于明清以来《西游记》版本研究的大视野、大格局，没有把更多的精力放在挖掘新材料、新版本的内涵基础之上，因此，版本的研究仍然是围绕世本、杨本、朱本之间在绕圈子，无法把三种版本做系统、全面、细致的清理、比较，还停留于只言、片语、段落的比较上，没有从语言学、校勘学、版本学等方面做全面研究，深入研究的功夫与用力不够，许多问题便成为"悬案"。杨本、朱本谁先谁后？杨本与朱本有何关系？杨本与世本之关系，朱本与世本之关系，杨本、朱本、世本究竟谁先谁后？明代《西游记》版本的系谱应如何排列？清代《西游记》版本与明代版本的演变关系？

因此，我们建议，关于《西游记》版本研究，应该用新的视野，开辟

---

① 徐朔方：《小说考信编》，上海古籍出版社，1997，第 1 版，第 331 页。
② 吴圣昔：《论〈西游记〉鲁本和周本信息的异同性》，《上海大学学报》2000 年第 2 期。

新路径，从明代的《西游记》版本出发，延续到元明清《西游记》版本演变史，从《永乐大典》到世德堂《新刻出像官板大字西游记》、《李卓吾先生批评西游记》、《西游证道书》、《西游真诠》、《西游原旨》、张书绅《新说西游记（图像）》、含晶子《西游记评注》、《西游记记》等。系统、全面厘清《西游记》版本演变的线索，探寻版本之间的关系，从而划清界限，为最终解开百回本《西游记》祖本之谜奠定良好基础。

新世纪关于百回本《西游记》
作者研究评述

进入 21 世纪以来，关于《西游记》作者研究可谓热闹非凡，先有山西运城学院李安纲教授的否定吴承恩说，后有对于吴承恩著作权的质疑，又有陕西胡义成研究员的全真道徒著《西游记》说①，又有加拿大华裔学者胡令毅的唐顺之著《西游记》说②，又有湖北张晓康的花萼社群体创作说③等，众说纷纭，莫衷一是。

客观地衡量，对于《西游记》作者研究，专家、学者们已经走出了 20世纪 80~90 年代的围绕《西游记》是不是"吴承恩"的争鸣"怪圈"，而步入多元化、全方位地探究《西游记》作者的新天地。

学术的研究历程往往走的是一条代代传延艰辛曲折之路，如果说明代以来，研究《西游记》的学者们拘泥于文本本身文字的"僧道"之辨，以点校、点评、行行批点的方式，来赢得读者、研究者们的关注，成为"好

---

① 胡义成、张燕：《〈西游记〉作者：扑朔迷离道士影》，《哈尔滨工业大学学报》2000 年第 3 期；《追加〈西游记〉作者文——〈西游记〉作者和主旨再谈》，《大连学院学报》2001 年第 1 期；《论明代江苏茅山龙门派道士闫希言师徒是今本〈西游记〉定稿人》，《江苏教育学院学报》2002 年第 4 期；《论今本〈西游记〉定稿者即明代闫希言师徒》，《南京邮电学院学报》2003 年第 2 期；《从作者看〈西游记〉为道教文化奇葩》，《云南民族学院学报》2002 年第 6 期；胡义成、张燕：《〈西游〉作者：扑朔迷离道士影》，《阴山学刊》2001 年第 3 期；《〈西游记〉首要作者是元明两代全真教徒》，《运城高专学报》2002 年第 2 期。

② 胡令毅：《论〈西游记〉校改者唐鹤征——读陈元之序（一）》，《昆明学院学报》2010 年32 卷第 1 期；胡令毅：《西游记作者为唐顺之考论》，《洛阳师范学院学报》2010 年第 20卷第 3 期。

③ 张晓康：《荆府纪善、花萼社与〈西游记〉》，《郧阳师范高等专科学校学报》2003 年第 5期；《再论〈西游记〉的湘方言》，《湖南广播电视大学学报》2003 年第 4 期；《论〈西游记〉中的"名实论"思维体系》，《淮海工学院学报》2004 年第 2 期；《略论〈西游记〉中"美猴王"的历史意义与现实意义》，《淮海工学院学报》2005 年第 2 期。

事者"的雕虫小技而有意为之,那么,清代的学者则专注于用"真诠""证道""新说"来阐明《西游记》的"义理",恰如胡适所批评"《西游记》被这三四百年来的无数道士和尚秀才弄坏了。道士说,这部书是一部金丹妙诀;和尚说,这部书是禅门心法;秀才说,这部书是一部正心诚意的理学书。这些解说都是《西游记》的大仇敌"①。历史的经验教训值得汲取,不能因为片言只语而牵强附会,步入对于名著《西游记》的误读、乱解,辜负美好时光与一片真心。

诚然,《西游记》作为名著,非一时一地之某个好事者之个人独立、首创之作,而是历经 800 多年的漫长历史积淀,诸多艺术家、宗教徒和出版商们的不断参与、改编、创作,而后于明代中叶由一位(或多位)艺术才华卓绝的文学家与出版家的合作才构筑成洋洋八十多万言的鸿篇巨制——"新刻出像官板大字西游记"②,这是按照目前存世的《西游记》文本所得出的相关历史信息。

任何无视百回本《西游记》诞生的历史史实的所谓点评、研究家,民间文学爱好者,似乎以为,只凭对现行某出版社出版的一套(本)《西游记》文本的阅读就能揭示出所谓"作者",此不过犹如一枕黄粱而已。因为,《西游记》诞生、演变、出版的过程要异常复杂得多,许多问题随着历史的尘埃已经灰飞烟灭了,我们是无法重现历史的,只能凭现有的历史文献、采用科学的方法来还原被历史烟尘覆盖的部分事实而已。秉承历史科学的原则,探究《西游记》作者问题,方能求得科学、合理的解释,任何索引、捕风捉影的所谓"真诠""新解""点评",均不能违背文本所保留的历史事实的本相。

为了论证的需要,我们特意用知网、万方、百度、360、搜狗及互动百科等相关工具仔细收集了 21 世纪以来 10 多年间对于《西游记》作者研究的相关文献、文本信息,经过科学、客观比对,留存下比较有代表性的胡义成、胡令毅、张晓康三家,找出其相关论文数据,指出其关键点,期望得到方家的指正,也欢迎三家参与讨论,共同推进《西游记》作者研究步

---

① 胡适:《西游记考证》,《章回小说考证》,安徽人民出版社,1994。
② 现存最早的百回本《西游记》版本上,如金陵世德堂本,扉页上均印着"新刻出像官板大字西游记",是为注。

入科学、规范化轨道。

一　忽视研究历史的"推测"

胡义成、胡令毅、张晓康三家研究《西游记》最大的一致性问题就在于对于 400 多年来《西游记》作者研究历史的无视、回避和藐视。

考察发现，胡义成，1945 年生，陕西凤翔县人，研究员，陕西省有突出贡献专家，国务院政府津贴获得者，原系陕西社会科学院哲学所所长，后又任职于西京大学。自 2000 年以来，连续在大陆、台湾等地大学学报、刊物上发表《〈西游记〉作者和主旨新探》《陕西全真道佳话：丘祖孕〈西游记〉》《〈西游记〉作者：扑朔迷离道士影》《全真道士闫希言师徒是今本〈西游定〉稿人》《今本〈西游记〉是明代全真道士闫蓬头师徒撰定》《今本〈西游记〉姓闫说》等 20 多篇相关论文，提出今本《西游记》作者是全真道徒：茅山道士闫希言师徒。

由于胡义成连续 10 多年来，在这一选题上耗尽心机，杜撰出虚幻的今本《西游记》作者的假象，蒙蔽了全国部分高校学报的编辑、审稿者的眼睛，让其论文（很多都是重复）在哈尔滨工业大学、大连学院、东南大学、南京邮电学院（现更名为南京邮电大学）、云南民族学院、河北师范大学、江苏教育学院（现更名为江苏第二师范学院）、唐山师范学院、杭州师院、昌吉学院、运城学院、池州学院、内蒙古科技学院、西北第二民族学院、邯郸师专、安康师专、宁德师专、达县师专、康定民族师专、抚州师专和柳州师专等高校学报相继刊出，详见知网。在国内外学术界造成极大的影响，导致我们不得不面对这样的事实：百回本《西游记》作者研究如何面对这一跨领域、跨区域、跨界别的挑战，而且，这一挑战人竟然是 100 年来，尤其是中华人民共和国成立以来非文学、非《西游记》研究界的学人（他是陕西社科院哲学所研究员），2000 年前没有发表过有关的《西游记》研究论文。留给我们的反思是严肃而惨痛的：为什么会有这种现象出现？为什么没有相关研究机构、单位、专家站出来揭示这一违反学理与学术道德的现象？这本身的确说明，我们当今的研究方向、学术导向、学术编辑的素养、研究者的道德伦理存在着严重的问题，是到了必须澄清的时候了！

仔细审视胡义成的相关系列论文，我们将其分成几个主要方面来剖析：

（一）无视关于《西游记》研究的学术伦理

胡氏以颠覆胡适、鲁迅关于《西游记》作者研究史为背景，以茅山道士闫希言作为百回本《西游记》的作者，依据是康熙《陇州县志》记载的《重修长春观记》，推论出：《西游记》是全真教徒在长达数百年的时间内领衔创作推出的，与吴承恩无关。实际是，忽略了20世纪以来，从胡适、鲁迅等学者所开创的现代《西游记》研究的学术伦理、范畴。学术研究贵在遵循历史传承，当年所走的路径，就是把《西游记》从明清以来的"心性"、"道"和"释"学的圈子里、牢笼之中拉出来，还《西游记》作为文学创作经典之作的本来面目。百回本《西游记》的本质属性不应忽视，尽管明清以来的道徒们试图以"真诠""证道"来为《西游记》装点、粉饰，但作品在明中叶以后的传播实际上却不是这些道徒所料想的，冲破了宗教的藩篱，步入民间、世俗社会的层面，成为"明代四大奇书""中国古代四大小说"的层级，从而步入经典化的范畴。今日任何专门以明代小说为研究方向的学人均不可无视这一基准的基础与界域。百回本《西游记》的影响，其社会价值就在于超越"儒、道、释"三教本义，而步入世俗的层面，归之于民间宗教信仰的层面，三教混融，五行杂糅，恰如鲁迅先生在《中国小说史略》中剖析："然作者虽儒生，此书实出于游戏，亦非语道，故全书偶见五行生克之常谈，尤未学佛，故末回至有荒唐无稽之经目，特缘混同之教，流行来久，故其著作，乃亦释迦与老君同流，真性与元神杂出，使三教之徒，皆得随宜附会而已。""讲神魔之争的，此思潮之起来，也受了当时宗教、方士的影响。宋宣和时，即非常崇奉道流；元则佛道并奉，方士势力也不小；至明，本来是衰下去了的，但到成化时，又抬起头来，其时有方士李孜，释家纪晓，正德时又有色目人于永，皆以方伎杂流拜官，因之妖妄之说日盛，而影响且及于文章。况且历来三教之争，都无解决，大抵是互相调和，互相容受，终于名为'同源'而后已。……当时的思想，是极模糊的，在小说中所写得邪正，并非儒和佛，或道和佛，或儒道释和白莲教，单不过是含胡的彼此之争，我就总括起来给他们一个名目，叫做神魔小说。"① 否定鲁迅先生的上述分析及结论，必须拿出真凭实据来，纵

① 鲁迅：《中国小说史略》，人民文学出版社，1973，第127、295～296页。

观之后《西游记》研究学术史，到目前为止，还没有有力的论据与论证推翻上述的分析，可谓现代《西游记》研究的前提与基础。无论是日本的太田辰夫、中野美代子，还是澳大利亚的柳存仁，国内徐朔方、章培恒、杨秉祺、张锦池等学者，在其论著中都无法否定、推翻鲁迅先生的"结论"。①从中华人民共和国成立后出版的中国社会科学院、北京大学游国恩等主编的《中国文学史》，到21世纪出版的《中国文学史》《明代文学史》等均认可上述鲁迅的"结论"，这是《西游记》研究的基础。若要挑战，必须拿出有力的历史证据来，胡义成凭着一条康熙《陇州县志》记载的《重修长春观记》，来推论宋元之际的全真教徒史志经作今本《西游记》，可能是没有基础的推想而已。况且，胡义成犯了立论"孤证不立"之大忌。细查其立论，发现，他试图证明此《重修长春观记》乃宋代碑文，此碑立于1248年，立碑人是丘处机弟子尹志平任命的长春观观主卢志清。他也承认此碑现已不存，以此作为证据，试图证明元代《西游记》著者，客观地审视，应当是证据不足，难以令人信服。况且，碑文的记载时间还有待论证，所谓"岁著雍滩"，太岁纪年，就变成南宋淳祐八年（蒙古贵由汗三年）即1248年，有待考证。建立在此基础上，胡义成便试图证明丘处机著《西游记》，又说"当时很可能李志常为进一步宣传自己《长春真人西游记》中的宗教思想，在全国进一步树立全真为大元帝国九死一生的形象，同时也为抬高自己在全真教徒中的声誉和地位，以掌教人身份，指使史志经等人撰成《西游记（平话）》托名丘作"。②查《陇州志》，在丘处机与磻溪宫之关系文献资料间，我们看到，介绍丘处机生平时，著有《磻溪集》《鸣道集》，徒弟李志常著《长春真人西游记》。没有《西游记》。查胡义成所列举的《重修长春观记》，确有丘处机"仿古则纪之吟咏，登高则寓之述怀，咳唾珠玑，语句超俗，曰《磻溪集》、曰《鸣道集》、曰《西游记》，列列可观"。但这里并没有注明是小说啊，而是与诗集合在一起，即使无误的话，最大可能的是诗歌，并非长篇小说。果然，元代秦志安在所编的《金莲正宗记》的《长春丘真人》云：丘的"所有诗歌杂说、书简议论、真言语录

---

① 详见竺洪波《四百年〈西游记〉学术史》，复旦大学出版社，2006。
② 胡义成：《陕西全真道佳话：丘祖孕〈西游记〉》，《安康师专学报》2002年第14卷，第36~37页。

曰《磻溪集》《鸣道集》《西游记》，近数千首，见行于世"。也许，胡义成先生在引用此材料作为丘处机为《西游记》作者时，忽略了前后文本的语义关联、呼应。这里，秦志安把《西游记》与《磻溪集》《鸣道集》并列，后面紧跟着是"近数千首，见性于世"，什么文体，是诗歌，才是近千首啊！？可见，胡先生没有想到，如此处理材料，恰恰被作为反驳其论点——丘处机《西游记》非小说的论证。可见，在行文立论时，一定得认真思考、比较，注重文本的前后关联性，不然就会弄成前此对于《华阳真海》误作《华阳真海》的话柄。①

（二）忽略《西游记》研究的现有成果

任何学科均有研究的基础，《西游记》研究史也有 400 多年，作为衡量古代、现代学术研究的标志，必然要以 1912 年中华民国建立，1919 年"五四运动"为标志性事件，中西文化的交融，催生了一批学人从古代的学术基础步入现代学术研究的科学化路径。任何索引、解谜式的游戏、点评，均得让位于科学、实证的究理、求是，胡适、鲁迅等一代学人最大的贡献在于对《西游记》版本、作者的实事求是地探究与研讨，尽管有时代、材料等无法逾越的瓶颈，但他们所开辟的道路不容违背、诋毁，更不应成为部分别有用心者否定新文化运动的口实与话柄。我们应当旗帜鲜明地反对部分学人直接以"五四运动"以来的学人的某些片言只语来攻击、否定对于传统旧道德、旧伦理及旧文化的批判、评价。"五四运动"所开创的历史传统，走现代的科学、民主之路，历史证明是正确的。而由此所开创的现代《西游记》研究路径也是不容否定的，当然，对于个别细节的纠正不在此列。

现代《西游记》研究史，确定百回本《西游记》的演变经历了唐、宋、元、明，从《大唐三藏取经诗话》开端，进入文学创作领域，元代《西游记》是一块有待考古新资料补充的处女地，某些人仅仅从《永乐大典》保存的"梦斩泾河龙"与《朴通事谚解》的残文推测、假想出元代有《西游记平话》。复旦大学章培恒先生对此持怀疑态度，在翻译日本太田辰夫

---

① 杨俊：《丘处机麾下全真道士不是〈西游记〉的最早作者——与胡义成先生商榷》，《唐山师范学院学报》（社会科学版）2005 年第 4 期，第 1~5 页，《新华文摘》2005 年第 6 期。

《〈朴通事谚解〉所引〈西游记〉考》附记中指出，"不少论著都说《朴通事谚解》所引得为《西游记平话》，但从本文可以看到：原书根本无《西游记平话》之名，不过在《朴通事》的那段对话中称《西游记》为'平话'而已。应该指出：把《西游记》称为'平话'，乃是反映了《朴通事》编者对《西游记》的看法，这跟书名为《西游记平话》是根本不同的两回事。众所周知，'平话'为讲史话本所用的名称，如《武王伐纣平话》《三国志平话》等。若原书确名为《西游记平话》，那么，《西游记》应该属于讲史了，这必然会在小说史研究中的一些重大问题（例如关于讲史的定义）引起混乱。所以，《朴通事谚解》所引的到底是《西游记》还是《西游记平话》，殊非无关紧要的事。至于《朴通事》之出现'要怎么那一等平话'的句子，把《西游记》视作'平话'，倒并非认为《西游记》属于讲史，而应该是朝鲜人把'平话'作为'小说'的同义词来运用，所以在《朴通事新释》中，此句即作'怎么只要买那小说看'"①。至于《西游记平话》的可信、可采度尚有待确证，因为，《朴通事谚解》的可信度有待确证，今天《西游记》研究者所引用的是康熙十六年（1677）刊行的经过边暹、朴世华修订过的版本。石昌渝先生认为，应该把正文与双行夹注区别开来，双行夹注是明正德年间崔世珍做的，而且很可能有清康熙年间边暹、朴世华增益的东西。② 作为学界非常审慎处理的《西游记平话》，其与百回本《西游记》的关系有待进一步确认，因为时代、典籍内容的确定性因素的难以比对、比较，而得出过早的结论尚有待新材料的发现与确认。这是《西游记》研究界的通则，然而，却被胡义成钻了空子，从这一历史缝隙中，他却与全真教历史发展相勾连，先主观假定并臆测《西游记平话》文本的历史存在，拉上丘处机、李志常、尹志平、卢志清，武断地认定："《西游记（平话）》确系丘的门徒所写，并被教门中人有意挂在丘的名下。"

为了证明其推论，胡义成先生又翻出清人汪象旭《西游证道书》中的《虞集序》，作为其上述立论的证据。

对于《虞集序》，国内《西游记》研究界亦早有定论，"伪作"。徐朔

---

① 复旦大学中国语言文学系古典文学教研室编《中国古典文学丛考》，复旦大学出版社，1985，第 421 页。

② 石昌渝：《〈朴通事谚解〉与〈西游记〉形成史问题》，《山西大学学报》（社会科学版）2007 年 30 卷第 3 期，第 52~57 页。

方、吴圣昔先生在 20 世纪 80 年代就有论文涉及此"序"的可疑，一、虞集序最后落款的官职错误，"翰林学士"，虞集应为"翰林直学士"，徐朔方先生查出的，一个连自己官职都弄错的序文，实在是非可信也；吴圣昔先生则遍寻查看虞集的文集，没有此《西游记序》。于是，从学理、证据的层面，否定该序为虞集所作，可能是后人伪托。这是到目前为止最为无可辩驳的铁证。① 而胡义成先生却冒天下之大不韪，臆测《虞集序》的可信，只是在没有确凿证据面前的臆断，主要是为其《西游记（平话）》立论而张目。从而构成其所谓"全真教领袖丘处机（长春）撰成《西游记》，丘麾下陕西全真道士创作《西游记（平话）》并伪托丘撰的确证"的结论。

虞集《西游记序》为清人伪托是不可绕开的"死穴"，要先求证其真实可靠性，必须全面清理虞集的生平、事迹与留存的文集，吴圣昔先生全面清理了，得出"伪托"的结论，印证了徐朔方先生的怀疑及推论。胡义成先生不去认真沿着前辈的路径走下去，验证《西游记序》的真伪，却直接臆测其真实可信，并作为其论证丘处机及其弟子作《西游记（平话）》的直接证据。在逻辑上、学理上均是值得引起我们警觉的混乱思维与悖论。

（三）无视宗教与《西游记》关联性之复杂性

众所周知，《西游记》的宗教因子比较复杂，一般很难直接把它归于某一宗教的范畴，因为，小说文本所流露出的故事情节却很难与某一宗教直接挂钩。写的是作为佛教徒的唐僧偕孙悟空、猪八戒、沙和尚和白龙马戴罪西行、求取真经的过程，但实际却用 52 个世俗的故事，敷衍了一幕幕神魔妖怪争斗的悲喜剧，一路上，取经人与各色妖魔争来斗去，世俗生活的气息让我们不由自主地驻足于此，忘却其宗教事业的所谓神圣不可侵犯性。胡义成所念念于全真道的教义、思想，在《西游记》作品中呈现的则是讥讽嘲笑全真道徒的故事：车迟国三圣师比斗并败北于孙悟空的事实，让人不得不对所谓的道教高徒的所作所为怀疑起来。全真教的祖师能够让自己的教徒做出毁道灭祖，与虎、狼、鹿为伍的欺师灭祖的伤害、涂炭生灵之

---

① 徐朔方：《论〈西游记〉的成书》，《小说考信编》，上海古籍出版社，1997，第 339 页。吴圣昔：《虞〈序〉倡〈西游记〉丘作说可信吗——虞集〈西游记序〉真伪考之二》，《西游记新证》，新疆大学出版社，1993，第 159~170 页。

事？纵观《西游记》，为非作歹的恰恰是道徒，道教的最高神圣祖师爷太上老君所作所为根本就不符合道教的"清静无为""太上立德"的基本教义！至于茅山道士的踪影似乎在百回本《西游记》中也难觅一二。谁能够把对于本教的教主的嘲笑、挖苦作为文学故事的题材，似乎于理于情于义也不符啊！不知胡义成先生作何感想？倘若确如胡先生所臆测那样，丘祖孕成《西游记》，那真成了一桩滑天下之大稽、匪夷所思的怪事、奇闻耳！？

衡量一部长篇小说的思想基础，尤其是古代小说，不能违背基本的常理与规则，俗话说"没有规矩不成方圆"，研究、探寻古代小说思想的基础，只能立足于文本本身，百回本《西游记》洋洋80余万言，100回，50多个文学故事，是明明白白的文字材料。即使有涉及宗教因素的诗词歌赋，也是处于"西游释厄"的主导之下。请看第一回开端："混沌未分天地乱，茫茫渺渺无人见。自从盘古破鸿蒙，开辟从兹清浊辨。覆载群生仰至仁，发明万物皆成善。欲知造化会元功，须看西游释厄传。"再看扉页上题的"月到清心处"等，无可异议的事实是，百回本《西游记》是文学，非宗教的教科书，更不是某某大师的弘法工具。这种对于百回本《西游记》文本性质的确定至关重要，因为，倘若按照胡义成先生的逻辑，否定了现有自胡适、鲁迅先生所开创的现代《西游记》研究路径，回到明清时代道、释教徒所敷衍的所谓"金丹妙诀""禅门心法"老路上，不啻是对于《西游记》研究的历史倒退，更是对百回本《西游记》作为文学艺术文本的亵渎与毁灭，其流毒至极不可理喻也！？

二 无根据的推测

如果说胡义成的对于百回本《西游记》作者的研讨，还立足于全真道相关史籍与传闻基础之上，把全真教的历史发展轨迹与百回本《西游记》的演变比对的话，那么，胡令毅、张晓康的关于《西游记》作者探讨就远远停留在主观假设与揣度之上，无根据的猜测，缺乏严谨的学术基础与实证材料支撑，便成为对于百回本《西游记》作者的主观推测。

考察胡令毅，1957年10月27日出生于上海，祖籍浙江馀姚，现籍加拿大，1984年7月毕业于上海师范大学英语系，1988年5月获伊利诺伊州立大学英语硕士，1992年4月获UBC大学亚洲研究系硕士，1999年1月获多伦多大学东亚研究系博士。现任教于美国斯克德摩尔学院外文系，主要从事明代小说翻译及研究。关于《西游记》研究代表作有《论〈西游记〉校改者唐鹤征——读陈元之序（一）》《西游记作者为唐顺之考论》等。①

胡令毅在前文中，以世德堂本《西游记》陈元之序为立论基础，通过陈序与《庄子》，立足序文，推衍出唐光禄就是唐鹤征，经材料比对分析，认为唐氏＝华阳洞天主人，唐氏＝陈元之，华阳洞天主人＝陈元之，于是推断出他们的"三位一体"，陈元之如同华阳洞天主人一样，只是唐氏的一个化名。看似有一定的合理性，但仔细审察，胡先生的假设存在巨大漏洞，有何准确的材料证明其"三位一体"？没有，仅凭一定的人物关系，采取"拉郎配"的随意性方式，把序文中的关键人物链接起来，异想天开，没有任何书证、物证的佐证与支撑；因此，我们也可反向推论：唐光禄、华阳洞天主人、陈元之，本就是三个不相关联的书坊的没落书生，因经济困窘，为了养家糊口，多赚钱，才临时连成一体；或者是，本身就是世德堂、荣寿堂、书林熊云滨三家合作，最后归结到世德堂，或荣寿堂，或书林熊云滨之一家合三家所为，或又由某家书坊接手，最终成为"新刻出像官板大字西游记"。任何不确定的因素，都可以按照理论者的主观好恶而推衍出不一样的结论。因此，这种研究方法值得质疑与批判，没有奉行"一分材料说一分话""实事求是"的考据学原则、宗旨，于是，这种一厢情愿的所谓"新论"便成为"歪论"。后文就更经不起推敲了，说"通过对世德堂本《西游记》的陈元之序的分析，唐光禄就是唐鹤征，鹤征的父亲唐顺之是唐宋古文大家，既擅作古文，也擅作今文，《西游记》既是一部证道书，更是史书，其史的性质在于三藏隐射的是嘉靖皇帝，三藏取经故事隐射的是嘉靖皇帝南巡，孙悟空是唐顺之的自我写照，《西游记》的原作者就是唐顺之"。在这一证据链陈述中，关键因素是为什么陈元之序就可以如此坐实，序文本身并没有确切地说唐光禄就是唐鹤征，有待考证唐光禄与唐鹤征之关系，仔细看其论文，其并没有一条能够站得住的过硬实证、书证材料，即使是同时代某某友人的诗文、序文等也行，可惜，胡先生的通篇文章似乎不着意于此，采用的仍然是前文"无中生有""硬扯拼贴"及无关宏旨的所谓讲故事、"戏说"的方式，把毫不相干的文学作品——小说与嘉靖皇帝

① 胡令毅：《论〈西游记〉校改者唐鹤征——读陈元之序（一）》，《昆明学院学报》2010年32卷第1期；《西游记作者为唐顺之考论》，《洛阳师范学院学报》2010年第20卷第3期。

的事迹联系在一起，貌似有点关联，实际是无法自圆其说，作者是谁都无法确定，按照"以意逆志"的方式，怎能做到对于相关史实、细节的一一对应，即使有偶合，历史上偶合的事情太多了，如何就能指证一定与当朝天子——嘉靖帝有关？当然，文学作品作为反映时代的"晴雨表""指南针"，也许有一定的细节能够与时代的某人某物有惊人的相似，但其毕竟不是历史记录，不是如董狐辈的秉笔直书，那样的话，就变成了没有艺术价值的个人隐私大展览，还有可能被列于"四大名著"吗?! 况且，即使能够找到某某作家的生平与作品内容惊人相似，也仅仅是戴着相关的有色眼镜审视而已，一旦摘下眼镜，可能就不是原意念、遐想中的某某物像了。因为，我们在唐鹤征、唐顺之的现有文集中实在难以找到与百回本《西游记》有一丁点儿的关联材料，更不要说嘉靖皇帝与百回本《西游记》文本的任何直接联系了。倘若按照胡令毅先生的研究方法，我们的研究人员还可能找出比二唐更过硬的所谓推论，也许更有可能按照陈元之序文的推测"或曰出今天潢何侯王之国，或曰出八公之徒，或曰出王自制"，按照《西游记》的某个片段故事推衍出某王是作者，于是，就推翻了胡令毅先生的所有推论。因此，对于百回本《西游记》作者研究还是应当按照实事求是的态度，少点无根据的臆测，多点实证，方能取得一定的收获。

考察张晓康，1954 年生，湖南长沙人，南方建材股份有限公司经营管理部助理经济师，关于《西游记》研究的主要论文有《荆府纪善、花萼社与〈西游记〉》《再论〈西游记〉的湘方言》《论〈西游记〉中的"名实论"思维体系》《略论〈西游记〉中"美猴王"的历史意义与现实意义》等。①

张晓康对于《西游记》作者研究可谓另辟蹊径，通过研究《西游记》中的哲学（意象或精神现象）问题时，找出"花萼社"概念，认为，"花萼社"很可能是《西游记》的创作者们精心安排的，通过"花萼社"中读书人群体的"发心"，才能创造出百回本《西游记》，也只有通过后世读书人的群体"发心"，才能够真正解读出《西游记》的谜底。按照蔡铁鹰在 20

---

① 张晓康：《荆府纪善、花萼社与〈西游记〉》，《郧阳师范高等专科学校学报》2003 年第 5 期；《再论〈西游记〉的湘方言》，《湖南广播电视大学学报》2003 年第 4 期；《论〈西游记〉中的"名实论"思维体系》，《淮海工学院学报》2004 年第 2 期；《略论〈西游记〉中"美猴王"的历史意义与现实意义》，《淮海工学院学报》2005 年第 2 期。

世纪 80 年代中叶考察荆王府的经历，推出湖北荆王府的"花萼社"，按《明史》记载：朱载垠于明嘉靖三十六年（1557）袭封樊山王府的王爷（但未请封王号），万历二十五年（1597）薨；为人"尤折节恭谨，以文行称"；其"四女皆妻士人，不请封"；喜"读《易》穷理，著《大隐山人集》"。有三王子，子翊鈏、翊鎣、翊鎏皆工诗，兄弟尝共处一楼，号"花萼社"。如果按明代人陈元之这个"出自王府"的思路推论，湖北蕲州（今蕲春）荆王府的支系王府，即樊山王府的王爷载垠，以及三位小王子和府中的其他读书人，是对在此之前已有的《西游记》进行再"发心"的创作者，我们今天所看到的百回本《西游记》，应该出自这个藩王府的"花萼社"。研究《明史》发现：吴承恩极有可能是配进了荆王府的支系，即在樊山王府载垠那里出任纪善（荆王府于明正统十年，即 1445 年由荆州迁来蕲州，吴承恩出任荆府纪善时已是第六代荆王了，在蕲州则为第五代）。如果以《西游记》中存在部分淮安方言为线索推论，吴承恩在这里与载垠、三位小王子，以及一些经常往来的读书人一起读书穷理，吟诗作赋，很有可能参与过百回本《西游记》创作的群体"发心"过程。在第八十八回至第九十回中写悟空等在玉华县授徒的故事，已有学者论证为，这就是吴承恩任荆府纪善时的生活描述。另外，学界较一致认为，百回本《西游记》的成书时间是在 1568～1578 年，直至万历二十年（1592）才从王府传出，由南京世德堂书店得到书稿刻印。因此，从时间上分析，吴承恩在任荆府纪善时参与了百回本《西游记》的创作也较符合史实。这样，百回本《西游记》中出现淮安方言，以及出现诗词水平、文字功底参差的问题也就理直言顺了。试想，当时三位小王子只有习作水平的诗词，其他读书人（也包括吴承恩）是不敢擅自批评与改动的，只能按三位小王子的意思编入《西游记》故事中，从"玉华县授徒"的故事中便可见一斑。这个"花萼社"就是百回本《西游记》（或称"西游释厄传"）的诞生地。百回本《西游记》很有可能是樊山王载垠及三个小王子与吴承恩等文人墨客群体"发心"创作的成果，最后的编修写定者则很可能就是"朱氏"——翊鈏。

张晓康的研究可谓别开生面，对于百回本《西游记》作者研究，能够在前人已有的成果基础上，注意选择一个不为人知"花萼社"，把相关资料荟萃一体，得出新的结论——樊山王府集体创作百回本《西游记》，似乎有一定的价值。但是，该研究最主要的关键问题是，没有从百回本《西游记》

的文本出发，而是先假定一个樊山王府"花萼社"集体创作前提，假设在作品中的第一回"花果山"，第九回"姓陈名萼"，第十五回地名"乃里社祠"，找出"花萼社"，采用先入为主的假定、有选择性地汲取片言只语，试图从吴承恩任职荆府纪善的经历、玉华国的遭际，得出所谓的樊山王府集体创作百回本《西游记》的结论，实际是，缺乏《西游记》版本流变知识积累，没有读懂文本，第九回本是清人增补的，在明代的世德堂本《西游记》中不存在；而唐僧父亲的"姓陈名萼"，从现存最早的元末明初杨景贤《西游记》杂剧流出，而，明代繁本系列《西游记》中并没有关于唐僧身世的细致完整篇章，这说明，张先生缺乏《西游记》版本史素养与功夫。用清代版本中的"姓陈名萼"来论证明代的"姓陈名萼"集体创作史实，实际就颠倒了时序，于是，所得出的结论也就没有说服力了！况且，小说作为成熟的文学样式，需要的恰恰是作家非同寻常的独立、私密的创作经验与把握，忽略文学艺术创作的独立性、非同寻常性，在某种意义上就割裂了作家个人创作的独创性、个性，作为艺术创作的规律而言，古今一理，中外同源，纵观世界文学发展史，集体创作而成为经典的艺术作品不多，而百回本《西游记》作为名著恰恰体现的是作家独立、个性与非凡的创造，与所谓"花萼社"难以扯到一起耳！

结　论

综上所述，以胡义成、胡令毅、张晓康为代表的学人对于百回本《西游记》作者研究的探究为新时期《西游记》研究打开了一扇新的窗户，开辟了作者研究的新视域、新路径，其勇于探索、不畏艰难的精神值得肯定，但是，由于忽略对于《西游记》学术史的传承、对于现有作者研究资料的勘误、判定，却从相关的细节着眼，试图开辟纠正前人研究失误的新路，尤其是胡义成先生秉承为全真道张目的风范，从相关碑文资料入手，重新审视《西游记》形成史，与探寻全真教史的重要事件、人物历程同步，试图建立其元代《西游记平话》研究的史实轨迹，其勇敢的探索精神值得尊敬。但是，由于对于百回本《西游记》研究历史的把握不准确，把前人研究中否定的材料如《虞集序》拿来作为论证的依据，试图为丘处机说翻案，违背学术研究的基本伦理规范与准则，并越走越远，采用偷梁换柱、随意组合的方式，把基本观点、相关材料用数学组合方法，敷衍成 30~40 篇相关论文，一个观点、一个目标，为全真教弟子著《西游记》张目，在部分"985"、"211"、一般本科、一般专科学校学报上玩"天女散花""一稿多投"游戏，居然越过这些高校的审稿系统得以刊发，在学术界造成极为不良影响，构成新世纪《西游记》作者研究的逆流，其引起的教训应当永远铭记。而胡令毅的所谓作者新探，完全是建立在主观臆测的基础上，忽略前人对于陈元之《西游记序》、"虞集序"等研究成果，有意采用刻意回避、有选择性论证的方式，以所谓的书证材料来掩盖其主观性、臆测性企图，的确应引起我们反思。而张晓康的关于《西游记》作者研究，则是借助于对《西游记》文本材料的非准确性把握，采用移换角度、概念、词语的方式，试图提出《西游记》作者的新见，无奈由其选材的不准确性，加上缺乏对于《西游记》版本、历史研究线索的把握，于是就变成以大炮打蚊子的虚张声势、而没有集中到靶心的失误。这不由让我们想起台湾学者魏子云的治学箴言"从事考据的治学工作，若是欠缺了历史基、社会因、训诂方这三大原则，势必会忽略了论点之有无历史依据？势必不会去按察论点相关的社会因子之符不符合论点的立说？要是再欠缺在训诂上的训练，其论著纵有文辞与丰富的材料完成的理念结构，亦海市蜃楼，见不得太阳的"①。

历史的经验教训值得汲取，我们期望通过对于新世纪 10 多年来关于《西游记》作者研究的梳理，为《西游记》研究史增添别样的风采，呼唤回到 20 世纪初叶以胡适、鲁迅先生所开辟的现代《西游记》研究的正确轨道上，大胆假设，小心求证，以实事求是、一切从实际出发的态度扎扎实实研究文本，推动研究步入科学化轨道。

---

① 魏子云：《金瓶梅的作者问题》，《金瓶梅研究》第 12 辑，中州古籍出版社，2016，第 319 页。

关于《西游记》主题的思辨

　　《西游记》研究的中心问题之一，主题一直是人们争执的焦点。中华人民共和国成立以来，从"主题矛盾说""主题转化说"，一直到近几年来的"安天医国，诛奸尚贤说""反映人民斗争说""西天取经本体说""歌颂反抗，光明与正义说""歌颂新兴市民说""宣扬'心学'、鼓吹投降说"，等等。可谓众说纷纭，争执不休。再看看眼下形势，新的观点、看法正在酝酿之中。

　　看来主题的确是一个关键问题。这一问题是整个《西游记》研究走向深入、具体化的前提，如果不尽快弄清楚这一问题，其他方面的研究恐难有所突破。人们的精力、着眼点的集中使这一问题格外引人注目，一方面推动了研究的深入，另一方面则在某种程度上给解决这一问题造成了困难。《西游记》主题何在？究竟哪种说法是正确的呢？到目前为止，还没有令人满意而统一的看法、意见。

　　长期以来，人们对《西游记》的主题争执不下，关键在于大都将作者、作品的主观与客观、形象和思想、世界观与创作方法隔离开来，各执一端而造成的结果。科学的态度与方法，应当是将其各个方面互相结合起来，具体问题具体分析，既不能脱离作者、作品的实际，又不能抹杀社会、时代所造成的影响。特别值得注意的是，《西游记》主题的研究既非常重要又十分艰难，这不仅仅是单纯地吃透作品与了解作家思想的问题，而且还必须探究《西游记》的成书与整个民族、时代、社会发展的思想、情理和意识的关系，大家都十分清楚，《西游记》成书过程较为漫长，思想意义极为复杂。在《西游记》的演变、发展中，融会了好多代人的心血！广大民间艺人、作家和普通劳动者们，等等，都为《西游记》的最后成功奠定了基础，流下了辛勤的汗水，吴承恩的功劳不可低估，但广大人民的贡献也不容忽略。

　　翻开文学史，从唐朝开始，"西游故事"就早已在民间流传，先由玄奘取经这一真实事件逐渐演化为民间故事。从宋代的话本《大唐三藏取经诗话》，元代的《西游记平话》、金院本《唐三藏》到元杂剧《唐三藏西天取经》和杨景贤的《西游记杂剧》；另外，从欧阳修《于役志》所提到的"唐僧取经壁画"，刘克庄的"取经烦猴行者"诗句，到元代磁州窑的"唐僧取经瓷枕"，等等。可以清楚地看到吴氏《西游记》前"西游故事"的发展情况。事实证明，《西游记》的最后成功，既有吴承恩的功劳，又有中国从唐宋元明以来广大人民的业绩。这种带有广泛全民性的创造性劳动极为可贵，既为我国第一流神魔小说的成功奠定了基础，又使这部作品具有更为可贵的思想意义和艺术魅力，由于《西游记》成书时间长，流传影响广泛，创作者较为繁杂，所以，思想倾向颇为复杂，对于其主题的探求也就较为艰难。

"西游故事"与吴承恩极为密切，这不仅仅体现在吴承恩是《西游记》的创作者，更主要是因为作者自幼好奇闻，喜欢阅读，搜集神奇怪异的话本、志怪小说、野言稗史，为他了解、熟悉"西游故事"及志怪、神魔小说的创作奠定了牢固基础，这从他的《禹鼎志序》中可以找到根据，可贵的艺术修养，加上深厚的思想基础，为他创作上的成熟、完善打下了良好的根基，熟悉"西游故事"的同时，我们就更应当清楚作者吴承恩的思想情况。吴承恩（1506？～1581？）[①] 生当明代中叶，是一个地地道道的中国封建时代的知识分子，封建正统思想——理想世道，清明的政治，贤明的君主，贤能的臣子，恰是他的良好愿望和主导思想。然而，当时的世道却不甚清明，正是奸相严嵩当权，明世宗佞道，任用道士做大官，贪官污吏残害人民比比皆是。清官受难——著名的兵部武选司主事杨继盛弹劾严嵩，结果系刑部狱三年，最终被弃市。那是一个是非颠倒、黑白混淆的时代。吴承恩满腹经纶，原本想干一番大事业，可是现实终使得他困顿失望。与广大封建时代的知识分子一样，吴承恩早年也热衷于读书仕进，向往由科举而猎取功名富贵，但是，屡试不中，困顿于科场，四十多岁，才中了岁贡，终究使他大失所望。后来，他只在长兴做了一段时间县丞，竟又"耻折腰，遂拂袖而归"。这段饱经风霜的经历，惨痛的境遇，使作者对那一时代、社会的认识就更为深刻。翻开他的诗文集《射阳先生存稿》，无论是揭

---

① 关于吴承恩生卒年一直有争议，因其墓志铭未发现，笔者认为应为 1506—1581 年，依据对其头骨的探测。详见拙作《试揭一桩四百年来的悬案——关于吴承恩生卒年新探》，未刊稿。

露时弊，还是感世伤怀，嬉笑怒骂，不难看到作者对当时社会现实的清醒认识。在《贺学博未斋陶师膺奖序》中，他对当时的恶劣风气做了淋漓尽致的揭露：

> 夫不独观诸近世之习乎？是故匍匐拜下，仰而陈词，心悸貌严，瞬息万虑，吾见臣子之于太上也；而今施之长官矣。曲而跽，俯而趋。应声如霆，一语一偻，吾见士卒之于军帅也；而今行之缙绅矣。笑语相媚，妒异党同，避忌逢迎，恩爱而汝，吾见婢妾之于闺门也；而今闻之丈夫矣。手谈眼语，诗张万端，蝇营鼠窥，射利如蚁，吾见驵侩之于市井也；而今布之学校矣。

多么形象、逼真的一幅画面。恰似半部《官场现形记》。在这里，那人与人之间的关系异化到何等地步啊！真是世道沦丧、斯文扫地，鄙陋不堪。作者对现实的观察多么细致，反映得又多么深刻而独特。在《西游记》中，作者借写天宫、地狱的等级森严，借唐太宗与崔珏的一段私情交易，弄虚作假，拿河南相老儿金银一库买转鬼魂，私改生死簿等，揭示其中的丑态毕露，官官相护，肮脏交易等，与此是多么一致。言为心声，从他的《送我入门来》，我们也能看到他的品质和情操：

> 玄鬓垂云，忽然而雪，不知何处潜来？吟啸临风，未许壮心灰。严霜积雪俱经过，试探取梅花开未开？安排事付与天公管领，我肯安排！狗有三升糠分，马有三分龙性，况丈夫哉！富贵无心，只恐转相催，虽贫杜甫还诗伯，纵老廉颇是将才。漫说些痴话，赚他儿女辈，乱惊猜。

这种高贵的丈夫气，宁折不阿的节操，多么让人惊赞，他的一生的确有着"平生不肯受人怜，喜笑悲歌气傲然"的气质。这首诗正是他一生处世的表白，这也正是他创作《西游记》之心理基础，从那宁死不屈、孤傲不驯、大义凛然的孙悟空形象身上，我们是不难找到吴承恩的影子的。

吴承恩不愧为封建时代的有识之士。从他的思想及品质上，我们是不难发现的。但是，能否像有些同志所言，吴承恩仇恨那个社会，乃至想推翻呢？我们想，这是不符合事实的，作为一个封建时代的知识分子，吴承恩一面揭露了那个时代的黑暗社会现象，并发出"近世之风，余不忍言之也"的愤慨，但他仍希望"文贤武良""国泰民安"。他的思想基本上还是正统的封建主义思想，即希冀"王道""德治"。这从他的《射阳先生存稿》中不难发现。譬如，在《开府介川毛公德政颂》并序中，提倡"明告诫，振纪纲""上务经国，下求宁民。神民在躬，天日可对"的"王道之功"。在《寿师相荐斋徐玄六十序》中，盼望"唐虞三代之盛，复见于今日"，等等，不正是他的理想、憧憬之所在吗？再翻翻《西游记》，那"人烟凑集""五谷丰登"的玉华国，那大闹三界的英雄被压在五行山下，那比丘国的吃人魔王居然也能改邪归正，等等。我们不也正可想见作者的理想愿望之所在吗？

回顾《西游记》的成书史，"西游故事"的流传、发展对《西游记》的最后定型所起的作用和影响是不可低估的。在"西游故事"的长期流传过程中，广大人民不断地改造，丰富了原有的故事情节、内容。同时也将他们对于封建统治阶级，封建社会的观察认识，对于封建社会的种种丑恶势力的批判和斗争，乃至他们征服自然的理想与愿望也注入了取经故事之中。这便使"西游故事"逐渐由宗教神话转化为一部反映社会生活的文艺作品。中国人民长期以来形成的思想、意识及情趣对《西游记》的影响是十分重要的。吴承恩的《西游记》既继承了"西游故事"的民间文学题材，又吸取了其中所逐渐形成的丰富的思想、道德、意识等养分，更加成功地加以扬弃、发展和完善，终于深孚众望。

中国是一个封建制历史极为悠久的国家。传统的道德观——即儒家的"达则兼济天下，穷则独善其身"，加上"致君尧舜上，再使风俗淳"的思想一直渗透人们的心灵深处。唐宋以后，封建的大一统理想之邦一直是人们盛誉的楷模。而宋元之后的分裂动荡则给人们心上蒙上一层阴影。期求安定、安居乐业的愿望仍是人心所向，封建正统观念早已渗透人们的灵魂深处。以唐宋以来的取经故事的发展来看，对封建正统思想的宣扬、赞美一直难以抹掉。伴着历史上佛、道、儒三教同流，汇合和妥协。"西游故事"的宗教色彩始终也难以扫除。一直到明代，这种思想和宗教色彩的长久影响，使"西游故事"已趋于定格，无论是从作品与观众的关系，还是从作品自身的情况来看，后代人都不能毁弃这早已趋向固定化的思想意识、宗教色彩和基本情节。所以，经过几个朝代的近千年的流传、发展和传播，"西游故事"所包含的思想极为丰富而复杂。中国人民固有的传统思想、道德观和趣味就不可避免地要在吴承恩的《西游记》中不知不觉地体现出来。

既然理解了《西游记》的成书史，作者思想和作品倾向的复杂情形，就更应进一步弄清作品的实质。吴承恩的《西游记》究竟是一部什么小说？有人说是神话小说，有人说是"破心中贼"的政治小说，有人说是滑稽小说，凡此种种，众说纷纭……说它是神话小说，主要是从现代观点而言的；说它是政治小说是从政治学角度而论，说它是滑稽小说则是就其艺术形式而谈的。各人所站角度不同，因而得出不同的结论。从文学研究的方面来看，各种观点作为探求的尝试都有可取之处，不能轻易否定。但是，作为科学研究应当尽可能接近事实，抓住问题的核心。《西游记》的核心是什么？从作品实际来看，满篇是神魔，奇情异想，但并非凭空而造，确有所寓。鲁迅先生说过《西游记》是一部神魔小说，以有别于一般神话小说，就抓住了核心，但惜于篇幅，材料有限，未能全面而具体化。我们认为《西游记》作为一部神魔小说，更关键之所在就是它的寓意性。不妨将《西游记》当作一部富有寓意的神魔小说。

其一，作品虽然写的是神魔鬼怪，但在这背后却隐藏着愤世嫉俗的思想寓意。整部《西游记》，初看起来是一部讲神魔斗智、斗法、斗勇、斗力的神魔小说，但透过这斗智、斗法、斗勇、斗力的表面，其内在的思想寓意则较为明了。上面分析了作者吴承恩的思想和创作情况，从中我们可以想到作者写《西游记》并非一般的玩世消遣，而是有目的的。他写的是神魔鬼怪，但却给它们涂上了现实生活的色彩，作品中所写的九个人间国度，除玉华国外，大都是昏君执政。奸臣当道，民不聊生。据专家们考证，作品中的玉皇大帝就与当时嘉靖皇帝有些相似之处。玉皇大帝供奉太上老君烧丹，嘉靖也用高官厚禄请邵元节、陶仲文烧丹，等等。唐僧、猪八戒、沙僧、牛魔王、太上老君、玉皇大帝，虽然是现实中难以置信的，但又使人不得不相信，矛盾吗？其实未必。原来，作者是借之以言意，假彼而抒情的。"大闹天宫"本来是孙悟空因玉皇不会用人而引起的，实际上正是隐含着对当时封建统治者及其现实的不满。"大闹天宫"孙悟空无拘无束，恰好是因为作者心目中并非有推翻封建统治的愿望，而是警世、醒世，让统治者清醒。最后，作品让孙行者戴罪西行。也正是说明希望"皇图永固"

"救月有矢救日弓，世间岂谓无英雄"。原来保国安民、惩恶扬善正是作者的本意。

其二，继承取经故事传统、发扬长期以来形成的趋于稳定化的中国人民良好的人生理想和民族精神。这也通过神魔来体现的。众所周知，"西游故事"的发展、完善对吴承恩有着不可磨灭的影响，整个近千年来形成的中国人民的良好愿望——克服困难、顽强奋斗的创业精神一直是"西游故事"的核心，这不妨可称为一种"西游精神"。作者基本上继承并加以发扬的。从整本《西游记》来看，"西天取经"占了八十八回，以绝对的优势压倒一切，几乎贯穿全篇，可见作者的胆与识。在"西天取经"过程中，表面上看，不过是神魔争斗，但划破那乌烟瘴气、层层硝烟，我们不难看到，无论什么斗、争、战……都围绕着唐僧，唐僧是取经队伍的首领与核心，俗话说的唐僧取经恰好是证明。在以唐僧为首的取经队伍中，真正的主角及活跃人物当首推孙悟空，这支取经队伍是个良好的整体，团结一致，战胜来自外界的一切阻碍和自身的惰性，终于如愿以偿。这种克服困难、战胜邪恶，终于取得胜利和成功的精神正是中华民族几千年来艰苦创业顽强奋斗的突出体现。在这其中蕴含了多少代人的心血，又饱含了中华民族多么可贵的民族精神，"西游精神"正是中国人民孜孜追求、自强不息的民族精神的象征。

其三，前七回与后八十八回虽然有所不同，且有所区别和差异，但在神魔这一问题上是一致的。力主主题转化与主题矛盾的同志由于只注重于其各自的侧重点、差异，却忽略了其内在本身的统一性。单独分开来看，前七回是写孙悟空的成长史，后八十八回是写西天取经，前者是叛逆的、悲剧性的，后者是妥协的、喜剧性的。有些人由此而得出将孙悟空压在五行山下是反抗的失败，后来孙悟空投降了神是受了招安，另有些人则认为前七回是"反抗性的主题"，后八十八回是转入取经神话的主题。孙悟空皈依佛门是出自主题转化的需要，这些看法的根本出发点就在于将作品隔离开来。当然，不可否认，前七回与后八十八回有区别，这里的原因是复杂的，容另文论及，但并非如有人所云是硬扭在一起的。通观整部作品，其思想毕竟是统一的，这统一的标志便是神魔的关系，若站在神魔小说角度来看，前后是和谐一致的。作者的本意就在于将《西游记》重新作为神魔小说来创作的，无论是前七回"大闹三界"还是后八十八回西天取经，都是以神魔为主角，以神魔斗争为主线来安排情节结构的，前后各有所侧重，但都以孙悟空为主角，以他的身份变化，思想发展，成长历程为经纬来表现作者自身的寓意的。这种借神魔而言志抒情的手法不正是寓意化的方式吗？所以，寓意性的神魔小说正是《西游记》的根本而有别于一般神魔、神话小说。

其四，带有寓意性的神魔小说虽然有别于一般政治小说，但常常容易让人混淆。这一方面显示了作者创作艺术的高妙，另一方面与作者本意也有关。从作者本意来说，他是想借作品来抒愤的，但慑于当时政治腐败、黑暗，假如真写成一部政治性小说，那就不可避免地要受到迫害，被处以极刑。要知道明清的"文字狱"是颇为厉害的，所以，他便采用这种较为含蓄的寓意方式借谈神讲魔而抒情言志。此外，"西游故事"长期以来趋于固定化，从《唐三藏西天取经诗话》开始，神魔已基本成为作品中不可删除的主要内容，作者也难能扭转这一趋势。所以，作品中的真真假假，假假真真，的确让人难以捉摸。无怪乎，不少人在探索那个时代的政治、经济、哲学等实际情况时，要情不自禁地说《西游记》是一部政治小说，表现了要求变革的时代精神，反映了新兴市民社会势力的政治思想要求，《西游记》与王守仁"心学"有着不解之缘，主旨是宣扬"心学"，是一部企图瓦解农民起义的"破心中贼"的政治小说。实质上，如果真正地从作品本身出发，客观地面对《西游记》产生的前前后后与作者的态度和原意，上述的这些看法都是不够妥当的。

其五，作为寓意性的神魔小说与一般神魔、神话小说的主要区别就在于它自身所具有的特定的寓意性。这种带有神秘色彩的寓意性就是那几千年来形成的及作者加以发扬光大的民族精神、愤世嫉俗、保国安民、企求"皇图永固"和世道清平的良好意愿之所在。《西游记》所蕴含的这种深广的社会意义、思想意义是一般神话、神魔小说所难能与其相提并论的。在中国文学史上，神魔小说是明代小说的一种主要流派，继承了《史记》以来，魏晋南北朝志怪小说的传统，吸取唐宋传奇的长处，加以融合而达到完美的程度。《西游记》便是最突出的标志。作者继承了这一文学传统，并加以发扬光大，达到前所未有的高度。不难看到，事实胜于雄辩，流传至今的神魔小说，谁能与《西游记》相媲美呢？《封神演义》《西游补》可谓不可低估的佼佼者，但谁能与《西游记》相伯仲？根本原因是什么呢？我们想，正在于作家把这种高妙而无与伦比的寓意性运用得恰到好处，美妙而难以言传使然。

其六，《西游记》神魔故事中还充斥着不少宗教的成分，这宗教的背后实质上也大有文章。一方面，主要是作品在未形成前，宗教气氛已较为浓郁；另一方面，作家本意也想顺应当时潮流，借人们热心的宗教来传情达意。实际上，细心者不难发现，即使对神圣的宗教神学，作品中也时常加以嘲笑，热讽冷刺，且不说孙悟空、猪八戒怎样对神佛的挖苦、嘲弄，就连如来也命手下人向取经者要常例钱——美其名曰"佛事"，那最后长长一串神佛的名单就够我们体会深思作品的宗教色彩了！由于手法之高妙，寓意之隐蔽、含蓄，的确令人想到那神圣的宗教。难怪陈士斌、张书绅、张含章等人能从作品中挖出一些"真诠""原旨"来。看到这里，九泉之下的吴承恩恐怕不会生气吧？真是，仁者见仁，智者见智。《西游记》的寓意性就连作者本人也难能想到会给后代人造成那么大的麻烦！

此外，有人发现了作者在作品中嬉笑怒骂皆成文章的手法，并进而判定《西游记》是一部爱骂人的滑稽小说。如果谈到作品的讽刺艺术性，这恐怕不无启发，但若将其作为作品的本质和关键的性质所在，显然是错误的。至于上文谈到的"西天主体说"是仅就内容主次关系而言的。而"歌颂反抗、光明与正义说"，也是基于作品本身所表现的思想意义而论的，不无道理，但都是单从作品某个部分而言及的，这样便不可避免地忽略了作品本身的本质和特性。

综上所述，《西游记》是一部寓意性的神魔小说。通过"大闹三界"和"西天取经"塑造了唐僧、孙悟空、猪八戒和沙僧等一系列栩栩如生的艺术形象，既曲折地反映了社会的一些现状，又展示了中国人民几千年来所形成的自强不息、勇往直前、克服困难、勇于胜利的"西游精神"，也凸显了作者希望世道清平、社会安定、皇图永固、国泰民安的社会理想和拯救乾坤的入世思想。假如说，这个结论不无道理，较为接近作品客观实际的话，那么，这不妨也作为《西游记》主题的又一说吧！

民族的魂灵、民族的艺术

——论《西游记》民族文学性

每种艺术作品都属于它的时代和它的民族，《西游记》正是我们民族文学的光辉杰作，它产生于明代，正当西欧文艺复兴之时，这部伟大的巨著，不仅是中国文学史上的骄傲，也是世界文学的典范。

中外文学发展史告诉我们：欧洲小说大都是在资本主义从新兴到衰落的历史时期的社会生活的基础上产生和发展起来的，中国古典小说则是在漫长的封建社会的土壤中诞生和繁荣起来的。因而，这就使中外小说由于不同的社会生活基础而造成在题材、倾向、风格上的差异。西欧小说中杰出的作品主要是通过资产阶级的发迹史来揭露资本主义的黑暗和罪恶，而中国古典小说则通过对封建社会腐朽黑暗的现实的揭露，表达出对封建统治、强权和压迫的英勇抗争精神。然而，从艺术形式上看，西欧小说继承了古希腊、罗马的史诗传统，注重细致、深入的叙述和心理剖析，哲理性较强，情节跳跃性较大，等等。我国古典小说则是在先秦史传文学和民间说话的艺术积累的基础上不断形成和发展起来的，大多采用章回体形式，注重故事情节的前后呼应和波澜起伏，等等。总之，中国古典小说具有鲜明的民族性，其思想倾向、艺术形式都打上了深深的民族烙印，《西游记》作为我们民族文学的杰作，正充分地反映了这些特点，以其民族的魂灵、民族的艺术在中外文学史上独树一帜，发出耀眼的光彩。

一

《西游记》的民族文学性，首先就体现在它所反映的民族魂灵上。这民族的魂灵就是民族精神的集中而充分的再现。作者以取经故事为基础，继承了唐、宋、金、元、明以来关于以唐僧取经的神话、传说为蓝本的话本、戏曲、诗话小说的文学传统，用如椽妙笔，发挥艺术家的天才，通过塑造孙悟空等光辉的艺术形象，通过对西天取经故事的加工、改造、重新创作，深化、突出了其原有的思想意义，结合现实生活的实际终于完成了震撼千古的反映中华民族魂灵的巨作——长篇神魔小说《西游记》。

民族的魂灵并非从天上掉下，而是来源于中华民族的人民生活。《西游记》也正是如此。最早的"西游故事"并非神话，而是有所依据。

"西游故事"起源于唐代高僧玄奘去印度取经这一真实事件。玄奘，是洛州缑氏县（今河南偃师县南）人，俗姓陈，名祎，12岁就与兄陈素一同出家为僧，勤奋好学，遍参国内大德，备详各家学说①，为"释群疑而弘正法""立志西行"。唐贞观三年（公元629），玄奘法师32岁。这年仲秋八月开始万里孤征，直到唐太宗贞观十九年（公元645）返回长安。历时17年。他完全凭着虔诚的宗教信仰和非凡的毅力，历经了难以想象的千难万险而实现目的的。在他所撰的《大唐西域记》里便有充分的证明。后来，他的弟子慧立根据其经历写了《大唐大慈恩寺三藏法师传》，详细描绘了玄奘西天取经的生动事迹，其中也掺进了一些宣扬佛法的宗教神话。另外，由于统治者的宣扬，取经故事在民间得到广泛的传播。如果说，佛教徒和统治者的大力宣扬，目的是扩大佛教的影响，巩固封建专制；那么，人民群众的口头传播则主要是赞颂玄奘西行的坚强毅力和献身精神。宋代话本《大唐三藏取经诗话》出现，标志着玄奘西天取经由历史故事向佛教神话故事过渡的完成。其主要功绩在于，取经故事集团（一师三徒）已正式形成，其中主要角色由唐僧逐渐过渡到猴行者。元代又出现吴昌龄的《唐三藏西天取经》、杨景贤的《西游记杂剧》和《西游记平话》（据《朴通事谚解》《永乐大典》），等等。这些都为"西游"故事的广泛流传起了巨大的宣传作用，也给吴承恩创作长篇神魔小说奠定了坚实基础。但是，从吴承恩的神魔小说《西游记》中，我们看到的则是一种富有伟大创造性的艺术再创作。经过比较，我们能够体察到作者艺术再创造的伟大功绩——"在主题思想上，冲淡了取经故事固有的浓厚的宗教色彩，大大丰富了作品的现实内容，把一个宣扬佛教精神，歌颂虔诚教徒为主的故事，改造为具有鲜明的民主倾向和现代特征的神话小说"②。我们以为，作品最伟大之处正是这

---

① 苏渊雷：《玄奘》，黑龙江人民出版社，1983。
② 游国恩等主编的《中国文学史》四，人民文学出版社，1983。

种鲜明的民主倾向和现代特征，即英勇创业、不怕牺牲、勇于向前的充满顽强献身精神的民族魂灵，这正是中华民族可贵的民族精神的体现。作品自始至终贯穿着这一伟大的民族精神，并将其融于所塑造的主要艺术形象身上，成为统一的思想倾向。所以，从作品来看，无论是唐僧西天取经，还是孙悟空大闹三界等，都服从于这一主要的思想倾向，并在这一主导倾向之下统一起来的。

神魔小说《西游记》共由三大部分组成：第一大部分（第一回至第七回），第二部分（第八至十二回）如来说法、观音访僧、魏徵斩龙、唐僧出世，第三部分（第十三回至一百回）西天取经。这是传统上的分法，基本上符合事理。实际上，全书主要由两大部分组成，即第一部分（第一至七回）孙悟空大闹三界；第二部分（第八至一百回）西天取经。而第八回至十二回，从本质上来说仍可划入第二部分，因为其主要是说明取经之缘起，是孙悟空大闹天宫向西天取经的合理过渡。过去有的人不同意《西游记》有统一主题的说法，认为作品前后存在着不可调和的矛盾。认为其根本原因主要在于"来自我们的古典小说的作者们"，把大闹天宫与西天取经两个本来"同样有现实意义"，但"离之则双美，合之则两伤"的不同主题，"硬捏到一起的恶果"，"这裂痕是没法弥补得完好的"[1]。这是难以让人接受的。我们说，将"大闹天宫"与"西天取经"融为一体，并不是什么硬捏在一起，而是一种艺术的再创造。"大闹天宫"放在"西天取经"之前，无疑具有突出的用心，这大大地冲淡了取经故事原有的浓厚的宗教色彩，丰富了作品的现实内容，标志着孙悟空取唐僧而代之成为作品极力歌颂和赞扬的真正的主人公。"大闹天宫"与"西天取经"都向人们宣扬——只有不怕困难、勇敢奋斗、坚持不懈、勇于向前，才能实现伟大理想，获得自由、美满、幸福的生活，脱胎换骨成有用之人（容另文论及）。孙悟空大闹天宫，就是不满"玉皇昏庸、不贤"，而要取而代之，成为世界之主宰。尽管失败，但却在西行路上，重操旧业，消除一切妖魔鬼怪和自然界的灾难，百炼成钢，成为新人。"大闹天宫"是孙悟空艰苦创业的历史，"西天取经"是他建功立业的凯歌。从他身上，我们看到中华民族几千年来不怕困难，英勇顽强，敢于牺牲的民族精神的光辉。这光辉耀眼的民族精神正是孙悟

---

① 高明阁：《〈西游记〉里的神魔问题》，《文学遗产》1981 年第 2 期。

空、唐僧迈向西天的精神支柱。所以，我们说，这一伟大的民族精神将"大闹天宫"与"西天取经"连为一体，成为贯穿全书的一条主线。

有比较才能有鉴别。与英国笛福的《鲁滨孙漂流记》相比，我们更能清楚地看到《西游记》所反映的民族魂灵之伟大、高尚。《鲁滨孙漂流记》（以下简称《漂流记》）中的鲁滨孙是一个资本主义上升时期的资产者形象，他不安于小康生活，去海外冒险，最后成为一个富有的资产者。作者表现了他对大自然的顽强战斗的精神，也赞扬了他的聪明才智。但是，作者有意对鲁滨孙的掠夺行为和剥削本质加以美化、赞扬和宣传，对他贩卖黑奴，用火枪征服土人，用基督教驯服土人"星期五"等行为给以肯定、赞赏，则显然宣扬和美化了殖民主义。而《西游记》无独有偶也写孙悟空不安于现状，云游四方，求师学艺，解除的则是生死之忧，获得的不是万贯家产，而是长生不死，通过大闹天宫，练就"火眼金睛"终于万险不死，成为永生者：后来护师西行，建功立业，立地成佛，成为至高无上的"斗战胜佛"。作者借这一形象向人们宣告，只要不断努力，坚持不懈，一心向上，孜孜追求，敢于献身，就一定能取得成功。贪色、贪食、贪睡的猪八戒不是也克服缺点、脱胎换骨成为新人了吗？何况一般人呢？其艺术的真谛正在此。作品通过"西天取经"高度赞扬了唐僧为拯救苍生（唐僧求取"三藏真经"是为了永传东土、劝化众生、劝人为善，详见作品第八回）的献身精神，通过孙悟空护师西天取经，表现了不畏艰险、不怕困难、扶困济弱、除暴安良的大无畏英雄主义精神。取经——本身是宗教的事业，实际上作者正借此宣扬自己对人生、社会的态度（容另文论及）。我们从作品来看，取经队伍所到之处不仅秋毫无犯，而且剿除作怪成精的妖魔，清除邪恶，使人们安居乐业，社会政通人和。在凤仙郡、比丘国、车迟国、朱紫国、乌鸡国，为求得国家安康、人们幸福，孙悟空"金猴奋起千钧棒"使"玉宇澄清万里埃"，大战妖魔鬼怪，不获全胜，决不收兵，真是一个富有勇敢战斗精神的高大英雄形象。从这种意义上，我们说"取经"实际上就是中华民族追求光明、消灭黑暗的英雄主义事业。尽管带有一点"皇图永固"的封建忠君思想，但是"保国安民"的思想倾向是应当基本肯定的。不管怎样，它没有无情的掠夺和剥削，较之《漂流记》要高尚伟大。因为，它反映了中华民族的高尚牺牲精神和勇敢奋斗的伟大精神，虽然还带着某种封建性的烙印，一般来说，资本主义较之封建主义要先进些，但是，在封建社会中也存在着一些高尚、崇高的属于全人类的优异的值得赞扬的遗产。这遗产在后代仍然值得肯定，比如扶困济弱、除暴安良、勇为正义事业献身等高贵的思想品质和不怕困难、勇于向前等崇高的精神。这些遗产不仅属于封建社会，也属于社会主义社会，而且也是属于全人类的。所以，我们说作品中所体现出的这种高尚思想，就是值得骄傲的中华民族的伟大民族精神的光辉体现。

孙悟空形象也正是这一伟大民族精神的体现者，作为《西游记》中真正的主人公，尽管人们常常说自古以来没人说孙悟空取经，但是，事实上，在取经过程中，唐僧只是一个傀儡。取经过程中，唐僧始终充当的只是名义上的主角，而孙悟空则成了真正的主角。西天路上的那些妖魔鬼怪，穷凶极恶，令人心惊肉跳，唐僧常常吓得面如土色，怎能与之抗争，更有趣的是，一有风险，唐僧总是滚鞍落马，涕泪交流。相反，孙悟空则永远是勇敢的英雄。无论何时，无论何地，不管什么妖魔，他都无所畏惧，蔑视一切敌人，真可谓"横眉冷对千夫指"。这种疾恶如仇，除暴安良，勇敢刚强，无所畏惧的大无畏英雄主义精神，与"壮志饥餐胡虏肉，笑谈渴饮匈奴血"的岳飞，"人生自古谁无死，留取丹心照汗青"的文天祥，"我自横刀向天笑，去留肝胆两昆仑"的谭嗣同等爱国先烈的英雄主义志趣和气概何其相似？从这种意义上来看，孙悟空形象身上所体现正是几千年来中华民族的光荣而伟大的民族精神。

伟大的作家歌德说得好："一个伟大的戏剧体诗人如果同时具有创造才能和内在的强烈而高尚的思想情感，并把它渗透到他的全部作品里，就可以使他的剧本所表现的灵魂变成民族的灵魂"①。吴承恩满怀着对黑暗现实的不满，对美好理想生活的憧憬，以出众而惊人的才华，将满腔的民族激情融注到作品中，把美好的理想、希望寄托在理想英雄孙悟空形象身上，让他上天入地无拘无束，扫除黑暗，追求光明，充分地显示了我们中华民族的民族精神之所在。虽然，到目前为止，国内外学术界关于孙悟空形象的国籍问题一直争论不休，但是，我们以为，无论是受印度影响也好，无论是中国与印度合一也好，无论是中国土生土长也好，总之，有一点是值得注意的。这就是在孙悟空形象身上，有着我们中华民族自古以来的英勇

---

① 爱克曼著《歌德谈话录》，朱光潜译，人民文学出版社，1978，第128页。

顽强、毫不懈怠，"明知山有虎，偏向虎山行"的高尚的英雄主义精神，这也就是中华民族几千年来形成的脊梁和魂灵之所在。因此，孙悟空不仅是《西游记》中的主要英雄形象，而且也是中华民族精神的化身。从他身上，我们不仅能看到中国的过去，而且能看到中华民族的今天和未来。从这里来看，孙悟空正是我们民族的魂灵。

二

《西游记》作为一部杰出的文学巨著，其民族文学性不仅体现在伟大崇高的民族魂灵上，而且还表现在独创而高超的民族的艺术形式上。如果说，民族魂灵作为作品的主导思想起着统率作用，那么，民族艺术形式就是表现其反映民族魂灵之主题思想之基础，民族艺术正恰恰完美而精巧地反映着伟大的民族魂灵。

（一）神、兽、人三合一的艺术形象的创造，鲜明地突出了民族性

作者继承了魏晋志怪小说擅写鬼怪和唐传奇小说之传奇笔法之光荣、宝贵之民族传统，并将二者融为一体，形成了艺术形象神、兽、人三结合的艺术特征。在作品中，大多数生动的艺术形象如孙悟空、猪八戒、沙和尚、牛魔王、红孩儿怪等，都是神、兽、人三位一体的。神的本领、兽的外形、人的思想，结合得惟妙惟肖，恰到好处。从这些形象身上，我们能不同程度地看到魏晋志怪、唐传奇小说塑造艺术形象之光荣之民族传统。

翻开中国小说史，魏晋志怪小说，大多着眼于鬼怪神魔，通过非人间的力量及其勇敢战斗精神，反映了社会现实和人民的理想、愿望。像《神异记》《列异传》《搜神记》里的许多篇章，如《干将莫邪》《东海孝妇》《韩凭夫妇》《望夫石》，等等。其中大都寄托了作者的理想及憎恶强权、暴虐，崇尚自由、幸福、美好生活的理想和愿望，人间与非人间连为一体。这给后代小说提供了许多宝贵的经验。唐代传奇在此基础上进一步发展。其初期仍未脱尽神鬼妖魔之气，像《古镜记》（王度）、《游仙窟》（张鷟），等等。中盛期，则逐渐由神妖转向对现实人世的描绘和反映，像《会真记》（元稹）、《李娃传》（白行简）、《霍小玉传》（蒋防），等等，其描写委曲、叙述婉转，正如鲁迅先生在《中国小说史略》中所说，与六朝之粗陈梗概

者相较，则始有意为小说，标志着中国小说已发展到一个可喜的境地。总之，魏晋志怪和唐传奇小说都是中国文学史上的宝贵遗产，它们替明清小说的繁荣、发展奠定了基础，明代神魔小说《西游记》正是在其基础上不断继承、发展、完善的。作者吴承恩自幼好奇闻，在童子学社时，每偷野言稗史私求隐处读之，长大以后，好益奇，旁求曲致，几贮满胸中矣（详见《射阳先生存稿》）。这为他推陈出新地创造神、兽、人三合一的艺术形象奠定了基础。我们从孙悟空、猪八戒、沙和尚等艺术形象身上不难看出魏晋志怪和唐传奇小说创作的艺术经验的标志。可以说，作者在创作《西游记》时，继承了魏晋以来民族文学的艺术传统，并加以发扬光大，神、兽、人三位一体神魔形象的创造，体现了独具之民族艺术性。

（二）典型环境的创造，充分体现了富有民族性的光辉

从作品中，我们能够领略到许多生动、具体而迷人的神话般的优美环境。在这些环境中活跃着众多栩栩如生的艺术形象。更令人欣喜的是，这些优美环境不光对塑造艺术形象起着良好的作用，而且还闪耀着我们民族文学富有神奇迷人的光彩。尽管环境随着故事情节的发展有所变动，但从中我们既能体察到作者塑造典型形象的高超技艺，又能比较明显地感受到民族性的美。

请看"十州之祖脉，三岛之来龙"的花果山，"瑶草奇花不谢，青松翠柏长春"，真不愧是全书主人公孙悟空的故乡。在美丽迷人的环境中，处处透出一股宜人的气息。这"花果山福地，水帘洞洞天"，"烟霞常照耀，祥瑞每蒸熏。松竹年年秀，奇花日日新"——大自然的山清水秀，日月星光，奇花异石，孕育了它的骄子——孙悟空，这个未来世界的主宰。正是这自由、安乐、美好的自然环境奠定了他后来"不伏麒麟辖，不受凤凰管"的叛逆性格的基础。从马列主义文艺理论上来看，这无疑正是典型人物孙悟空形象产生的典型环境。而我们从中更能清楚地感受到我们中华民族精神的光辉。这山水如此令人心醉，正因为它孕育了我们民族的英雄孙悟空。正因孙悟空的存在，这一山一水才显示出光彩照人的光芒。这光芒正是我们民族精神所凝聚而成，从而闪现出民族性之美。

"竹篱密密，茅屋重重"的高老庄，"条条道径转牛羊""食饱鸡豚眠屋角，醉酣邻叟唱歌来"，和平安乐，好一幅"鸡鸣桑树颠，狗犬深巷中"的

乡村景致。在这儿，生活着一位"扫地通沟、筑土打堵"的"耕地不用牛"的庄稼汉猪八戒。他的性格与环境是何等协调。如此典型环境造就了"这一个"猪八戒形象。这与孙悟空正好相对，成为良好的辅助和补充——现实性与理想性和谐地统一在一起。这美丽动人的自然景致不仅显示了猪八戒性格形成的典型环境，而且也带有浓郁的乡土气味——中华民族生活的理想程式。从许多作家的作品中，我们也能清晰地看到这理想的程式。像晋代陶渊明的《归园田居》《桃花源记》，宋代范成大的《四时田园杂兴》等，都是中华民族生活的艺术化的再现，体现了鲜明的民族性。《西游记》中的典型环境创造常常借助于诗、词、歌、赋来完成，也正继承了这一光荣传统。文学作为社会生活的独特的反映，不仅具有全民性，而且还有民族性。优秀的作品《西游记》正体现了鲜明的民族性。而这种民族性就充分体现在塑造人物生活的典型环境之中，也就是说，典型环境中包含着鲜明的民族性。诸如上面所举的孙悟空、猪八戒生活的典型环境——花果山、高老庄。实际上，这样的例证在作品中是随处可见的，请看第二十二回的流沙河、第二十四回的万寿山五庄观，等等。这些优美、动人的自然环境，既有典型性，又具有鲜明的民族性。倘若将其放入世界文学艺术的长河中，我们也能将它们一一寻找出来。这是因为我们能够凭借这闪闪发光之民族性作为媒介。

（三）典雅通俗的富有民族化的语言

文学作品的语言总是一定的民族语言，尽管会有时代性等其他素质，但民族性则既是永久的又是独特而不能代替的。老舍先生说过："用我们自己的语言表现的东西有民族风格，一本中国书译成外文就变了样，只能把内容翻译出来，语言的神情很难全盘译出"（见《出口成章：论文学语言及其他》，辽宁人民出版社，2011）。《西游记》将诗词典雅流利与民间口语的生动活泼，通俗易懂融为一体，形成了既典雅又通俗的富有民族风格的语言。

写景，多用诗词、歌、赋来完成，具有典雅流利，文采华丽的艺术特色。请看二十四回对"万寿山""五庄观"的描绘：

> 高山峻极，大势峥嵘。根接昆仑脉，顶摩霄汉中，白鹤每来栖桧柏，玄猿时复挂藤萝。日映晴林，迭迭千条红雾绕；风生阴壑，飘飘

万道彩云飞。幽鸟乱啼青竹里，锦鸡齐斗野花间。只见那千年峰、五福峰、芙蓉峰，巍巍凛凛放毫光；万岁石、虎牙石、三尖石，突突磷磷生瑞气。崖前草秀，岭上梅香。荆棘密森森，芝兰清淡淡。深林鹰凤聚千禽，古洞麒麟辖万兽。洞水有情，曲曲湾湾多绕顾；峰峦不断，重重迭迭自周回。又见那绿的槐，斑的竹，青的松，依依千载斗秾华；白的李，红的桃，翠的柳，灼灼三春争艳丽。龙吟虎啸，鹤舞猿啼。麋鹿从花出，青鸾对日鸣。乃是仙山真福地，蓬莱阆苑只如然。又见些花开花谢山头景，云去云来岭上峰。

…………

松波冷淡，行径清幽。往来白鹤送浮云，上下猿猴时献果。那门前池宽树影长，石裂苔花破，宫殿森罗紫极高，楼台缥缈丹霞堕。真个是福地灵区，蓬莱云洞，清虚人事少，寂静道心生。青鸟每传王母信，紫鸾常寄老君经。看不尽那巍巍道德之风，果然漠漠神仙之宅。

好一座仙境般美妙无比的万寿山，好一座神仙之宅五庄观！幽趣非凡，清静宜人，真不愧为"万寿山福地，五庄观洞天"。作者用赋、比、兴等艺术手法，配上典雅清丽的语言，将万寿山，五庄观描绘得景色宜人、富丽多姿，真是鸟语花香，层峦叠嶂，巍巍峨峨，气象万千。这"阳春白雪"般的万寿山、五庄观，琳琅满目、风景独好，美妙无比，我们从明清以来江南的山水园林之中不难找到它美妙的影子。因为它的一草一木、一山一水都深深烙上了我们民族生活的印记，并且体现出我们民族的审美情趣。其景致的典雅壮丽，加上清丽、流畅、文雅的语言就既具有一种典雅的古典艺术美，又富有鲜明、突出的民族性。

写人，既用对话，又用叙述性的语言，还用诗、词、歌、赋，等等。并且注意根据各人的身份、地位、性格的不同安排不同的语言。形成典雅流利、通俗易懂的语言风格，极富有民族性。例如，塑造主要艺术形象孙悟空。作者在塑造这个主要艺术形象时，采用多种艺术手法，融注了全部的心血和众多的笔墨。写他出生——"目运两道金光，射冲斗府"，替他以后的叛逆性格的形成埋下伏笔。因为"官封弼马"受玉帝欺骗，他一气之下回到老家花果山水帘洞，自封"齐天大圣"树起叛逆的旗帜。这里有一首诗单写他，"身穿金甲亮堂堂，头戴金冠光映映。手举金箍棒一根，足踏云鞋皆相称。一双怪眼似明星，两耳过肩查又硬。挺挺身材变化多，声音响亮如钟磬。尖嘴龇牙弼马温，心高要做齐天圣"。当西天佛祖如来降伏他时，他说"天地生成灵混仙，花果山中一老猴。水帘洞里为家业，拜友寻师悟太玄。练就长生多少法，学来变化广无边。因在凡间嫌地窄，立心端要住瑶天。灵霄宝殿非他久，历代玉帝有分传。强者为尊该让我，英雄只此敢争先"，又说："他（指玉帝）虽年幼修长，也不应久占在此。常言道：'皇帝轮流做，明年到我家。'只教他搬出去，将天宫让与我，便罢了。若还不让，定要搅攘，永不清平"！由此可见，作者紧紧把握住孙悟空形象性格发展的基本轨迹，采用诗、对白、叙述等多种艺术形式和手法，将典雅生动的诗一般语言与通俗易懂的口语、对话融合为一体，使一个活灵活现的神魔般英雄形象栩栩如生地展现于我们眼前。这些语言既典雅又通俗生动，真是雅俗共赏，魅力无穷。此外，像猪八戒、唐僧等艺术形象，作者也是这样深入细致地来塑造的。有时，往往三言两语的口头禅也能起到出神入化的作用。比如，猪八戒有两句口头禅"斋僧不饱，不如活埋""和尚是色中饿鬼"，正是其思想性格的充分展示。这些语言不仅用得恰到好处，而且也显示了鲜明的民族性，正如老舍说的，即使将它翻译成外文其神情也就很难全盘译出呀！

由此可见，作品的语言极富有民族性，与其他中外第一流的小说相比也毫不逊色。尤为可贵的是，作者将语言的典雅与通俗融为一体，达到较高的艺术水准，确令人敬佩和赞叹。而富有民族风格的形成，使作品犹如锦上添花，实在是值得我们引以为自豪和骄傲。其作为我们民族语言的光辉典范，放在世界文学艺术宝库中也应占有其辉煌灿烂的一页。

（四）崇高壮烈、高亢壮丽的情调，正是我们民族精神的充分体现

《西游记》以其神奇迷人的神话世界，奇情异想的艺术构思，隐晦含蓄的思想倾向，清晰动人的艺术群像，色彩斑斓的动人景致构成了一部震撼人的心灵的民族交响乐。崇高壮烈、高亢壮丽正是这部交响乐中贯穿始终的主旋律。无论是孙悟空大闹天宫，还是唐僧西天取经都表现了勇敢顽强、勇于向前、不畏艰险的崇高壮烈的英雄主义精神。即使孙悟空反天宫失败后受擒，孙悟空等师徒四众同时遇难，作者都让他们显示了英勇顽强，

宁死不屈，顽强不息的高亢的震撼人心灵的伟大力量。

请看第七回（"八卦炉中逃大圣"）：话表"齐天大圣"孙悟空被众天兵押去斩妖台下，绑在降妖柱上，刀砍斧剁，枪刺剑刲，却莫能伤及其身。南斗星奋令火部众神，放火煨烧，亦不能烧着，又叫雷部众神，用雷屑钉打，越发不能伤损他一根毫毛……那老君到兜率宫，将大圣解去绳索，放了琵琶之器，推入八卦炉中……只是风搅得烟来，把他一双眼熏红了，成了"火眼金睛"。好猴王又大乱天宫，打得九曜星闭门闭户，四天王无影无踪。一直打到通明殿里，灵霄殿外……孙悟空真是一个举世无双的伟大英雄。且不说他如何称"齐天大圣"，就是在失败后被玉皇逮住，也毫无畏惧从不低头，并利用一切时机反抗，不获全胜决不收兵。好一个英雄"齐天大圣"美猴王！他的英雄主义精神与其前后历代农民起义英雄、民族英雄的精神何其相似。尽管孙悟空不是农民起义英雄和民族英雄，但他这种大无畏的反抗精神与他们的表现是有某种相通之处的。

取经故事在作品中占有十分重要的地位，是全篇的主要部分。不光具有较大的篇幅，而且也是全篇的关键所在。学术界历来对这一部分有较大的争议，其关键之处正是对取经事业的性质的争执不休。本文不想参加争论，只粗略一谈，因为这不是这篇文章记述的中心（容另文专论）。我们认为，尽管取经事业表面上是一桩宗教事业，实际上，作者在创作时结合现实进行了艺术化的加工和再创作，所以，对取经事业的理解就不应仅停留在其表面的理解上，而应看作是作者社会，人生观的反映。我们从作者的思想及其作品本身来看，取经事业实际上已是作者理想中一桩伟大的人生的事业，通过唐僧、孙悟空、猪八戒、沙和尚、白龙马的苦难奋斗史，反映了人类痛苦、艰难、失败、追求、考验、成功的艰难而悲壮的历程，也是作者自身不平凡的经历的艺术化的再现。作品中的主角孙悟空、猪八戒、唐僧、沙和尚、白龙马来自五湖四海，为了一个共同目标（脱胎换骨、重新做人、成为新人）聚集到一起，相依为命，互相帮助，互相鼓励，不怕困难，同心协力，在西天路上演出了一部悲与喜，庄与谐相交杂的人生之剧。这部剧中自始至终贯穿交织着一支崇高壮烈，高亢壮丽的主调。无论是在平顶山、金兜山、火焰山，在黑水河、通天河，还是在琵琶洞、无底洞、西梁国、比丘国、灭法国等处，师徒四众都历经千难万险等艰苦的磨炼，终于脱胎换骨，成为新人。这场人生之剧伴着崇高壮烈、高亢壮丽的主旋律仿佛奏响了中华民族的精神之曲。这种克服困难，无所畏惧，勇于向前的英勇献身精神正是中华民族几千年来传统的高尚而伟大的民族精神的充分体现。

当然，正如一首交响曲非单一地采用一支旋律一样，《西游记》里也有月色溶溶，花好月圆的柔丽的情景。这不但不破坏全曲主旋律，而且给这主旋律增添了更加迷人动听的因素。《西游记》正完美而恰当地将其融会在一起，构成了一部完整、动人的乐章。这动人的乐章正恰恰是我们民族文学的交响曲的基本组成部分，把反映我们民族魂灵的伟大民族精神高高宣扬、传颂。

总而言之，《西游记》是我们民族文学的光辉杰作，与《水浒传》《三国演义》《金瓶梅》并列合称明代四大奇书。在中国文学史上具有十分重要的划时代的意义，从中国古典小说发展史上来看，它标志着一个伟大的转折，即由历史故事转向通过神魔故事来反映活生生的社会、人生，显示出伟大、光辉的民族文学性。无论其所表现的思想、艺术，都充分地体现了我们的民族精神。当你打开这部小说，立即会有一股浓厚的民族之风扑面而来，让你领略到古老东方文明之国的民族艺术的美。作为一件艺术珍品，《西游记》源于人民，也必然永远属于人民。今天，世界文学的时代已来临，民族文学应该走向世界，无疑，《西游记》作为中华民族文学也应该走向世界。让我们为实现这一伟大目标而努力吧！

神魔　人情　风俗画

——《西游记》文化心态透视

　　《西游记》作为神魔小说的杰出代表，以描摹神魔的种种斗战而取胜，综合、容纳了上古神话传说的思想意识，吸取了汉魏、两晋、南北朝的志怪小说和唐宋传奇、宋元话本擅写神怪妖魔的长处，包容了中国历史上儒、道、释等多种文化思想，故而使"神魔皆有人情，精魅亦通世故"，赢得中国神魔小说典范之作的美誉。昔人之论多从社会、文学等角度言及《西游记》，而往往忽视其反映出的文化心态，本文试就神魔、人情、风俗画三方面探寻《西游记》的文化心态，期望有所获。

　　打开《西游记》，满篇是神魔争斗，充满战斗的硝烟，硝烟中时时透出神与魔的仙气和妖气……"大闹三界"本身就是作为魔的孙悟空与作为神的玉皇大帝之流们的斗争，站在封建正统观念上看，孙悟空是魔，必然要被降服。"西天取经"本身也是一桩宗教事业，取经五人都有来历，非神即魔，都因犯下罪行，要赎除前世罪孽求得脱胎换骨，才迈向取经之途。在取经路上，伴随着神与魔、妖与怪的争斗，演出了一幕幕群神群魔大战的悲喜剧。唐僧历经九九八十一难，孙悟空、猪八戒、沙僧与妖魔们争斗，惊天动地，引得诸神诸佛们也来兴师动众。妖魔们大都有来历，与神佛们总有千丝万缕的联系。借此，我们不难想见作者的良苦用心。表面上看，那一场场神魔争斗，反映了两种敌对势力的搏斗；本质地看，那神与魔本是互有关联、难以截然分开。然而，神与魔又并非一体，因为其本身仍有差别，这在作品中随处可见，正与邪的区别也正在这里。正与邪是作者区分神与魔的标准。于是，在评论其中主要形象孙悟空时，学术界发生分歧，一种认为孙悟空是神，一种认为孙悟空是妖。这恐怕是不能对立地来看待这一艺术形象的，因为孙悟空是神与魔的聚合体，诸多神魔的思想在孙悟空身上都有不同程度的体现，孙悟空又是艺术形象，非单纯化的神魔的化身。猪八戒、沙和尚也都如此。

　　鲁迅说《西游记》是神魔小说，以之区别于一般神话小说，其主要因素正在于神魔是作者描写的主要对象，神魔交战、神怪斗法等正是吸取了先秦神话传说和唐宋以来传奇小说的经验，并发扬了魏晋以来志怪小说的擅写神怪的优点，加以融会贯通而使然。神魔小说区别于一般神话小说的根本之点正在它的寓意性。神魔是外壳，核心则是人情世态。神魔的外表容易引起人们荒诞的幻觉——其背后的寓意又常被人们所忽略。初看起来，《西游记》简直是神话，现实中不可能存在，有人往往借引起孩子们喜爱而说《西游记》是"玩世主义"的神话小说。中国有一句俗话——看了《西游记》，一辈子不成器。笔者曾在一所中学做过一次调查：全校 2353 名学生，有 2115 名学生看过《西游记》，不仅喜欢其中故事、人物，而且一致认为《西游记》是神话小说。最喜爱其中的孙悟空，其次是猪八戒。笔者同时在一所成人高校做了一个调查；全校 440 名学生，都看过《西游记》。全部认为《西游记》是一部神话小说，最喜欢的是孙悟空，其次是猪八戒。两种不同类型的学校、两种不同层次的学生，一为青少年，一为成年人，对《西游记》的认识、理解则是惊人相似。这的确让人深思。据了解，他们大多只看过一遍到两遍，仅凭直感，认为《西游记》写神魔鬼怪，显然是一部神话小说。这一方面说明人们对作者所处那个时代的不了解，也从另一方面证明《西游记》写神魔的高超之处——能惑人耳目。神魔的外表表现得如此形象化、具体化，真令人惊叹。

　　我们不禁要问，神魔小说《西游记》为什么能有如此魅力引人注目、遐想、思索呢？作为文艺作品的《西游记》，不难想到，作者为我们留下的这些神魔形象的永恒价值正在于其蕴含的世态人情。回顾中国神魔小说的发展演变史，我们发现真正有生命力的经久不衰的杰作唯有《西游记》。《西游记》的永恒魅力正在于作品中的神魔妖怪皆有人情味。人情是《西游记》的核心。孙悟空、猪八戒、沙和尚虽然披着神魔的外衣，但言语神情与人完全一样，西行路上不知情者确曾被他们的外貌吓到过，但一接触便不知不觉地失去了恐惧之感，反而不由得生起一种喜爱感。正像孙悟空常说的："我老孙丑自丑，却有些本事。替你家擒妖精，捉得鬼魅……"猪八戒也常说："粗柳簸箕细柳斗，世上谁见男儿丑。""我丑自丑，有几句口号儿；虽然人物丑，勒紧有些功。"当悟空、八戒捉住了妖怪，人们对他们的喜爱之情顿时溢于言表——孙长老、猪长老的喊了起来。孙悟空为求长生不死之术，自登木筏，来到南赡部洲地界，剥了别人的衣裳，"也学人穿在身上，摇摇摆摆，穿州过府，在市廛中，学人礼，学人话"，俨然人的神情姿态，竟然深入市廛，而人们竟毫不感到惊异。猪八戒则是师徒四人中最有人情味的形象。在高老庄，他俨然一个农村庄稼汉——耕田耙地，不用牛具；收割田禾，不用刀杖。"食肠却又甚大：一顿要吃三五斗米饭；早间点心，也得百十个烧饼才够。喜得还吃素。"当要踏上取经之途时，猪八戒"摇摇摆摆，对高老唱个喏道：'上复丈母、大姨、二姨并姨夫、姑舅诸亲：我今日去做和尚了，不及面辞，休怪。丈人啊，你还好生看待我浑家：只怕我们取不成经时，好来还俗，照旧与你做女婿快活'。再看牛魔王、罗刹女夫妻，虽是妖魔，但他们也闹矛盾。牛魔王贪色，爱上了玉面公主，便不再理罗刹女，这是他们家庭矛盾。当遇到孙悟空来借扇子将涉及他们家庭利益时，他们则团结一致起来，牛魔王与孙悟空大战，最后，群神共助孙悟空，终于战败了牛魔王，眼看牛魔王要遭殃，罗刹女则抛弃夫妻不和的小矛盾，急卸了钗环，脱了色服，挽青丝如道姑，穿缟素似比丘，双手捧那柄丈二长短的芭蕉扇子，走出门；又见有金刚众圣与天王父子，慌忙跪在地下，磕头礼拜道："望菩萨饶我夫妻之命，愿将此扇奉承孙叔叔成功去也！"夫妻情爱是牛魔王免去灾祸的十分重要的原因。

神魔与人情，便构成了神魔小说《西游记》的艺术感染力，使人读后顿觉和蔼可亲、活灵活现。那天上的神、地狱中的鬼，正是地上人和动物的活现；那天上的统治制度恰是人间社会封建统治制度的投影；那天上的战争、歌舞又是人间战争、歌舞的反映；那神仙魔怪的变化、手段就是自然界和人类社会生活的展示。一句话，《西游记》中的大到政治制度、伦理道德，小到衣食住行等，无不是封建社会现实生活的反映，这种反映是一种夸张、歪曲的反映。但是，《西游记》的神仙妖魔都是人格化了的，连那花妖树怪也能成精成仙，具有人的思想、言语。譬如木仙庵的十八公（桧树）、孤直公（柏树）、凌空子（松树）、拂云叟（竹竿）、赤身鬼（枫树）、杏仙（杏树）、女童（丹桂、蜡梅）等便是明证。有人说《金瓶梅》是人情小说，那么，《西游记》作为神魔小说其人情味也堪与其媲美。而后者的人情非明显地裸露在作品外部，则是蕴含在神魔们的言行之中。仅就这点来看，《西游记》的人情味、艺术性则令人回味无穷。

　　假如说神魔与人情在作品之中令人玩味，那么，两者相融合则统一在社会风俗画之中。一部《西游记》就是中国社会的缩影，其所描绘的天上、人间、地狱的环境、人物、动物等，就是中国社会生活的具体而形象化的展示。那"三州花似锦，八水绕城流"的大唐朝长安姑且不说，就看那宝象国："云渺渺，路迢迢；地虽千里外，景物一般饶。瑞霭祥烟笼罩，清风明月招摇。葎葎萃萃的远山，大开图画；潺潺缓缓的流水，碎溅琼瑶。可耕的连阡带陌，足食的密蕙新苗。渔钓的几家三涧曲，樵采的一担两峰椒。廓的廓，城的城，金汤巩固；家的家，户的户，只斗逍遥。九重的高阁如殿宇，万丈的层台似锦标。也有那太极殿、华盖殿、烧香殿、观文殿、宣政殿、延英殿；一殿殿的玉陛金阶，摆列着文冠武弁；也有那大明宫、昭阳宫、长乐宫、华清宫、建章宫、未央宫：一宫宫的钟鼓管龠，撒抹了闺怨春愁。也有禁苑的，露花匀嫩脸；也有御沟的，风柳舞纤腰。通衢上，也有个顶冠束带的，盛仪容，乘五马，幽僻中，也有个持弓挟矢的，拨云雾，贯双雕。花柳的巷，管弦的楼，春风不让洛阳桥。"

　　二看朱紫国："师徒们在那大街市上行时，但见人物轩昂衣冠齐整，言语清朗，真不亚大唐世界。师徒四人来到'会同馆'，管事的送支应来，乃是一盘白米、一盘白面、两把青菜、四块豆腐、两个面筋、一盘干笋、一盘木耳……管事的道：'西房里有干净锅灶，柴火方便，请自去做饭。'行者道：'酒店、米铺、唐坊，并绫罗杂货不消说；着然又好茶房、面店，大烧饼、大馍馍，饭店又有好汤饭、好椒料、好蔬菜，与那异品的糖糕、蒸酥、点心、卷子、油食、密食……郑家杂货店，油、盐、酱、醋、姜、椒、茶叶俱全。鼓楼边，楼下无数人喧嚷，挤挤挨挨，填街塞路。'"

　　还有玉华国，等等。可见作者在《西游记》中向我们展示了一幅幅社会风俗画，其中上至皇帝宫殿、下到市井细民，人情风俗、音容笑貌皆栩栩如生地跃然纸上，令人流连忘返。作者写宝象国、朱紫国等都是以中国为依据的，什么"不亚大唐世界""不亚长安风景好"等，这些高度概括的言辞形象地展现了一幅幅社会生活的风俗画：楼台亭阁、山清水秀、财源充足，生意兴隆……如果说这些描绘还是概括的，则第九十回写天竺国外郡金平府正月十五闹元宵的情景就是具体、细致的描摹：此夜正是十五元宵，众僧道："老师父，我们前晚只在荒山与关厢看灯，今晚正节，进城里看看金灯如何？"唐僧欣然从之，同行者三人及本寺多僧进城看灯。正是：

"三五良宵节，上元春色和。花灯悬闹市，齐唱太平歌。又见那大街三市灯亮，半空一鉴初升。那月如冯夷推上烂银盘，这灯似仙女织成铺地锦。灯映月，增一倍光辉；月照灯，添十分灿烂。观不尽铁锁星桥，看不了灯花火树。雪花灯、梅花灯，春冰剪碎；绣屏灯、画屏灯，五彩攒成。核桃灯、荷花灯，灯楼高挂；青狮灯、白象灯，灯架高擎。虾儿灯、鳖儿灯，棚前高弄；羊儿灯、兔儿灯，檐下精神。鹰儿灯、凤儿灯，相连相并；虎儿灯、马儿灯，同走同行。仙鹤灯、白鹿灯，寿星骑坐；金鱼灯、长鲸灯，李白高乘。鳌山灯，神仙聚会；走马灯，武将交锋。万千家灯火楼台，十数里云烟世界。那壁厢，索琅琅玉鞚飞来；这壁厢，毂辘辘香车辇连。看那红妆楼上，倚着栏，隔着帘，并着肩，携着手，双双美女贪观；绿水桥边，闹吵吵，锦簇簇，醉醺醺，笑呵呵，对对游人戏彩。满城中箫鼓喧哗，彻夜里笙歌不断。"有诗为证，诗曰："锦绣场中唱彩莲，太平境中簇人烟。灯明月皎元宵夜，雨顺风调大有年。"此时正是金吾不禁，乱哄哄的，无数人烟。有那跳舞的、践跷的、装鬼的、骑象的，东一攒，西一攒，看之不尽却才到金灯桥上，唐僧与众僧近前看处，原来是三盏金灯。那灯有缸来大，上照着玲珑剔透的两层楼阁，都是金丝儿编成；内托着琉璃薄片，其光幌月，其油喷香……府后一县叫旻天县，每年审造差役，共有二百四十家灯油大户。此油乃是酥合香油。油每一斤值三十二两银子。三盏灯，每缸有五百斤，三缸共一千五百斤，共该银四万八千两。还有杂项缠缠使用，将有五万余两，只点得三夜。这缸内每缸有四十九个大灯马，都是灯草扎的把，裹了丝绵，有鸡子粗细……每年三更便有风来，"三位佛身"就收了灯。自古及今，皆是如此……

这一回元宵观灯的描写可谓《西游记》中写民俗的典范之作，作者浓墨重彩铺张描摹，其人其景生动传神。作品假托唐代，那各式灯的制作堪称入神入画、无与伦比，由此可见中华民族元宵节的盛况。倘若光停留在一般风俗描绘上，那不免单调了点，作者写元宵节是为了写唐僧观灯，唐僧观灯引来妖魔。而金灯来历的叙述，既说明了封建时代的豪华奢侈，也点出封建时代的"杂项""差役"。有人在评价明清小说时对《水浒传》《金瓶梅》的风俗描绘给予很高评价和赞美。在评论《西游记》时，人们往往很少谈及其风俗描写。这不能不说是一大疏忽。比较四大部古典名著，风俗描绘各有千秋。《西游记》在描绘风俗时不忘人情世态，"微有寓焉"，实在是十分难得，虽然是假托朱紫国、天竺国，实际上就是中国。虽然是点明在唐朝，实际上是明代。这些都是无可非议的，他向我们展示了明代中叶社会生活各方面的风土人情，堪称明代中叶的社会风俗画。从中我们能认识和了解到那个时代、那个社会的风俗人情。这就不仅有一种审美价值，而且有一种认识价值和历史价值。考察明代社会不可不看《西游记》。外国人研究中国，也更不可不读《西游记》。历史学界认为中国明代商业较为发达，《金瓶梅》是例证，而《西游记》也可做证。据考证，吴承恩生于一个小商人家庭，淮安在明代是个商业很发达的城市。这一切与作品的描绘恰好可以相互照应！

　　神魔小说《西游记》是以神魔为外衣，人情为核心，向我们多角度地展示了明代社会生活的风俗画。作为一部文学作品，《西游记》的认识价值在于揭示了中国封建社会繁华后显现出的种种弊端，展示了中华大国商品经济发展的征兆。作为文化艺术殿堂中的瑰宝，她展现了明代中国的文化生活，反映了中华文化的高度发达（诗、词、歌、赋、曲等），"神魔皆有人情，精魅亦通世故"——神魔、人情、风俗融为一体成为不可多得的社会风俗画。这社会风俗画像一面镜子一样反映了明代的社会、经济、文化生活的发展水平和心态，代表着中华民族的精神风貌。这就是《西游记》给予我们的无价之宝。

孙悟空形象新探

中国有句名言，叫文如其人。法国布封先生也说"风格即人"。作家与其作品中的主人公的关系是水乳交融的关系，像元稹与张生、关汉卿与窦娥、吴敬梓与杜少卿、曹雪芹与贾宝玉、罗曼·罗兰与约翰·克利斯朵夫、福楼拜与包法利夫人、托尔斯泰与安娜等，这些主人公的思想、态度正体现了作者的思想和态度。长篇神话小说《西游记》也是如此，孙悟空形象在某种程度上代表了作者的思想以及对人生、社会的看法，表达了独特的审美艺术观。

吴承恩，作为一个封建时代的知识分子，他希望有一个皇图永固的安康社会。然而，丑恶的现实促使作者对统治者产生怀疑，摒弃了对功名利禄的向往。转而对大自然、艺术的追求。可是，封建专制的黑暗现实又迫使作者只能假鬼神以喻志，所以，这在不同程度上造成了后人对作者及作品的思想、倾向产生模糊的看法，引起莫衷一是的不休争执，这最突出地反映在对孙悟空形象的看法、理解上。诸如孙悟空是地主阶级改革派理想的英雄豪杰，孙悟空是代表劳动人民的神话英雄，孙悟空是新兴市民的化身，孙悟空是屈服于封建统治的"改邪归正""投降变节"者，孙悟空是藐视一切的侠士形象，等等。孙悟空究竟是一个什么样的形象呢？作者通过《西游记》究竟表达出一种什么样的思想倾向呢？这些都是我们研究孙悟空形象必须首先弄清的问题。

一

《西游记》以浩繁的篇幅、曲折的故事情节，生动含蓄地反映了作者对人生、社会的看法与态度。作者借孙悟空大闹天宫、护师取经，反映了正义与邪恶、光明与黑暗的艰苦斗争以及人类克服困难、勇于向前的精神。经过血与火、生与死的考验，锻炼了孙悟空师徒四人，他们经九九八十一难，征服了西天路上的形形色色的妖魔鬼怪，终于如愿以偿。这一切正从情节和场面中自然而然地流露出来的，倘若按照某些同志的观点，《西游记》的主题是矛盾的，前七回大闹天宫与后八十八回西天取经是对立的不可调和的。这必然会贬低《西游记》后八十八回的情节，从而否定整部小说的人民性及其思想价值。事实上，联系整部《西游记》来看，大闹天宫与西天取经是有机的统一，都是借孙悟空的追求、奋斗表达了作者对黑暗社会现实的憎恶，以及希望追求美好幸福生活的愿望，孙悟空大闹天宫、智闯三界的英雄气概与护师取经的勇敢、机智、忠心耿耿都是作者理想、愿望的再现，无论何时、无论何地，为了理想甘愿献出自己的全部才智、力和勇。不管环境怎样险恶，不管道路如何艰难，为了扫除障碍，甘心忍受任何艰难困苦的考验，从黑松林的黄袍老怪，平顶山的金角、银角大王，占据乌鸡国的锺南全真怪，到黑水河的鼍龙、通天河的水怪，再到无底洞的老鼠精等，孙悟空都信心百倍地用自己的力和勇去征服、消灭他们。孙悟空的剿除邪恶、除暴安良的崇高形象引起了后代许多人的推测，说孙悟空形象是农民起义英雄、孙悟空是一个无所畏惧的绿林好汉等，这实际上也正证明这一形象具有无穷的艺术魅力。

文学是时代、社会、人生的产物，以突出地表现、反映人生为己任，尽管方式可以有不同，但是，从中我们能够发现那个时代、社会的作者对人生的态度与看法。明代是中国封建社会中典型的专制主义时代，封建礼教、封建道德伦理思想像道道绳索束缚得人喘不过气来。《牡丹亭》《西游记》共同构成明代浪漫主义文学的主流，《牡丹亭》直接提出"情"作为创作的根本，并有意把"情"与"理"对立起来，塑造了柳梦梅、杜丽娘等艺术形象，以大胆的个性解放呼唤着一个文学新时代的到来。《西游记》则将一个充满宗教色彩的神话变为具有人性光辉、人生理想追求的浪漫主义神话杰作，塑造了孙悟空——"这一个"充满理想、神奇色彩的神话英雄形象，通过他征服自然、孜孜追求理想境界而毫不懈怠的精神，向人们展示出神圣宗教神学的无能为力，新的理想、观念已深入人的心灵，一个伟大的目标——自由正在向人们招手。吴承恩根据自身的经历及观察，融理想与现实为一体，借孙悟空形象向我们表白了自己对封建专制、宗教神学的看法和态度。若说《西游记》充满反宗教神学的激进的民主主义思想则不太符合作品的实际，作品分明表现了佛法无边。若说《西游记》大肆宣扬了宗教神学则也不能让人接受——作品中也明显地反映了不少对宗教神学的辛辣讽刺、嘲笑。显然，作者的本意并不在此，而是借宗教外衣作掩护，表现一种对社会、人生的态度，其中有对宗教神学的欣赏，也有对保国安民、皇图永固理想的倾慕，但更主要的则是充满对人生理想幸福生活的向往与追求。迫于专制统治、朝廷暗无天日、官场混浊，唯有佛、道家的出世隐身思想才能摆脱这种束缚，但是，作为一个儒生"达则兼济天下"的入世思想始终令作者久久不能忘怀现实。然而，残酷的现实又使作者清醒，"乐土""乐国""乐郊"的理想唯有从大自然、山水风光、日月星辰中去求得。他在《金山寺》二诗中说："十年尘梦绕中泠，今日携壶试一登。醉把花枝歌水调，戏书蕉叶乞山僧。青日月落江鼋出，绀殿鸡鸣海日升。风过下方闻笑语，自惊身在白云层。""几年梦绕金山寺，千里归舟得胜游。佛界真同江月静，客身暂与水云留。龙宫夜久双珠见，鳌背秋深井玉浮。醉倚石栏时极目，霁露东起海门楼。"便是上述这一思想的充分体现。现实中的吴承恩无意功名，做了一段长兴县丞还只为养家糊口，官场的黑暗曾使他下过狱，出狱后再也不愿做官了，只是过着"野庙丹青古，亭亭枕碧湖"式的逍遥生活，但"气与山河在，心将水月孤"。①伟大的抱负、理想终使作者不能忘怀社会现实，正是带着这种矛盾心理，作者创造了理想化形象——孙悟空。孙悟空的矛盾正是上述作者思想矛盾心理的集中体现。无可否认，前七回与后八十八回的孙悟空形象确有矛盾，这是客观事实。但作品中更多的情节、场面中展现的却是一个有血有肉的顽强的理想英雄形象，"千钧棒"扫除一切妖魔鬼怪正是作者对丑恶现状憎恶的寄托，"皇帝轮流做，明年到我家""强者为尊，我居先"正是对玉帝（人间帝王的化身）不会用人，对自己不被赏识的不满、牢骚。这种思想无疑是有积极意义的，清代龚自珍"我劝天公重抖擞，不拘一格降人才"也正是这一思想的继续、前进和发展。

从美学角度看：具有崇高特性的形象，一般指具有艰巨斗争的烙印并显示出真与假、善与恶、美与丑的相对抗、相斗争的深刻过程。崇高正是以这种美与丑的斗争来激励人们的战斗热情和伦理态度。正是在这种严酷的斗争中展示出美的必然胜利，展现出符合客观规律的社会实践的伟大力

---

① 吴承恩：《露筋祠同朱子价赋》，《射阳先生存稿》，台北"故宫博物院"藏，明万历刻本。

量和它不可阻挡的历史发展的必然前途。① 《西游记》的主题正是体现了这种崇高。孙悟空代表了正义，是作者理想的化身，而西天的妖魔鬼怪则代表了邪恶势力。通过两者多次正面交锋，光明战胜了黑暗，正义终于战胜了邪恶，西天取经的成功，唐僧师徒五人载誉而归，不正体现了人类孜孜以求的理想及其理想追求的不可遏止吗？在这美与丑、光明与黑暗的搏斗中，屹立着一座艺术塑像——这就是孙悟空。他的崇高伟大体现了理想化的人民斗争精神、反抗意志和惊人力量。大闹天宫是他艰苦创业的前奏曲，西天取经是他建功立业历史的凯歌。正像胡光舟同志所说：大闹天宫侧重于对传统势力的反抗，取经故事侧重于对理想光辉的追求，但两者都表现在正义反对邪恶的斗争中，统一在孙悟空这个中国人民所热爱的理想主义英雄形象身上，还统一在这两个故事所共同具有的正义性之中。② 无论是大闹天宫，还是西天取经，都显示出了真与假、善与恶、美与丑相对立，相抗衡的过程，崇高艺术形象孙悟空正是两者对立的焦点，通过这一形象，作者十分含蓄地反映出人类社会中进步力量的巨大潜力。正由于历史上的农民起义、改革、变法维新都经历了十分复杂、曲折的过程，涌现了许多动人的具有英勇献身精神的英雄，写下了名垂千古、可歌可泣的篇章，从而使人觉得《西游记》里的孙悟空形象往往大于作者的思维——"孙悟空是地主阶级改革派理想的英雄豪杰，代表劳动人民的神话英雄，新兴市民的化身，屈服于封建统治的改邪归正，投降变节者"云云。我们想，这也不奇怪，文学是人学，它是反映人生的。实质上，撕下《西游记》的层层外衣，我们会不知不觉地感到作品的崇高主题和作者的崇高人格。伟大的理想正是通过艺术形象孙悟空表现出来的，孙悟空也正是《西游记》的崇高主题和吴承恩的崇高人格的体现。

作者笔下的孙悟空本是花果山水帘洞的石猴，原可以安安稳稳地生活，但老孙深感生死之忧，便寻求长生不老之术，经过努力，终于如愿以偿。然而，孙悟空又不是清静无为之辈，仿佛与安逸生活无缘，他要生活得更美好，便又开始了"长征"。首先去龙宫寻宝武装自己，"金箍棒"成了他称心如意的武器，大闹龙宫、地府，并惊动了玉帝，使得玉帝三番五次地

---

① 参见王朝闻《美学概论》，人民出版社，1981。
② 胡光舟：《吴承恩和西游记》，上海古籍出版社，1980，第83页。

要围剿，最后在迫不得已的情况下才封他为"弼马温"。但是，这岂能拴住老孙的心，当弄清底细后，他便一路金箍棒直打出天宫，回到花果山自封为"齐天大圣"，要与玉帝平起平坐。这下惹起了天兵天将的围剿，布下天罗地网，最后，他在二郎神和太上老君的诡计中遭擒。然而，任凭"刀砍斧劈"，他仍无所畏惧，最后被放在八卦炉中，却又因祸得福练就一双"火眼金睛"。无奈，玉帝不得不请来西天佛祖如来，而如来大佛也玩弄手段才将孙悟空压在五行山下，后来如来大佛又发了慈悲，让老孙以后改邪归正。通观整部作品结合作者思想，我们以为，这与其说是佛祖发慈悲，不如说作者不忍心让自己的宠儿孙悟空永远埋在山下，而是借唐僧西天取经让他复活、重生。这在后来得到明确证实：孙悟空英勇机智不减当年，五百年后，他的力和勇则远在五百年前"大闹天宫"之上。哪方妖魔、哪路鬼怪全都在他的力、勇、神威下败北丧身。功成名就，他被封为"斗战胜佛"，勇敢善斗、战无不胜的精神永存。孙悟空的经历正说明人生的理想在于奋斗、不懈的进击追求。作者正是按照这一愿望来塑造孙悟空形象的，所以，孙悟空的思想正是作者思想的再现。

二

真、善、美则是客观的，它们受人类社会实践活动的规定、制约。所谓真即客观世界的运动、发展和变化中所体现出来的客观事物自身的规律性。善是人们实践活动及客观事物与一定社会关系中人的目的相一致，即行动的合目的性。美则是这种合目的性的实践活动的过程或结果上所体现出来的对人类改造世界的能动的创造性、智慧、才能和力量的现实的肯定。《西游记》中的主题所表现的正是这种真、善、美的完美统一。作者按照社会生活发展的逻辑，向我们展示了源于自然、超于自然的典型艺术形象孙悟空，其一言一行一举一动都体现了客观事物自身的规律性，所以，孙悟空形象首先给予我们的是真实可信的人的印象。在真的基础上，作者又将孙悟空放到大自然、人类社会中，让他上下驰骋、无拘无束，尽管如此好动、喜斗和争强，但都既符合人类理想的现实性，又更符合人们所理想的那种目的——征服自然、改造自然、无所畏惧、勇往直前，作者在真、善的基础上善于发掘孙悟空形象身上所体现的人类改造世界的创造性、智慧、才能和力量——一个筋斗十万八千里、七十二般变化、火眼金睛、聪明机智。

在《西游记》中，真、善、美的和谐统一又正是在与假恶丑的相比较、相对立中凸显出来的。无疑，孙悟空是真、善、美的化身，西天路上的妖魔鬼怪正是假、恶、丑的代表。通过两者生死的搏斗，深刻地谴责了假、恶、丑是人类前进的大敌，说明必须"金猴奋起千钧棒，玉宇澄清万里埃"。从马克思主义美学角度来看，真假、善恶、美丑的对立统一和斗争发展，根源于人类改造自然、改造社会的社会实践活动，体现着社会发展的本质和规律。吴承恩却以自身独特的经历、实践经验，向我们展示了对社会发展本质规律的认识和体会。在他看来，社会要清平、安定，必须要有圣贤并能主宰自然、社会的英雄来辅佐天子，借孙悟空形象的塑造，作者颂扬的不正是如此理想的英雄吗？九九八十一难，表面上是唐僧的历险，实际上正是对孙悟空的考验与磨炼，其崇高性也正是在一难又一难，一险又一险中同假、恶、丑的化身（妖魔鬼怪）相对立、相搏斗中充分地展现出来的。

艺术实践告诉我们，真、善、美的和谐统一首先是真善的统一，美体现了真与善的和谐一致。中国传统的美学观主张美是和谐，这不能不使作为艺术家的吴承恩受到影响与熏陶。作者在塑造孙悟空形象时，首先注意的正是如何将真善合一在这一形象身上，如果说外貌不够美，也不够善，但却真。作者追求的并非这些，更主要的则是心灵、思想的和谐一致。人的美应是心灵的聪慧与善良，为了使人注意心灵，就必须发掘出孙悟空心灵中真善美的闪光。孙悟空带着人的头脑去思想、行动，处处表现了人的机智、勇敢。孙悟空是大自然的儿子，大自然的风风雨雨、日月星光哺育了他，他一出世便发出万道金光，射冲斗牛，表现了叛逆者的不同凡响，尽管是猴子，但他学人语、穿人衣，俨然一个活生生的有思想有灵魂的人。从"大闹天宫"到"西天取经"，作者充分地反映了他心灵的真、善、美的发展轨迹。他的坚定意志、勇敢顽强和聪慧机灵与唐僧、猪八戒形成鲜明对比。尽管猴的外貌并非美，但作者的艺术之笔使我们在阅读《西游记》时总会不知不觉地忘却孙悟空猴的外貌，而总是注重他的思想、性格和心灵的真、善、美。

车尔尼雪夫斯基说，美是生活，是我们理想中的那种生活。《诗经·硕鼠》中所向往的"乐土""乐国""乐郊"，陶渊明所追求的"怡然自乐""优哉游哉"的"桃花源"，柏拉图的"理想国"，《水浒传》中的"水泊梁山"，《西游记》中的"花果山水帘洞"等，都展示了对人类美好理想世界、美好生活的追求，实际上也正是对美的向往。孙悟空形象正是这一向往追求的使者，从他身上，我们会清楚地看到作者为我们所描绘的那幅理想的生活画卷——在神气氤氲下，有那"花果山福地，水帘洞洞天"，"春采百花为饮食，夏寻诸果作生涯。秋收芋栗延时节，冬觅黄精度岁华"。完美的境界孕育了美的艺术形象孙悟空，这优美宜人的自然风光，恬静的山林、潺潺的流水，异香诱人的花草都构成了一幅人类理想社会的风俗画，加上动人的主人孙悟空，无不生动形象地展示出作者所理想的那种生活美。然而，在作者看来，世上真正完美的人是没有的，人人都有缺点，即使理想英雄孙悟空形象也是如此。作者毫不掩饰地描述了孙悟空的尖嘴缩腮、骄傲自大，急躁爱捉弄人、容易冲动，好斗、好胜等缺点，在盘丝洞因"男不与女斗"，不肯扫除那蜘蛛精，后来惹下了许多麻烦！六十一回，他刚从铁扇公主那里弄来芭蕉扇就"得胜的猫儿欢似虎"，扬扬自得，结果反中牛魔王的奸计。在狮驼岭，他让八戒打头阵，"把绳儿扣在他腰里，捉弄他出战"，"呆子手软，架不住妖魔，急回头大叫：'师兄，不好了，扯扯救命索，扯扯救命索！'"，孙悟空听后反而"转把绳子放松了，抛将去"。以致师弟猪八戒陷入魔窟。可贵的是，作者正是通过这些缺点，向人们昭示：美在于创造，在于不断地克服自身的缺点，西天取经的成功则就是师徒五人齐心合力战胜妖魔的胜利。我们说更是作者追求美、抛弃丑的胜利！孙悟空形象的缺点正是"美人脸上的一颗黑痣"显得更真，因而也就更亲切可爱。

美是和谐，人的美不光包括外貌、仪表，还必须要有精神、气质。《西游记》中，孙悟空形象身上美的方面无疑是居于主导地位的，而唐僧则要稍逊之。作者在进行艺术化处理时，总是将两者放在一起，通过对比、烘托和映衬的手段，充分地展现其独具的审美观。经过读者审美意识的过滤，从而实现了美与丑的对比，褒扬了孙悟空英雄形象的美，讽刺了唐僧懦夫形象的丑。把传统的取经故事中的主人公唐僧变为孙悟空，让唐僧充当傀儡，让孙悟空取而代之为实际的主角，这不能不说正是这一艺术创作思想的充分体现。美在和谐，从表面上看，孙悟空的外貌与他的心灵是那样不和谐，然而，作为艺术形象，他的言语、行动、性格与外貌结合得那样巧妙，又显得那么和谐。这是因为，作者抓住了这一形象的本质，实现了从不和谐向和谐的转化。孙悟空虽具猴的原形，但，其机智酷似人，勇敢又恰如英雄。孙猴子在作者的艺术之杖下化为活生生、富有世俗性的人。正如有的研究者所指出的，神、人、动物性在孙悟空身上得到和谐统一，"作者运用人、妖、兽三结合的特殊手法，在人物身上体现了人间社会中人的思想感情等社会属性、兽的外形和习性等自然属性、妖的神通广大的本领等传奇性。这三者相辅相成融合在一起，又以人的思想感情等社会性为主体，化合成人、妖、兽三结合的艺术特征"①。这正揭示了孙悟空形象塑造的奥妙之所在。这也不由得使我们想到作者塑造这一艺术形象所展示的艺术思想审美理想之所在。

三

《西游记》作为一部神话小说，其讽刺性是十分强的，滑稽的场面、有趣的情节、诙谐幽默、嬉笑怒骂的方式则体现了杰出的喜剧艺术性。如果说崇高的主题、崇高的形象、真善美的统一集中体现了吴承恩塑造艺术形象的文艺思想，那么，喜剧性则是作者塑造孙悟空形象的又一特色。

吴承恩自幼好奇闻，复善谐剧。"故虽述变幻恍惚之事，亦每杂解颐之言，使神魔皆有人情，精魅亦通世故。"② 他的这种"解颐""善谐"的天性对创作《西游记》、塑造孙悟空形象不能不起十分重要的作用。从作品本身来看，他常常借助喜剧性的情节、场面来刻画其喜剧性的人物形象的思想、行为，塑造了完美的充满幽默诙谐情绪的喜剧艺术典型孙悟空形象，孙悟空的思想、言行都带着令人难忘的喜剧性。

其一，展现在我们眼前的孙悟空是个尖嘴缩腮、毛脸雷公嘴、罗圈腿、歪歪扭扭的拐子步，长尾巴、红屁股的石猴，这恰好具备了引人发笑的喜剧性。他闹三界、斗神仙、斗龙王、斗妖魔紧紧地连在一起，面对天兵天将，他毫无惧色，用隐身法冲出包围，"变作二郎爷爷模样"，驾云到灌江口真君庙里接受鬼判们的"磕头迎接"等，机智、乐观、诙谐的意味溢于言表。

其二，在作品中，孙悟空又仿佛一股充满喜剧性的春风，吹向哪里，

① 刘毓忱：《论〈西游记〉塑造人物的艺术特色》，《西游记研究》，江苏古籍出版社，1984，第 104～105 页。
② 鲁迅：《中国小说史略》，人民文学出版社，1973。

哪里就喜气洋洋。他能使忧愁变作喜悦，使愁容化为笑脸，使痛苦立刻烟消云散。例如，在敬道灭僧的乌云笼罩着的车迟国，孙悟空一来到，他那诙谐的语言像一股清风吹散了和尚们心头的忧愁。每当唐僧面临艰难险阻、愁眉不展、无限伤心忧虑之时，唯独孙悟空充满着乐观主义精神，以自己诙谐有趣的语言解除唐僧的忧虑，并用自身的力和勇消除前途上的艰难险阻。在黑风山、黄风岭、万寿山、五庄观、平顶山、通天河、西梁国、琵琶洞、火焰山、黑松林、无底洞、金平府、玄英洞、天竺国……唐僧经历了重重艰难险阻，多少次生与死的考验，时常危在旦夕，多亏了孙悟空的英勇、机智。常常是唐僧、八戒、沙僧、白龙马一起受难，孙悟空总是逍遥乐观、诙谐幽默不减平常，更可贵的是又充满着一种大无畏的英雄主义精神，谈笑自若、毫无惧色，同时也表现了孙悟空形象的喜剧性。

其三，作者借孙悟空形象的言语、行动对神圣的宗教和社会丑恶习气进行了无情的嘲弄。第七回孙悟空与如来大佛赌赛，在如来大佛手指边撒尿留名的场面，正是对佛教神圣权威的极端蔑视。四十五回，在三清观，孙悟空让虎力、鹿力、羊力三仙喝尿的情节则是对盲目迷信宗教者的有意戏弄。对猪八戒贪色、贪食、贪睡的捉弄，正是对懒汉者、好色之徒的严重警告和鞭挞。另外，对西天佛祖、观音私派或脱漏的座下、门下的童子、狮、象、虎、豹来人间作怪成精的谩骂——说观世音"该她一世无夫"，说如来是"妖怪的外甥"等，都深刻地嘲弄、无畏地亵渎了宗教神灵。

鲁迅先生说过，喜剧是将人生无价值的东西撕碎给人看。确实如此，喜剧主要通过对旧事物的鞭挞、否定来达到对新的、完美事物的肯定。其根本的美学意义就在于揭穿旧世界的内在的空虚、无价值，激起人们最后埋葬、消灭它们的信心、勇气和力量，使"人类能够愉快地和自己的过去诀别"①。《西游记》以喜剧性的情节、喜剧性的人物、喜剧性的语言讽刺了社会上形形色色的虚伪、丑恶的事物，借孙悟空形象，抨击"神圣"的宗教正在虚伪、自私、残酷、无情地扼杀着美好人性的罪恶。例如，在大闹天宫后，统治者（玉皇大帝）对孙悟空一面是磨刀霍霍、凶相毕露，一面则是虚伪的欺骗、安抚。倘若说，作者借孙悟空的金箍棒向旧世界挥扫而

---

① 马克思：《〈黑格尔法哲学批判〉导言》，《马克思恩格斯全集》第 1 卷，人民出版社，1956。

去，表达了对黑暗混浊社会的痛恨，那么，借孙悟空对统治者、妖魔鬼怪诙谐、幽默的喜剧性的挖苦、嘲笑，则表现了自己同旧的腐败的统治势力的决裂。另外，作者借此又表明了自己的人生态度——人应当不断努力、克服困难，愉快地告别黑暗的过去，才能正确地面对人生，获得永生和幸福。而孙悟空形象则正是作者告别过去，对美好未来的无限追求与希望之所在，这便是在那一声声意味深长的笑声中给予我们的深刻的启迪。

通过对西天路上的形形色色的妖魔鬼怪的讽刺、挖苦、嘲笑，作者表达了对明代社会黑暗现象的无比憎恨。作者借孙悟空形象，对当时黑暗的社会现状报以无情的嘲弄，撕下了玉皇大帝、太白金星、太上老君、如来大佛虚伪、无能、自私和狡诈的丑恶面目，并给予辛辣的讽刺，让人发出无情的嘲笑。此外，作者又将猪八戒的三贪，唐僧的胆小怕事、软弱无能与孙悟空的大公无私、勇敢乐观、机智聪慧形成鲜明的对比，通过彼此的矛盾、冲突，表达了作者自身的喜剧美学观——人未来的一切都应当是美的。喜剧艺术形象孙悟空既是作者理想的英雄，又是未来人类的化身。

异曲同工　各臻其妙

——《西游记》《浮士德》简论

《浮士德》是公认的世界文学名著,在世界文学之林中占有杰出的地位。任何一部作品如果能与其相提并论,显然是一种极高的荣誉。在中国,能担当这一荣誉的恐怕是《西游记》。两部作品虽然超越了国度、世纪……但是,对社会、人生、艺术的执着探索、追求,深深震撼了世界。

有人说《西游记》是"中国的《浮士德》"。显然是想以此来赞美《西游记》。但我们认为,从时代发展先后早晚来看,《浮士德》应是"德国的《西游记》"。

在现代,文学艺术是不应分别国度的。早在 19 世纪初,伟大的作家歌德就预示过——"世界文学的时代已快来临了"。今天,让我们通过《西游记》与《浮士德》的比较分析,来证实这一伟大的预言吧!

一

文学是社会生活的反映,任何一部伟大的艺术作品,都毫不例外地要反映出那个时代的社会生活。从这些文学作品里,我们能探求到时代的痕迹。因为,杰出的艺术家都是时代的向导,他们通过自己的作品向时代发出呼唤。

《西游记》《浮士德》之间虽然相距大约两个多世纪,但都以自己的独特的方式发出了时代的呼唤。

《西游记》作者吴承恩生当明代中叶。那个时代是中国历史上少有的腐败、昏暗的时代。作者饱经了世道沧桑——宦官专权,政治腐败,士卒失所,百姓流离。作者用自己的作品,向那个时代发出了强烈的呼唤。

《西游记》通篇是神魔鬼怪,似与现实毫无关系,但实际上,作者将满腔的怨愤全都倾注其中。借此相当含蓄而深刻地揭露和批判了那个时代最丑恶最黑暗的东西。在作品中，我们看到，从龙宫、地府到天宫，从天宫到西天，从人间到天上，全没有一块"乐土"。天宫——富丽堂皇内隐藏着奸诈、无耻，西天——庄严神圣中透露出虚伪和自私。天宫中玉皇大帝，这个"庄严"的偶像，貌似神圣，却昏庸无能。他为了镇压孙悟空的反抗，在太白金星、太上老君一伙的策划下，设骗局、弄阴谋，完全失去了庄严崇高的气势，相反却显得格外渺小、低级。由此，我们不难看到中国明代社会中那些昏庸、贪婪、自私的封建王侯和官员的丑恶面目。更有意味的是，作者描写了取经途中的许多妖魔鬼怪，借之象征危害人民的恶势力，反映社会的现状。这些描写更具有鲜明的时代特点，有着真实可信的社会现实作依据。如第四十四回，写车迟国国王被道士所迷惑，显然有现实生活作凭借。据史书记载，明世宗崇奉道教，先后封道士邵元节、陶仲文为真人，官至礼部尚书（详见《明史》卷307《邵元节传》《陶仲文传》）。又如第四十回写红孩儿怪把一伙山神土地弄得"一个个衣不充身，食不充口"，丛恶小妖"讨甚么常例钱"，这不正是明代社会"豪横之剥削无已，官府之征求无度"，人民"寒暑之衣食不给"（罗一峰：《与府县言上中户书》）的社会的现状的真实反映吗？

　　基于这种种情况，我们已十分清楚地看到作者对当时社会的揭露和批判。那么，作者开的医治良方是什么呢？

　　从作品中，我们能看到作者毕竟是大明的子民，无意推翻昏庸的朝廷，而是幻想通过推行"王道"来建立一个理想的"乌托邦"——皇图永固、国泰民安、五谷丰登、钟爱黎民的"极乐世界"。孙悟空"大闹天宫"的失败，作者对玉华国的颂扬便可见一斑。

　　《浮士德》作者歌德生活的时代也极端黑暗。当时的德国分裂为三百多个封建国家，连年内战、民不聊生、关税重重、暴政累累，极大地阻碍和限制了资本主义的发展。正如恩格斯所说："国内的手工业、商业、工业和农业极端凋敝。农民、手工业者和企业主遭到双重的苦难——政府的搜刮，商业的不景气……一切都很糟糕，不满情绪笼罩了全国……除了卑鄙和自私就什么也没有。"[①] 从《浮士德》中，我们能看到那个时代，《浮士德》

---

① 恩格斯：《路德维希·费尔巴哈和德国古典哲学的终结》，《马克思恩格斯全集》第21卷，人民出版社，1965。

第二部第一幕：

> 谁要是从这崇高庙堂向全国瞭望，
> 就好比做了噩梦一场，
> 处处是奇形怪状，
> 非法行为穿上合法伪装，
> 一个颠倒世界在跋扈飞扬。
> 夺人妻室，抢人牛马
> 还从圣坛上盗取酒杯、烛台和十字架，
> 匪徒逢人自夸，
> 说自己多年来平安无事，逃脱王法。
> 当今乱世扰扰纷纷！
> 不是你死我活，便是我夺你争，
> 对命令充耳不闻。
> …………
> 士兵本应当保卫帝国，
> 却任其遭受抢劫和骚扰。
> 只好眼睁睁地看匪徒到处横行
> 一半天下已弄得民不聊生
> 各邦虽然也有国君
> 可是却认为这不关本身的事情。
> 谁还能指望联邦成员
> 连承认下的贡赋都不肯交献
> 就好比水管断了水源。
> …………
> 财源的大门已经堵上，
> 人人都在搜刮、聚敛和储藏
> 而国库却已耗得精光。

另外，作品第一部"散步"那场中借靡非斯特讽刺了教士诈骗财物的丑态：

母亲请来一位教士，

教士还没把话听毕，

一见宝物便满心欢喜。

他说：这种想法真是不错！

谁能克制，才能收获，

教堂的胃口很强，

虽然吃遍了十方

从不曾因过量而患食伤，

信女们功德无量，

能消化不义之财的只有教堂。

　　没有那个时代的社会生活，没有对那个时代社会生活的亲身体验与感受，又哪来上述这些鞭辟入里、入木三分的揭露与展现呢？从这些"石破天惊"的言辞中，我们不难看到，作者在对那个世道，社会现状的揭露中渗透了多少痛恨、讽刺和蔑视！

　　全剧贯穿了批判精神，一方面批判了现实中丑恶的东西，另一方面也否定了资产阶级自身的错误道路和不切实际的幻想。例如，诗剧中既批判了中世纪僵死教条的精神束缚，又批判了市民社会的保守鄙陋，还揭露了封建王朝的腐败，更有力地谴责了资本主义初期的发展带来的种种罪恶。

　　作品将希望寄托于创造人间乐园的伟大事业——开疆辟土，使"自由的人民生活在自由的土地上！"

　　如上所述，两部作品都借对当时社会现状的揭露与批判，反映了各自的时代。尤为可贵的是，他们都走在了那个时代的前列。两位伟人都共同地对美好的未来寄予无比伟大的希望——"15～16世纪的'皇图永固''国泰民安'"和"18～19世纪的'自由的人民生活在自由的土地上'"，尽管有差别，但都是那一时代的美好的"乌托邦"。从历史发展观点来看，两位伟人虽然都站在了时代的前沿，但他们永远也不能超越于那个时代，在他们的前面永远隔着一道历史的、时代的鸿沟。因此，他们所发出的时代呼唤——美好的理想只能寄希望于未来。

二

任何伟大文学巨著都应当是伟大民族的骄傲，不仅反映时代的呼唤，而且要高奏民族的强音，借此来震惊世界。翻开世界文学史，哪一部杰出的巨著不是民族魂灵的象征、民族强音的回声呢？吴承恩的《西游记》是中华民族的最强音，《浮士德》则是德意志民族的最强音。

《西游记》揭示了几千年来中华民族艰苦奋战、勇往直前的民族精神。无论天上地下、水里陆地、江海湖泊、高山峻岭，都深深烙下了中华民族自强不息的印迹。

中华民族是一个饱经风霜、历经灾难，具有光荣传统的伟大民族。从三皇五帝、从大夏到辉煌的秦汉、灿烂的盛唐。无论是外族入侵，还是天灾人祸，我们的民族坚韧不拔，英勇斗争，终于自立于世界民族之林。我们民族为什么能历经磨难，坚强不息呢？就是因为，艰苦创业、勇往直前是我们民族的精神支柱。这种精神同样也反映到了文学艺术领域。从远古的《诗经》《楚辞》到唐宋诗词、元杂剧，再到明代传奇小说，无不浸透着中华民族的伟大民族精神。吴承恩抚今追昔，以满腔热忱，饱含民族精神，用如椽巨笔，将几千年来中华民族的民族精神融于《西游记》中，通过唐僧、孙悟空、猪八戒、沙僧等的追求、探索，宣告人生的意义、社会的前途、民族的振兴在于伟大的开创、勇敢的追求……无论是向往天外，还是飞出世界，奔向神秘的西天，都有一根主宰乾坤的支柱——自强不息。孙悟空形象是作者理想中的英雄，作者将一切美好的思想，品德、智慧、才能都赋予了他。让他无拘无束，如飘浮的彩云，如惊天动地的闪电、响雷，深深地震撼了宇宙。不管风吹浪打，不管刀砍斧劈，不管烈火熏烧，不管……他都能挺得住并勇敢地站起来。"大闹天宫"，他是叛逆的英雄，"西天取经"，他又是勇敢的斗士。"西天"是作者理想世界的象征。这条"金光大道"，十分的遥远，而且充满妖魔鬼怪，灾难危险层出不穷。倘若说这条"金光大道"恰好似我们民族走过的并正在走下去的阳光大道。那么那一处处屏障、险阻，不正好像我们民族曾遭受磨难的象征吗？孙悟空正像是我们民族精神的实践者，他的奋斗史正是我们民族自强不息、英勇奋斗的光辉历史的见证。

无独有偶，歌德的《浮士德》也是这样。歌德作为一个伟大的诗人，将伟大的创造才能与内在强烈而高尚的思想情感融会到他的作品中，使其作品所表现的灵魂变成民族的魂灵，成为德意志民族的最强音。

德意志民族也是一个伟大的民族。从日耳曼的史诗《希尔德布兰特之歌》到德国史诗《尼伯龙根之歌》，再到德国民间故事书《浮士德博士生平》，我们不难看到，德意志民族的伟大。日耳曼人战士的荣誉、刚强勇敢的性格一直是德国民族精神的象征。《浮士德》以饱满的热情，颂扬了德国民族这种勇敢追求、不懈探索的民族精神。从"小世界"到"大世界"，从遥远的中世纪到美丽的大自然，从古希腊到市民社会，在这样一个历史长河中，在这样一个广阔无垠的世界中，浮士德勇敢探索，奋勇追求，不正深刻地反映出德意志民族勇敢向前的足迹吗？

《浮士德》通过描写主人公浮士德一生探索人生理想、不断追求的精神，宣扬了挣脱中世纪愚昧状态，克服内在的、外在的矛盾，创造理想王国的启蒙思想。浮士德经历了"知识、爱情、政治、美和事业"的悲剧，使他深深体会到人生的真谛不仅仅在于掌握书本知识，放纵情欲。他的不懈追求，终于取得了成功。他敢于同魔鬼打赌，表面上看，他失败了——在说完"你真美呀，请停留一下"后倒地而死。但是，他的灵魂却被天使们拯救。实质上，他终于胜利了——精神永存。歌德在谈到《浮士德》时，特别强调结尾的几行诗：

> 灵界高贵的成员
> 已从恶魔手救出
> 不断努力进取者，
> 吾人均能拯救之。

歌德说："浮士德得救的秘诀就在这几行诗里，浮士德身上有一种活力，使他日益高尚和纯洁化，到临死，他就获得了上界永恒之爱的拯救。"[①] 浮士德的努力进取精神，并非凭空从天上掉下来。没有日耳曼人艰苦奋斗的民族精神，又哪来浮士德的精神呢？浮士德精神——有人说概括了自文艺复兴以来的资产阶级精神生活发展史，我们不妨说，又在更高意义上凸

---

① 爱克曼著《歌德谈话录》，朱光潜译，人民文学出版社，1978，第 224 页。

显了德国民族精神。——正如郭沫若先生所说的"它实在是一部灵魂的忠实的记录"①。

"如果一部文学作品内容丰富，并且人们知道如何去解释它，那么我们在作品中所找到的，会是一个人的心理，时常也就是一个时代的心理，有时更是一个种族的心理"（《〈英国文学史〉序言》）。两部作品都生动、形象地概括了东西方两大民族的精神，从比较中，我们能看到。《西游记》展示了孙悟空勇敢战斗、顽强不息的积极向前的精神，但更突出地表现出探索者、追求者的高尚而伟大的积极主动性。哪里有困难，就在哪里出现，明知山有虎，偏向虎山行。这不正是中华民族精神的具体显现吗？而《浮士德》虽然也展示了浮士德努力进取的精神，但主动性较前者则稍逊之。浮士德主要是从错误中获取教训，向着更高境界奔驰。而孙悟空则是勇敢地寻求困难，去战胜灾害。孙悟空眼前有伟大的理想——重新为人指引着，而浮士德只有魔鬼引路。孙悟空无拘无束，而浮士德则有沉重的因袭负担——"一个沉溺在迷离的爱欲之中，执拗地固执着这个尘世"。当然，二者都"向那崇高的灵的境界飞驰"，并获得了永生。但由此也不难看出东、西方两大民族在精神世界、思想意识上的差异。总之，不管怎么说，东、西方两位大作家，都通过自己的作品唱出了民族的最强音。

三

假若说，任何杰出的文学作品都反映出民族的最强音，那么，也更应是作家世界观、文艺思想的具体表现。在古老神秘的中世纪，神主宰着一切，无论东西方，宗教、神学思想一直统治着社会。作家、作品思想无不打上神的烙印。从两位作家及作品来看，他们的世界观文艺思想虽然有差异，但对神的态度则是基本相同的。泛神论思想在他们创作中占有十分重要的地位，也起着非常重要的作用。

《西游记》作者生活在充满宗教色彩的社会里，明中叶，帝王的崇道、信佛、三教合流以及来自异域的神学观念深深地充斥着社会各个领域。对神的崇拜、信仰一直是封建时代的典型产物，加上统治阶级的宣扬、鼓吹，便成为一种无可抹杀的宗教信仰——统治阶级思想成为统治思想，封建时

---

① 郭沫若：《〈浮士德〉简论》，《浮士德百三十图》，重庆群益出版社，1947。

代的人不能完全超脱于对神、宗教的崇拜、信仰之外。即使伟大的带有封建叛逆思想的文学家、思想家也不能例外。吴承恩虽然对神圣宗教有不满，在作品中极尽嘲笑之能事，但绝不是个无神论者。神的观念他是有的，但在他的意识里，神的概念是广大的。于是，在他的作品中，神圣的天上世界，一分为三：一为天宫，玉皇大帝主宰；一为西天，如来大佛掌管；一为三十三天，由太上老君主持。什么风神、雷神、土地神，等等。更有甚者，连孙悟空、猪八戒、沙和尚、唐僧和白龙马最后也成了神。可见，神的界限是多么不分明。让神与自然界、人类社会联系在一起，打破了一神独霸的局面，不能不说是十分大胆而独具一格的。从作品中可以看到，孙悟空等五众的顽强拼搏、取得胜利，主要靠他们自己，而神、佛都不过是辅助者，居于次要地位。仔细观察作品，不难看到神、自然界、人联系在一起是有机的统一体。中国传统的"神在物中""物我合一"的泛神思想在作品中达到充分而完美的体现。

《西游记》正以其深刻的思想体现出泛神思想的光芒。世界是人类的艰苦劳动创造出来的，大自然的真正主宰是人类，虽然在作品中设想有一个天宫，实际上那正是人间统治政权的投影。作品中所有一切的神灵无不带有人的思想、语言和行动，至少是人的思想、行动的放大、夸张化、形象化。神不过是穿着人衣的高于人之上的统治者。无论是玉皇大帝、太上老君、西天佛祖、观世音、太白金星等，谁能例外？所以说：神在人中、神人合一则正是作品所迸发的泛神思想的光芒。

有趣的是，伟大的歌德也是一位泛神论者，他认为大自然本身就是神，可以用一百个名字来称呼他[①]。请听：

> 我是神明的肖像
> 自认为已很接近永恒真理的镜子
> 在天光和清澄中自得其趣
> 解脱了尘世的凡躯
> …………
> 我不像神。

---

① 爱克曼著《歌德谈话录》，朱光潜译，人民文学出版社，1978，第237页。

在他的杰作《浮士德》中，最突出地体现了他自身的个性解放思想，最明显的标志就是泛爱和人神之爱。浮士德这个作者笔下的宠儿，正是其泛神论思想的体现者。作品第二部，浮士德昏迷中梦想希腊美女，在"霍蒙苦鲁斯"的带领下，飞到古希腊世界，浮士德又得到巫女曼陀之助，感动地狱女主人，使海伦复回阳世，并又爱上了海伦。请听他们的表白：

海伦：

爱情造福于人类

使我们如意成双

它更给人以无上的狂欢

添加一个宝贝儿郎。

浮士德：

一切都已定局，

我是你的，你是我的；

我们联系在一起

海枯石烂也不分离！

无论神、人，都能相爱，并且一见钟情。这是何等大胆的思想，在那神圣的世界里。在浮士德看来，一切都是爱。他说"感情便是一切""叫它幸福！是心！是爱！是神！"在作品中，无论神、人，还是天使、魔鬼都融会在一个世界里。神是人，人也是神。在作者心目中，大自然本身就是神，人与自然是融于一体的。

《浮士德》正是在这一主导思想的统率下来展示浮士德心灵发展的历程的，突出地体现在整部作品中的富有哲理思辨的依据便是这种贯穿于浮士德心灵发展轨迹的泛爱主义、人神统一的泛神思想。随着这泛神思想的光芒，上帝派天使将浮士德从魔鬼的手中夺回，使浮士德终于由人成了神，得到了永恒。在这一点上，中西方两位大作家的出发点是一致的。我们不能不体察到，两部作品的结尾正是泛神思想的闪现所致。

两部作品尽管都是泛神思想的体现，但是，我们必须看到，吴承恩、歌德都并非彻底的无神论者。因为，他们都承认大自然本神就是神，表现在作品中就是，那远远的，又恰似在眼前的指引主人公行动的天神——上帝和玉皇大帝，仍然存在于孙悟空、浮士德的前进道路上。此外，《西游记》中关于"脱胎换骨""立地成佛""因果轮回"等都无不打上神圣宗教的烙印，《浮士德》中关于结局的处理，其中灵魂、恶魔、犯罪、赎罪之类的迷信都是从基督教中借来的。这些东西，今天看来都是应当摒弃的。但是，从马克思主义关于历史发展的观点来看，我们不应求全责备，过分抓住他们的历史局限性，因为这是历史发展的必然。

四

《西游记》是洋洋八十余万言的长篇神魔小说，《浮士德》则是一万二千一百一十一行的诗剧。两部作品形式上差异较大，可谓风马牛不相及。但是，两部作品都体现出大体相同的格调。

积极浪漫主义与现实主义相统一，展示出高昂、向上的积极进取精神，这便是两部作品所表现的格调。《西游记》采用积极浪漫主义与现实主义相结合的手法，将神、人结合在一起，天上世界、人间世界是同一宇宙的共同体。人们常常说《西游记》是属于浪漫主义的，当然这不能算错。神奇的花果山水帘洞，美丽的世外桃源，富丽堂皇的天宫，佛光普照的西天极乐世界，诸多神魔妖怪等，都令人想到文学上的浪漫主义。但是，没有人间社会的相对照，没有对明代社会的仔细观照，作者哪里能建造那座神奇的空中楼阁。作者把神圣的外衣披在了玉皇大帝、太上老君、西天佛祖身上，让现实生活涂上浓重的宗教神学色彩，这便使《西游记》区别于一般神话小说，正如鲁迅先生所指出的，《西游记》实质上是一部神魔小说。其中的神魔貌似神灵，实际正是带有现实色彩的人。所以，不妨说，《西游记》既有浪漫主义成分，又有现实主义的因素。有人说得好，"幻想的形式，现实的内容"——借神话来隐喻当时现实。浪漫主义与现实主义如此巧妙地融会在一起，以假乱真，假即是真，真又似假，真真假假，幻幻真真，让人眼花缭乱，曾迷惑了多少人？或云谈禅，或云释道……今天，用马克思主义理论做指导，按照社会存在决定社会意识这一历史唯物主义的原则来做科学的探索。我们能够看到，《西游记》借神魔以喻志，假鬼怪而言情，讽刺揶揄则取当时世态——笼罩在神圣宗教背后的正是明代社会的现实，那庄严的天宫、西天也正是当时社会政权的投影，那美妙的神话世界则是社会现实世界的折光。

作品能在神圣的宗教光环中容纳我们民族的高昂向上的魂灵，让幻想深深扎根于现实的土壤之中，不能不令人惊叹其手法之妙。

《浮士德》也是如此。但是，关于诗剧究竟是浪漫主义，还是现实主义的问题，许多论者始终有不同的意见。我们以为，衡量一部作品的创作倾向，既不能脱离作品，也不能离开作者的思想。从歌德的主导倾向和作品实际来看，《浮士德》既有浪漫主义因素，又有现实主义因素，请看，诗剧中的"天上序幕"，远古希腊的旅行，海伦的复活，人造人，以及移山填海，创建理想王国的场景，都充满浪漫主义色彩。而"城门之前"一场城郊的节日生活场景，"酒店"一场的大学生生活，玛甘泪的悲剧，瓦格纳的形象，以及乌烟瘴气的"紫金城"世界则基本上是采用现实主义手法来写的。通观整部诗剧，浪漫主义与现实主义是有机地联系在一起的。在浮士德的勇于向前，不懈追求之中，蕴含着高昂向上的积极进取精神，这既是全剧的格调，也是全剧的主旋律。与《西游记》不同的是，《浮士德》采用的正是用具体描写和象征手法把真实的东西与丰富多彩的幻想紧密地结合起来，使浓厚的浪漫主义神话色彩和具体生活真实地结合在一起，达到水乳交融，完美的统一。

因此，两部杰作虽然都是把积极浪漫主义与现实主义结合在一起，达到"酌奇而不失其真，玩华而不坠其实"（《文心雕龙·辨骚》）的程度，但是仍然有区别。《西游记》以积极浪漫主义为主，处处充满浪漫主义的神奇幻想性，连大自然的景致和人民生活都涂上了神话色彩。而现实主义成分则深深隐藏在神奇世界的背后，即在幻想中隐藏着现实的因素。而《浮士德》则恰好相反，现实主义成分在作品中是基本的。诗剧对德国市民社会和封建朝廷的描绘，都是非常真实而富有典型性的。而玛甘泪的故事则是以当时发生在法兰克福的一桩溺婴案为基础而写成的。所以，"这是一部极其充实的现实的作品，但它所充实的不全是现实的形，而主要是现实的魂。一个现实的大魂（时代精神）"[1]。这同样是对《西游记》的赞颂，这现实的大魂便是两部作品所体现的格调——高昂、向上。

文学艺术是永恒的，杰出的作品是属于全人类的。两部伟大的作品《西游记》《浮士德》虽然横跨东西两半球、欧亚两大洲，但都以各自的语

---

① 郭沫若：《〈浮士德〉简论》，《浮士德百三十图》，重庆群益出版社，1947。

言、形式表现出各自的时代、民族，向伟大时代发出呼唤，高奏民族精神的凯歌，举起泛神论的旗帜，朝着艺术、思想的高峰前进，鼓舞着人们不畏艰险、顽强拼搏。在人类社会文学艺术发展史上功绩卓著，唤醒了多少民族、国家的有识之士。虽然，两者言语、习俗、表达方式各不相同，甚至有大相径庭之处，但都展现了高昂、向上的格调，鼓励人们去奋发去追求。因而，两部杰作都是人类的珍贵财富，都是东、西方两颗闪耀着璀璨光辉的明星。

通过上述粗略的论述，我们可以自豪地说，中国的《西游记》是能够与世界名著《浮士德》相媲美的。然而，《浮士德》因歌德而交了好运，早已飞遍全球，得到应有的赞赏。可是，《西游记》则一直未得到应有的荣誉。而今，正像伟大的歌德所预言的"世界文学的时代已快来临了"，在这世界文学的时代，任何民族的杰作都是全人类极为珍贵的遗产。所以，《西游记》应当属于全人类。让我们为炎黄子孙的骄傲《西游记》早日进入世界文学之林获得应有的荣誉而努力吧！

试论《西游记》与"心学"

《西游记》的诞生过程与中国哲学史上"心学"的发展历程是同步的。从学术史角度而言，《西游记》的产生、发展、完善过程与"心学"紧紧相连。以宋明理学的概貌来比照，其唯心主义哲学思想体系深深影响到《西游记》哲学思想的总体框架。衡量一部作品的哲学思想基础，必须联系那个时代的方方面面。或云"三教合一"的思想潮流震撼了作品；或云王阳明的学术思想是作品的精神支柱；或云《西游记》是形象化的"心学"。众说纷纭，显示了学术界、思想界对这部作品的关注程度。这促使我们寻根究源，以求得科学、客观的阐释。

通观《西游记》，满篇充斥着"心"之概念、思想。据初步统计，涉及"心"字眼的回目共二十九个，如第一回"心性修持大道生"、十四回"心猿归正"、十九回"浮屠山玄奘受心经"、五十回"神昏心动遇魔头"、五十五回"心猿定计脱烟花"、五十八回"二心搅乱大乾坤"、七十六回"心猿居舍魔归性"、八十八回"心猿木母授门人"等等，几乎涵盖了全篇主要内容，起到点明题意、提纲挈领的作用。再从基本章节看，开篇所云"灵台方寸山，斜月三星洞"即"心"之别称，悟空修心之所原来正在此地。多么巧妙的设计！当悟空"大闹三界"失败被绑赴斩妖台之时，书中写道："富贵功名，前缘分定，为人切莫欺心。正大光明，忠良善果弥深。"观音见悟空被压在五行山下，便叹惜不已，作诗一首："堪叹妖猴不奉公，当年狂妄逞英雄。欺心搅乱蟠桃会，大胆私行兜率宫。十万军中无敌手，九重天上有威风。自遭我佛如来因，何日舒伸再显功！"后悟空表示"知悔了"。又有一诗："人心生一念，天地尽皆知。善恶若无报，乾坤必有私。"别开生面的"紧箍咒"又名"定心真言"。

作品处处以"心"为媒介，巧为经营，妙作安排，以生动形象的语言、人物、情节组成美妙动听的故事。第五十回写孙悟空画圈让唐僧坐中间，一再叮嘱"若出圈子，定遭毒手"。八戒不以为然，挑动唐僧走出圈子，进入一座大楼，桌上三件纳锦背心，八戒、沙僧穿上，都被"背剪手贴心捆了"，惊动了魔头，又遭一难。可谓"情乱性从因爱欲，神昏心动遇魔头"。事后，悟空对唐僧说："只因你不信我的圈子，却教你受别人的圈子。"两个圈子，正是"心"的两种反映，原本是圆心圈子护住唐僧，让师徒三人守心待命，勿生二心，而八戒却生二心，撺掇沙僧、唐僧走出心圈，误入魔心之圈，二心相斥，终让三人蒙难。这一难则显系唐僧、八戒、沙僧生出二心所致，"心"意油然而生。第五十八回，两个孙悟空的故事，耐人深思，书中道："悟空有不睦之心，八戒、沙僧亦有嫉妒之意，师徒都面是背非"，正由此"二心"遂生出六耳猕猴假冒孙悟空打伤唐僧，并导出"二心搅乱大乾坤""一体难修真寂灭"的美妙故事。作者并赋诗一首："人有二心生祸灾……禅门须学无心诀，静养婴儿结圣胎。"细心品味，这与"心学"之关联是十分紧密而明显的。又如"观音院僧谋宝贝"一回，孙悟空将唐僧的袈裟拿给观音院主看，老和尚见了宝贝，"果然动了奸心"，引得"广智""广谋"出奸计火烧唐僧师徒。孙悟空得知后，并没立即制止，却去请天王借了"辟火罩儿"罩住了唐僧，自己去"望地上吹一口气将去，一阵风走，把那火转刮得烘烘乱着"，将观音院烧得"处处通红"。这一回由袈裟为媒介，引出和尚奸心，以致身败名裂；又引出悟空"起这不善之心，只顾了自家，就不管别人"。这形象地证明，为人须诚心正意，方可避外魔摄心，去魔还须正心。

第十七回观音收黑熊精，书中道："那黑熊才一片野心今日定，无穷顽性此时收。"均明白无误地说明，修心才是人生最佳的选择、最理想的途径。

众所周知，陆王心学在明中叶前后十分风行，"门徒遍天下，流传逾百年，其教大行，嘉隆而后，笃信程朱，不迁异说，无复凡人矣"（《明史·儒林传》）。曾几何时，宋代社会、政治、经济的发展，为理学的完善奠定了基础，理学家朱熹在宋代理学的基础上潜心研求，终于建立起系统的理学体系。由于理学强调"存天理""灭人欲"，扼杀人的个性，遭到宋代陆象山等人的反对。陆象山倡"心学"，提出"心即是理"的命题。明代王守仁在此基础上，发展、完善了"心学"体系。尽管二者的争论仍属于理学内部派别之争，但"心学"以"心"反理这一点，在理学统治十分严酷的情况下，却给了反对这种统治而主张"人"的解放的进步思想家以可资利用的思想材料。

明中叶，王艮等创立的泰州学派，给明中叶文艺思想界吹进一股清新之风。王艮传人有颜山农，颜山农有传人罗汝芳、何心隐，罗汝芳有弟子汤显祖。而李贽曾师事王艮之子王襞，与罗汝芳有交往。李贽宣扬"童心说"在某种意义上正得益于"心学"之启迪。明中叶以来的浪漫主义洪流在冲击传统封建礼教、思想的浅滩下深深烙下了"心学"之印迹。固然，王阳明的本意是："只在此心去人欲存天理上用功便是"（《传习录》），试图将已经松动的封建纲常礼教的精神绳索更好地勒紧，岂知"致良知"本身就蕴含着一些冲决礼教纲常的叛逆意识，以至于王艮、何心隐、李贽等人便形成一股"非名教之所能羁络"（《明儒学案》）的"异端"势力，对封建纲常礼教——禁欲主义和偶像崇拜进行了有力的抨击。王艮提出"百姓日用"即是"圣人之道"；何心隐证明"心不能以无欲也"；李贽主张"穿衣吃饭即是人伦物理"，反对"以孔子之是非为是非"。这些富有个性解放意识的思想为明中叶新兴市民的崛起奠定了理论基础。在此之下，《西游记》、《牡丹亭》、《金瓶梅》、"三言二拍"应运而生并非偶然。

回溯理学史，陆九渊自称"因读《孟子》而自得于心"（《陆九渊集》），其基本的哲学命题是"心即理也"。他说："人皆有是心，心皆共是理，心即理也。""万物森然方寸之间，满心而发，充塞宇宙，无非此理。"他还认为某个人不识一字，如能自存本心，也可成圣成贤："若某则不识一字，亦须还我堂堂地做个人"，主要得力于"人心有病，须识剥落，剥落得一番，即一番清明；后随起来，又剥落，又清明，须是剥落得净尽，方是"。即强调消除一切物欲，剥尽所有私恋、私欲。这实际上是从佛教禅宗脱胎而来。禅宗认为"一念愚即般若绝，一念智即般若生""若识自性，一悟即至佛"（《坛经》）。"时时勤拂拭，勿使染尘埃""无障无碍，外于一切善恶世界"（同上）。中国古代哲学家们大都重视"心"的作用。孟子认为："耳目之官不思，而蔽于物，则引之而已。心之官则思，思则得之，不思则不得也。此天之所以与我者，先立乎其大，则其小者弗能夺也。此为大人而已矣"，而"心"之作用便是"足以保四海；苟不充之，不足以事父母"。荀子则说："心者形之君，而神明之主。"程颐主张"尽己之心则能尽人尽物"。

作为中世纪同理学派相抗衡的代表,陆九渊批判地融合了孔孟儒学、老庄道学、释氏禅学等思想,创建一种新兴的"心学"。明代王阳明在此基础上,批判了朱熹客观唯心主义理学,强调"心即理",合人性与天理为一,达到"物理"与"吾心"的统一。知行合一,用"知行本体"论证知不离行,强调"践履""笃行"。力主"致良知",说明"知善知恶是良知",以善念支配道德行为,提出"格物致良知"的修养方式,从而建立起"心学"的系统的思想体系。在学术上与朱熹相颉颃,在思想上启发他的后学反对封建礼教,抵制和否定封建道德,客观上对明中叶的摆脱封建束缚、发展个性的思想解放运动有着重要的启蒙作用。其后学弟子将其学说概括为四句话:"无善无恶是心之体,有善有恶是意之动,知善知恶是良知,为善为恶是格物"(《传习录》)。李贽承继了王阳明"心学"和禅宗思想,树起了"童心说"的反道德大旗,其主要批判锋芒,是指向封建主义的教条统治所造成的无处不假的社会风尚和文坛风尚,以及对于人的自然本性的扼杀,而要求思想解放,要求独创,主张文学应该表现作家的真情实感。从《西游记》中充斥的谈禅论道、说"心"言情的诗文中看出"心学"对它的影响、作用。倘若寻求《西游记》思想意蕴的直接联系,阳明心学便是十分重要的组成部分。如果说儒、道、释三教思想相争相融体现于《西游记》中,释是《西游记》明言标榜的思想意识,道是《西游记》批判的对象,那么,儒学则是《西游记》之骨——核心。传统的"格物致知"、修身养性、治国平天下的儒学思想仍是作品赖以存在之基础,花果山、西天毕竟是作者理想的"桃花源""天国",而实现理想的途径仍在脚下——孙悟空、猪八戒、沙僧、白龙马的经历正充分证明了这一点。结合吴承恩思想而言,三教思想兼具,早、中年以儒为主,晚年转向佛、道。这从《射阳先生存稿》中能找到证据。作为一部呕心沥血的杰作,作者无疑会将喜怒哀乐的思想寄予其中。

纵观作者一生,三教兼修的矛盾思想可谓贯穿始终,反映在作品里便是亦儒、亦道、亦释的矛盾"情结"。如果拿弗洛伊德的理论来测试,《西游记》这座冰山浮现于水面的仅仅是佛,深藏于水底的则显然是儒学,而儒学的"心学"方是作品之深谛。带着对社会、人生的矛盾,作者将心学与道、释融为一体,形成《西游记》式的思想格局。作者对三教有吸收有摒弃,对道教贬斥虽多,但却并非全盘否定,所摒弃的乃是妖道惑众。车迟国三道人乃妖道，而对道教圣地的描绘、景致、人物都显得清新、淡雅，赞美之词溢于言表，连观音也说："镇元仙乃地仙之祖，我也让他三分。"可见，作者崇尚是正派的道家，道的清静无为则是作者羡慕之所在。对佛、儒也如此。孙悟空骂"如来是妖精的外甥""观音该他一世无夫"等等，均是对佛祖、观音纵妖为乱的"私心"之抨击，带有禅宗"呵祖骂宗"的意味。对唐僧形象的处理也耐人深思，唐僧作为佛教徒，其内在思想观念、言行准则均是以儒学知识分子标准来衡量的，一言一行均带有旧时代知识分子的迂腐、"头巾气"，所讽刺挖苦的地方便多了起来。但作者并未完全否定他，而是有所扬弃，希望他能摒弃"头巾气"的迂腐、软弱，成为真正的新人。作品以丰富多彩的故事，在洋洋80余万言的字里行间，充斥着"心学"的诸多言辞、概念、义理。倘若客观地面对现实，《西游记》作者的本意就是通过唐僧师徒西行取经的形象化故事，敷衍"心生种种魔生，心灭种种魔灭"的微言大义。无论是开头的"灵根育孕源流出，心性修持大道生"，还是结尾的"五圣成真"。都意在宣扬"佛在灵山莫远求，灵山只在汝心头。人人有个灵山塔，好向灵山塔下修""人心生一念，天地悉皆知。善恶若无报，乾坤必有私"的思想。唐僧师徒取经的核心，就是求得"放心"，寻找失去的善良本心。孙悟空从猴王"齐天大圣"到孙行者、斗战胜佛，猪八戒从野猪精、猪悟能到净坛使者，唐僧从玄奘到旃檀功德佛，均形象地说明，西行取经的"经"就是修心向善、格物致良知。难怪明世德堂本《西游记》的序者陈元之说："魔以心生，亦以心摄，是故摄心以摄魔，摄魔以还理，还理以归之太初，即心无可摄。"

如果将《西游记》当作孙悟空的传记，那么，前七回是他的出世和造反（心之放纵），后八十八回则是他重新做人、戴罪立功、修心成佛的历程（心之回收）。"心"是这一形象的关键，他仿佛是"心学"之象征——心猿，"五行山下定心猿""心猿归正""心猿护主识妖邪""心猿显圣灭诸邪""心猿钻透阴阳窍""心猿识得丹头"，等等。孙悟空的造反犯上并非有人所云是反封建帝王，他的失败也并非有些评论家所论是农民起义的必然性反映云云，这顶"农民起义"的桂冠恐怕失之于张冠李戴。孙悟空的经历正是修"心"养性的过程，过去有人主张"主题矛盾说"，认为孙悟空形象前后不统一、矛盾等，这纯粹从阶级论（农民起义论）角度而言，若从"心学"角度着眼，则不会得出如此结论。事实上，作者的本意是很明显的，试图通过收放"心"的象征手法，证明"心生种种魔生，心灭种种魔灭""人心生一念，天地悉皆知。善恶若无报，乾坤必有私"的"心"之理。清代学者张书绅颇明白其中之义理，深有感触地说："《西游记》，凡如许的妙论，始终不外一心字，是一部《西游记》，即是一部《心经》。""《西游记》是把理学演成魔传，又由魔传演成文章。"

《西游记》不仅在大的框架、总体构思上依据了心学的基本思想，而且结合小说艺术的实际，在某种程度上突破和超越了心学。从"心学"观点来看，行统一于知，知行都是心生的，知的时候就是行了。王阳明把行作为知的一种表现手法，主张不要分别"知"和"行"，否认"知"来源于"行"，从而导致了主观唯心主义。《西游记》基本接受了这一思想，但作者却以实际事实对这一思想表示怀疑。虽然"心生种种魔生，心灭种种魔灭"，但人世间的神魔作为一种客观存在却并非因为"心灭"而"灭"。西行路上的诸多妖怪神魔，有意与唐僧师徒作对，便已构成对取经人的严重威胁，孙悟空、八戒、沙僧正是凭着身体力行与妖魔们展开一场场殊死的搏斗。西行取经的历程既是唐僧师徒修心的"天路历程"，又是血与火的战斗过程，也是唐僧师徒实践理想事业的长征。这一基本事实从某种意义上讲，正是肯定了人的实践行为所付出的劳动价值，否定了"心学"所宣扬的"夫物理不外于吾心，外吾心而求物理，无物理矣""心外无理，心外无事"等以知代行的"知行合一"论。

固然，西天取经本身虽是以佛祖寻求善信、取真经作为故事缘起，但实际意义已超出了佛的界限和"心学"范畴。它以九九八十一难的诸多事例，既宣扬了人的智慧、力量，又歌颂了人性的真、善、美，摒弃了假、恶、丑，还讽刺了佛、道、儒的局限性。拿这与陆王心学所宣扬的"心外无理""人心是天渊""心之体甚大，若能尽我之心，便与无同""格物如孟子大人格君心之格，是去其心之不正，以全其本体之正""当恻隐时自然恻隐，当羞恶时自然羞恶，当宽裕时自然宽裕温柔，当发强刚毅时自然发强刚毅"相比，真可谓背道而驰、大相径庭。

这貌似矛盾的现象在作品中随处可见，他既以"心"作为统帅，以唐僧"心生种种魔生，心灭种种魔灭"为题旨，却又以师徒同各种艰难险阻、妖魔鬼怪周旋铺叙全篇，肯定了躬行实际的努力。而这努力本身又凭借着师徒五人的永不退悔、寂灭的心灵和佛界天仙神道的善善之念。虽然，作者恪守着"心"之原旨，但在创作中却不知不觉地跳出了"心学"的圈子。这既说明"心学"之局限性，又证明一个艺术家尊重创作实际的可贵精神。尽管满篇是神魔鬼怪，充满浪漫主义的奇情异想，但作品的思想基础仍是现实主义的——即明代思想、学术界活跃的心学与禅宗、道家相融合的哲理性、思想性和现实性相统一的趋势，即作者所信奉的儒之"存心养性"、佛之"明心见性"、道之"修心炼性"的多重组合。正由于作者奉行"心学"的"致良知""存心养性"诸多思想原则，又履行儒道释三教合一的新态势，故形成了作品非道、非儒、非释、亦道、亦儒、亦释的多重复合结构，全篇言辞正在这虚虚幻幻、真真假假之中敷演出一幕幕神灵鬼怪交织、奇趣横生的悲喜剧。作者借孙悟空之口说："今日灭了妖邪，方知禅门有道。向后来，再不可胡为乱信。望你把三教归一：也敬僧，也敬道，也养育人才。我保你江山永固。"与开篇第二回须菩提祖师高坐"说一会儿道，讲一会儿禅，三家配合本如然。开明一字皈诚理，指引三生了性玄"遥遥相应，配合自如。

然而，作者的理想仍归之于佛的圣地。无论作者《射阳先生存稿》中的"世尊在西天，名曰极乐界，种种供养具，杂宝为庄严。我今供养佛，缘绘庄严之。但于有佛处，即是西天竺……吾今告大众，愿汝信不疑，因信生欢喜，千界皆欢喜"，还是作品的开端、发展、高潮、结局，充溢于字里行间的恰恰是作为三教合一态势的佛光普照的理想主义境界。用文学形式展示这种多姿多彩、相映相生的趋势——三教合一，显示了一种新的人生价值取向。尽管苦海无边、世道险峻，但回头是岸，只要诚心正意，"致良知""心净孤明独照，心存万境皆清。差错些儿成惰懈，千载万载不成功。但要一片赤诚，雷音只在眼下""须着意，要心坚，一尘不染月当天"。

修心诚意，清心寡欲，求得精神的永恒至上，从精神上与传统的追名逐利划清界限，步入了近代新兴人生价值取向的行列。唐僧、孙悟空、八戒、沙僧、白龙马的成长过程，孜孜追求的努力方向及克服困难、勇往直前的精神虽是以修心为宗旨，却以砥砺意志、躬行践履的实践为基础，证明人生的价值就在于奋斗努力中。作者讴歌了取经路上的孙行者的人生之路，"紧箍咒"的出现标志着理性精神的制约力量。

曾几何时，有人否定"紧箍咒"的力量（说它是扼杀人性的象征），似乎失之于偏颇。要知道，孙悟空由美猴王向孙行者迈进靠的不是造反，而是如来的约束（五行山）。五行山作为理性力量控制了孙悟空，而孙悟空只有保护唐僧，赎除前恶，归入佛门，方能求得永生，这就否定了“大闹天宫”式的无目的的瞎闯瞎闹，从而在更高层次上为孙悟空设计了通往成功之路的新凭借——“紧箍咒”式的制约力量。没有“紧箍咒”，唐僧永远控制不了孙悟空，孙悟空也永远成不了佛。只有在这象征控制力量的“紧箍咒”的制约下，孙悟空才能实现由孙行者向“斗战胜佛”的转变，这是一种质的飞跃。人生价值实践的最终目标便是精神永存，佛教用“立地成佛”作为阐释，儒家用“成圣”作标志，道家用“成仙”作凭借，实际上都是相通的。

作者所安排的唐僧、孙悟空、八戒、沙僧、白龙马师徒的结局，正是在想象的空间里预示了人类未来的虚幻前景。尽管这一虚幻前景是神话般的，但却从哲学意义上肯定了人生价值取向的真正的意义所在，从而给黑暗的王国投射了一线黎明的曙光。

总之，《西游记》与心学的关系是十分紧密的。目前，关于《西游记》与心学的研究尚处于起步阶段，学术界尚有诸多不同的观点。我们认为，两者的渊源、发展轨迹是明显的，《西游记》的哲学基础是以心学为依据的儒、道、释三位一体的多重复合形态，心学是其深层结构之基础。作者继承了宋明以来的心学之精华，加上自己对时代、社会的客观、理性的认知，“观古今于须臾，抚四海于一瞬”，融汇成洋洋大观的神魔鸿篇《西游记》，呈现出源于心学，超越心学的新格局，为中国传统小说的理性构造、哲理把握提供了新途径。

假神魔而言情　托鬼怪而寓意

——试论吴承恩的神魔小说理论

　　吴承恩（1506？～1581？）[①]生活在明前后七子蜂起的复古主义文艺思潮里，却能跳出复古的圈子，自创一体，诗词歌赋兼备，且在神魔小说理论上独树一帜，开一代风气之先，在中国文艺史上功绩卓著。

　　长期以来，人们多关注于吴承恩与《西游记》之关联，热衷于争执吴氏是否为《西游记》的作者，却忽略了他的文艺思想，吴承恩虽以《西游记》而闻名天下，但他的文学修养、理论建树及创作功底为他最后完成《西游记》奠定了基础。于是，探讨吴承恩是否为《西游记》的最后完成者，关键在于了解其文学思想及创作观，认真研读其诗文集《射阳先生存稿》可以帮助我们深刻解读这些问题。我们发现，仅凭此稿，吴承恩在明代文坛的地位与影响就不容低估。

　　翻开《射阳先生存稿》，其中诗词文赋歌曲各体兼备，诚如明代淮安知府陈文烛在《吴射阳先生存稿叙》中评道："今观汝忠之作，缘情而绮丽，体物而浏亮，其词微而显，其旨博而深。《明堂》一赋，铿然金石。至于书记碑叙之文，虽不拟古何人，班孟坚、柳子厚之遗也。诗词虽不拟古何人，李太白、辛幼安之遗也。盖淮自陆贾、枚乘、匡衡、陈琳、鲍照、赵蝦诸人，咸有声艺苑，至宋张耒而盛，乃汝忠崛起国朝，收百代之阙文，采千载之遗韵，沉辞渊深，浮藻云峻，文潜以后，一人而已，真大河韩山之所锺哉！"[②]明人李维桢《吴射阳先生选集叙》亦云："嘉隆之间，雅道大兴，七子力驱而近之古，海内翕然向风。其气不得靡，故拟者失而粗粝；其格

---

① 关于吴承恩生卒年，学术界一向有争议，从近年对吴承恩头骨的探测来看，笔者认为应为 1506～1581。详见拙作《试揭一桩四百年来的悬案——关于吴承恩生卒年新探》，未刊稿。
② 朱一玄、刘毓忱编《西游记资料汇编》，中州书画社，1983，第161～163页。

不得逾，故拟者失而拘挛；其蓄不得俭，故拟者失而糅杂；其语不得凡，故拟者失而诡僻。至于今而失弥滋甚，而世遂以罪七子，谓李斯之祸秦，实始荀卿。而独山阳吴汝忠不然。汝忠于七子中所谓徐子与者最善，还往倡和最稔，而按其集，独不类七子友……人情好名，而酷欲中人之好，从来久矣。天下方驰骛七子，而汝忠之为汝忠自如。以彼其才，仅为邑丞以老，一意独行，无所扳援附丽，岂不贤于人远哉！"①

他是一个奇才，在诗词、书法、绘画、围棋等诸多方面均有建树，亦可称其是"才高八斗"，在诗词赋曲上堪称"制作大手"。《长兴县志》称他："性耽风雅，作为诗，缘情体物，习气悉除。其旨博而深，其辞微而显，张文潜后殆无其伦。"

吴承恩与明代前后七子同时代，其文艺思想与他们相近，"汝忠谓文自六经后，惟汉魏为近古，诗自三百篇后，惟唐人为近古；近世学者，徒谢朝华而不知蓄多识，去陈言而不知漱芳润，即欲敷文陈诗，难矣"②。"此论则比何、李通达得多，故其诗作，多自胸臆出之。朱彝尊《明诗综》四十八谓其诗'习气息除，一时殆鲜其匹'。吴承恩的诗作浪漫主义气息又特浓，故被陈文烛称为'李太白辛幼安之遗也'"③。吴承恩的见识非凡，不仅看到当时的文坛之弊，而且能跳出复古主义的圈子，独树一帜，强调"谢朝华""蓄多识""去陈言""漱芳润"。在诗文创作中，"率自胸臆出之，而不染于色泽，舒徐不迫，而不至促弦而窘幅，人情物理，即之在耳目之前，而不必尽究其变""师心匠意，不傍人门户篱落，以钓一时声誉"④。这便超越了前后七子，而独步文坛。

他的诗文"率自胸臆""师心匠意"，据现存240余首诗歌词曲、障词及颂赞来看，除一些障词、颂赞属于应酬外，大多极富有历史、文学艺术价值。《二郎搜山图歌》是他精心构思的上品，虽是题画诗，却假借二郎神搜山捉妖的神话故事，揭露了当时"五鬼""四凶"横行的黑暗现实，期望

① 朱一玄、刘毓忱编《西游记资料汇编》，中州书画社，1983，第 161~163 页。
② 陈文烛：《吴射阳先生存稿序》，朱一玄、刘毓忱编《西游记资料汇编》，中州书画社，1983，第 161~163 页。
③ 复旦大学中文系《中国文学批评史》（中），上海古籍出版社，1981。
④ 李维桢：《吴射阳先生选集叙》，朱一玄、刘毓忱编《西游记资料汇编》，中州书画社，1983，第 161~163 页。

"胸中磨损斩邪刀""救月有矢救日弓，世间岂谓无英雄？""谁能为我致麟凤，长令万年保合清宁功"。① 这与《西游记》赞扬孙悟空"大闹天宫"的英雄主义精神与气概何其相似？《贺学博未斋陶师膺奖序》对当时社会风气的揭露是何等逼真而传神："夫不独观诸近世之习乎？是故匍匐拜下，仰而陈词，心悸貌严，瞬间万虑，吾见臣子之于太上也，而今施之长官矣；曲而踞，俯而趋，应声如霆，一语一偻，吾见士卒之于军帅也，而今行之缙绅矣；笑语相媚，妒异党同，避忌逢迎，恩爱尔汝，吾见婢妾之于闺门也，而今闻之丈夫矣；手谈眼语，诪张万端，蝇营鼠窥，射利如蛾，吾见驵侩之于市井也，而今布之学校矣。"② 《赠卫侯章君履任序》道："况乎行伍日凋，科役日增，机械日繁，奸诈之风日竞，其何以为之哉？"③ 这与宗臣的《报刘一丈书》对当时官场污浊与官吏腐败的揭露何其相似，作者对现实的观察何等敏锐细致。百回本《西游记》对天宫、龙宫、地狱的弄虚作假、官官相护、肮脏交易的披露多么令人浮想联翩啊！他的《陌上佳人赋》堪与陶潜《闲情赋》相媲美。《宿田家》"柴门闭流水，犬吠花上月"堪称绝句精品。最能表现他个性的则当数《送我入门来》《赠沙星士》《答西玄公启》，"狗有三升糠分，马有三分龙性""虽贫杜甫还诗伯，纵老廉颇是将才""平生不肯受人怜，喜笑悲歌气傲然"，并自称"淮海竖儒""蓬门浪士"。④

吴承恩的神魔小说理论集中体现在《禹鼎志序》中：

> 余幼年即好奇闻，在童子学时，每偷市野言稗史，惧为父师诃夺，私求隐处读之。比长，好益甚，闻亦奇。迨于既壮，旁求曲致，几贮满胸中矣。尝爱唐人如牛奇章、段柯古辈所著传记，善摹写物情，每欲作一书对之，懒未暇也。转懒转忘，胸中之贮满者消尽，独此十数事，磊块尚存。日与懒战，幸而胜焉，于是吾书始成。因窃自笑，斯盖怪求余，非余求怪也。彼老洪竭泽而渔，积为工课，亦奚取奇情哉？虽然，吾书名为志怪，盖不专明鬼，时纪人间变异，亦微有鉴戒寓焉。昔禹受贡金，写形魑魅，欲使民违弗若。读兹编者，倘悚然易虑，庶

---

①②③④　均选自刘怀玉《吴承恩诗文集笺校》，上海古籍出版社，1991。

几哉有夏氏之遗乎？国史非余敢议，野史氏其何让焉？作禹鼎志。①

《禹鼎志》是吴承恩着力创作的一部志怪小说集，得名于《左传·宣公三年》之夏禹铸鼎典故："远方图物，贡金九牧，铸鼎象物，百物而为之备，使民知神奸。"这就揭示出神怪小说创作的动因——既要"志怪""明鬼"，又要"时纪人间变异，亦微有鉴戒寓焉"。序文展示了神怪小说创作的全过程："幼好奇闻"——"旁求曲致，贮满胸中"——资料积累阶段；"爱牛奇章、段柯古辈"传记——借鉴模仿阶段；"日与懒战"——艰辛的创作阶段。作者并非一般化地罗列资料，而是于叙述中潜移默化地揭示出神怪小说创作的真谛——"不专名鬼"，借神魔鬼怪反映社会现实，寄托作家于世间万象变异的"微言大义"，这不正是神怪小说创作的主旨所在吗？

作者倾向于艺术创作的"灵动""顿悟"之契机，资料积累是基础，"日与懒战"是灵感来临时的创作欲望与冲动的激情显现，从而真正达到"怪求余，非余求怪"的境地，实现艺术创作的最佳境界。

他的神魔小说理论还隐藏于其诗文集《射阳先生存稿》的字里行间。如他在《留思录序》中说："呜呼！是辑也，野人之辞也，吾观于野，而知情之极挚，文之所由生矣；吾观于吾乡，而知王道之易行也。"② 这里强调的"情""挚"，恰恰是神魔小说创作的基础。他在《花草新编序》中说："重其人兼重其言，惟其艺，不惟其类。丽则俱收，郑卫可班于雅颂；洪纤并奏，邻曹无间于齐秦。"③ 这里强调文学创作的实绩，重视艺术作品本身的艺术价值，"丽"，美也，艺术形式美是其价值之所在。这就突破了明"前后七子"的复古主义文学观，独树一帜，倡导文艺创作的"情""挚"，追寻"奇""丽"的艺术风格。他在《范宽溪山霁雪图跋》中强调"真趣""意象如生"；④ 在《题沈青门寄画海棠用东坡定惠院韵》中高倡"真趣""独绝"⑤，虽是题画诗，却显见其鉴赏旨趣——"意先足""奇赏""绝流俗""传神""真淑"等。在《序伎赠写真李山人》中又强调"情趣""真趣"⑥，与后世公安派、李贽的文学主张何其相似乃尔。在《留翁遗稿序》中说："然既而观之，则有见夫其情适，其趣长，其声正，庙堂之冠冕，烟

---

①②③④⑤⑥　均选自刘怀玉《吴承恩诗文集笺校》，上海古籍出版社，1991。

霞之色象，盖两得之；诚有德之言，治世之音也。岂与夫事聱牙而工藻缋者同日而语耶？"① 这里揭示的"情""趣"与上文的神魔小说创作主张是一脉相承的，前后的照应是何等显眼，从而证明吴承恩的神魔小说创作理论是确有所据，非一时心血来潮的偶感而发，其诗文创作与鉴赏眼光决定了他的神魔小说创作理论取得了划时代的历史影响与价值。

如果说《二郎搜山图歌》为吴承恩的神魔小说创作理论提供了不可多得的实践印证的话，那么，长篇神魔小说《西游记》则为这一理论的实践奠定了划时代的佐证与范本。

百回本《西游记》作为中国第一部长篇神魔小说，其核心便是"假神魔而言情，托鬼怪而寓意"。作为一部神魔小说，其寓意性正是通过曲折反映当时社会生活的一些本质方面体现其继往开来的思想艺术价值。长篇神魔小说借鬼怪妖魔来言情说理，恰恰是吴承恩于《禹鼎志序》中所揭示的"不专明鬼，时纪人间变异，亦微有鉴戒寓焉"思想的形象而具体的展示。② 固然，否定、怀疑吴承恩为百回本《西游记》作者的学人们均忽略了吴承恩神魔小说创作理论与百回本《西游记》之内在关联性。③ 纵观中国文学批评史，横观明代文学批评史，吴承恩的文艺思想不容忽略，其神魔小说创作理论与实践遥相呼应，不容轻易割断。

他的神魔小说理论在中国文学史上弥足珍贵，承前启后，宣告了一个新时代的来临，具有十分重要的价值与影响。

其一，这是对传统的"子不语怪力乱神"观念的挑战与否定，提高了

①② 均选自刘怀玉《吴承恩诗文集笺校》，上海古籍出版社，1991。
③ 20世纪60~70年代，日本学者太田辰夫、中野美代子、矶部彰等就当年（20世纪20~30年代）鲁迅、胡适关于百回本《西游记》作者考据依据明天启《淮安府志》的记载提出质疑。1983年，章培恒先生在此基础上进一步提出怀疑。20世纪90年代中叶，山西学者李安纲先生进一步否定吴承恩；直至21世纪初，陕西学者胡义成先生再次否定吴承恩，力主全真教圈希言٣٣徒是百回本《西游记》的最后定稿人。林林总总，否吴、疑吴之声此起彼伏，构成中国小说史研究上的绝妙风景。笔者不揣冒昧，历时数载，披阅《射阳先生存稿》，抓住金陵世德堂《新刻出像官板大字西游记》，沿着吴承恩的足迹，踏遍江苏、浙江、湖北等地与百回本《西游记》有关联的地域，获悉20世纪50年代，吴承恩《西游记》手稿曾经在浙江长兴一户农民家的夹墙内被发现，可惜至今下落不明。笔者系统地清理了这段学术公案，完成论文14篇，已刊发7篇，《光明日报》（2006年7月28日）、《运城学院学报》（2005年第4期）、《唐山师范学院学报》（2005年第4期、《新华文摘》2006年第4期转载论点）、《淮海工学院学报》（2005年第2、4期，2006年第1期）和《学术月刊》（2007年第7期）等，详见万方数据、中国期刊网、维普数据库等。其他论文及调研报告即将陆续刊出。

神魔小说的历史地位。众所周知，从先秦到元明时代，正统的诗文占据文学的主导地位，虽然谈神语怪的志怪小说不断涌现，但儒家的"子不语怪力乱神"观念影响制约了志怪小说理论的发展。魏晋六朝，志怪小说作为"人鬼乃皆实有""亦足以明神道之不诬"；唐宋时代，人们既将鬼神内容抛弃，又极力贬低神怪小说。直到吴承恩，他以非凡的胆识、不懈的追求通过创作《禹鼎志》《西游记》，更将志怪小说提高到与正统诗文同等的地位，并从理论上肯定其历史价值与地位，推动了神魔志怪小说创作进入一个黄金期，回溯明代中叶后的《西洋记》《东游记》《南游记》《北游记》《牛郎织女传》《济公传》《西游补》《后西游记》《续西游记》《桃花女》等神魔小说的创作，我们便能清晰地看到神魔小说作为与历史演义小说相抗衡的文学新流派已经正式登上了历史舞台，这与吴承恩的神魔小说理论与创作的推动密不可分。

其二，揭示了神魔小说创作的核心——"不专明鬼，时纪人间变异亦微有鉴戒寓焉"。宋代，洪迈在《夷坚乙志序》中就说："夫齐谐之志怪，庄周之谈天，虚无幻茫，不可致诘；逮干宝之《搜神》，奇章公之《玄怪》，谷神子之《博异》《河东》之记，《宣志》之志，《稽神》之录，皆不能无寓言于其间。"① 这表明他已逐步意识到志怪小说的寓言——假托的成分，但还没有将其作为创作的核心。真正开启这一创作精髓的恰恰是吴承恩，他在长期"旁求曲致"搜罗前代神怪鬼狐故事的基础上，学习唐人牛奇章、段柯古辈传记"善摹写物情"的成功经验，最终实现"怪求余""非余求怪"的创作冲动，完成对志怪小说《禹鼎志》的创作，为长篇神魔小说《西游记》的创作奠定理论与实践的基础。更为可贵的是，他在创作中顿悟到神魔小说创作的核心："假神魔而言情，托鬼怪而寓意。"这就超越了魏晋志怪、唐宋传奇的"寓言于其间"，达到借鬼神魔怪反映社会现实——"民灾翻出衣冠中，不为猿鹤为沙虫。坐观宋室用五鬼，不见虞廷诛四凶。野夫有怀多感激，抚事临风三叹息。胸中磨损斩邪刀，欲起平之恨无力。救月有矢救日弓，世间岂谓无英雄？谁能为我致麟凤，长令万年保合清宁功。"② 这种"不专明鬼，时记人间变异"的目标就是要达到"亦

① 洪迈：《夷坚乙志序》，中华书局，1981。
② 《二郎搜山图歌》，见刘怀玉《吴承恩诗文集笺校》。

微有鉴戒寓焉”的根本目的。这也成为神魔小说创作的主导思想倾向与根本目标所在。与六朝人大多认为“人鬼乃皆实有”相比，这就上升到一个崭新的理论高度。明清以来的神魔小说创作均自觉、不自觉地遵循着这一基本创作原则。百回本《西游记》正是在这一理论的指导下应运而生，创作者在前代“唐僧取经故事”的基础上，以生花妙笔，将明代的社会、经济、人情、风俗一一融入其中，通过栩栩如生的神魔鬼怪群像揭示出明代社会的种种世情风貌，寄托对世道人情的讥刺与讽谏。

其三，推动了对浪漫主义小说及其创作特征的总结。中国古代浪漫主义文学集中体现出作家对社会现实生活的认识与评价，从刘勰的“酌奇而不失其真，玩华不坠其实”① 到苏轼的“随物赋形”“尽物之态”②、严羽的“以禅喻诗”，强调“别材”“别趣”“妙悟”“兴趣”，直到公安派的“独抒性灵，不拘格套”，构成艺术批评的审美传统，为吴承恩神魔小说理论对浪漫主义小说及其创作提供了阶段性的总结。“怪求余”“非余求怪”的叙述，貌似闲笔，实隐喻着借神魔而言情、托鬼怪而讽世的浪漫主义奇情异志。难怪后人在评点百回本《西游记》时就抓住了“真”“幻”这一关键点，诸如袁于令《西游记题辞》云“文不幻不文，幻不极不幻。是知天下极幻之事，乃极真之事；极幻之理，乃极真之理”。③ 睡乡居士在《二刻拍案惊奇序》中评道：“即如《西游》一记，怪诞不经，读者皆知其谬。然据其所载；师弟四人，各一性情，各一动止，试摘取其一言一行，遂使暗中摸索，亦知其何人，则正以幻中有真，乃为传神阿睹。”④ 这种借鬼神而寓以现实内容，运用鬼神人三者交融变通的方式来寄托作者的鉴戒、寓意，恰恰正是浪漫主义小说创作的基本特征。百回本《西游记》走了这样的路径，稍后的《封神演义》《西游补》《西洋记》《桃花女》《济公传》《西游后记》《续西游记》等均沿着这一路径走了下去，乃至成为中国神魔小说的浪漫主义文学的传统。这一传统的开创者正是吴承恩，他以《禹鼎志序》导其先路，以诗词文论树起这一丰碑，再以《禹鼎志》、百回本《西游记》印证这一理想，并蔚为大观，跻身于中国小说之林，形成一大流派，泽惠

---

① 刘勰：《文心雕龙·辨骚》。
② 苏轼：《文说》。
③ 朱一玄、刘毓忱编《西游记资料汇编》，中州书画社，1983，第210页。
④ 朱一玄、刘毓忱编《西游记资料汇编》，中州书画社，1983，第214页。

后世，万世传承。明清乃至近现代，神魔小说的身影时时涌现，诸如鲁迅《故事新编》、张恨水《八十一梦》、周星驰《大话西游》等，历久弥新，引人注目不已。

总之，从中国文学史及批评史来衡量，吴承恩所精心创立的神魔小说及其理论具有承前启后、继往开来的历史价值和意义；我们通过深入挖掘，既为神魔小说创作及其理论找到源头，又为百回本《西游记》的创作寻觅到不可多得、不容轻视与低估的珍贵印迹。倘若言之成理，按照科学的逻辑，吴承恩是百回本《西游记》的最终定稿人的结论就应当添上极为浓墨重彩的一笔了！

"西游学"的兴起

——《西游记》研究新探索

一

从 20 世纪 60~70 年代开始，《西游记》研究在世界范围内全面展开，以中国大陆、台湾、香港为中心，日本、朝鲜、新加坡、美国、苏联、法国、德国、罗马尼亚、匈牙利等国的汉学家不仅翻译了这部作品，而且自觉或不自觉地投入研究中。20 世纪 80 年代中叶以来，一门以古典文学为基础的"西游学"正在崛起。

"西游学"名词最早出现在 1986 年 11 月 3 日召开的中国第二届《西游记》学术研讨会上。笔者在向大会呈交的论文《建立科学的"西游学"势在必行》中提出："科学的'西游学'就是研究《西游记》的学问，从狭义上说是属于人文科学的文学研究，从广义上讲还包括历史学、民俗学、法学、社会学、物理学、数学、美学、未来学等多学科在内的综合性的边缘科学。"[1] 这一思想早在 1985 年春季就已酝酿，当时针对中国古典文学研究领域内的"危机论"，笔者提出传统的《西游记》研究也存在着危机，要想走出危机，必须"建立科学的'西游学'"，多学科、多范畴地研究《西游记》，重新认识和估价它在中国和世界文化史上的地位，以促进现代中国文学艺术创作的繁荣昌盛。笔者之所以要提出"西游学"，是因为多年的研究结果表明，《西游记》中具有无限丰富的现代意识、思想和价值，值得当代人借鉴，必须重新评判它在人类发展史上的作用和不朽功绩。在此基础上，笔者完成了《西游学论稿》《西游记研究新探》两书。

---

[1]　杨俊：《建立科学的"西游学"势在必行》，《学术界》1990 年第 4 期；又收录于梅新林、崔小敬主编《20 世纪〈西游记〉研究》下卷，文化艺术出版社，2008，第 785~786 页。

1988年，中央电视台和香港亚洲电视台同时播出二十五集电视连续剧《西游记》，为普及和宣传《西游记》立下了汗马功劳。《西游记》电视剧导演杨洁女士同中国未来研究会有关同志谈到在电视剧制作过程中已将一切现代化手段都用上了，还未能全面地将《西游记》中"金箍棒""紧箍咒""千里眼、顺风耳"等超前未来意识发掘和展现出来。王绍臣、刘松根同志以未来学理论向《西游记》研究纵深发展，终于完成《西游记的超前意识未来观刍议》一文，提交到世界未来研究联合会第十届"世界大会"上，这是一次可贵的新探索。1988年6月15日，中国未来研究会发出关于开展《西游记》理性思维研究、举办《西游记》学术研讨会征集论文的信函鲜明提出："《西游记》不仅是一部不朽的古典文学著作，它还是一部具有超前未来意义的作品，具有无限丰富的理性思维内涵的作品，是一部具有多层次、多结构、多系统、多学科从宏观至微观全方位开放的，具有未来超前意义的全息立体思维模式的作品，理性思维的内涵和外延都十分恢宏丰富，远可以和美国的《米老鼠和唐老鸭》相媲美。"不久，北京《理论信息报》刊登了征文启事，引起了全国学术界极大的关注。

1989年7月1~3日，中国未来研究会发起、主办的全国首届《西游记》超前意识未来观学术讨论会在江苏省淮安市隆重举行，大会秘书处先后收到50余篇学术论文，来自全国各地的40余位专家、学者在大会上进行了交流讨论，王绍臣代表中国未来研究会做了题为《坚持四项基本原则，为建设中华科学新文化做出新贡献》的学术报告，明确了会议宗旨："发掘《西游记》理性思维之精华，服务中华科学新文化即大文化的建设。""举办这次学术会，就是为了从《西游记》的小文化研究中走出来，进行大文化研究，从单纯研究《西游记》的历史文化中走出来，进行超前意识未来观的大文化研究，还《西游记》和吴承恩以本来的面目、意义、作用和地位——不亚于甚至超过研究《红楼梦》和曹雪芹的意义、作用和地位。"他从未来学角度论定《西游记》是一部具有强烈超前意识的古典科幻小说，是一部从宏观到微观到总体观的全方位、开放型、立体的形象化的大文化作品。它除了有传统文学意义上的成就外，还有着深刻的理论意义、实践意义和超前未来意义，有着无穷的理性思维的意蕴。他列举了"紧箍咒""千里眼""顺风耳""七十二变"等事例，指出《西游记》不仅是一部古典神话小说，还是一部科幻式的未来学著作，具有强烈的超前意识和未来哲理。

　　叶杰民在《〈西游记〉理性思维索引》论文中，从气功修持、人名地名、神通（特异功能）、易学（太极、阴阳、八卦）、基因遗传、中医中药、时空观等方面，全方位、多角度地探讨了《西游记》理性思维的科学性、隐喻性及其与气功、特异功能和现代科学等方面的关系，指出："《西游记》不仅是一部不朽的古典文学作品，而且是一部具有未来超前意义的科学巨著；更是一部修炼气功的心法要诀。"刘松根等同志对《西游记》中的改革开放思想进行深入挖掘，对于研究《西游记》的大文化意识很有见地。刘怀玉同志在《多功能的使用工具：金箍棒——〈西游记〉神魔武器的启示》中考察了金箍棒的十三种功能，认为《西游记》中的神魔武器是人类追求多功能使用工具的思维成果，它启迪人们不断发明创造，以至于才有今天的现实。多功能的金箍棒的构思，强烈地表现了吴承恩理性思维的超前性和幻想的科学性。

　　此外，有人从哲学自主精神的角度论述孙悟空在强化争取自主地位的主观条件、充分实现自我价值、不行使支配权、依靠集体力量等方面的超前意识；有人从政治学角度指出《西游记》"反映了强烈的民主、平等、自由思想及军民参政意识"；有人指出"（《西游记》）是一部中国明代社会生活'小百科'"；有人还说"他（吴承恩）通过《西游记》这部鸿篇巨制，让人们寻找一个他没有找到的真理、实现一个他没有实现的世界"；有人从科学发展的角度阐发了《西游记》的理性思维——"科学的发展在于寻求联系、寻求制约、寻求约束"。

　　这次会议开拓了"西游学"研究的新局面，给沉闷的中国古典文学研究领域吹进了一股清新爽朗的气息；中国未来学研究者和《西游记》研究者首次坐在一起，共同研究《西游记》的理性思维、超前意识、未来观，实现了"未来学"与"文学"的首次联姻。虽然大家对未来学怎样来指导文学研究还缺乏经验，但这毕竟是一个良好的开端。它启示人们，《西游记》研究要想走出"低谷"，必须吸收新的学科理论、方法，才能取得辉煌的未来。

二

　　"西游学"的提出虽然很晚，但早已存在，它的历史要追溯到《西游记》产生之时。中国明代作家吴承恩根据唐代名僧玄奘去天竺（印度）取经这一真实历史故事，在唐代以来的民间传说和有关话本、杂剧基础上，结合当时的社会生活实际，形成了《西游记》的总体格局，以超前的浪漫主义手法创造了诸多极富有现代和未来思想的故事、人物，使这部作品终于成为"明代四大奇书"之一。为什么叫"奇"？就因为当时的评论者们已朦胧地意识到书中具有那一时代无法解开的神奇奥秘。明代万历年间刊出的《李卓吾先生批评〈西游记〉》是迄今发现的最早评价和研究吴承恩《西游记》的评点本，此本开宗明义就说"读西游者，不知作者宗旨定作戏论"。关于作品主旨，第十三回总批说"心生种种魔生，心灭种种魔灭，一部《西游记》只是如此"，这为后来的"求放心"说做了开拓。袁于令将《西游记》与《水浒传》并举，点出作品中心是"寓五行生克之理，玄门修炼之道"。陈元之认为"此其书（指《西游记》）直寓言者哉"，这是最早提出《西游记》是寓言的人。谢肇淛说："（《西游记》）以猿为心之神，以猪为意之驰……盖亦求放心之喻。"从明代评论者们的言语看，人们已基本注意到要探求《西游记》的主旨、思想寓意了，但由于历史条件的限制，这些探索还显得不够成熟。

清代学者对《西游记》研究有所深入，无论人数质量都超过了前代，主要代表评论家有刘廷玑、张潮、张书绅、张含章、刘一明、含晶子、解弢、王阳建、阿阁老人等。刘廷玑说"《西游记》为证道之书"；张潮说"《西游记》是一部悟书"；张书绅说"（《西游记》）只是教人诚心为学，不要退悔"，"'西游'二字，实注解'大学'二字，故云《大学》之别名"，"即是一部《心经》"；张含章说（《西游记》）"乃明示三教一源。故以《周易》作骨，以金丹作脉络，以瑜伽之教作无为妙相"；刘一明从内容、形式多方面深入探究，提出四十五条读《西游》要法；含晶子说《西游记》是"入道之门，修道之序，成道之功，深切注明，无一毫不告学者，其用心亦良苦矣"，"以佛为依归，而与道书实相表里"；解弢称《西游记》为"神怪小说中之杰作也"；王阳健说"《西游》，寓言也"；阿阁老人说"《西游》者，中国旧小说界中之哲理小说也"。纵观清代学者对《西游记》研究情况，虽有不少说道、讲禅、印证《大学》等言辞，确使人如坠云雾之中，但也可看出《西游记》在人们心目中的地位和作用。其中的荒唐之言应当批判，但在"西游学"史上则不妨作为一家之言。

从明、清两代直至民国初年，学者们都将《西游记》著作权定在了元代长春真人丘处机头上，以讹传讹几百年。直到 1924 年，鲁迅、胡适同时在明天启《淮安府志》卷十九《艺文志》《淮贤文目》上找到吴承恩撰《西游记》的证据，并结合作品、作者身世考证出吴承恩就是《西游记》的作者，才将这段几百年未了的公案解决。鲁迅、胡适、郑振铎还对《西游记》版本进行了深入研究。鲁迅的结论是"杨本"为"吴本"的祖本，"吴本"源于"杨本"；胡适结论是"杨本"删节了"吴本"；30 年代中期，由于"朱本"以及《永乐大典》中有关《西游记》材料的新发现，郑振铎提出三种本子的关系是"吴本"→"朱本"→"杨本"，"吴本"所祖乃《永乐大典》本。关于作品主旨，胡适提出"游戏说"，"玩世主义"，鲁迅基本赞同。

中华人民共和国成立后，《西游记》研究经历了三个阶段：第一阶段（1949~1965 年）属起步初始阶段，第二阶段（1966~1976 年）属倒退停滞阶段，第三阶段（1977~1988 年）属深入发展阶段。中华人民共和国成立40 年，《西游记》研究走过了一条曲折发展的道路，1979~1982 年短短三年多时间公开发表的论文，相当于从 1958~1979 年上半年长达 21 年公开发表的论文总数的两倍半以上。全国性学术讨论会开过四次，全国报刊发表的论文总数约 600 篇。淮安《西游记》研究会于 1984 年 12 月成立，这是全国第一个研究《西游记》的地方群众学术组织。

回顾《西游记》研究历史，我们可以十分自信地宣布，"西游学"的体系初具规模，已能够独立地成为一门新学，与"红学"一起屹立于世界的东方。"西游学"以未来作基础，与人才学、教育学、青年学相联系，研究目标与今天和未来社会提高人的素质的总体目标是一致的。明、清两代的评论家将《西游记》当作神学专著，放到崇高、庄严而神秘的佛门内作为佛徒修行得道的入门书；有人更将它奉若求《大学》（古代"四书"之一）的秘籍，当作做人求功名的"圣书"；这既说明有人错误地理解了作品本意，也证明其中一定蕴含着丰富而属于未来的思想精神。

三

"西游学"存在不仅以历史漫长著称，而且以范围广阔令人注目。作为一门学科，它不仅有丰富的历史内涵、研究对象，还具有与社会生活发展同步的效应、目标、范畴。从总体上看，它具有宏观、微观、中观和总体观。研究其文学艺术性——中观，研究其作为文化范畴的历史背景——宏观，研究其文本本身（考据、辞章、义理）——微观，研究其宏观、中观、微观世界的主体意识，作为社会科学的主要范畴，则形成总体观。具体而言，它主要分两大类：一、作品与思想，二、影响与运用。第一类作品与思想，是以考据学、文学、美学等原理研究作者、作品的思想意蕴，传统的文学研究便是如此，这在学术界已取得较大的成绩。第二类影响与运用，便是将作品放到中国、世界文化史的大范畴内进行研究，重新估价它的地位、作用和价值，至于"运用"则是以未来学、社会科学的观点来探讨其科学思想和科学价值，从而丰富和发展未来学、社会科学乃至自然科学的思想、理论。这项研究是"西游学"适应现代化，走上科学轨道，成为一门新兴学科的关键。笔者提出"西游学"的目的正在于此。

1989年9月21日的《社会科学报》以"开展超前意识未来观研究发掘《西游记》理性思维的精蕴——杨俊提出：在社科领域内探索《西游记》的科学价值"为题做了如下介绍："作为中国古典小说，《西游记》代表了中国神魔小说的最高成就。然而，在当今已不能囿于古典文学范畴了。近年，对《西游记》研究有两种倾向：一是对过去'传统'反思，主张恢复传统，或以传统拯救现实。一是以未来进行先思，主张以未来的模式改造现实。《西游记》反映的是过去的生活，但它以宏观、微观的全方位系统展示了人类的未来。从人类学角度，可看到它将人的孕育、生长、发展过程鲜明地展现。从社会学角度，它展示了人类社会的进化、发展史。从未来学角度看，它预示了人类向未来迈进的艰难历程，以意识的超前性、思维的多元性、理性的核心性、智慧的超群性显示了理性思维的神采。探寻《西游记》的理性思维流程，有助于优化思维模式。发掘《西游记》的理性思维精蕴，为我国科技腾飞、经济振兴服务，则是《西游记》研究由感性阶段向理性阶段的飞跃"（《文摘周报》10月6日、《文摘报》10月12日均选摘）。笔者在《人类未来的预见者——〈西游记〉理性思维新论》[1]中对上述论点进行了系统阐释，这是笔者十多年研究结果的初步展示。

"西游学"运用范围极其广泛，以"西游记"为题材的各种连环画、图片、扑克、火花、邮票、商标、剪纸、工艺品举不胜举，既丰富了当今的

---

[1] 《明清小说研究》1991年第1期。

社会生活，也给研究提供了有益的凭借、根据、母题。《西游记》还充当了中外文化交流的使者，据初步统计，《西游记》已有日、英、德、法、意、西班牙、俄、捷克、罗马尼亚、朝鲜、越南、波兰、匈牙利、世界语等多种文字的译本，日文译本最多达 30 多种。海外对《西游记》研究十分注重，多从主题思想、历史背景、成书过程、语言特色、版本源流等方面进行探讨，给作品以很高的评价。1988 年 5 月下旬在新加坡举办的"世界华文书展"上，《西游记》读物有 50 多种，连环画《三打白骨精》《火焰山》《大闹天宫》等使少年儿童爱不释手。新加坡新闻与出版有限公司董事长兼集团经理马宝山先生在为欢迎中国《西游记》艺术团来访所做献词中说，我们在迈向工业化、现代化的过程中失掉了不少宝贵的传统文化，现在大家已觉察到这一偏差，并努力弥补这方面的损失。我们有必要为推广文化艺术、帮助人们认识和珍惜自己的文化传统做出贡献。主办《西游记》剧组的公演，其意义就在这里。

近年来，《西游记》主人公孙悟空形象在日本的书籍、漫画和电视广告中频繁出现。为何会出现上述现象呢？据日本有关专家说，20 世纪 80 年代紧张的生活节奏，强烈的竞争意识，都像一条无形的索束缚着人们的生活，而身怀绝技、疾恶如仇、自由自在、我行我素的孙悟空，自然成了人们喜爱和崇拜的偶像，这反映了日本人对现代生活的厌倦。笔者认为，科技现代化在日本带来副作用，唯有以良好的文化素养、超脱的意识方能使未来生活更完美，孙悟空形象的现代意义正在于此。"孙悟空"还漂洋过海到美国，美国梁挺博士编著的《超时空猴王》更是将科学技术与孙悟空联系起来，让孙悟空在宇宙空间里大显神通。孙悟空作为中西文化交流的使者出现在中、法两国电影工作者合拍的《风筝》中。猪八戒也不甘落后，以《猪八戒背媳妇》为名的木偶剧在匈牙利举行的第七届国际木偶节上获得最高奖。匈牙利语《西游记》译本两次印刷近 5 万册。在举世瞩目的科学盛会——1985 年国际科学技术博览会上，日本著名的综合出版社——讲谈社别出心裁，以大脑为研究对象，为观众探索人脑奥秘提供了良好的机会，在直径为 19 米、高为 4 米的大脑模型中放映中国古典小说《西游记》的主人公孙悟空的新故事片——"孙悟空'人脑探险记'"。日本经营管理者还将《西游记》作为新一代管理人员必读的三本书之一。事实说明，"西游学"已超出了作品本身和中国范畴，走向了世界大范围。海外对《西游记》

的关注已不仅仅的文学范畴，正在向影响和运用范畴迈进。世界各国对中国《西游记》的关注、研究正说明作品本身所包含的未来意义，研究本身也恰好与人类未来和发展的总目标相协调，更带有浓厚的超前意识未来观。

四

与中国古典文学研究不景气相对照，"西游学"蒸蒸日上、兴旺发达，原因何在？笔者认为，这正是未来学给《西游记》研究提供无限广阔而远大的前程和勃勃的生机。中国未来学者们将眼光首先投到《西游记》上并非偶然。《西游记》展示了人类无限丰富而博大的未来思想（精神），它是中国人民奉献给全人类富有典范性的宝贵财富。以未来学作基础的"西游学"正在充当发掘《西游记》理性思维精神、超前意识未来观的光荣而伟大使命。

笔者在一次学术报告中谈到对《西游记》研究的最新看法：一、《西游记》不仅是文学作品，也是一部形象化的人生教科书和未来学著作。《西游记》中蕴含着极深的义理，曾哺育了几十代中国人，也必将给未来的人类提供积极的借鉴意义。二、《西游记》在中国及至世界文化、科学史上的地位应当重新认识。国外已十分重视《西游记》的理性思维，正在尝试着研制《西游记》式的物质文明。我们应当开拓文学艺术与理性思维、社会科学和超前意识未来观结合的新途径，为世界文化、科学事业的发展做出新贡献。三、"西游学"应弘扬中国文化的民主精神和科学意识，《西游记》作为中国文化的代表就有民主精神和科学意识。孙悟空的成长过程，从"大闹天宫"到"西天取经"，直至被封为"斗战胜佛"，就鲜明地体现出中国人的民主精神。《西游记》中关于宏观、微观、中观世界的展示，"紧箍咒""金箍棒""如来佛手掌心""千里眼""顺风耳"等的精心设计，就朦胧地体现了超前意识未来观的科学意识。因此，研究《西游记》的超前意识未来观，发掘其中蕴含的民主精神和科学意识必将有力地促进中国文化走向世界，走向未来。四、"西游学"以未来学理论、方法为基础，将打破单一的封闭格局向多元化开放体系靠拢，将更富有时代性、科学性，为人类学、社会学、物理学、化学、未来学、文化学、生物学等提供更多的借鉴，从而推动整个人类未来的科学事业。

站在未来学角度鸟瞰《西游记》研究，20世纪90年代的"西游学"

将在下列几大方面有所突破：其一，关于吴承恩生卒年和《西游记》成书年代，虽然争议很多，但近30年来不断有新材料发现，许多研究者身体力行投入到实地考察之中，这一问题可能在20世纪90年代得到解决。其二，关于作品主题和思想倾向众说纷纭，新的分歧、争执仍在酝酿之中，必将再次成为热门话题。其三，关于《西游记》比较文学的研究将会涌现更多的力作，丰富和发展中外文学的比较研究，用比较美学理论从纵深方面进行研究，将《西游记》与本国同时代或前后文学作品作比较，也将是研究的重要课题。其四，用未来学观点研究《西游记》，发掘其理性思维和超前意识未来观，将使研究由微观走向宏观。其五，对于《西游记》审美艺术，虽有人不断探寻，但仍是应当深入研究的课题。其六，用社会科学的理论在社会科学领域内探求《西游记》的科学价值将成为《西游记》研究为现实服务的前奏曲，必将打破传统的古典文学研究小圈子而迈向多学科、多层次的未来学研究的总体观时代。

总之，"西游学"队伍将不断壮大，以中国、日本、美国、苏联、匈牙利等国为骨干力量的《西游记》研究联合体将逐渐形成。一批专门从各个角度、以多学科知识来全面系统研究《西游记》的"西游学家"将会涌现，"西游学"专著也将陆续问世。固然，那种单纯从古典文学角度着眼的研究虽有存在的可能，但毕竟不会如今天一般的普遍化了。异域他乡的新视角、新探求必将推动"西游学"迈入更辉煌的境界。中外文化交流的大格局和社会科学研究的大趋势，将使20世纪90年代出现"西游学"的"蜜月期"。21世纪"西游学"成为显学也是完全可能的。

丘处机麾下全真道士不是
《西游记》的最早作者

——与胡义成先生商榷

　　《西游记》作者一直是困扰学术界的一段悬案，作为学术论题，必须遵循一定的定律与论题规律，以求得科学性与学术性相统一，真正为推动这一论题的最后解决奠定有价值的基础和条件。

　　学术界研讨《西游记》作者一般以百回本《西游记》作者为参照物与研讨对象，非百回本前有关《西游记》演化的各种宗教故事、戏曲话本、平话等，这是迄今为止海内外研讨《西游记》作者的各位专家学者所共同遵循的定律，只有在这一前提下，我们才能拥有争辩、研讨的话语权，以免隔山打牛、海底捞月。

　　我们旗帜鲜明地论定"丘处机麾下全真道士不是《西游记》的最早作者"，就是建立在上述"百回本《西游记》作者"这一大前提之下。为什么这么说呢？

　　百回本《西游记》是章回体神魔小说，是文学艺术精品，非道书；这是对其性质的基本界定，任何试图对这一论题提出挑战的学人，必须拿出充足准确的证据来！回首《西游记》研究史，古往今来，诸多贤士名流均基本肯定其首先是一部文学艺术作品，这一点不可动摇。至于主旨是什么？则众说纷纭，或云辩禅，或云说佛，这应当另作论题处理。如果说两者有关联，道徒借文学艺术来敷衍教义则应当拿出充分证据来，从胡义成先生所罗列的"证据"来看，实嫌不足，难成定论。①

　　胡先生无视"全真教及教徒"恰是百回本《西游记》所讽刺、嘲弄、抨击的对象，这是其立论大厦的"死穴"。

---

① 胡义成：《从作者看〈西游记〉为道教文学奇葩》，《云南民族学院学报》2002年第6期。

关于百回本《西游记》与道教的关系，李安纲①②、曹炳建③均已论之甚详，兹不赘述，仅仅补充的是，作品不仅与道教有关联，而且将其作为十分重要的构思对象，近乎涵盖全篇。

请看：玉皇大帝是个典型的崇道皇帝，号"高天上圣大慈仁者玉皇大天尊玄穹高上帝"，驾座"金阙云宫灵霄宝殿"，聚集仙卿。孕育齐天大圣孙悟空的地点，东胜神洲海东傲来小国，花果山洞天，水帘洞福地。在"灵台方寸山，斜月三星洞"，须菩提祖师有《满庭芳》："不会机谋巧算，没荣辱，恬淡延生。相逢处，非仙即道，静坐讲《黄庭》。"镇元仙"头戴紫金冠，无忧鹤氅穿，履鞋登足下，丝带束腰间。体如童子貌，面似美人颜。三须飘颔下，鸦翎叠鬓边。相迎行者无兵器，止将玉麈手中拈。"镇元仙与孙悟空赌斗，变一行脚全真"穿一领百衲袍，系一条吕公绦。手摇麈尾，渔鼓轻敲。三耳草鞋登脚下，九阳巾子把头包。飘飘风满袖，口唱月儿高。"平顶山二魔变年老道士，"星冠晃亮，鹤发蓬松，羽衣围绣带，云履缀黄棕。神清目朗如仙客，体健身轻似寿翁，说甚么清牛道士，也强如素券先生。妆成假象如真象。捏作虚情似实情"。道教的重要人物葛洪（仙翁）、丘弘济、许旌阳已成为天宫玉皇大帝灵霄殿前的四大天师。诸多"金公、木母、刀圭、元神、华池、婴儿、黄婆、明堂"，"三花聚顶"，"五气朝元"均系道教专业术语。这是否就足以论证作者一定是全真道士呢？对于今天缺乏道教常识的人的确难以担当此任。可是，在明中叶，士大夫阶层中熟知道教教义、典籍的人司空见惯，那是一个"三教混融"的时代，帝王崇道，上行下效，仕子文人崇道、悟道十分普遍，从明人文集中均能找到数不胜数的佐证。如果真的是一个高道借百回本《西游记》宣扬教义，那就应当从总体思路、基本宗旨上对作品来个"与时俱进"般改造。

事实上，百回本《西游记》无论是从总体思路还是基本宗旨来看，均与宣扬全真教教义背道而驰，不仅如此，甚至将其打翻在地，踏上一只脚，彻底地撕破全真教欺世盗名、为害社会的狰狞面目，可谓背其道而行之，这不仅是古往今来诸多《西游记》研究者必须面对的事实，也是近百年否

---

① 李安纲：《苦海与极乐——西游记奥义》，东方出版社，1995。
② 李安纲：《西游记奥义书（1—5）》，中国社会科学出版社，2002。
③ 曹炳建：《仙界道门的荣幸与尴尬——西游记道教思想论略》，《运城高专学报》2002年第4期。

定吴承恩为百回本《西游记》作者所绕不开的"死角",诸多名家大师漠视者有之、回避者有之,科学的态度应当如"真的猛士,敢于直面惨淡的人生,敢于正视淋漓的鲜血"。

请看百回本《西游记》中的（全真）道士均与妖画上了百分百的等号:第三十九回,乌鸡国,"锺南忽降全真怪,呼风唤雨显神通,然后暗将他命害。……假变君王是道人,道人转是真王代"。全真道士阴害乌鸡国王,假变国王相貌,坐金銮殿,为非作歹,却原是文殊座下的一个狮猁王,凶恶丑陋,让"全真道士"担丑恶之名,这恐怕绝非道教全真教道士所为,胡先生意下如何?

第四十四回,车迟国国王崇道灭僧,接见三名老道士时的崇敬又谄媚的情态,恰似明世宗嘉靖皇帝宠爱道士邵元节、陶仲文的史实。让孙悟空、猪八戒、沙和尚变成三清（道教至高无上的神祇）,将"溺溺"当作"圣水"糊弄道士,并将三尊泥像（圣像）送进五谷轮回（肮脏之处）之所,竟让八戒祷道:"三清,三清,我说你听;远方到此,惯灭妖精。欲享供奉,无处安宁。借你座位,略略少停。你等坐久,也且暂下毛坑。你平日家受用无穷,做个清净道士;今日里不免享些秽物,也做个受臭气的天尊!"这对道教、全真道士是何等绝妙空前的嘲弄、讽刺、挖苦、抨击,不啻一场灭门绝后的扫荡啊!

第五十三回,解阳山破儿洞如意真仙霸占"落胎泉","护住落胎泉水。不肯善赐与人,但欲求水者,须要花红表礼,羊酒果盘,志诚奉献,只拜求得他一碗儿水哩",分明一位道士,"头戴星冠飞彩艳,身穿金镂法衣红。足下云鞋堆锦绣,腰间宝带绕玲珑。一双纳锦凌波袜,半露裙襕闪绣绒。手拿如意金钩子,□利杆长若蟒龙。凤眼光明眉莴竖,钢牙尖利口翻红。额下髯飘如烈火,鬓边赤发短蓬松。形容恶似温元帅,争奈衣冠不一同"。与取经人作对,被孙悟空打得狼狈不堪,差点丢掉性命。苟且偷生,十分丑陋。

第七十三回,黄花观观主多目怪,"黄芽白雪神仙府,瑶草琪花羽士家","戴一顶红艳艳饯金冠,穿一领黑缁缁乌皂服,踏一双绿阵阵云头履,系一条黄拂拂吕公绦。面如瓜铁,目若朗星。准头高大类回回,唇口翻张如达达,道心一片隐轰雷,伏虎降龙真羽士"。与取经人为敌,先施毒,将八戒、沙僧、唐僧毒倒,后与悟空对敌,施出一千只眼的金光,将悟空顶紧皮撞软，终酿此大劫。这道士表面上是百眼魔君、多目怪，实际却是一蜈蚣精。多么绝妙的讽刺与辛辣的嘲弄啊！

胡义成先生千方百计将全真道教闫希言师徒与百回本《西游记》作者联结在一起，用心良苦，但也不能无视百回本《西游记》中以上诸多讽刺、嘲弄道教的情节、言辞及微言大义！

胡义成先生坦言："如果把嘉靖、万历年间的茅山全真龙门派视作定稿人，则今本《西》（《西游记》）书在思想倾向上的许多现象均可获顺利解释"，"我走访的陕西高道，大皆不同意《西》（《西游记》，笔者注）为全真作，也缘于此情"。①

这的确是事实，如何绕开这"死结"？仅仅以"'刺妖道'，实际讽刺当时正一道士仗势行恶，也反思元末全真道士的秽行，'宣个性'（身处东南市场经济相对发达地区的龙门道士教徒，追求比较自由平等的个性，完全是正常精神现象，即使在西方，也有宗教团群身当启蒙重任的事情）等思想倾向，相当一致"来解释，恰似张冠李戴，只见树木、不见森林的寡见。

胡义成为证明此论点，将清代黄太鸿刻、汪象旭评《西游证道书》卷首虞集《西游记序》奉为至宝，拿来作为主要论据。这实是《西游记》研究史上至今疑团重重的悬案，不足以作为解决百回本《西游记》作者之谜的主要证据，因为，这篇序文实是后人（清人）制造的"伪书"。

胡义成为何又抬出"虞集序"呢？因为这是丘处机作《西游记》说的由来——始作俑者。汪象旭是"虞集序"的"发现"者，实际上的伪造者。汪象旭，字憺漪，原名淇，字右子，有《吕祖全传》传世，卷首题"奉道弟子汪象旭重订"，可见，是一位道教中人，在其《西游证道书》上刊载"虞集序"，并非为元代文学大家虞集树碑立传，意在弘扬全真教龙门派祖师爷——丘处机的举世功业。这种意图用心良苦。汪氏还刊出一篇《丘长春真君传》最后一句"有磻溪鸣道集西游记行于世"，《磻溪集》《鸣道集》确为丘处机所作，而《西游记》则完全出于汪氏一厢情愿的有意误载，其附会源头可上溯到元末明初陶宗仪《辍耕录》，文中云"以上见《磻溪集》《鸣道集》《西游记》《风云庆会录》《七真年谱》等书"；后三部均非丘处机所作，可见又是误载。以后樗栎道人秦志安编《金莲正宗记》，在《长春

① 胡义成：《〈西游记〉作者：扑朔迷离道士影》，《阴山学刊》2001 年第 3 期。

丘真人》一节云:"所有诗歌杂说,书简论议,直言语录,曰:《磻溪集》《鸣道集》《西游记》,近数千首,见行于世。"此处将《西游记》与《磻溪集》《鸣道集》并列,无疑是承袭陶宗仪《辍耕录》,只是将后两部《风云庆会录》《七真年谱》删去,可见是经过目验鉴别的。此处《西游记》确是指《长春真人西游记》,因为其中的确记录了丘处机诸多"歌诗杂说,书简论议,直言语录"也。汪象旭伪造"虞集序"的目的意在阐明他在《西游证道书》里所高倡的"证道"观。为了证明这一"证道观",必须抬出权威的高道,非丘处机莫属;为使"伪造"成真理,必经拉出名人——虞集来,拿大旗做虎皮,使人信服、崇仰而达到附会、曲解《西游记》主旨的目的。

能够证明"虞集序"是伪作的尚有一铁证,序末署"天历己巳翰林学士临州邵庵虞集撰",虞集祖籍四川,先祖允文在南宋被封于雍,宋亡虞侨居临川;虞集早年与弟槃同辟书舍二室,左室书陶渊明诗于壁题曰陶庵,右室书邵亮夫诗题曰邵庵,故有临川邵庵之说。天历己巳(1329年),虞集在"翰林直学士奉政大夫知诰同修国史兼国子祭酒",非"翰林学士",徐朔方先生认为,"据《元史》卷181《本传》,虞集的官衔是翰林直学士,《新元史》卷206《本传》略同,据《元史》卷87,翰林学士从二品,翰林直学士从四品,高下不同,难以想象虞集连自己的官位都搞不清楚,可见这序是假冒之作"。[①] 弄清"虞集序"的来龙去脉,可见,丘处机作《西游记》说便不攻自破了。这就是清人为何沿袭汪象旭谬误之所在,意在曲解《西游》,为"证道"说情也。鲁迅、胡适先生的贡献就在于打破这一迷信,回归《西游记》之本来面目,功不可没。即使清人纪昀也发现了丘处机作《西游》之妄,有《阅微草堂笔记》卷九《如是我闻三》:"吴云岩家扶乩,其仙自云丘长春。一客问曰:《西游记》果仙师所作,以演金丹奥旨乎?批曰:'然'。又问:'仙师书作于元初,其中祭赛国之锦衣卫,朱紫国之司礼监,灭法国之东城兵马司,唐太宗之大学士、翰林院、中书科,皆同明制,何也?乩忽不动。再问之,不复答。知已词穷而遁矣。然则《西游记》为明人依托无疑也。"清人钱大昕《跋长春真人西游记》云:"《长春真人西游记》二卷,其弟子李志常所述,于西域道里风俗,颇足资考证。而世鲜传

① 徐朔方:《评全真教和小说西游记》,《小说考信编》,上海古籍出版社,1987,第342页。

本，予始于《道藏》抄得之。村俗小说有《唐三藏西游演义》，乃明人所作。萧山毛大可据《辍耕录》以为出丘处机之手，真郢书燕说矣"（《潜研堂文集》卷二十九，《四部丛刊》本）。清人阮葵生《茶余客话》云："金漳山先生令山阳，修邑志，以吴射阳撰《西游记》事，欲入志；余谓此事真伪不值一辨也。按旧志称：射阳性敏多慧，为诗文下笔立成。复善谐谑，著杂记数种。惜未注杂记书名，惟《淮贤文目》载射阳撰《西游记通俗演义》。是书明季始大行，里巷人乐道之，而前此亦未之闻。世乃称为证道之书，批评穿凿，谓吻合金丹大旨，前冠以虞道园一序，而尊为长春真人秘本。亦作伪可嗤者矣。按明《郡志》谓出自射阳手，射阳去修志时未远，岂能以世俗通行之元人小说攘列己名？或长春初有此记，射阳因而衍义，极诞幻诡变之观耳。亦如《左氏》之有《列国志》，《三国》之有《演义》。观其中方言俚语，皆淮上之乡音街谈，巷弄市井妇孺皆解，而他方人读之不尽然，是则出淮人之手无疑。然射阳才士，此或其少年狡狯，游戏三昧，亦未可知。要不过为村翁塾童笑资，必求得修炼秘诀，则梦中说梦，以之入志，可无庸也。"①

今人吴圣昔先生，查遍虞集现存所有集子都没有这篇《西游记序》。②

总而言之，这篇序文是伪造便能够定案的了！以此作为丘处机师徒作百回本《西游记》的作者实是谬误也能定案了！

胡义成对于上述历史不能说一点都没有涉足，但为了证明《西游记》与全真教的关系，必须拿出清人的"通说"作为依据，为解决自相矛盾的地方，便又抬出"龙门派道士史志经弟子是《西游记（平话）》的作者，《西游记》直接祖本是《西游记（平话）》，系丘祖高徒史志经弟子作，应将其与吴承恩并列为《西游记》之作者"的谬论。谬误在何处？

其一，《西游记（平话）》是《西游记》直接祖本吗？百回本《西游记》祖本问题一直是《西游记》研究的一大悬案。主要有五说：

（1）《永乐大典》（平话）说，代表人物有郑振铎、赵景深、邢治平、曹炳建、黄永年、程毅中、程有庆等。陈新、吴圣昔持反对意见。

（2）杨本说，代表人物鲁迅、陈新等。

李时人、朱德慈、邢治平、曹炳建、方胜等持相反意见。

（3）朱本说，代表人物有柳存仁、朱德慈，反对者有杜德桥、方胜、李时人、邢治平、曹炳建等。

（4）吴本说和新本说，代表人物有李时人、方胜、程毅中、程有庆等。

（5）《西游原旨》白文说，代表人物金有景，反对者吴圣昔。

胡义成在没有弄清《西游记》研究中关于"祖本"争议历史、现状基本前提下，贸然杀入研究前沿，真可谓勇气可嘉，但沉实稳健欠佳。自身状况都不清楚，悍然向权威观点、理论挑战，实在让人有点束手无策啊！然而，学术研究来不得半点马虎、草率，补上一笔，以示证明《西游记》研究圈内人均非盲人、庸人。这是胡先生取关于百回本《西游记》祖本争议中的一说。胡先生只取有利于其论点（实是谬误）的材料说法，并不辨明其史实的可信度与前因后果及来龙去脉，实是治学之大忌也。

其二，既然丘处机难能成为《西游记》作者（元人），再往后推一推，丘祖弟子，时间与《西游记（平话）》诞生年代相近（也难见"平话"全貌），故越祖代庖，便安上"丘祖高徒史志经弟子作"这一眩人耳目的新词。至于史氏弟子生平、事迹与《西游记》关联有几何也不考究，直接发论，可谓大胆"发现"呀！这种以推论作论据，又以论据作结论的求证法实在"高明"绝伦，难怪能惑人眼睛，20多家杂志刊发（换了标题，内容有的重新组合，有的顺序也一样[1]）便是证明！

其三，试图将史志经弟子（龙门派道士，丘祖高徒）与吴承恩并列，本无可比，一为元人，一为明人；一为道徒，一为失魄文人；一为《平话》，一为小说。至于《西游记》如何由《平话》演变为小说，元人直接称为《西游记》，《朴通事谚解》《永乐大典·梦斩泾河龙》可证。胡先生似乎觉得不值一辩，但若要抬高史志经弟子地位，必须求证元人为何不称《西游记》为《西游记平话》，史氏弟子作《西游记〈平话〉》的直接证

---

[1] 胡义成：《论今本〈西游记〉定稿者即明代道士闫希言师徒》，《南京邮电学院学报》2003年第2期。

据。通览胡文均没有一字一词，难怪呢？因为实在无证可求呀！

这样胡文的高论便就成了"悬论→空论→谬论"了！在前两个错误前提推测下，胡义成先生又要向关键点——今本《西游记》（实为百回本《西游记》）作者冲击了，抬出"江苏茅山龙门派闫希言师徒是今本《西游记》定稿人"，这是其最"耀眼"之处，因为关于百回本《西游记》作者研究是中国古代小说研究史上的一大疑案、悬案，至今仍无定案，海内外学人为此绞尽脑汁，争辩了近一个世纪。

胡先生敢冒天下之大不韪，发奇言着实让人惊绝而系之。初看，着实新颖、独到，但细心求实，便又"发现"其立论求证实在让人难以认同。其主要论点"华阳洞天"只属于茅山道教，"华阳洞天主人"应是茅山龙门派道士闫希言师徒。前者有道理，后者则当存疑。闫希言为何要号"华阳洞天主人"，其生平事迹与百回本《西游记》有何关联？"华阳洞天主人"本是一号，为何只属闫希言，胡先生没作回答，也难以回答清楚！书商、文人假借之以示风雅也未尝不可呀？书商可能出于牟利，文人可能出于风雅，道士闫希言出于何目的呢？不得而知。"华阳洞天主人"作为一号，明代小说家、书坊主借来抬高书籍身价，以博取市场效应，只能证明书版与茅山"华阳洞天"有一定影射性联系，当时茅山属于名山，文人雅士多登临之，李春芳、吴承恩均游历过，还留有诗文呢？"华阳洞天"声名远播，神奇性与读者猎奇心理相连，书商（世德堂、荣寿堂、熊云滨等）逐利心理可见一斑也！

笔者亲自登临茅山，寻觅"华阳洞天"，承蒙茅山道院有关负责同志厚爱，并惠赠《茅山文化丛书》一套及《茅山志》，又亲自寻访有关碑文典藏，并获知胡义成先生并未亲临茅山实地勘查，国内外《西游记》研究者大多未至。此行意义非凡，从已搜索到的关于茅山及道教的典籍资料来看，均未发现闫希言师徒著《西游记》的蛛丝马迹。

胡先生提出"闫希言师徒是今本《西游记》的定稿人"，实属推测。闫希言师徒系指闫希言、舒本住和江本实三人，三人生平不详，著述仅有《华阳真诲》。闫希言，别号亦希言，人称闫蓬头。山西人，年二十七八时，积痨几死，遇师诲以坐功得无恙。明嘉靖十四、十五年（1535～1536）间，离家学道，后从湖北太和山至江苏茅山乾元观。他常顶一髻，不巾帻，身着粗布夹衫，有履而不袜，人目之为闫蓬头。行步健速，虽少壮不啻。盛暑辄裸曝日无汗，严冬凿冰而浴。他劝人行善，勿淫勿杀，勿忧勿恚。他初到乾元观时仅有门及陋舍，游金陵，募资以成殿阁，并引山泉溉稻田数十亩，住观 50 余年。传有弟子舒本住、江本实、王合心等。著有《华阳真海》。① 明清以来《茅山志》均未有闫希言师徒于金陵募捐化缘著《西游记》以"重振华阳洞天"，在艰难困苦中也对全真盛衰进行反思，对朱明王朝和正一道士的欺压有所抗争的任何记载，想来，肯定出于胡先生的创造性加艺术性地"发现"。至于《华阳真海》"即使只从《华阳真海》的书名看（"华阳真海"者，"华阳洞天"是全真教徒海洋之谓也），当时的'华阳洞天主人'也应是茅山龙门派道士"云云②，实属异想天开的"发现"，查《茅山志》及各种相关典籍，闫希言有著作《华阳真海》也。一"海"一"海"真可谓风马牛不相及也。

要想真正解决百回本《西游记》作者这一桩困扰学术界近百年来的悬案，必须从文本、时代、风俗、民情、语言等基础着眼，实事求是，来不得半点虚构与浮夸。

此次南京、句容、茅山、华阳洞之行，让我感慨颇深，原本想从胡义成先生所指点的路径走下去，期望有所"发现"，结果事与愿违，倒是让我获得了另一番收获。

百回本《西游记》与"华阳洞天"有联系，除了最先署名为"华阳洞天主人校"以外，我还发现作品中有多次直接间接提到或描绘出茅山的风物景象。

第四十六回"羊力大仙"与孙悟空赌下滚油锅洗澡，行者下去洗时滚热，羊力大仙下去却冷，孙行者大怒，念声"唵"字咒语，把北海龙王唤来，龙王诺诺连声道"敖顺不敢相助，大圣原来不知，这个……这个是他在小茅山学来的大开剥"。

比较朱鼎臣《唐三藏西游释厄传》，没有车迟国斗圣情节故事。而杨志和《西游记传》在第四卷"唐三藏收妖过通天河"有"车迟国"虎力、鹿力、羊力三仙，国王因宠爱道士，废灭僧人，孙行者与三仙赌赛，除去了三个兽精（变作道士）。羊力大仙与悟空赌下油锅，"行者纵身跳进锅内，

---

① 《茅山志》，方志出版社，2000，第 133 页。
② 《句容茅山志》，黄山书社，1998，第 123~124 页。

反复淋浴已毕。羊力也下锅浴洗，念龙广敖咒，油冷如水。行者知他有咒，即火德神咒起郊火，把羊力洗死"。也没有"小茅山"字眼。由此可见，百回本《西游记》与茅山之缘非同寻常。作品第四十回风景描述：

> 高不高，顶上接青霄；深不深，洞中如地府。山前常见骨都都白云，扢腾腾黑雾。红梅翠竹，绿柏青松。山后有千万丈挟魂灵台，台后有古古怪怪藏魔洞。洞中有叮叮当当滴水泉，泉下更有弯弯曲曲流水涧。又见那跳天搠地献果猿，丫丫叉叉带角鹿，呢呢痴痴看人獐。至晚巴山寻穴虎，待晓翻波出水龙。登得洞门唿喇的响，惊得飞禽扑鲁的起，看那林中走兽鞠律律的行。见此一伙禽和兽，吓得人心扢磴磴惊。堂倒洞堂堂倒洞，洞当当倒洞当仙。青石染成千块玉，碧纱笼罩万堆烟。

这颇似"地肺——句曲"茅山的景致，只有身临其境的人才有如此似曾相识的感受，印象尤其难忘。联系到作品中多处妖怪的洞府，为何写得如此的形象逼真，仿佛让人身临其境，流连忘返呢？生活、生活经历、阅历是创作成功的第一要素。作者肯定去过句容茅山，亲临过"华阳洞天"，目睹过三茅真君的"第八洞天，第一福地"宫观奇景，如此才能传神文笔动千秋。

综上所述，胡义成先生认定"丘处机麾下全真道士是《西游记》的最早作者"是错误的，且不从"虞集序文元代华山道士史志经师徒是《西游记》祖本《西游记（平治）》的作者"，"今本《西》书定稿者是明代江苏茅山道士闫希言师徒"等多方面难以论定百回本《西游记》与全真派及师徒之间的关联性，只从回目、片言只语出发，仅能说明今天研究者没有了解到明代三教混融的历史状况，以今日学人的学识去看《西游记》便容易走眼，20多年前澳大利亚柳存仁就犯过此忌，徐朔方先生早已辩驳过。国内学人李安纲等人均犯过类似的错误。胡先生以"虞集序"伪造材料为前提重提学术史上这段丘处机作《西游记》旧案，试图通过龙门派弟子，将其串联起来，形成"花落道士家"，"扑朔迷离道士影"，"从作者看《西游记》为道教文学奇葩"，从而推断出《西游记》著作权案，"丘处机师徒胜

出",“丘处机与《西游记》的关联难以刈断",“今本《西游记》姓闫说",
“今本《西游记》作者：否定吴承恩，主张闫希言师徒"的结论①，实则是
以伪造的错误材料为前提，推导出的错误的论点，因而也就不攻自破，留
下一段昙花一现的“道袍魔影话《西游》"的回光返照。胡义成所刊发的
一系列文章警示我们：从事学术研究要甘于坐冷板凳，不因一时一地的偶
见而天女散花般地玩起千手观音的游戏。学界同仁也不能听之任之，或作
壁上观，以免破坏学术氛围危害学术后辈；草作此文，期望就教胡义成及
学界同仁。不当之处，敬请批评。

---

① 胡义成：《〈西游记〉定稿人与全真教关系考》，《杭州师院学报》2002 年第 5 期；《今本
〈西游记〉作者：否定吴承恩，主张闫希言师徒》，《达县师专学报》2002 年第 4 期；《丘
处机与〈西游记〉的关联难以刈断》，《河池师专学报》2003 年第 1 期。

也论百回本《西游记》定稿人与
全真教之关系

——兼与胡义成先生商榷之二

　　百回本《西游记》定稿人与全真教之关系本是《西游记》研究史上的一段公案，20多年前，澳大利亚柳存仁先生就论述过，杭州大学徐朔方先生予以驳斥；双方旗鼓相当，后者已占上风，逐渐被学界同仁所广泛认同。但在1996年，山西学者李安纲教授再次掀起此浪潮，并举行了四次《西游记》与中国文化学术研讨会，出版专著《苦海与极乐》《西游记奥义书》《李安纲批评西游记》等，国内学界少有人赞同其观点。21世纪之初，陕西学者胡义成先生再次发表论文，论百回本《西游记》定稿人与全真教关系。

　　胡先生与前人不同之处在于，试图以龙门派全真教及教徒为线索，探讨今本《西游记》的最后定稿人。① 他的立论首先锁定了元代虞集《西游记序》，这是关于最早论定"《西游记》作者是丘处机"的始作俑者。如果这

① 胡义成：《从作者看〈西游记〉为道教文学奇葩》，《云南民族学院学报》2002年第6期；《〈西游〉作者：扑朔迷离道士影》，《阴山学刊》2001年第3期；《论今本〈西游记〉定稿者即明代道士闫希言师徒》，《南京邮电学院学报》2003年第2期；《论明代江苏茅山龙门派道士闫希言师徒是今本西游定稿人》，《江苏教育学院学报》2002年第4期；《〈西游记〉定稿人与全真教关系考》，《杭州师院学报》2002年第5期；《全真道士闫希言师徒是今本西游定稿人》，《昌吉学院学报》2003年第1期；《全真道士闫希言师徒与定稿今本〈西游记〉》，《宁德师专学报》2002年第4期；《〈西游记〉著作权案：丘处机师徒胜出》，《邯郸师专学报》2002年第4期；《陕西全真道佳话：丘祖孕成〈西游记〉》，《安康师专学报》2002年14卷；《闫希言师徒是今本〈西游记〉定稿者》，《唐山师院学报》2004年第3期；《花落道士家——论今本〈西游记〉的最后定稿者》，《承德民族师专学报》2003年第1期；《今本〈西游记〉是明代全真道士肖蓬头师徒撰定》，《康定民族师范高专学报》2002年第4期；《今本〈西游记〉姓闫说》，《抚州师专学报》2003年第2期；《今本〈西游记〉作者：否定吴承恩，主张闫希言师徒》，《达县师专学报》2002年第4期；《丘处机与〈西游记〉的关联难以刈断》，《河池师专学报》2003年第1期。

一前提成立，那么，以后的推论便水到渠成了。

然而，关于这篇序文的真伪仍是学界的一桩疑案悬案。

首次将该序列于百回本《西游记》之中的是清代的汪象旭，他在《西游证道书》卷首隆重推出元代大文学家虞集为《西游记》所作《序》，这在百回本《西游记》流传刊刻史上是破天荒首次。

作为"虞集序"的"发现"者，汪象旭，字憺漪，原名淇，字右子，有《吕祖全传》传世，卷首题"奉道弟子汪象旭重订"，可见，是一位道教中人，在其《西游证道书》上刊载"虞集序"，并非为元代文学大家虞集树碑立传，意在弘扬全真教龙门派祖师爷——丘处机的举世功业。这种意图用心良苦。汪氏还刊出一篇《丘长春真君传》，最后一句"有磻溪鸣道集西游记行于世"，《磻溪集》《鸣道集》确为丘处机所作，而《西游记》则完全出于汪氏一厢情愿的有意误载，其附会源头可上溯到元末明初陶宗仪《辍耕录》，文中云"已上见《磻溪集》《鸣道集》《西游记》《风云庆会录》《七真年谱》等书"；后三部均非丘处机所作，可见又是误载。以后樗栎道人秦志安编《金莲正宗记》，在《长春丘真人》一节云："所有诗歌杂说，书简论议，直言语录，曰：《磻溪集》《鸣道集》《西游记》，近数千首，见行于世。"此处将《西游记》与《磻溪集》《鸣道集》并列，无疑的是承袭陶宗仪《辍耕录》，只是将后两部《风云庆会录》《七真年谱》删去，可见是经过目验鉴别的。此处《西游记》确是指《长春真人西游记》，因为其中的确记录了丘处机诸多"歌诗杂说，书简论议，直言语录"也。汪象旭伪造"虞集序"的目的是阐明他在《西游证道书》里所高倡的"证道"观。为了证明这一"证道观"，必须抬出权威的高道，非丘处机莫属；为使"伪造"成真理，必经拉出名人——虞集来，拉大旗做虎皮，使人信服、崇仰而达到附会、曲解《西游记》主旨的目的。能够证明"虞集序"是伪作的尚有一铁证，序末署"天历己巳翰林学士临川邵庵虞集撰"，虞集祖籍四川，先祖允文在南宋被封于雍，宋亡虞侨居临川；虞集早年与弟槃同辟书舍二室，左室书陶渊明诗于壁题曰陶庵，右室书邵尧夫诗题曰邵庵，故有临川邵庵之说。天历己巳（1329年），虞集在"翰林直学士奉政大夫知诰同修国史兼国子祭酒"，非"翰林学士"，徐朔方先生认为，"据《元史》卷181《本传》，虞集的官衔是翰林直学士，《新元史》卷206《本传》略同，据《元史》卷87，翰林学士从二品，翰林直学士从四品，高下不同，难以想象虞集连自己的官位都搞不清楚，可见这序是假冒之作"①，弄清"虞集序"的来龙去脉，可见，丘处机作《西游记》说便不攻自破了！这就是清人为何沿袭汪象旭谬误之所在，意在曲解《西游》，为"证道"说情也。鲁迅、胡适先生的贡献就在于打破这一迷信，回归《西游记》之本来面目，功不可没。即使清人纪昀也发现了丘处机作《西游》之妄，有《阅微草堂笔记》卷九《如是我闻三》："吴云岩家扶乩，其仙自云丘长春。一客问曰：《西游记》果仙师所作，以演金丹奥旨乎？批曰：'然'。又问：'仙师书作于元初，其中祭赛国之锦衣卫，朱紫国之司礼监，灭法国之东城兵马司，唐太宗之大学士、翰林院、中书科，皆同明制，何也？'乩忽不动。再问之，不复答。知已词穷而遁矣。然则《西游记》为明人依托无疑也。"清人钱大昕《跋长春真人西游记》云："《长春真人西游记》二卷，其弟子李志常所述，于西域道里风俗，颇足资考证。而世鲜传本，予始于《道藏》抄得之。村俗小说有《唐三藏西游演义》，乃明人所作。萧山毛大可据《辍耕录》以为出丘处机之手，真郢书燕说矣"（《潜研堂文集》卷二十九，《四部丛刊》本）。清人阮葵生《茶余客话》云："金漳山先生令山阳，修邑志，以吴射阳撰《西游记》事，欲入志；余谓此事真伪不值一辩也。按旧志称；射阳性敏多慧，为诗文下笔立成。复善谐谑，著杂记数种。惜未注杂记书名，惟《淮贤文目》载射阳撰《西游记通俗演义》。是书明季始大行，里巷人乐道之，而前此亦未之闻。世乃称为证道之书，批评穿凿，谓吻合金丹大旨，前冠以虞道园一序，而尊为长春真人秘本。亦作伪可噱者矣。按明《郡志》谓出自射阳手，射阳去修志时未远，岂能以世俗通行之元人小说攘列己名？或长春初有此记，射阳因而衍义，极诞幻诡变之观耳。亦如《左氏》之有《列国志》，《三国》之有《演义》。观其中方言俚语，皆淮上之乡音街谈，巷弄市井妇孺皆解，而他方人读之不尽然，是则出淮人之手无疑。然射阳才士，此或其少年狡狯，游戏三昧，亦未可知。要不过为村翁塾童笑资，必求得修炼秘诀，则梦中说梦，以之入志，可无庸也。"②

① 徐朔方：《评〈全真教和小说西游记〉》，《小说考信编》，上海古籍出版社，1987，第342页。

② 朱一玄、刘毓忱编《西游记资料汇编》，中州书画社，1983，第172~173页。

今人吴圣昔先生，查遍虞集现存所有集子都没有这篇《西游记序》①。总而言之，这篇序文是伪造便能够定案的了！以此作为丘处机师徒作百回本《西游记》的作者实是谬误也能定案了！

"虞集序文"是伪文已被证实后，胡义成后面的推论便成了无根基的空中楼阁，海市蜃楼了！

胡先生又发新见："龙门派道士史志经弟子是《西游记（平话）》的作者，《西游记》直接祖本是《西游记（平话）》，系丘祖高徒史志经弟子作。"② 这真既是前无古人的臆测，又是大胆的推论。

关于《西游记（平话）》本是《西游记》发展史上的又一悬案。

提出《西游记（平话）》本是文学史家们的一种无奈的选择，在《西游记》形成史上，从宋代《大唐三藏取经诗话》到元《西游记杂剧》，再到明百回本《西游记》本是艰难困苦的过程，《永乐大典》《朴通事谚解》等相关资料的发现为我们推断元代《西游记》状况提供了不可多得的假想。然而，这两段材料均注明《西游记》，看来，元人也早已称其为《西游记》，至于"平话"则是文学史家们的一厢情愿的推测。在没有实物资料发现前也只能如此阐释，不能放大成定论。胡先生放大了龙门派道士史志经弟子是《西游记（平话）》的作者，仔细审察，没有任何有关联的材料，仅是推测。

关于《西游记》祖本，这是《西游记》版本研究中的最复杂的老大难问题。海内外学者用尽毕生的心血仅仅梳理其发展脉络，许多方面疑难问题令人望而却步。

胡先生删繁就简，另辟蹊径，从全真教入手，选取有利于己论的将《西游记（平话）》作为《西游记》祖本，略去了许多关键环节，可谓"标新立异三月花"，然而，从根本上看，他犯了以偏概全的毛病，导致为求得立论的需要而釜底抽薪的做法。仅仅以史志经是龙门派全真教丘处机弟子就与《西游记》有关联，也不求证为何有关联，目的动机为何？便施行了"拉郎配"，以至于人们要问：《西游记》与全真教徒是正面还是反面

① 吴圣昔：《西游新证》，新疆大学出版社，1993，第 164~165 页。
② 胡义成：《从作者看〈西游记〉为道教文学奇葩》，《云南民族学院学报》2002 年第 6 期；《〈西游〉作者：扑朔迷离道士影》，《阴山学刊》2001 年第 3 期；《论今本〈西游记〉定稿者即明代道士闫希言师徒》，《南京邮电学院学报》2003 年第 2 期。

联系？作为全真教龙门派丘处机的弟子怎么会背叛教主及教规而兴风作浪，与妖魔为伍呢？竟被取经人奚落嘲弄？连"三清圣像"甚至都被扔进最肮脏之处，这哪里是弘道，分明是灭祖灭门的举措啊！哪个全真弟子敢这样做，岂不是自打嘴巴，自挖坟墓，自残啊！丘祖在天之灵也"是可忍，孰不可忍"啊！难怪胡义成先生自己也坦言"我走访的陕西高道，大都皆不同意《西游记》为全真作"，的确如此啊！况且，史志经及弟子们也实在难以与《西游记》挂上钩啊！

至于闫希言师徒，则与百回本《西游记》尚有一点瓜葛，那便是"华阳洞天主人"了。

关于"华阳洞天主人"与《西游记》之关联，也是《西游记》研究界的又一大疑案，悬案。

"华阳洞天"指的是江苏句容茅山"华阳洞天"，据了解，句容镇又称"华阳"镇（古名），"洞天"原指古代神仙世界，后为道教所承袭，成为道教的神仙世界的象征。道教《云笈七签》卷二十七"洞天福地"部，记载了天地宫府图序，有道教名山十大洞天，三十六小洞天和七十二福地，每个洞天福地都有真人治之。十大洞天中第八洞天为句曲山，名金坛华阳洞天，属紫阳真人治之。茅山自隋唐起，就以"第八洞天"著称于世。至于"主人"为谁？这就应当存疑了！或云是一位道教的掌门人，或云是书商假托以引人阅读、购买以赚银子。前一说太实，可惜没有充足的证据，依然是假想，不足以构成新的观点。后一说是建立在明代金陵坊刻本的实际基础上的，书商为牟利的需要采取这种"拉大旗做虎皮"的技巧。"华阳洞天主人校"仅仅是"校"，按字义解释，"华阳洞天主人"并不是原创者，只是"编校"而已，恰恰符合当时书坊印制的实际状况。百回本《西游记》被书商世德堂主得到，作为书商首先想到的是赚银子，如何吸引读者？刺激购买欲，则是首先考虑到的。百回本《西游记》原稿究竟是何等模样？早以难见，除非"发现"手稿。从目前所见来看，无论回目、内容均经过书商（或雇人）的篡改。其中色情部分恰恰是为了刺激市民阅读，反映了明中叶的世风民情，诸如写女妖，大多不但体貌美艳，而且性情淫荡。"交欢""采其元阳""耍子""活泼泼，青春无边""淫兴浓浓""卖弄她肌香肤腻""要贴胸交股和鸾凤"。至于盘丝洞七个蜘蛛精变的女妖，则是"酥胸白似银，玉体浑似雪。肘膊赛冰铺，香肩欺粉贴。肚皮又软又绵，脊背光还洁。膝腕半围团，金莲三寸窄。中间一段情，露出风流穴"。恰恰是迎合市民媚俗的心理。所具有的商业价值是巨大的。所以，百回本《西游记》一面世，其他各种简本的《西游记》便淡出江湖了！如果说媚俗的色情展示是世德堂主人推出百回本《西游记》以招徕读者获取商业价值的途径，那么，假托"华阳洞天主人校"则更是借"华阳洞天"（这一当时举世闻名的道教仙府）来标榜从而赢得猎奇、宗教影响的无价法宝。事实证明，这一举措无疑是非常成功的。它掀起了神魔小说创作的热潮，使之成为一大流派，为明清小说史增添了一大举世瞩目的亮点。

至于闫希言师徒是否是百回本《西游记》的最后定稿人，要凭实证，任何推测假定都是臆测，难以得出令人信服的公允正确的结论。

胡义成先生立论的错误，除了上述的几个关键因素外，最根本的要素在于：没有去茅山实地考察，仅凭第二手资料。加上对于古代典籍的误判导致"胡解"。诸如将《华阳真海》误作《华阳真海》，竟然说"华阳真海者，华阳洞天是全真教徒海洋之谓也"，真是异想天开！又云："从现有记载来看，今本《西》书定稿人华阳洞天主人即茅山闫祖派高道，这是因为，在传说中，闫希言、舒本住和江本实等人颇多脱俗之事且才艺堪当此任。"这是违背客观事实的谬误，现有记载中，根本就没有"今本《西》书'华阳洞天主人'即茅山闫祖派高徒"的只言片语。笔者查历代《茅山志》和今天所能见到的各种关于茅山及华阳洞天的资料，均无以上胡文的误断！为慎重起见，笔者于去年底亲自去句容茅山道院，寻访现存各种资料，均找不到胡先生的所谓"记载"，句容茅山当地人根本就不知道茅山道士著（或定稿）百回本《西游记》一事。查茅山道院现存碑刻，也无关于百回本《西游记》的任何蛛丝马迹。

句容茅山之行，除了纠正胡义成的误判外，还意外地发现，吴承恩与句容茅山有关联，吴氏《射阳先生存稿》卷一《句曲》诗："紫云朵朵象夫容，直上青天度远峰。知是茅君骑虎过，石坛风压万株松。"这"句曲"便是句容茅山之古称，乾隆《句容县志》卷三："初名句曲，山形如已，故以句曲名，又名已山。西汉茅氏兄弟三人自咸阳来，得道于此，遂名茅山。耸三峰，三君往来乘白鹄，各集一峰，爰有大茅中茅小茅之别。"可见，吴承恩对茅山"茅君"不仅了解，而且亲自登临过，"紫云""夫容"，"茅君骑虎过"均非一般道听途说而使然。他又有《赠李石麓太史》："瀛洲高步总神仙，得道由来况有传。甲榜题金龙作首，春堂世彩凤相联。移家旧记华阳洞，开馆新翻太乙编。共许皇猷须黼黻，彩毫光丽玉京烟。"这里的"华阳洞"清楚地表明吴承恩对"华阳洞天"的熟知与非同寻常的关注。吴承恩还有《德寿齐荣颂》"帝奠山川，龙虎踞蟠，建业神皋，华阳洞天"可资佐证。为什么，吴承恩诗文集中有如此多的与"华阳洞""华阳洞天""句曲"等相关联文字呢？这并非偶然巧合，而是客观事实，向后人透视着百回本《西游记》原创者的玄机与密码。指出胡义成立论的错误，并非要打倒"新探"与"新说"，恰恰相反，我们正是要以实事求是的态度将这一研究课题引向科学规范化的轨道；无论何种"新探"均应立足于文本与史实，容不得半点牵强与附会。

我们坚信，通过这场学术争鸣一定会再次掀起一场重新研究百回本《西游记》作者的热潮；随着科技的进步，这一旷世之谜定会最终揭晓，我们热忱地期待着。

金陵世德堂、句容茅山"华阳洞天"、秣陵与吴承恩

——关于百回本《西游记》作者新探

关于百回本《西游记》作者研究一直是学术界一项十分重大而显眼的课题，如果说鲁迅、胡适的研究揭示了近百年《西游记》作者研究的序幕，刘修业、赵景深、苏兴等先生的研究推动了这一学术课题进入规范化、科学化的新轨道，那么，章培恒、杨秉祺、黄永年、张锦池、李安纲等先生向"吴承恩著《西游记》说"的挑战、质疑，则显示了追求真理的求索精神。作为这一论争的目睹、参与者，笔者绝不主观地将个人好恶带进研究中，只是怀着探索真理的无畏精神，一切从实际出发，立足于文本，从现有的"扉页"记载开始，踏上一条追寻百回本《西游记》作者的探索之路。

现存最早的百回本《西游记》扉页上赫然在目的是"华阳洞天主人校，金陵世德堂梓行"，这证明，"金陵世德堂""华阳洞天主人"与百回本《西游记》有着十分直接而密切的联系。目前所见最早出版的百回本《西游记》中已透露的信息有：

1. 非初刻本

扉页中题"金陵世德堂梓行"，共二十卷；而卷九、十、十九、二十又题"金陵荣寿堂梓行"，卷十六第三行又题"书林熊云滨重锲"。这清楚地表明，这一版本是三种（至少）版本的混合体。前辈学者俞平伯、孙楷第先生认为"世德堂是最初刻本，乃百回本之祖"，应当说是不够恰当的。[①]

2. "华阳洞天主人"之谜

"华阳洞天主人"是此本的校者，究竟是何许人也？今已难考，但"华

[①] 俞平伯文见于《文学》创刊号《驳〈跋销释真空宝卷〉》，1933；孙楷第文见于《日本东京所见中国小说书目》，人民文学出版社，1959。

阳洞天"则值得探究。"华阳洞天"是金陵南面——茅山一景。茅山是金陵洞穴，周围百五十里；"华阳洞"本是江苏金坛与句容境内的一个溶洞，风景优美，后成道教圣地，周围称"华阳洞天"，是道教的"第八洞天"。

"华阳洞天主人"是谁？

张锦池先生认为，茅山君是世所公认的"华阳洞天主人"，但又说"世德堂本"《西游记》校者华阳洞天主人是否也是道教中人呢？回答应该是否定的。书中的反道情绪，特别是竟借猪八戒手将三清圣像扔入"五谷轮回之所"，便是明证。①

郑振铎先生认为"华阳洞天主人似即陈《序》中所谓唐光禄"。②

孙楷第先生则认为"作序的陈沅之即世德堂主人唐氏"。③

苏兴先生主张是李春芳，李的祖籍曾是句容，句容茅山有华阳洞，是道教圣地之一。李春芳之所以取号华阳洞天主人，一方面是对祖籍的怀念，更主要是显示他对道教有特殊兴趣，当然也是在仕途经济道路上不如意的心情反映。④

孙国中先生认为"华阳洞天主人"必是一位掌门，一代大师。刘渊然在明仁宗时被封为"长青真人"，统领天下道教。像他这样的人才能被称为"华阳洞天主人"。⑤ 胡义成先生则认为"华阳洞天主人"很可能是闫希言师徒。"在万历二十年前的茅山全真道士中，只有闫希言师徒具有这种可能性。"⑥ 由于均没有确凿的证据，以上诸说均受到学者同仁的质疑与辩驳。

3. 陈沅之序文所透露的信息

（1）作者可能是王府中人。

陈序云："《西游记》一书，不知其何人所为，或曰出今天潢何侯王之国，或曰出八公之徒，或曰出王自制。"这很明确地提供了作者的范围：是朱明王朝宗室王府中人。

---

① 张锦池：《西游记考论》，黑龙江教育出版社，2003。

② 郑振铎：《西游记的演化》，见陆钦《名家解读西游记》，山东人民出版社，1998，第405页。

③ 孙楷第文见于《日本东京所见中国小说书目》，人民文学出版社，1959。

④ 苏兴：《西游记及明清小说研究》，上海古籍出版社，1989。

⑤ 孙国中：《〈西游记〉作者初探》，《西游记文化学刊》第2期，中国社会出版社，2003。

⑥ 胡义成：《闫希言师徒是今本〈西游记〉的定稿者》，《唐山师范学院学报》2004年第4期。笔者有驳论文章《丘处机麾下的全真道士不是〈西游记〉的最早作者——与胡义成先生商榷》，《唐山师范学院学报》2005年第6期，《新华文摘》2006年第4期"论点选摘"。

（2）作者个性与创作风格。

陈序云："是故'道恶乎往而不存，言恶乎存而不可'，若必以庄雅之言求之，则几乎遗《西游记》一书，不知其何人所为。""余览其意近跅弛滑稽之雄，卮言漫衍之为也。""此其书直寓言者哉！""彼以为浊世不可以庄语也，故委蛇以浮世。委蛇不可以为教也，故微言以中道理。道之言不可以入俗也，故浪谑笑虐以恣肆。笑谑不可以见世也，故流连比类以明意。于是，其言始参差而诙诡可观；谬悠荒唐，无端崖涘，而谭言微中，有作者之心，傲世之意，夫不可没已。"

这证明，作品所显示的风格即是"跅弛滑稽之雄，卮言漫衍之为""浪谑笑虐以恣肆""诙诡可观，谬悠荒唐"，作者的个性即有"傲世之意""委蛇以浮世"。

"金陵世德堂"与"华阳洞天主人"是探寻百回本《西游记》作者的关键环节，一向被人所忽略。

明代世德堂遗址在今江苏南京三山街及太学前，当时诸多书坊常冠以"三山街书林""三山书坊"字样。明胡应麟《少室山房笔丛·甲部经籍会通四》载："凡金陵书肆多在三山街及太学前。"明人所绘《南都繁会图卷》中绘有 109 个店铺招牌，其中诸多招牌上写的是"书铺""画寓""刻字镌碑"等字样。张秀民先生据历代藏书家书目及原书牌子，考录明代金陵书坊的名号和数量，凡得 50 余种。后又据新材料做修讨，共举出 93 家金陵书坊，"多于建阳九家，更远远超过北京"。①

明代金陵书坊以唐氏为最，有名号可考者多达 15 家，蜚声金陵城。唐氏书坊以富春堂为首，国家图书馆藏有《绣刻演剧》残本，题明金陵唐氏富春堂辑刻，而卷内除题唐氏富春堂、世德堂外，还有金陵文秀堂、文林阁等名。已知除文秀堂外，其他均系唐姓书坊。② 目前已知南京唐姓书坊最多，文林阁主是唐锦池，集贤堂主是唐鲤跃，兴贤堂主是唐少林，广庆堂主是唐振吾，富春堂主是唐对溪，世德堂主是唐绣谷，唐晟亦称世德堂。又有唐鲤飞、唐文鉴、唐翀守、唐廷仁、唐龙泉、唐廷瑞、唐建元、唐谦、唐际云等。关于世德堂，由于两个均自称坊主，《五伦记》卷首署曰："绣

---

① 张秀民：《明代南京的印书》，《文物》1980 年第 11 期。
② 顾炎武：《日知录》卷 18。

谷唐氏世德堂校梓。"其刊刻戏曲较多,有《新刊重订出像附释标注拜月亭记》《新刊重订附释标注出像伍伦全备忠孝记》《新刻重订出像附释标注香囊记》《新刻重订出像附释标注裴度香山还带记》《重刻出像注释裴淑英断发记》《锲重订出像注释节孝记》《玉簪记》《新刻重订出像附释标注惊鸿记》《新刻出像双凤奇鸣记》《新刻出像注释李十郎霍小玉紫箫记》《水浒记》和《玉合记》等。他与"文林阁、富春堂、广庆堂"一样都姓唐,由于史料稀缺,还难以了解这几位唐姓坊主之间的关系究竟是亲属呢,还是其他。万历年间,唐氏书坊除刻医书、经书、文集、尺牍、类书外,尤喜刻戏曲,见以上所罗列。其刻书有一特色,即在版框四周有花纹图案,称为"花栏",改变了宋元以来传统的单边、双边的单调形式,并都有牌记。"富春堂"图案为雉蝶,有时在书名上特别标明。

明代刻书,一般有三大系统:官刻本、家刻本、坊刻本。清学者顾炎武说:"万历间人多好改刻古书,人心之邪,风气之变,自此而始。"① 清代著名版本学家黄尧圃也说:"明人喜刻书,而又不肯守其旧,故所刻往往废于古。"② 明代书坊为标榜新编、新订、重订,以吸引招徕读者,在刊刻原本时不够尊重原作,多加改动。前人有"明人刻书而书之"之叹,明代南京书坊在刊刻书时,都对原本加以校订,而且一般请行家校订,如富春堂请谢天佑、纪振伦(秦淮墨客)、朱少斋、绿筠轩等人校订,如《白兔记》《玉玦记》卷首署:"豫章敬所谢天佑校。"《三桂记》卷首署:"秦淮墨客校正。"从这些惯例及实际情形衡量,金陵世德堂梓行的"新刻出像官板大字西游记"显示了其必为坊刻本,从其"卷九、十、十九、二十又题'金陵荣寿堂梓行',卷十六第三行又题'书林熊云滨重锲'"来判断,这并非"初刻"古本。在它之前肯定有"官板大字西游记",而"官刻"显然是其原本。综合陈元之序文"《西游记》一书……或曰出今天潢何侯王之国,或曰出八公之徒,或曰出王自制",显然,《西游记》最早版本应当出于"官刻"(王府刻本),作者肯定与朱明王朝的藩王府有关,"天潢何侯王之国"便是明证。作者将书稿交与王府,不愿将自己姓名堂而皇之地署上,却在行文的字里行间透露出自己的相关信息。诸如"华阳洞天主人",诸如回目第二十九回"脱难江流来国土,承恩八戒转山林";诸如第九回开头,张稍

---

① ② 黄镇伟:《坊刻本》,江苏古籍出版社,2002,第42页。

道："李兄，我想那争名的，因名丧体；夺利的，为利亡身；受爵的，抱虎而眠；承恩的，袖蛇而走。算起来，还不如我们水秀山青，逍遥自在；甘淡薄，随缘而过。"第七回末尾七言律诗："伏逞豪强大势兴，降龙伏虎弄乖能。偷桃偷酒游天府，受禄承恩在玉京。恶贯满盈身受困，善根不绝气还升。果然脱得如来手，且待唐朝出圣僧。"这些地方并非随意涂鸦，而是颇有意蕴，联系"华阳洞天"便可一目了然了。

"华阳洞天主人校"是世德堂本《西游记》扉页上赫然在目的准确信息，关键问题是"校"并非著（作）。许多同志认定"华阳洞天主人"就是百回本《西游记》的作者，显然是不妥当的。承前，书坊主在刊刻新书时，一般都对原本加以校订，请行家，诸如富春堂主请谢天佑、纪振伦等人。世德堂看中了《西游记》的文艺与市场价值，请陈沅之、吴承恩之类文人来校订，也有不可排除之可能性。至于是否是道教、佛教中人，也应立足于明代社会实际状况来全面、客观地审视，明代"三教混融""心学流行"，文人墨客中通晓"三教"之人比比皆是，仿佛今天作家们掌握"二为""三个文明""三个代表"等一样司空见惯呀！《西游记》究竟宣扬了哪种宗教的义理呢？或云谈禅，或云说道，或云言儒，"求放心"说，政治性主题说，反映农民起义说，要想给它添上某教某派的标签，既方便、容易，也滑稽、荒唐。恰如鲁迅先生所批评的："至于说到这书的宗旨，则有人说是劝学，有人说是谈禅；有人说是讲道；议论很纷纭。但据我看来，实不过出于作者之游戏，只因为他受了三教同源的影响，所以释迦、老君、观音、真性、元神之类，无所不有，使无论什么教徒，皆可随意附言而已。"胡适说得更直白："《西游记》被这三百年来的无数道士、和尚、秀才弄坏了。道士们说，这部书是一部灵丹妙诀；和尚们说，这部书是禅门心法；秀才们说，这部书是一部正心诚意的理学书，这些解说都是《西游记》的大仇敌。……不过因为这几百年来读《西游记》的人太聪明了，都不肯领略那浅极明白的滑稽意味和玩世精神，都要妄想透过纸背去寻那'微言大义'，遂把一部《西游记》罩上了儒、道、释的袍子；因此，我不能不用我的笨眼光，指出《西游记》有了几百年逐渐演化的历史；指出这部书起于民间的传说和神话，并无'微言大义'可说；指出现在的《西游记》小说的作者是一位'放浪诗酒，复善谐谑'的大文豪作的，我们看他的诗，晓得他确有'斩鬼'的清兴，而决无'金丹'的道心；指出这部《西游记》至多不过是一部很有趣味的滑稽小说；它并没有什么微妙的意思，它至多不过有一点爱骂人的玩世主义。"① 平心而论，"华阳洞天主人校"，无外乎三种可能性，一、作者附庸风雅，迎合明中叶以来崇道之习俗，赶潮流也。诸多戏曲、小说均有这一惯例，好像一阵风；二、书商有意借神号来做广告，引人眼球关注，以便大赚一笔也；三、书坊主明知书市行情，请一道家高手（"华阳洞天"名闻金陵，响彻天下）来"校"勘，在原书稿（官板大字）基础上增添一些宗教的神秘色彩，仿佛迎合世俗民情的"包装"，这在作品中随处可见。但并非有学者称历史上先有道教——全真教《西游记》版本存在，恰恰相反，是明人加进去的。这涉及版本学问题，我总想说明的是，无论是"简本"（"杨本""朱本"），还是"繁本"（世德堂本，"李卓吾本"），都无法回避这样一个事实，"繁本"宗教色彩浓，世俗气息扑面而来，"简本"则逊色多了。但删除宗教色彩、气息，《西游记》就不完整了！这种色彩、气息恰恰是百回本《西游记》作为中国神魔小说经典、长篇神话小说杰作的关键所在，它沾染着明中叶的世风、民情，是一道无法抹杀的亮丽的风景，为我们了解作品主旨，探索作者（最后定稿人）提供了不可多得的依据和条件。实践证明"繁本"一出世，各种"简本"（含删节本）均已淡出"江湖"，再难以与"繁本"相抗衡了！

通览历代《茅山志》，寻访茅山现存碑文，均没有发现如陕西学者胡义成先生所言明代茅山乾元观龙门派道士闫希言师徒著百回本《西游记》的蛛丝马迹。② 然而，笔者意外地发现，被胡义成先生一再引用并倍加关注的《乾元观记》系（明）"赐进士第通议大夫南京大理寺卿前应天府尹、敕专管漕务督理卢凤，淮扬粮储提督四川学校沔阳陈文烛、王叔撰"，其中陈文烛正是明代做过淮安知府，与吴承恩有交往之人，他的别名有"王叔、五岳山人"，籍贯湖北沔阳，进士，任淮安知府、南京大理寺卿，《列朝诗集小传》丁集上有小传，著述有《二酉园文集》《二酉园续集》《二酉园诗集》。1929 年在故宫博物院发现的吴承恩《射阳先生存稿》有陈文烛于万历

---

① 张庆善、唐风编，《鲁迅胡适等解读西游记》，辽海出版社，2002。
② 为弄清"华阳洞天主人"真相，笔者从南京取道江苏句容、金坛，二次登上茅山，承茅山道院相关负责同志的帮助，考察了茅山各大景点，通览《茅山志》《茅山道院历代碑文》《茅山道院简史》《茅山道教文集》和《茅山民间文学集成》等"茅山文化丛书"，并获悉胡义成并没有到茅山实地考察。

十八年（1590）夏日序文以及《花草新编序》，尤其是后序曰："此亡友汝忠词选也，命名以'花草'，盖本《花间集》《草堂诗余》所从出云"（《二酉园续集》卷一）。这说明，陈文烛与吴承恩一向友善，关系较亲密，"亡友"便是证明。又发现吴承恩诗文集《射阳先生存稿》卷一，有七言绝句《句曲》，诗曰："紫云朵朵象夫容，直上青天度远峰。知是茅君骑虎过，石坛风压万株松。"这"句曲"便是句容茅山之古名，乾隆《句容县志》卷三："初名句曲，山形如己，故以句曲名，又名己山。西汉茅氏兄弟三人自咸阳来，得道于此，遂名茅山。耸三峰，三君往来乘白鹄，各集一峰，爰有大茅中茅小茅之别。"吴氏文集中还有《赠李石麓太史》《德寿齐荣颂》等，多次多处提到"华阳洞""华阳洞天"。吴承恩于南京生活、学习过十多年，登临过当时名闻遐迩的茅山，踏访过"华阳洞天"，对其情有独钟，多次说起"华阳洞""华阳洞天"，加上百回本《西游记》又有茅山文字出现，第四十六回"羊力大仙"与孙悟空赌下滚油锅洗澡，行者下去洗时滚热，羊力大仙下去时却冷，孙行者大怒，念声"唵"字咒语，把北海龙王唤来，龙王诺诺连声道："敖顺不敢相助，大圣原来不知，这个……这个是他在小茅山学来的大开剥。"

　　这不争的事实证明，"华阳洞天""华阳洞天主人"不仅难能作为否定吴承恩著作权的铁证，相反，恰恰证明这里的"华阳洞天主人校"极有可能是吴承恩与书商、作序者秣陵陈元之所制造的"阴谋"，因为，谁也不敢将大名署上，更何况是一部可能会引起后世无穷尽争议的作品；作为书商，世德堂主也懂得越是弄得玄之又玄的名号越能刺激读者的视觉神经，越有卖点。

　　孤立地看，孤证难立，恰如章培恒、黄永年、杨秉祺、黄霖、李安纲所置疑的那样，明天启《淮安府志》并未指出《西游记》是一部什么性质的书，书与"淮贤文目"列在一起；《千顷堂书目》又将《西游记》列入地理类，着实让人费解。其实，解决百回本《西游记》作者（最后完成者）之谜，不仅要注重当年鲁迅、胡适先生从方志中的"发现"，更要从书中找证据。肯定吴承恩说的学者们，如苏兴、谢巍、刘怀玉、蔡铁鹰、石锺扬、刘振农、杨子坚、曹炳建等先生均找出诸多外证、内证，但也始终绕不开——为何书前扉页上题"华阳洞天主人校"这一问题，也没有从作者生平事迹寻找相关的联系。实际上，百回本《西游记》本身就有诸多能够揭示出作者的密码,除了上述笔者的一些关于"华阳洞天"与吴承恩关联的探寻外。我又发现,作品的序文作者是秣陵陈沅之,"秣陵"系金陵之古名,秦统一后,推行郡县制,改金陵邑为秣陵县,隶属会稽郡,后分属鄣郡。秣陵之名西汉时亦沿称,当时治所在今南郊的秣陵关附近(今江宁县秣陵乡境)。汉建安十六年(公元211),东吴孙权由京口(今镇江市)徙治秣陵,其治所最初也设在秣陵关,翌年,孙权在楚金陵邑的遗址上修造了石头城。金陵→秣陵→南京,连成一线,共同构成百回本《西游记》诞生的良土厚壤。这里地处南北要冲,吴楚之交,先后有十朝在此建都,素有"金陵帝王都""神京天府之都"之称。李延寿《南史》称:"都邑之盛,士女昌逸,歌声舞节,祛服华妆,桃花绿水之间,秋月春风之下,无往非适。"这里荟萃"苏苑之美,钱塘之秀,淮土之淳"于一地,历代文人聚集,文化流派交融,形成南京文化的多层次、多方面,内蕴极其丰富。尽管文学、艺术、道德、宗教、风土人情、典章制度有着江南秀丽隽永的鲜明特色,但其地理位置与杭嘉地区较近,明朱元璋迁杭嘉诸郡大族充实京师,对南京地区文化影响极其巨大;同时,北方中原地区几次大规模人口南迁,如东晋、南宋南渡后,南京又受中原文化影响甚大。这南北文化的交融,形成南京文化秀美淳厚、"华而不俏"的气韵与风格。百回本《西游记》的最后形成并出版,正是处于这一文化背景之下,所以,我们读之,便有一股浓郁的南京文化气息扑面而来,无论诗文,无论意境,无论人物语言,无论风物描摹,均能感受到这种"秀美淳厚""华而不俏"的艺术韵致与风格。作者一定是受此文化意蕴影响甚大之人。章培恒、杨秉祺与刘怀玉、蔡铁鹰等关于《西游记》方言的争辩十分激烈,笔者认为,双方均忽略了其语言背后更深层次的文化背景。百回本《西游记》对于南京的描绘随处可见,最典型的莫过于对长安城等诸多城池的描绘,均直接、间接地借鉴、参照了金陵圣迹:兹举一二,以飨诸位大家:

宝象国:"巍巍崒崒的远山,大开图画;潺潺湲湲的流水,碎溅琼瑶。……廓的廓,城的城,金汤巩固。……太极殿、华盖殿、烧香殿、观文殿、宣政殿……也有那大明宫、昭阳宫、长乐宫、华清宫、建章宫、未央宫……花柳的巷,管弦的楼,春风不让洛阳桥。"

祭赛国:"龙蟠形势,虎踞金城。四垂华盖近,百转紫墟平。玉石桥栏排巧兽，黄金台座列贤明。真个是神州都会，天府瑶京。万里邦畿固，千年帝业隆。……"

灭法国："东城兵马使（文班中走出）、巡城总兵官（武班中闪出），那国王听说，即着光禄寺大排筵宴。"

玉华国："锦城铁瓮万年坚，临水依山色色鲜，百货通湖船入市，千家沽酒店垂帘。楼台处处人烟广，巷陌朝朝客贾喧。不亚长安风景好，鸡鸣犬吠亦般般。"

天竺国："虎踞龙蟠形势高，凤楼麟阁彩光摇。御沟流水如环带，福地依山插锦标。晓日旌旗明辇路，春风箫鼓遍溪桥。国王有道衣冠胜，五谷丰登显俊豪。"

这些风物的描绘均非从本书上摘抄就能完成对全部故事情节的补充、完善，实际上，这些描绘已成为书中思想内容、人物塑造、艺术结构的有机组成部分。睹物思人，这位作者肯定在南京生活过相当长时间，这无可辩驳的事实证明，百回本《西游记》最后定稿就在南京，其定稿人一定在南京完成对百回本《西游记》的杀青，对南京城及明王宫十分熟悉，非一般"过客"所能驾驭而为之。

再看看遭到日本太田辰夫、中野美代子教授，复旦大学章培恒、内蒙古师大杨秉祺、陕西师大黄永年、复旦大学黄霖、中国社会科学院博士后李安纲教授等怀疑、否定及猛烈抨击的吴承恩，吴氏从青壮年参加的科举考试到中年入贡、入南监（南京）读书，其间历经了人生中的四分之一强，说他是半个南京人也不为过。看看他的诗文集《射阳先生存稿》，保留了诸多在南京生活、学习、游历的诗文，如《金陵客窗对雪戏柬朱祠曹》《鸡鸣寺》《金陵有赠》《金陵秋日柬文寿承兄弟》《金陵何太史宅听小伶弹筝次韵》，又有词《如梦令》（四阕），其三："楼外碧波千顷，正对客心孤迥。远树断云横，廉卷紫金山影。秋暝，秋暝，渔笛一声烟艇。"又有文《赠邑侯念吾高公擢南曹序》："金陵山水若图画，仕宦比之登仙，鸣珂拄笏，不亦有余裕哉？固忧贤之举也。况乎地殊南北，等之神京；官异台部，等之近臣，复何择焉。"又有《德寿齐荣颂》"帝奠山川，龙虎踞蟠，建业神皋，华阳洞天。"又有《元寿颂》："建业龙盘，坤灵荟萃，句曲神皋，良常地肺。"又有《赠李石麓太史》："移家旧记华阳洞，开馆新翻太乙编。"又有

《送友人游金陵》："尔向长干去，余怀旧日游。乌衣花裹巷，红袖水边楼。客舫明槐火，书囊润麦秋。温柔乡可醉，须念大刀头。"又有《围棋歌赠鲍景远》："去年我客大江东，鸡鸣寺中欣相逢。四方豪隽会观局，丈室之间围再重。"① 这些诗文均有在南京生活的美好回忆与畅想，尤其是句容茅山"华阳洞天""句曲"及"良常地肺"均让人不得不联想到，最早百回本《西游记》扉页上题有"华阳洞天主人校"，两者竟是如此相像，是巧合，还是玄机四伏？孤立地看，仿佛是偶然，但联系各方面相关因素综合考察，这难道不就印证了百回本《西游记》的最终定稿人就是吴承恩吗？难怪清人黄周星《西游证道书跋》也承认："古本之较俗本有三善焉。俗本遗却唐僧出世四难，一也；有意续凫就鹤，半用俚词填凑，二也；篇中多金陵方言，三也。"

　　文学研究贵在系统地挖掘文学背后的文化背景，探寻百回本《西游记》作者，根本就在于文本本身，而能从文本联系到时代、背景、风物、民情，便进入了更深层次的发掘，综合各种相关因素："金陵世德堂"→"华阳洞天"→"华阳洞天主人校"→茅山→南京→秣陵陈沅之序文→吴承恩诗文集《射阳先生存稿》→吴承恩生平经历遭遇→百回本《西游记》，条条道路通罗马，千言万语显真迹，千头万绪如滚滚长江东逝水，最终汇成最后定稿人应当具备的文前所列出的关于百回本《西游记》创作者的几个关键条件，陕西学者胡义成所隆重推出的"史志经弟子""闫希言师徒"均不符合，日本学者干脆就存疑，章培恒、黄霖均沉默，杨秉祺、李安纲极力回避。作为"吴承恩说"的支持者，我不否定以日本学者及复旦学者为代表的"否吴派""疑吴派"对于推动这一研究的科学探索精神，但面对以上所做的综合考察与书证、物证，笔者要问诸位大家、前辈与贤达，为什么这么多巧合，均发生在明代文学家吴承恩与百回本《西游记》的关联上，难道是造物主的随意涂鸦？还是别有原因，抑或如李安纲教授所言"这是鲁迅、胡适所制造的20世纪学术研究的阴谋"②，抑或南京大学顾洁成先生所言："一些支持吴承恩说的学者的观点也都属于主现臆测""这些结论的得出犯了一个致命的错误，就是他们的前提是已承认吴承恩为小说《西游记》

---

① 刘修业辑校，刘怀玉笺校《吴承恩诗文集笺校》，上海古籍出版社，1991。
② 李安纲：《在河南大学〈西游记〉与中国文化国际研讨会上的讲话》，2003 年 10 月。又，李安纲：《关于〈西游记〉的七大发现》，《运城学院学报》2003 年第 4 期。

的作者，但他们又恰恰要用这些观点来证明吴承恩确是作者，所以，这些结论是不成立的。"① 这是当今每一个以《西游记》研究为专题的学人所必须面对而绕不开的话题。恕笔者愚钝，恐怕胡先生、顾先生的言辞太过于武断。因为任何真理及其探索均是建立在主观者不懈的臆测（认识，笔者特注，以示迂拙）、"反思"、"判断"与"求索"之中！难道"否吴说""疑吴说"们不是"臆测"？姑且，大胆"臆测"，小心求证，因为通向真理之途并非平坦。也许，我们将要为之付出几代人的努力，也许这一争鸣永无止境！但我们坚信，只要朝着正确的方向，我们就会逐步地克服"臆测"而迈向真理的彼岸！

---

① 顾洁成：《〈西游记〉作者之我见》，《古典文学知识》2004 年第 5 期。笔者有驳论文章《〈西游记〉作者之争的回溯与思考——兼与顾洁成先生商榷》，《运城学院学报》2005 年第 4 期；又 "西游记宫"网——"专家论坛"（杨俊专题）（www.xyjg.com）。

学贯中西，源远流长

——试论鲁迅的《西游记》研究

引　言

《西游记》作为中国古典名著之一，历经风雨考验，从明代中叶以来，开启了中国古代长篇章回体小说以神魔为本体的创作新路，一跃成为与《水浒传》《三国演义》《红楼梦》并驾齐驱的四大名著之一，奠定其独特、丰赡而卓尔不群的历史、文学地位。

然而，自万历二十年（1592）金陵世德堂《新刻出像官板大字西游记》问世以来，社会各界均投入其中，尤其是道教、佛教界的高手们，或云讲道，或云参禅，更有张书绅，在其《新说西游记》中，总论点评，说"'西游'二字，实本孟子引诗'率西'二字""一部西游记，三大段，一百回，五十二篇，却首以大学之道一句贯头。盖路经十万八千里，时历十四年，莫非大学之道，故开卷即将此句提出，实已包括全部，而下文一百回，三大段，五十二篇，俱从此句出也。"① 鲁迅先生对此尤其关注与反思，通过研究中国古代小说历史变迁，撰写《中国小说史略》，系统、全面考察《西游记》的作者、源流与时代、文化、文学价值。

一　鲁迅先生的《西游记》研究，具有重要的历史价值与意义

鲁迅先生不仅在对于《西游记》版本源流、作者、思想与艺术价值的清理上功绩卓著，而且在自己的文学创作中，自如地融入其文学创作的价值因子。通过《故事新编》，鲁迅先生全面展现其"融古今""究天人之际""通古今之变"而"成一家之言"的胸襟与气魄。

① （清）张书绅：《新说西游记图像》，中国书店，1985，第2~5页。

关于百回本《西游记》的性质，自问世以来，仁者见仁智者见智，诸多道教、佛教人士试图将其变为其传道、授业的工具，于是乎，各种证道书本《西游记》流布甚广，恰如胡适之先生所指出的"《西游记》被这三四百年来的无数道士和尚秀才弄坏了。道士说，这部书是一部金丹妙诀；和尚说，这部书是禅门心法；秀才说，这部书是一部正心诚意的理学书。这些解说都是《西游记》的大仇敌"①。鲁迅先生对于《西游记》的认识与态度，与胡适先生相近，但作为小说家的鲁迅与作为文学研究家的胡适先生确有不同。

鲁迅先生是以小说《狂人日记》《呐喊》《彷徨》而名垂于世的文学家，对于文学创作，尤其是小说的主旨性质，却有着与一般人不同的见解。

鲁迅独特的文学阅读与创作经历，使其对于中国古代经典文学作品有着独到的见解与思考，《中国小说的历史变迁》《中国小说史略》便是明证。

鲁迅先生对于百回本《西游记》的认识，源自当时学界对于《西游记》研究的最新成果。回溯《西游记》研究史，我们看到，20世纪初，1911~1930年，胡适、蒋瑞藻、颠公、显鉴、汪原放、董作宾、郑振铎、赵景深等均发表过多篇论文。②

鲁迅先生一生有过整理、校勘古代典籍的经历，对于古代小说情有独钟，其《中国小说的历史变迁》和《中国小说史略》便是在全面系统搜集、扒梳、清理中国古代小说资料基础之上的杰作。

鲁迅先生作为文学家，对于《西游记》的新资料尤为关注，《关于〈唐三藏取经诗话〉的版本——寄开明书店中学生杂志社》，"对于《中学生》新年号内，郑振铎先生的《宋人话本中关于唐三藏取经诗话》中定为宋版，提出不同意见，认为，倘无积极的确证，《唐三藏取经诗话》似乎还可怀疑为元椠"。并据王国维《两浙古刊本考》所收"杭州府刊版""辛，元杂本""《京本通俗小说》《大唐三藏取经诗话》三卷"，可见，治学之严谨与端正。后，又收录于《二心集》1931年第1篇。③

鲁迅有数十年搜集、整理古代典籍的经历，1909年7月从日本留学后

① 胡适：《西游记考证》，《名家解读西游记》，山东人民出版社，1998，第33~34页。
② 刘荫柏：《西游记研究资料》，上海古籍出版社，1990。
③ 鲁迅：《关于〈唐三藏取经诗话〉的版本——寄开明书店中学生杂志社》，《二心集》，人民文学出版社，1973，第71~72页。

回国，在杭州、绍兴教书期间，就编辑了自周至隋的散轶的小说 36 种，称为《古小说钩沉》；其后，又辑录唐宋小说为《唐宋传奇集》。对于小说史料，他又编辑为《小说旧闻钞》，所谓"取关于所谓俗文小说之旧闻，为昔之史家所不屑道者""《小说旧闻钞》者，实十余年前在北京大学讲《中国小说史》时，所集史料之一部。时方困瘁，无力买书，则假自中央图书馆、通俗图书馆、教育部图书室等，废寝辍食，锐意穷搜，时或得之，瞿然则喜。故凡所采掇，虽无异书，然以得之之难也，颇亦珍惜"①。为北京大学学生开设中国古代小说史研究，起初，由北京大学国文系教授会印发的油印本讲义，题为《小说大略》，凡十七篇，后又加以修订，删去第一篇《史家对于小说之论录》，增为二十六篇，由北京大学印刷科排印为铅印本，题为《中国小说史大略》。此后，又对全书加以修订，恢复原第一篇，改题为《史家对于小说之著录及论述》，并将《明之神魔小说》上、下两篇增为上、中、下三篇，共二十八篇，分为上、下两册，由北京大学新潮社分别于1923 年 12 月至 1924 年 6 月出版。1925 年，由北新书局合成一册，几经周折，反复锤炼，终成杰作《中国小说史略》。

在《中国小说史略》中，鲁迅先生系统梳理了明代小说历史，把《西游记》放入神魔小说的性质领域，与一般的神话小说区别开来，把《西游记》从明清以来的"谈禅说道"宗教氛围迷雾中清理出来，还小说文本的本质面孔；从学术的层面为《西游记》定了性，可谓开天辟地、前无古人的论断。这就打破了 300 多年来的《西游记》研究困境，为研究步入现代奠定良好之基础，其开山之功不可磨灭。众所周知，以后的《西游记》研究均遵循这一性质而为文为论，直到 1949 年以后，国内出版的多本文学史，各位专家的研究，均遵循这一富有创新、现代、科学的论断。可见，这一论断的积极影响与可贵价值。

如果说确定《西游记》作为神魔小说为现代研究奠定基础，那么，鲁迅先生对于《西游记》主旨的研究就显得尤为重要。

明清以来的各种证道书、原旨派，之所以敷衍、渲染《西游记》的宗教气氛，关键就在于，文本本身具有诸多道书的金丹大道的术语与名词，阴阳五行，元会运世，元神、黄庭、心猿、木母、金公、灵台、斜月、三

---

① 鲁迅：《小说旧闻钞》，《鲁迅全集》第十卷，人民文学出版社，1958，第 128 页。

星、方寸、铅汞、婴儿等，无论是谁，只要接触作品文本，就会被其神秘莫测的语言所震撼。一般读者会绕开去，不深究、不追根究底，也难以轻易地明白其中所蕴含的"言外之意""话外之旨"。但是，对于研究者来说，我们就不能对此熟视无睹，正确的态度与方式是，客观、理性地认知其本意，把作品当作一部宏观世界的浓缩，辨析其关键点与相关宗教之间的关联之处。对于《西游记》本身而言，这些宗教的因子是否是作品的主旨、大意，还是附着于文本之上的部件，抑或是游戏之笔，这是关键，如何评价、认知，涉及对于作品本身性质的关键把握与认知。鲁迅先生以学贯中西、渊博的学识，敏锐地审视《西游记》所诞生的背景，"奉道流羽客之隆重，极于宋宣和时，元虽归佛，亦甚崇道，其幻惑故遍行于人间，明初稍衰，比中叶而复极显赫，成化时有方士李孜，释继晓，正德时有色目人于永，皆以方伎杂流拜官，荣华熠耀，世所企羡，则妖妄之说自盛，而影响且及于文章。且历来三教之争，都无解决，互相容受，乃曰同源，所谓义利邪正善恶是非真妄诸端，皆混而又析之，统于二元，虽无专名，谓之神魔，盖可赅括矣。其在小说，则明初之《平妖传》已开其先，而继起之作尤夥。凡所敷叙，又非宋以来道士造作之谈，但为人民间巷间意，芜杂浅陋，率无可观。然其力之及于人心者甚大，又或有文人起而结集润色之，则亦为鸿篇巨制之胚胎也"。① 这就抓住了《西游记》作为时代产物的关键，明代神魔小说，在中国小说研究史上第一次给《西游记》定性，成为前无古人的科学论断，突破了明清以来讲道论禅的所谓评点派、索引派窠臼，开辟了中国古代小说研究的现代化路径。胡适先生在《白话小说史·自序》中评论道："在小说史料方面，我自己也颇有一点点贡献，但最大的成绩自然是鲁迅先生的《中国小说史略》；这是一部开山的创作，搜集甚勤，取材甚精，断制也甚谨严，可以替我们研究文学史的人节省无数的精力。"② 文史专家郑振铎在回顾总结中国新文学第一个十年文学研究的成就时道："对于小说、戏曲和词曲的新研究，曾有过相当完美的成绩。鲁迅的《中国小说史略》乃是这时期最大的收获之一，奠定了中国小说研究的基础。"③

① 鲁迅：《中国小说史略》，人民文学出版社，1973，第 127 页。
② 胡适：《白话小说史·自序》，百花文艺出版社，2002，第 5 页。
③ 郑振铎：《中国新文学大系文学论争集·导言》，上海文艺出版社，2003，第 1 页。

对于《西游记》的文学创作主旨与动机，鲁迅先生认为："又作者秉性，复善谐剧，故虽述变幻恍忽之事，亦每杂解颐之言，使神魔皆有人情，精魅亦通世故，而玩世不恭之意寓焉。"① 这就把《西游记》的本质性特征揭示出来了。

诚然，鲁迅在《中国小说史略》中开门见山地揭示出中国古代小说历史变迁的轨迹，把《西游记》界定为神魔小说，与明清以来的古代小说评点、索引派划清了界限，体现了"五四"以来一代新学人开放的胸襟与视域，开一代风气之先，在中国古代小说研究史上的贡献是划时代的。

二　对于《西游记》作者研究的探索性贡献

自百回本《西游记》问世以来，作者问题一直是非常重要的关键问题，最重要的焦点在于，现存最早的明代《西游记》版本上，没有署名作者，只有"华阳洞天主人校"，留下的秣陵陈沅之序也没有任何关于作者的准确信息。长期以来，这一问题作为悬案一直无法得到解决。于是，这就给道教徒们有可乘之机。丘处机就变成了《西游记》的作者，始作俑者便是道教徒，留下诸多道教的痕迹。但是，他们并非制造得天衣无缝，元代的丘处机无法活到明代，其衣钵虽然留存在明代中叶，但他并不是大明中叶的活神仙，无法用明代中叶以后的官职、风物来填补其日渐稀薄的全真教教义与原旨、真诠。鲁迅先生以辨伪之心态，一一列举了清乾隆末钱大昕、纪昀对于丘处机的质疑。转而对于山阳（淮安）人丁晏、阮葵生探寻《山阳志遗》所求得的吴承恩说，极为推崇，"吴承恩字汝忠，号射阳山人，性敏多慧，博极群书，复善谐剧，著杂记数种，名震一时，嘉靖甲辰岁贡生，后官长兴县丞，隆庆初归山阳，万历初卒（约一五一〇——一五八〇）。杂记之一即《西游记》（见《天启淮安府志》一六及一九《光绪淮安府志》贡举表）"②。鲁迅在与胡适先生的反复商讨中，否定了"丘处机"；指出，"一百回本《西游记》，盖出于四十一回本《西游记传》之后，而今特盛行，且以为元初道士丘处机作。处机固尝西行，李志常记其事为《长春真人西游记》，凡二卷，今尚存《道藏》中，惟因同名，世遂以为一书；清初刻《西

① 鲁迅：《中国小说史略》，人民文学出版社，1973，第139页。
② 鲁迅：《中国小说史略》，人民文学出版社，1973，第135页。

游记》小说者，又取虞集《长春真人西游记》之序文冠其首，而不根之谈乃愈不可拔也"。

鲁迅先生与胡适先生合作，共同探寻百回本《西游记》作者，构成中国现代学术史上的一段难忘的佳话。在胡适先生《西游记考证》基础上，鲁迅先生把长期以来百回本《西游记》作者被丘处机冒名的真相大白于天下，揭开现代学术史的一段公案，为《西游记》作者研究走出唯心主义、形而上学的迷雾做出有益的铺垫。开辟了中国古典小说研究把考据、义理、辞章融为一体，在地方志及相关文献学基础上科学界定古代小说作者身份、作品创作之关联性上走出一条新路径。

鲁迅、胡适先生依据《天启淮安府志》一六及一九《光绪淮安府志》贡举表，淮贤文目："吴承恩：《射阳集》四册，□卷；《春秋列传序》，《西游记》。"又该书卷十六人物志二"近代文苑"："吴承恩性敏而多慧，博极群书，为诗文下笔立成，清雅流丽，有秦少游之风。复善谐剧，所著杂记几种名震一时。数奇，竟以明经授县贰，未久，耻折腰，遂拂袖而归。放浪诗酒，卒。有文集存于家。丘少司徒汇而刻之。"以及后来的康熙《淮安府志》、同治《山阳县志》，丁宴《石亭记事续编》、阮葵生《茶余客话》、吴玉搢《山阳志遗》等相关文献资料，系统、全面考据，初步认定百回本《西游记》作者为淮安人吴承恩。

由此可见，鲁迅先生与胡适先生的考据、研究是立足于丰富的文献基础之上，打破了明清以来的对于《西游记》作者问题的张冠李戴所导致的以讹传讹，还这段历史以清白。其贡献是史无前例的，既破除了强加于百回本《西游记》作者之名的丘处机之谜，也清理了明清 300 年来道教徒以正道、真诠为名敷衍宗教微言大义的唯心主义迷雾，还历史以本来面目。此后，关于《西游记》的思想、文化、艺术、美学和比较文学研究，均依据于鲁迅、胡适所开辟的现代学术研究之路径，历经 80 多年变迁，吴承恩说仍然经得起历史的考验，尽管引起一批学者，尤其是日本学者的质疑，但，至今也无法找到一个比吴承恩更合适的作家充当《西游记》的作者。①

---

① 杨俊：《百回本〈西游记〉作者新探》，《学术月刊》2007 年第 7 期；杨俊：《关于百回本〈西游记〉作者研究回顾及我见》（上）（下），《淮海工学院学报》2005 年第 6 期、2006 年第 1 期；杨俊：《西游新论》，黑龙江人民出版社，1997。

尽管当时有关百回本《西游记》的资料不够丰富，鲁迅、胡适先生也没有看到现存明代的四个版本，无法细致、深入地比对、校勘，具有一定的历史局限性。但在当时条件下，他们勇于挑战明清以来的学术传统格局，以新文化运动以来的可贵的疑古精神，挑战权威，"多研究些问题"，通过认真考据，以学贯中西的视野，冲破旧时代的羁绊，开拓创新，为后来者指明了前进的方向。

苏兴教授的《西游记》与吴承恩研究

在 20 世纪的《西游记》研究史上，名家如云，鲁迅、胡适、郑振铎、赵景深、刘修业、张恨水、郭沫若等，围绕着作家、版本、作品，思想、艺术，全方位、立体化地研究，上演了当代中国学术史的波澜壮阔、此起彼伏的活剧。

无论是从纵横交错的史诗高潮，还是从广度深度揭示，都不可能绕开一个专家——苏兴教授。

苏兴教授毕生致力于《西游记》、吴承恩与明清小说研究，在版本、作家、作品等诸多方面均取得丰硕的成果，最突出的成就在《西游记》与吴承恩研究方面，取得令人注目的成绩。

一 系统研究的集大成典范

苏兴先生的《西游记》、吴承恩研究，最引人注目的就在于：全面系统清理此前一切有关百回本《西游记》的完整材料，站在前人的史料、考据基础上，敢于身体力行，以史料为基础，注重考证、验证；对于《西游记》、吴承恩的资料，他从 20 世纪 40 年代就注意不断积累、储存，可谓收罗殆尽、竭泽而渔。

中华人民共和国成立后，马克思主义研究方法在中国古代文学领域得到全面贯彻与拓展，对于推动研究视域从明清以来的考据、索引步入现代科学研究规范奠定了良好之基础，取得的成就有目共睹。

对于中国古代作家、作品研究一直居于统领位置的是汉宋元明以来的考证、索引与义理归并，尤其是清代乾嘉学派的影响，缔造为中国古代文史研究的领军重镇，并成为绵延不绝的事功与不朽之业。作为从旧时代过来之人，传统的诗书礼仪素养造就苏兴先生的国学功底，他没有仅仅驻足于此，而是不断接受新兴学科的素养，为研究中国古代文学与作家、作品，奠定优良之基础。革故鼎新，从事实的考述、义理的剖析，发前人之未发，述往昔之未见之新意，便成为其孜孜以求的目标与归宿。

正是基于此，苏兴先生才能在大师云集、硕学纷呈的中国古代文学研究领域里独树一帜。他的《西游记》研究、吴承恩研究开辟了新天地。

对于《西游记》研究，他用力集中于作品文本之宏观、中观与微观之视野扫描、境界开拓、评点考据等方面，不一而足。

1946~1950 年，苏兴先生在长白师范学院国文系，东北大学文学院中文系，东北师范大学求学、教书经历，受到过三位先生的教诲，古文字学家孙海波，历史学家汪篯，古典文学专家孙作云，秉承"一分材料说一分话"，从对于古代文字学的"引得"入手，打好坚实的古文献基础，实事求是，一切从事实出发，体现出研究的正道轨迹。诸如，作《西游记》研究，先从作家相关资料收集、整理和考据入手，在不断积累中，逐步走向作品纵深，为此，于 1954 年进京购得吴承恩好友朱曰藩的《山带阁集》，陈文烛《二酉园文集》和吴承恩的《射阳先生存稿》等十分珍贵的资料、文献，为以后的考据、求证与梳理研究脉络奠定坚实的基础。1956~1977 年的 21年间，他不间断地沉浸于明代文学的思想、史实之中，先后去北京图书馆、大连图书馆查阅相关典籍、资料，为研究《西游记》、吴承恩的生平思想打下良好基础。

他撰写的《〈西游记〉的地方色彩》刊于《江海学刊》1961 年第 11期，从孙悟空的原型考据开始，在鲁迅先生《中国小说史略》第九篇"淮扬一带流传的无支祁"基础上，系统探索，细心考据，从唐至宋、元、明的流变，宋代当过泗洲录事参军的大画家李公麟曾画过无支祁的连环画"变相种种"，吴承恩好友朱曰藩《跋姚氏所藏大圣降水母图》，清初刘献廷《广阳杂记》卷三的一条"无支祁"传说等，明代属淮安府的海州云台山，山有水帘洞，与百回本《西游记》第一回对于花果山的描写何其相似乃尔。唐僧出身故事也是淮安府的传说之一，《西游记》的某些次要人物或故事也有淮安的地方性，二郎神故事，吴承恩有《二郎搜山图歌》等。尽管有诸多传说比附，但其考据的思路仍然十分可贵，为后来探求《西游记》作者、思想提供了有益的凭借与史实依据。其《关于〈西游记〉的几个问题》刊登于《文学遗产·增刊》第十辑（1962 年，笔者注），是一篇关于《西游记》的系统考据、辩证论文，从关键问题入手，一、吴承恩写作《西游记》

时间的考证；二、吴承恩考取岁贡生年代的订正；三、吴承恩任长兴县丞问题；四、《西游记》校者华阳洞天主人，全面、细致的史料考证，独辟蹊径的考据、辨伪，逻辑思维的系统统筹，显示出义理、考据的功底素养与逻辑思维的辩驳性合体，即使放到 30 年后的 20 世纪 90 年代，国内外《西游记》研究者中，也较少具有如此的考辨功底与严谨的逻辑思辨能力，难怪《辞海》1962 年初试行本，1965 年未定稿，1979 年新版，"吴承恩"条中关于补贡生时的年岁，任长兴县丞的具体时间，晚年著述写出了《西游记》等均采用了苏兴先生上述论文的主要观点。该文还被 1970 年香港中国语文社出版的《明清小说研究论文集续编》全文收录，港台的许多学者《西游记》论文中多次引述。

"文革"期间，苏兴先生不断对吴承恩生平资料进行细致考辨，撰写《刘修业吴承恩年谱补订》，又细致辨证，完成《吴承恩年谱》；同时又据此完成《吴承恩传》；初稿完成后，又把两者合为一体，完成《吴承恩谱传略》，据了解，直到 1967 年夏，他完成了《吴承恩谱传略》第四稿的修订工作。

1978 年 5 月，他在修订《吴承恩谱传略》的基础上，为最后完成对于作家吴承恩的生平、事迹修订、完善，在青年教师李南冈（易茗）同志的陪伴下，南下江苏、浙江，系统、全面考察《西游记》作者吴承恩的创作踪迹，历时两个月，在浙江长兴、江苏淮安和连云港等地，追踪吴承恩踪迹，细致、全面地的实地考察与文献资料印证相结合，举凡吴承恩的生平、系年，地下文物，碑文、书法等资料，撰写成两万余字《追踪〈西游记〉作者吴承恩南行考察报告》，于 1979 年 1 月刊于《吉林师范大学学报》（哲社版），广东《随笔》丛刊第三辑做了部分修订以"追访吴承恩的踪迹"为题予以转载，《中国人民大学复印资料·中国古代近代文学研究》1979 年第 5 期亦全文转载。中国时事社对台办又经过细致、严谨修订，在香港报刊予以介绍，在海内外引起极大反响。《吴承恩年谱》于 1980 年在人民文学出版社出版，《吴承恩小传》于 1981 年在天津百花文艺出版社出版。两书的出版，在国内外引起极大反响，学术界一致公认，"很有特色的著作，对文学研究工作是很有参考价值的"，"这部专著是对研究吴承恩的重要贡献，实为研究吴承恩和《西游记》难得的工具书。它的出版，可以肯定，必将推动《西游记》这部伟大古典浪漫主义小说研究工作的深入发展，在这方面的研究遥遥领先"①。1986 年出版的中文版《简明不列颠百科全书》"吴承恩"条目，均采用了苏兴先生的诸多观点；1984 年，《吴承恩小传》被台湾国际文化事业有限公司盗版印刷，并将作者更名为"朱兴"；1989 年初，某学者在总结评论中华人民共和国成立四十年《西游记》研究状况时，评价道，两部专著"资料翔实，见解深湛，是前所未有的"，对吴承恩研究"有许多独到之处"。

1981～1982 年，江苏省、原淮安县人民政府非常重视苏兴先生在吴承恩研究方面所取得的实质性成果，为继续考察吴承恩墓地，重建吴承恩纪念馆、墓地奠定良好之基础，从而促成 1982 年 10 月间在江苏淮安、连云港两地隆重举办全国首届西游记学术研讨会，汇集全国古典文学研究界精英学者，对于推动新时期的《西游记》研究步入健康轨道具有不可磨灭的贡献与影响。吉林大学历史系教授罗继先先生在致苏兴先生信函中说"大著有关吴承恩的行踪调查，考证至为精密，钦佩之至"。

在当时的中国古典文学研究界，苏兴先生此举非同寻常，对于清理"文革"时期普遍存在的教条主义空泛研究、千篇一律文件式空谈之风具有积极的整治与救助，是近 30 年积累资料与系统研究方法结合所取得的丰硕成果，今天看来仍具有非凡的历史意义与价值。

二 综合运用马克思主义的方法

古代文学作为中国文学研究的"显学"，一直继承了汉宋元明清以来的中国学术传统，义理、考据、辞章，取得汗牛充栋般的累积沉淀与价值转换，推动社会、历史、文化的传承与发展。

中国古代小说的繁盛，带动明清小说评点的风起云涌。如何认真地清理古人的研究，着实是摆在当今研究者面前的一大难题，是沿袭旧路径、旧藩篱，必然变成了"掉书袋"式的新"冬烘"矣。作为从旧时代过来者，苏兴先生不拘泥于旧的窠臼，而是敢于立足新的时代浪潮，从马克思主义的理论领域里汲取研究的养分，运用辩证唯物主义与历史唯物主义的方法，实事求是，严谨为学，从而超越前人。

苏兴先生的《〈西游记〉典型人物论》②恰是运用马克思主义的方法研

① 苏铁戈：《苏兴先生与明清小说研究》，《明清小说研究》1995 年第 2 期，第 103～104 页。

② 苏兴：《〈西游记〉典型人物论》，《中国古典文学论集》，《吉林师范大学社会科学丛书》第 2 辑，1979 年 12 月。

究《西游记》的力作，按照文学创作的规律性，把握中国古代文学创作的关键要素——人物形象，立足历史现实，回溯文学产生的基础——作家创作的时代历史因素，把对于文学的研究与作品诞生的时代、历史、文化等因素融为一体，避免教条主义与庸俗社会学的一一比对、简单罗列，无逻辑的引申与推理。

孙悟空形象一直是《西游记》研究的着力点，中外诸多名家大宿均点评、点赞有加，然而，苏兴先生却独辟蹊径，从"孙悟空是作者的创造""不是悟空，是斗战胜佛""孙悟空为什么是斗战胜佛""孙悟空不是宋江"，清理了前人与今人关于这一形象的诸多认识、思想偏差、误解，指出"孙悟空，明代中叶出现的最高的艺术典型，他是这个时代社会各被压迫阶级、阶层的英雄人物的高度典型概括""孙悟空应是代表人民力量反抗封建统治的英雄"。其中最可贵之处在于，苏先生能够结合明代中叶的社会变迁，从回溯孙悟空来源（"国产说""外来说"），肯定孙悟空是"国产货"，理由为：第一，"猴子的故事，有中国自己的传统"。第二，"吴晓铃仔细考察过中国古代翻译佛经的情况，判定中国古代翻译的佛经中没有较完整的介绍过《罗摩衍那》这部史诗，不知道有神猴哈奴曼。这说明小说作者写孙悟空不可能参照印度猴子来写"。第三，"就小说作者而言，孙悟空确实是家乡的土产"；孙悟空艺术形象的传承演变，尤其是明代中叶以来的历史社会现实变化，刘六、刘七等农民起义与民变，社会的发展对于文学作品创作的影响。"孙悟空，明代中叶出现的最高的艺术典型，他是这个时代社会各被压迫阶级、阶层的英雄人物的高度艺术概括。他勇于战斗，善于战斗，体现了农民、兵士、市民的最高思想品质。然而他跳不出如来佛的手心，且皈依于佛，也正是农民、兵士、市民的历史局限性的反映啊！这个历史时代只能有这样的英雄人物，只能有斗战胜佛。"这一研究路径无疑是正确的，所得出的结论也经得起历史考验，30 年后，依然值得我们反思与称赞。

三 全面系统研究百回本《西游记》

苏兴先生对于百回本《西游记》研究最用力在于，对于作者的考证，出版专著《吴承恩年谱》《吴承恩小传》，开辟对于吴承恩研究的系统、完整的格局，对于赵景深、刘修业先生的吴承恩年谱系年事迹的辨正、纠偏，在收集材料的系统性、完整性上，拾遗补阙，穷 30 年之时光，不断累积，又借助于实地田野考察，用力甚勤，达到前无古人之地步，得到海内外诸多学者的肯定与褒扬。如果说，20 世纪 50~70 年代，对于史料的归结是其优势所在，达到考辨的较高水准，那么，90 年代，苏兴先生侧重对于百回本《西游记》文本的全面、系统考量与研究，最突出的标志就是《新批〈西游记〉》（江苏古籍出版社，1992，第 1 版，1995，第 2 次印刷，达到 20000 册），从前言、校评说明到对于第 1~100 回的回末点评，共约 16 万字，系新中国成立以来今人最全面、系统的点评，对于百回本《西游记》基本故事情节、人物、宗教、风物等举凡一切，摆脱前代批评的一切羁绊，所评不拘一格，有感而发，可谓"纵一苇之所如，凌亿万顷稗海之茫然"。

按照对于古代小说研究的惯例，一般研究者大多注重对于全篇重点情节、主要人物形象的主要思想倾向的判断、考量与把握，忽视对于全篇细节的校评、系统全面思考，于是形成几种不能令人信服的倾向：先入为主，把自己的意志强加于作品；以意逆志，用作品人物、故事为一己之爱憎、好恶找到注脚、旁证；全然不顾作品之全篇主脑、倾向，仿佛代圣人立言，以一孔之见代替全篇之主导旨意，留下无限之遗憾与怅惘。明、清时代的人对于《西游记》的把握可谓用心良苦，尤其是道教中人，悟一子、空空道人之流，假托丘处机为古本《西游记》之作者，张冠李戴的目的显示出对于假托《西游记》为道教张目，妙谈玄言密语，为践行本教之大旨意而用心良苦矣。难怪胡适、鲁迅先生酷评为"谈禅说道"，可谓切中要害、一语中的矣。

苏兴先生的点评，最大的特殊之处在于，总体上精确把握百回本《西游记》作为小说——文学作品的本质性，清理明清以来的道士、和尚们的所谓"金丹大道""要言妙旨"，把文学性的价值还原为作品本身存在之关键、基质，"《西游记》为孙悟空传，首先是前七回书是专写孙悟空的出身、成长以至反天宫的英雄业绩，是孙悟空的专传"，第八回由西天"去来自在任优游，也无恐怖也无愁。极乐场中俱坦荡，大千之处没春秋"，衬托了孙悟空在五行山下被压五百年不能展挣的苦难。第九回到第十二回是孙悟空在五行山下待出以重新展挣的过程。对"孙悟空传"说它是孙悟空反天宫风暴与西行降妖伏怪的轰轰烈烈中间的静场。这四回约同于元人杂剧的"楔子"。① 解决了《西游记》是孙悟空传的本质问题，于是顺理成章地就

---

① 苏兴：《新批〈西游记〉·前言》，江苏古籍出版社，1992。

解答了小说主旨问题，可以把"求放心说"与"政治问题说"综合起来考虑《西游记》的主旨，"小说，应该是作者取之社会生活，又艺术地还之社会生活"，"所以紧箍咒也好，压山下五百年也好，都是现实社会统治者压迫钳制叛逆者的行径的折光"。①

苏兴先生对于百回本《西游记》的点评，是建立在对于作者、作品文本的深入研究基础上，此前，他就发表了《〈西游记〉的地方色彩》《关于〈西游记〉的几个问题》《〈西游记〉琐谈》《〈西游记〉第九回问题》《读〈新发现的与吴承恩有关的几块墓志铭考略〉》《〈西游记〉的女儿国》《吴承恩考辨三题》《杨志和〈西游记〉摭谈》《〈西游记〉对明世宗的隐寓批判和嘲讽》《〈西游记〉四圣试禅心事》《〈西游记〉的玉皇大帝、如来佛、太上老君探考》《怎样读百回本〈西游记〉》《李评本〈西游记〉前言》和《我之研究〈西游记〉杂笔》等十多篇有影响与价值的论文，点评中的观点不仅立足于故事情节本身，更在于能够前后关联，历史、人文、风物、语言、习俗与小说章节的契合，随意拈来，涉笔成趣，体现出视野的开阔、语言的娴熟与老到，时时出彩，给人以深刻之启发与感悟。

众所周知，关于百回本《西游记》作者研究一直是中国古代小说研究领域内的十分重要课题，从明代中叶百回本《西游记》问世以来，学人、读者非常关注，宗教界也密切青睐，清代的百回本《西游记》上均冠名为"丘处机"作，一时间，人们均以为是道书，《西游记》成为道士们的必修书，以讹传讹几百年，直到清代吴玉搢、阮葵生、丁宴，方才在《淮安府志》上发现吴承恩作《西游记》的记载，后胡适、鲁迅等进一步坐实，吴承恩生平事迹才浮出水面，得到赵景深、刘修业等人的关注。1937年，赵景深出版《吴承恩年谱》②，把吴承恩生平事迹系统化、具体化，直接推动研究的深入发展。刘修业是吴承恩研究的开创者，她在整理古典文献中首次发现吴承恩的《射阳先生存稿》，整理吴承恩的诗文、世系、家族等情况，在推动研究步入正轨上立下汗马功劳。赵景深、刘修业的《吴承恩年谱》编撰成功，使百回本《西游记》的作者研究步入现代的学术行列。苏

---

① 苏兴：《新批〈西游记〉·前言》，江苏古籍出版社，1992。
② 赵景深：《吴承恩年谱》，《小说闲话》，北新书局，1937；又见《中国小说丛考》，齐鲁书社，1980。

兴先生在前辈学人研究的基础上，不断收集、累积资料，实地考察，完成细致、周详的《吴承恩年谱》①《吴承恩小传》②，直接推动吴承恩研究系统化、完善化。

1983 年，复旦大学章培恒教授在《社会科学战线》第 4 期上发表《百回本〈西游记〉是否吴承恩所作》，掀起对于百回本《西游记》作者疑问的高潮，在长达 16000 字的长文中，对于鲁迅、胡适以来"吴著说"的最主要论据——明天启《淮安府志·艺文志》所著录吴承恩著有《西游记》的记载，提出质疑：这一记载并未明言吴氏所著书的性质和卷数，不能作为判定小说——百回本《西游记》作者的主要依据。明代几种《西游记》刻本未标作者，只署"华阳洞天主人校"，《西游记》中的方言，情况复杂，只能说长江北部地区的方言是百回本《西游记》以前的本子就有的，百回本倒是增加了一些吴语方言，作者可能是吴语方言区的人。黄虞稷《千顷堂书目》将吴承恩《西游记》著录于史部舆地类。有针对性地反驳并成为旗鼓相当的论文，当数苏兴先生的《也谈百回本〈西游记〉是否吴承恩所作》③，12300 字的长文，从四个方面一一做了回应，堪称棋逢对手、将遇良才的论辩，一、对于天启《淮安府志》卷十九《艺文志·淮贤文目》的记载，应与其卷十六《艺文志·近代文苑》（吴承恩）"复善谐剧，所著杂记几种，名镇一时"一段话对起来读，吴玉搢把由《淮贤文目》著录的吴承恩《西游记》，连缀到《艺文志·近代文苑》，逻辑思维是严密而唯物的。阮葵生、丁宴、鲁迅、胡适等深得此旨，认定天启《淮安府志》的编撰者是明确把吴承恩《西游记》当作小说予以著录的。从三方面回应了对于明刻本《西游记》没有署作者为谁某的问题，一、中国古典通俗小说在刻本上不署作者名字的尽多，岂独《西游记》？二、今见的万历二十年世德堂本虽然没有署作者名，陈元之的序却透露出作者为何等样人的消息；三、明刻本《西游记》又都署"华阳洞天主人校"，对此须加意研究。至于黄虞稷《千顷堂书目》将吴承恩《西游记》著录于史部舆地类，是没有目验之误录。"百回本《西游记》的方言不可能专属之淮安，淮安方言俚语，与金陵

① 苏兴：《吴承恩年谱》，人民文学出版社，1980。
② 苏兴：《吴承恩小传》，百花文艺出版社，1981。
③ 苏兴：《也谈百回本〈西游记〉是否吴承恩所作》，《社会科学战线》1985 年第 1 期。

方言有共同之处，或许与吴语区方言也如此的吧，不能设想南北交通要道、八方商贾云集的淮安，其方言，只能是本地独有。明代的东南沿海地区，人口密集，经济发达，各地互相交往为经常，与某一闭塞的地区不同。因而这一代的方言词语在较大范围内是共同的。"① 一切从史实、实际出发，秉承"一分材料说一分话"的求是精神，体现了学术论争的气度与胸怀，堪称君子之争，引得章培恒先生又连续写出《再谈百回本〈西游记〉是否吴承恩所作》②《三谈百回本〈西游记〉是否吴承恩所作》③，催生了一大批研究者加入这场学术论争之中，有谢巍、陈君谋、廉旭、徐朔方、吴圣昔、张锦池、刘怀玉、黄霖、杨秉祺、李安纲、刘振农、刘勇强、蔡铁鹰、曹炳建、杨俊等。④ 30 年后，回溯这段关于百回本《西游记》作者的论争，从材料考据、梳理，思维、路径的选择上，苏兴先生都显得超越于当时的各位专家、学者的立论、立场与把握，体现出研究的深度与逻辑性。

---

① 苏兴：《也谈百回本〈西游记〉是否吴承恩所作》，《社会科学战线》1985 年第 1 期。
② 章培恒：《再谈百回本〈西游记〉是否吴承恩所作》，《复旦大学学报》1986 年第 1 期。
③ 章培恒：《三谈百回本〈西游记〉是否吴承恩所作》，《中华文史论丛》1986 年第 4 期。
④ 杨俊：《关于百回本〈西游记〉作者研究回顾及我见》（上）（下），《淮海工学院学报》（社会科学版）2005 年第 4 期、2006 年第 1 期。

人类文化学视野下的新观照

——简评中野美代子的《西游记》研究

20 世纪的《西游记》研究，我们无法回避日本学者的精湛、独到的研究，长泽归也、小川环树、鸟居久靖、泽田瑞惠、波多野太郎、内天道夫、荒井健、奥野信太郎、田中谦二、田中严、太田辰夫、成行正夫、竹内实、岳亭丘山、中野美代子、矶部彰等，无论《西游记》的成书、演变、人物、主旨、传播等，涉及中国历史、文化、宗教、思想、艺术等多个层面，堪称海外汉学的高层次、高水准的研究圭臬。

中野美代子，1933 年生，日本北海道札幌市人，1956 年毕业于北海道大学文学部，专攻中国文学，历任北海道大学助教，澳大利亚国立大学助教、讲师，北海道大学中文部副教授、教授，1980 年获得日本艺术选奖文部大臣新人类奖，1996 年退休任北海道大学名誉教授，著有《埋没于沙漠中的文学——巴斯巴文字的故事》（1971）、《作为迷宫的人》（1972）、《从小说世界中看中国人的思考样式》（1974）、《没有恶魔的文学——中国小说与绘画》（1977）、《边境的风景——中国和日本的国境意识》（1979）、《孙悟空的诞生》（1980），《中国的妖怪》（1983）、《西游记的秘密》（1984）、《三藏法师》（1986）等考据性的著述。

从 20 世纪 70 年代起，她又倾力专志研究中国的著名古典小说《西游记》。1980 年出版了《孙悟空的诞生》，获得日本艺术选奖文部大臣新人奖。此书的特色，是搜集引用了大量的有关文献资料，从灵长类的各种猿、猴、猩猩说起，进而援借了中国古代的《诗经》、《史记》、《山海经》、《唐诗》、《本草纲目》、《三才图绘》、笔记小说、神话故事、民间传说、佛经变文、说唱话本、动物图谱、海交史籍，以及印度的史诗、阿拉伯的奇闻和欧洲的异说等有关的内容，来证明孙悟空诞生的渊源和他出生的地点。结论是孙悟空诞生在福建的泉州！她参考了 1935 年美国哈佛大学出版的德国人艾锷风和瑞士人戴密微合著的《刺桐双塔》，内有泉州开元寺西塔上猴行者（孙悟空的原名）的浮雕图像照片，这就给她关于孙悟空生在福建的学说提供一个有力的印证。

1986～1998 年，她翻译出版《西游记》（第 4～10 册）；1992 年出版《孙悟空是猴子吗》，1993 年出版《与孙悟空对话》，2000 年出版《西游记——探访一个计谋世界》。

在日本汉学界，中野美代子是杰出的小说家、翻译家、《西游记》研究专家之一，著作等身。1974 年任北海道大学副教授，主要从事中国近现代小说研究，《从小说世界中看中国人的思考样式》（1974）成为其这一时期的杰作，全书结构：序·我的中国近代小说观，第一章故事的结构，第二章有关"人"的认识，第三章悲剧与喜剧，第四章虚构与现实，第五章作者与读者，第六章日本人与中国人。其中在第一章第二节《西游记》与流浪汉小说——关于叙事诗的世界中，谈到变文——一种讲授佛经的文体，串珠式的情节安排，流浪汉小说，内陆型的大旅行家，中国人心目中的海等，通过分析作品中人物的思想观念、欲求动机，以及小说中所体现的人物心理意识、行为模式，透视了中国人的思维模式，探讨了中国文化问题。[1]

如果说，中野美代子的《从小说世界中看中国人的思考样式》还是从宏观视野审视中国小说的话，那么，《西游记的秘密》则从更广阔的文化背景下研究作品、人物与文化传承之关联性，取得人类文化学、文化批评的全面收获。

一 筚路蓝缕，开创新域

中野美代子说："我过去就很喜欢人类文化学，尤其使我心折的是露丝·班尼内迪特经过高度概括写得惟妙惟肖的《菊与刀》。"[2] 正是这一人类文化学的推动，她如饥似渴地研究中国古代文化、《西游记》，全面、系统考据小说的原型、内涵、结构、神秘文化背景等，以文化视角、文化批评的方法，拓展了研究视域，人类文化学，是从文化角度研究人类的历史、

<hr>

①② 中野美代子：《从小说世界中看中国人的思考样式》，北京十月文艺出版社，1989，内容提要，第 1 页。

现状和发展的一门学科，它特别重视对原始文化、神话传说所体现的人类文化渊源、结构的考察。18世纪时，文化人类学的研究已初露萌芽。一些历史学家注意到古代社会的文化遗迹，搜集民歌和民间故事蔚然成风，产生了英国麦克佛生《苏格兰民歌选》、弗列索《金枝》那样的传世之作。维柯在这样的氛围下提出了自己对历史研究的独到见解，开创了透过神话传说研究人类各种文化、制度、特性起源的先河。神话研究至今仍是文化人类学研究的重要方法。马林诺夫斯基、列维—施特劳斯等在这方面已取得了重要成果。1901年，美国人类学家霍姆斯正式创立并运用人类文化学，旨在研究整个人类文化的起源、成长、变迁和进化过程。通过分析比较不同国家地区、民族部族的物质生产、社会结构、风俗习惯、宗教信仰等异同，探究社会人类发展的一般规律和特殊规律。将其在《西游记》领域内运用，20世纪以前不多见，中野美代子的应用就具有开创性质。

她的研究路径是，先从孙悟空的诞生与再生，解析《西游记》的内部构造，作品开端孕育生命的岩石，源于"生殖之石"的神话，八卦炉和五行山岩石缝都是惩戒孙悟空并使之再生的地方，五百年后，被三藏法师从五行山岩石缝中救出的孙悟空脱胎换骨得以重生。

与一般研究不同，她对于孙悟空诞生与再生的研究，既扎根于中国文化，比如龙的文化象征，又别开新途与日本桃太郎比较研讨，引经据典，旁征博引，体现出流畅清新的文风。

她的《西游记》研究主要观点是："孙悟空生在福建"，主要依据：一是唐人笔记小说《补江总白猿传》里梁朝欧阳纥平南至福建长乐，他的妻子被白猿精攫去的故事；二是明人洪梗《陈巡检梅岭失妻记》里广东南雄沙角镇巡检陈辛之妻，在福建附近的梅岭，被一只猢狲精夺去的故事；三是南宋莆田人刘克庄《释老六言十首》中有"取经烦猴行者"诗句；四是南宋鄱阳人张世南《游宦纪闻》记福建永福人张圣者有"苦海波中猴行复"偈句；五是福建某些地方有崇拜猴子的风俗。她还强调，孙悟空那种一个斤斗能翻出十万八千里的广大神通，是受印度史诗《罗摩衍那》里神猴哈奴曼的影响。因为哈奴曼为救悉达公主，能从印度一跃而至楞伽（今斯里兰卡）岛。而且，她还认为，《罗摩衍那》的故事是从海路传来泉州的。元代泉州有一座印度婆罗门教寺（应是印度教寺），元末寺被毁坏，建筑构件中有一方哈奴曼的石雕像（今藏厦门大学人类博物馆），最主要的就是西塔上的猴行者浮雕。

她还从道家、炼丹术、五行思想、中国文化角度等方面研究孙悟空、猪八戒，以中国文学的世界性、现代性立场去理解《西游记》文本，获得一般研究者所无法预计的收获与成果。10多本研究专著的出版，赢得国际声誉与影响。

二 全面考察，系统梳理

中野美代子的《西游记》研究，对于版本、作者、思想、人物、文化全面涉猎、考察，系统清理出相关线索，获得丰硕收获。

在《西游记秘密》中，她以考据学视角，从五行思想与《西游记》，铅与水银的故事，孙悟空与金和火，圣教曼陀罗——西游记中数字的神秘性等方面论证《西游记》的隐秘学，数据繁复，论证严密，充分体现其扎实的学术功底。

在"《西游记》的社会学"部分，她则以"星的化身——中国古代的夜空""诸神的等级制度——道教与民间信仰""哪吒太子的故事——孙悟空的分身""妖怪假面具——戏曲时代与《西游记》"分层考据，条分缕析地剖析出现代道教仪式、玉帝与释迦之间的力量关系，道佛混淆，《西游记》式猴科分类学，孙悟空行为的离心性与假面具，如此，得出"我们不应该把小说《西游记》描写的世界看成一座孤立的山峰，而应该视其为以《封神演义》（作为妖怪小说，它在《西游记》之上）为首的整座雄伟朦胧的山脉中的一个小山巅"。

在"《西游记》结构学笔记"中，她通过"吴承恩与丘处机——有关作者的误解"，考辨《西游记》作者，认为吴承恩不具备《西游记》的基本条件，引出这段百年公案，主要证据还是日本前辈暨近世学者太田辰夫、矶部彰等的怀疑证据，不过将其连缀起来，指出吴承恩说的证据不足，中国学者奉为金科玉律的《二郎搜山图歌》与《西游记》比对，证据的确凿性缺乏，不能作为吴承恩乃《西游记》作者的决定性证据。相对说，则是吴承恩"复善谐剧"，其著作收录于《淮安府志》卷十九《艺文志》的"西游记"很可能是戏曲。这实际上并非作者原创，而是把日本、中国学者的关于《西游记》作者是否是吴承恩的论据拿来做汇总，提出质疑而已。诸如太田辰夫在《〈西游记〉杂考》《西游记研究》《明刊本西游记考》等著作中，系统考辨明代百回本《西游记》的来龙去脉，对于吴承恩说提出质疑等，便成为她取材的基础之一。[①]

她从《西游记》的作者到版本、影响，孙悟空及其他师徒形象的源流演变，妖怪的分类，取经故事的文法、结构形成等方面，系统清理这段学术史的伦理走向，并以新材料、新考察为基础，寻波讨源，细密论证，层层辨析，多发前人之未发。诸如孙悟空的原型是受到日本神话故事的影响而形成的，"日本的猴子"一章，从吸收日本民间故事角度，通过日本的猴神话——"猴蟹大战""猴子入赘""桃太郎"等，就显现出非同凡响的文化视野与文化批评功力。当然，对于此论点、论证并非无懈可击，仅仅从两个民间故事的相似性就得出其传承、影响关系，似乎有失偏颇。因为，考察艺术形象，艺术想象与血缘传承关系并非唯一的途径，应当有更充足的史料依据与历史文本的证据方能最终解决实际传承关系问题。

三　追踪考源，实地践行

中野美代子在《西游记》研究上的最令人敬佩的莫过于对于"孙悟空"形象演化研究，在知名学者胡适、季羡林先生主张印度《罗摩衍那》"哈奴曼"是孙悟空来源的基础上，从亚洲多国典籍与风物中寻找相关蛛丝马迹，又实地考察中国泉州、西北，东南亚泰国、缅甸、锡兰、菲律宾、柬埔寨、越南、马来西亚、爪哇、老挝等地，仔细研究《西游记》与印度文化的来龙去脉，海上丝绸之路与陆地丝绸之路，用心钻研印度史诗《罗摩衍那》等大量印度文献资料，探寻寺院的壁画、浮雕、舞蹈、戏剧、电影、图片等多种传播的实物资料，考辨《西游记》"孙悟空"故事内容的变迁与演绎及异变，获得诸多一手珍贵的图片、实物资料，最终得出相关科学的界定，并为此画出系列的谱系、图表，使人一目了然。

这张"猴子民间文学诸系谱与孙悟空诞生"的图表，精确细密，脉络清晰，关系严密，显示出作者在诸多复杂关系的材料中善于把握主脉的敏锐辨析能力。

在《孙悟空的诞生——猴的民间文学与〈西游记〉》中，她从《西游

---

① 太田辰夫：《〈西游记〉杂考》《西游记研究》《明刊本西游记考》，转引自中野美代子《西游记的秘密》，中华书局，2002，第207~208页。

记》形成史、猴的民间文学、孙悟空的周边、《西游记》地理学、渡海的孙悟空等方面着眼，系统、全面地追踪溯源，实地勘察与史实相结合，把论题置于一个广阔的文化背景下透视，从研究角度衡量，是一种文化的视角，从研究方法考察，则使用的是文化批评的方法。与日本学者吉川辛次郎、太田辰夫、小野忍、小川环树、鸟居久靖、矶部彰等汉学家、《西游记》研究专家相比，她走出了一条不同寻常的新路径。况且，她还是作家，有长篇小说的创作实践经验与体会，所以，她的研究涉及天文、地理、动物学、植物学、物理、化学、雕塑、绘画、医药、兵器等无限广阔的学科，运用神话学、人类学、地理学、宗教学、文学、数学、民俗学、社会学、隐秘学、结构学等知识来剖析，取得十分难得的不同寻常的收获。难怪日本文艺评论界对她的评价为，中野的翻译特色在于充分考虑到日语的节奏及译文的畅达易懂、娱乐性，"大胆的意译之旅"，堪称首屈一指的《西游记》研究专家。

1983 年 7 月下旬，中野美代子从日本来到厦门。24 日应邀在厦门大学演讲《福建省与西游记——孙悟空生在福建》，引起了听众的极大的惊奇。演讲结束，中野教授就来泉州，到了开元寺，经过再三请求，并赠送《刺桐双塔》的复印本，才得到允准登上西塔。当在第四层见到猴行者的浮雕时，她禁不住喊出"老孙，您好！"引得陪同她的导游都笑了起来。中野教授就抓住这个机会，对猴行者的浮雕进行仔细的观察揣摩，记下了她所需要了解的要点。这第一次访问泉州，不但满足了中野教授的愿望，而且也开始打开了她研究泉州的大门。①

在《西游记》研究史上，中野美代子以其丰硕的成果奠定了她在日本《西游记》研究的学术高峰位置，继往开来，别具一格，从文本的研究走向人类文化学、文化批评的新领域，为《西游记》研究开辟出前无古人的新视野、新路径、新天地，从而成为永恒的学术先驱！

中野美代子作为作家，还出版过长篇小说《海燕》和《南半球绮想曲》，翻译《西游记》（4~10）为日文，对于传播《西游记》及中日文化交流做出杰出贡献。

---

① 《东南早报·周末生活》2005 年 1 月 28 日。

三十年成就双璧

——评蔡铁鹰教授的吴承恩研究

从 20 世纪的学术大师胡适、鲁迅考据出百回本《西游记》作者为明代中叶淮安人吴承恩以来，学术名家俞平伯、赵景深、刘修业、苏兴、章培恒、黄永年、徐朔方、吴圣昔、杨秉祺、蔡铁鹰、李安纲、刘怀玉、谢巍、黄霖、张锦池、刘勇强、沈承庆、曹炳建、萧相恺、胡义成等 20 余位专家学者发表了 60 多篇研究论文、10 多部专著。海外如日本小川环树、太田辰夫、矶部彰、中野美代子，美国余国藩，澳大利亚柳存仁，英国杜德桥（Gien. Dudbridge），以及中国台湾的陈敦甫、陈志滨、张静二等诸多名家、学者对这一问题进行了持续一个多世纪的论争、探讨，已成为跨世纪、跨国界的世界汉学界的一大极有影响性的热点课题。

20 世纪的吴承恩研究可圈可点之处在于先有前辈学人赵景深、刘修业先生的筚路蓝缕地开创出新路径，在鲁迅、胡适、郑振铎等《西游记》作者研究基础上，将吴承恩生平事迹研究明朗化，编出《吴承恩年谱》①，为吴承恩研究奠定文献学基础。20 世纪 80 年代中叶至 90 年代初叶，淮安学者刘怀玉先生在吴承恩研究方面用力甚勤，编辑点校《射阳先生存稿》，出版《吴承恩论稿》②，为 20 世纪末至 21 世纪初的吴承恩研究增添了光彩。

如果说刘怀玉的研究，是凭借刘修业先生的原始积累、量的递增，为新时期吴承恩研究的普及与提高找到不可多得的契合点，那么，淮阴师范学院的蔡铁鹰教授的研究则站在了更高的起点上，先从《西游记》成书着

---

① 《吴承恩年谱》，有赵景深（《西游记作者吴承恩年谱》，《小说闲话》，北新书局，1936）、刘修业（《吴承恩年谱》，《古典小说戏曲丛考》，古典文学出版社，1958）、苏兴（《吴承恩年谱》，人民文学出版社，1980）、刘怀玉（《吴承恩年表》，《吴承恩诗文集笺校》，上海古籍出版社，1991）、蔡铁鹰（《吴承恩年谱》，中国社会科学出版社，2014）。

② 刘怀玉：《吴承恩论稿》，南京大学出版社，1991。

眼，通过 30 多年的积累，丰富了《西游记》作者研究的资料，一步一个脚印，从申报江苏省社会科学研究课题、教育部人文社会科学研究课题、国家社会科学基金项目等路径，走出一条新颖的人文社科研究新道路，开创了国际国内吴承恩研究的新天地。

蔡铁鹰的吴承恩研究走的是考据、实证路径，通过点校《吴承恩集》①，编撰《吴承恩年谱》②，辨证吴承恩生平事迹的疑难点，其主要的贡献在于如下几个方面。

一 对于吴承恩"荆府纪善"的系统考据

蔡铁鹰在肯定了东北师范大学苏兴教授对于吴承恩事迹的南下考察所做出的贡献，即吴承恩于浙江长兴县丞任上获罪，后被补为"荆府纪善"，没有赴任。③ 对于这段公案，学术界一直存疑，没有形成定论。资料的缺乏与疑点密布，一直是困扰学界的难点所在。蔡铁鹰先生从实地考察与地方文献着眼，提出比较可信的推论。

对于吴承恩出任长兴县丞，国内学术界一般认定为嘉靖四十五年（1566），苏兴先生偕同李南岗同志于 1978 年 5 月 8 日至 6 月 20 日南下追踪吴承恩，考察江苏、浙江省，涉足浙江长兴，亲眼验证吴承恩手书的《圣井铭序》《梦鼎堂记》碑。笔者于 2004 年 10 月去长兴博物馆再次目验两块碑文，时间是隆庆元年十月十日，并看到归有光《长兴县题名记》碑（吴承恩手书），可惜当年苏兴先生没有看到。归有光、吴承恩共事于长兴，两人商量后颁布《长兴县编审告示》，见于《长兴县志》和归有光《震川先生集》卷十六。蔡铁鹰在《吴承恩年谱》第 185～197 页，用"时政""交往""行状""考释"清晰梳理、博采其所能见的一切资料，详尽"考释"吴承恩在长兴任上的相关事迹，弥补了以往赵景深、刘修业、刘怀玉、苏兴先生考据的失漏之处，成为有史以来最为详备富赡的关于吴承恩任职长兴的年谱长编。

鉴于历史的原因，前辈学人没有见到今天发现的相关资料，也无法逾越历史的藩篱，蔡铁鹰先生身体力行，通过追踪《西游记》成书史，先后

---

① ② 蔡铁鹰：《吴承恩集》，中国社会科学出版社，2014。
③ 苏兴：《吴承恩年谱》，人民文学出版社，1980。

两次去湖北蕲春实地勘察，考察吴承恩于隆庆二年（1568）正月赴蕲州任，以史论+书证+《西游记》内证等方式，推论→反证→立论，详尽考论，从逻辑性上看，不无漏洞，但其丰富的史实+考据功夫不可不谓自成一家之言。在"否吴说"们①看来，关键问题是，蔡先生以主观意志立论，先入为主，不失臆测之嫌。倘若不以吴承恩作为百回本《西游记》作者立论，仅仅作为明代中叶文学家来立论，可能就避免被"否吴说"者指责的臆测之嫌。当然，吴承恩究竟有没有去湖北蕲春赴任，有待进一步考证。主要问题是，我们在现存的湖北地方文献里找不到吴承恩留迹湖北蕲春的蛛丝马迹。至于百回本《西游记》第89~90回关于玉华国的描写是否就是以蕲州荆王府为蓝本，的确是蔡先生的首次发现，详见其《吴承恩"荆府纪善"之任与〈西游记〉》②，立论新颖，确系国内外学术界首次提出，显示出对于百回本《西游记》作者研究的可贵探寻精神，25年后，又不断补充、完善，体现对于吴承恩研究的可持续性、可拓展性的科学实证精神。尽管还没有最后解决这段学术悬案，但综合+实证的表述，的确往真理的彼岸迈进了一大步！

二 对吴承恩选词《花草新编》考证、梳理与修订

蔡铁鹰先生在刘修业、刘怀玉的研究基础上，对照陈耀文（1526？~1607）《花草粹编》，比照出《花草新编》残钞本选录的近四百阕中长调，几乎全部被《花草粹编》收入。对这种同源关系的解释，只能是后者吞并前者。证据一，嘉靖三十八年（1559）吴、陈二人相识时，吴承恩54岁，陈耀文34岁，此时，吴承恩《花草新编》完成已近20年，而陈耀文《花草粹编》的完成是24年后的万历十一年（1583）；证据二，陈耀文《花草粹编序》脱胎于吴承恩《花草新编序》，受启发于吴承恩的《花草新编》，最终完成《花草粹编》，从而奠定在明代词选编撰领域的地位。蔡先生在保

---

① "否吴说"，特指近百年来对于百回本《西游记》作者是吴承恩的质疑、否定说，代表人物有俞平伯、太田辰夫（日本）、杜德桥（英国）、余国藩（美国）、章培恒、黄永年、李安纲等，详见拙作《〈西游记〉作者之争的回溯与思考——兼与顾洁成先生商榷》、《关于百回本〈西游记〉作者研究回顾及我见》和《百回本〈西游记〉作者新探》相关梳理，见于《运城学院学报》2005年第4期、《淮海工学院学报》2005年第4期、2006年第1期，《学术月刊》2007年第7期。

② 蔡铁鹰：《吴承恩"荆府纪善"之任与〈西游记〉》，《江汉论坛》1989年第10期。

持原貌的基础上，对照《花间集》《草堂诗余》《全宋词》《全金元词》等一一出注，形成比较系统而全面的吴承恩《花草新编》校注本。此系统工程弥补了对于吴承恩选词研究的空白，为进一步探究其词学的审美价值提供有益范本。作为全国高等院校古籍整理研究工作委员会直接资助项目和教育部人文社会科学研究基金规划项目，此作已经通过专家评审，得到学界权威认可。

总之，蔡铁鹰先生的吴承恩研究为学术界提供了有益的丰硕资料，构成其吴承恩研究资料的双璧，既为百年吴承恩研究奠定了坚实的文献学基础，也为百回本《西游记》作者研究提供了可供参考、借鉴与佐证的新资料、新路径。如果说，36年前，蔡铁鹰以《〈西游记〉"附录"考》①研究作为开端走进《西游记》研究领域，以大学本科毕业论文《吴承恩任荆府纪善考》开始了漫漫跋涉，那么，32年后，以《吴承恩集》《吴承恩年谱》作为印证，实践了其毕生的执着追求与探索。我们十分真诚地期待着更多如蔡铁鹰一样的勤勉学者在吴承恩研究领域持续探索，为最终解开百回本《西游记》作者之谜取得有价值的新发现与成果。敢问路在何方？路在脚下，路就在脚下！

---

① 蔡铁鹰：《〈西游记〉"附录"考》，《南京师院学报》（社会科学版）1982年第4期。

尘俗喧嚣的风景线

——《西游记》的世俗风格论

明代百回本《西游记》作为"四大奇书"之一，杰出的"神魔小说"，一直受到人们的青睐与关注。其中的神怪妖魔、幻想情节与师徒的艰险经历让人津津乐道，以此作为中国古典小说——神魔一系的空前杰作，人们似乎忘却其时代、现实的影子。

或许就如明清时代的宗教徒作为"谈禅语道"的读本、手册，似乎完全无视作品中立足于明代中叶社会生活的因素与基础性素材，无法界定神魔与现实因子之间的关联性。神魔文学与社会发展之关系，似乎无法割断，也难以在现实社会找到直接的证据与联系。但是，神魔小说，并非是无中生有，空穴来风。作家的社会生活经历、阅历、素养决定了一部作品的大格局、大气象、大视域。百回本《西游记》明明摆在读者面前的是明代中叶的社会因子，锦衣卫、东厂、西厂，就连人物的装饰、口语，都是明代中叶前后的产物，作者肯定是生活于这一时期的人，不然，如何在其笔下有着如此鲜明的时代痕迹与因素？

一　以神魔的素材寄予世俗之旨

百回本《西游记》自诞生起，就以"神魔"题材独占明代中叶小说圣坛，开辟了长篇小说的新路径，与《水浒传》《三国演义》《金瓶梅》合称"明代四大奇书"，并驾齐驱，共同构成中国长篇小说的宏伟格局。

神魔的世界并非百回本《西游记》的首次创造，其源头可以从中国上古神话、先秦神话传说、魏晋志怪小说、唐宋传奇、元代杂剧等找到脉络，从《山海经》《搜神记》《搜神后记》《玄怪录》《续玄怪录》《大唐三藏取经诗话》《西游记杂剧》《西游记平话》等找到相关影响因子。

《西游记》的神魔世界意象来源于中国古代神话传说系列，昆仑山系列、蓬莱系列，最终荟萃于一体，构成汉族神话文化趋于完善的神话之集大成。而《西游记》的神话世界是在道教、佛教、儒教文化的融合、变异中汇聚、演变而成。

《西游记》的诸多韵语，采自《悟真篇》《鹤鸣余音》《渐悟集》《性命圭旨》《玉青金笥青华秘文金宝内炼丹诀》等道教内丹学经典，据郭健教授考证，"与这些典籍中的原诗文相比，袭用的诗文仅有少数字词不同""《西游记》作者对于道教内丹学比较熟悉，而对佛教了解则并不深入，是个读书不求甚解之人。他极可能是一位颇有文采而文化程度并不高的道教内丹学家，而不可能是位治学严谨的佛教徒"。①

衡量一部作品的关键是通过其故事情节来勘破其创作用意与倾向，纵观百回本《西游记》的 50 多个故事，虽然试图用神仙佛徒、妖魔鬼怪来附会所谓的"微言大义"，但其根本的立场并非某家某派的宗教立场，传道明意，教化众生，而是借用相关宗教的题材来讲自己的故事，展示明代中叶以来社会所流布的世俗观念、思想意念与道德准则，倘若一一对应某个宗教派别等，确是辜负了作者的一片苦心而已。

作品虽然满篇神魔妖怪故事，却处处展露的是人间世俗之风，取经本是宗教领域的神圣事业，而在佛祖的引领下，观音选取护师取经善信，却找的是四位犯下滔天罪行的囚徒，在宗教层面似乎要敷衍出修行赎罪的母题，而孙悟空、猪八戒、沙和尚、白龙马的西行之路历险除魔的经历，处处体现的则是对于神圣教义的消解与解构。看看，即使是贵为虔诚佛门的唐僧，遇到妖魔、险途，也有过犹豫、动摇与惆怅，并非一心诚如拜雷音，而是嬉笑怒骂中见世俗生活的端倪耳！第四十八回"魔弄寒风飘大雪，僧思拜佛履层冰"，三藏与一行人来到了河边，勒马观看，真个那路口上有人行走。三藏问道："施主，那些人上冰往那里去？"陈老道："河那边乃西梁女国，这起人都是做买卖的。我这边百钱之物，到那边可值万钱；那边百钱之物，到这边亦可值万钱。利重本轻，所以人不顾死生而去。常年家有五七人一船，或十数人一船，漂洋而过。见如今河道冻住，故舍命而步行也。"三藏道："世间事，唯名利最重。似他为利的舍生忘死，我弟子奉旨

①　郭健：《〈西游记〉对佛道典籍的袭用现象》，《求索》2007 年第 1 期。

全忠，也只为名，与他能差几何？"看看，这哪里是所谓的虔诚信佛高僧所践行、信仰的"西天取经"大业，实际是明代商业文化背景下，下层穷困潦倒之书生的有感而叹，发自内心深处的世俗之言啊！

一部《西游记》就是中国社会的缩影，其所描绘的天上、人间、地狱的环境、人物、动物等，就是中国社会生活的具体而形象化的展示。那"三州花似锦，八水绕城流"的大唐朝长安姑且不论，就看那宝象国："云渺渺，路迢迢；地虽千里外，景物一般饶。瑞霭祥烟笼罩，清风明月招摇。葳葳萃萃的远山，大开图画；潺潺缓缓的流水，碎溅琼瑶。可耕的连阡带陌，足食的密蕙新苗。渔钓的几家三涧曲，樵采的一担两峰椒。廊的廊，城的城，金汤巩固；家的家，户的户，只斗逍遥。九重的高阁如殿宇，万丈的层台似锦标。也有那太极殿、华盖殿、烧香殿、观文殿、宣政殿、延英殿；一殿殿的玉陛金阶，摆列着文冠武弁；也有那大明宫、昭阳宫、长乐宫、华清宫、建章宫、未央宫：一宫宫的钟鼓管龠，撒抹了闺怨春愁。也有禁苑的，露花匀嫩脸；也有御沟的，风柳舞纤腰。通衢上，也有个顶冠束带的，盛仪容，乘五马，幽僻中，也有个持弓挟矢的，拨云雾，贯双雕。花柳的巷，管弦的楼，春风不让洛阳桥。"再看朱紫国："师徒们在那大街市上行时，但见人物轩昂衣冠齐整，言语清朗，真不亚大唐世界。师徒四人来到'会同馆'，管事的送支应来，乃是一盘白米、一盘白面、两把青菜、四块豆腐、两个面筋、一盘干笋、一盘木耳。……管事的道：'西房里有干净锅灶，柴火方便，请自去做饭。'行者道：'酒店、米铺、唐坊，并绫罗杂货不消说；着然又好茶房、面店，大烧饼、大馍馍，饭店又有好汤饭、好椒料、好蔬菜，与那异品的糖糕、蒸酥、点心、卷子、油食、密食……郑家杂货店，油、盐、酱、醋、姜、椒、茶叶俱全。鼓楼边，楼下无数人喧嚷，挤挤挨挨，填街塞路。'"

还有天竺国下郡玉华县，"锦城铁瓮万年坚，临水依山色色鲜。百货通湖船入市，千家沽酒店垂帘。楼台处处人烟广，巷陌朝朝客贾喧。不亚长安风景好，鸡鸣犬吠亦般般。"又听得人说，白米四钱一石，麻油八厘一斤，真是五谷丰登之处。"可见作者在《西游记》中向我们展示了一幅幅社会风俗画，其中上至皇帝宫殿、下到市井细民，人情风俗、音容笑貌皆栩栩如生地跃然纸上，令人流连忘返。作者写宝象国、朱紫国和天竺国等都是以中国为依据的，什么"不亚大唐世界""不亚长安风景好"等，这些高度概括的言辞形象地展现了一幅幅社会生活的风俗画：楼台亭阁、山清水秀、财源充足，生意兴隆。

第九十回元宵观灯的描写可谓《西游记》中写民俗的典范之作，作者浓墨重彩铺张描摹，其人其景生动传神。作品假托唐代，那各式灯的制作堪称入神入画、无与伦比，由此可见中华民族元宵节的盛况。倘若光停留在一般风俗描绘上，那不免单调了点，作者写元宵节是为了写唐僧观灯，唐僧观灯引来妖魔。而金灯来历的叙述，既说明了封建时代的豪华奢侈，也点出封建时代的"杂项""差役"。有人在评价明清小说时对《水浒传》《金瓶梅》的风俗描绘给予很高评价和赞美。在评论《西游记》时，人们往往很少谈及其风俗描写。这不能不说是一大疏忽。比较四大部古典名著，风俗描绘各有千秋。《西游记》在描绘风俗时不忘人情世态，"微有寓焉"，实在是十分难得，虽然是假托朱紫国、天竺国，实际上就是中国。虽然是点明在唐朝，实际上是明代。这些都是无可非议的，她向我们展示了明代中叶社会生活各方面的风土人情，堪称明代中叶的社会生活风俗画。从中我们能认识和了解到那个时代、那个社会的风俗人情。这就不仅有一种审美价值，而且有一种认识价值和历史价值。

二 以神幻的意象寄托时代之块垒

《西游记》的神话世界，扎根于中华文化土壤，具有汉民族悠久传统，与印度文化汇合，孙悟空的血缘谱系，既有中华猴文化的因子，更有印度哈奴曼的血统因素；中印文化交流，丝绸之路，陆地与海洋的交汇，福建泉州的开元寺猴行者浮雕，据日本汉学家中野美代子女士研究，可能是海上丝绸之路的影响。

孙悟空的形象本身作为中华文化中的猴图腾、猴文化象征，传承出千年的文化传承、演变过程，西北文化也好，东南文化也好，均是中华大文化圈的产物。看看当今许多地方在不断推出花果山、高老庄的原型，什么山东泰山文化与《西游记》、连云港与《西游记》、福建顺昌孙悟空等，不一而足，证明《西游记》文化因素并非是某一地一时的产物，中野美代子女士发现的泉州开元寺猴行者浮雕，以及附有宝庆三年（1227）序的王象之的《舆地记胜》卷128~135为福建路，其中许多地名，九龙池、王母池、灵鹫山、菩萨岩、观音石、罗汉岩，附有明崇祯四年（1631）序的何乔远

《闽书》卷 15 中的仙猿石、铁板嶂、水帘洞等。① "不言而喻,《西游记》故事是玄奘一行去印度取经的故事,如果对照史实上的玄奘旅行,我们会发现中亚广袤的风土作为故事的舞台多么合适。事实上,故事中也出现了流沙河、火焰山等西域沙漠地带实际上存在的地名,这就更加强了现实感。"②

无论是中野美代子的《西游记秘密》,还是张宏梁、彭海、周郢、杜贵晨等关于《西游记》与山东泰山及文化的研究,均揭示出《西游记》与地域文化的关系,具有一定的民俗学价值与意义。

但是,由某一文化区域的地名、风俗,进而推导出作者就是福建、山东人云云,就可能不够科学性了,犯了过度解读、张冠李戴的偏颇之误。前不久,各地上演的争抢《西游记》原景地、花果山等喜剧,不犹如一场无视文学作品艺术创作自由想象的闹剧耳!

因为,《西游记》作为长篇神魔小说是文学,文学艺术的自由想象、创造是其本质属性,任何有价值的探索、揭秘、研究,务必立足于此本位,否则,就会流于猜谜、索引与敷衍,其结果是,只抓住一点,就可能推导出形形色色的所谓"结论"。而,以"花果山""傲来国""王母池""九龙池"来敷衍《西游记》创作的原景地,试图还原古代文学创作之魂魄,借此吸引眼球,扩大无烟工业,则又另当别论了!

孙悟空为求长生不死之术,自登木筏,来到南赡部洲地界,剥了别人的衣裳,"也学人穿在身上,摇摇摆摆,穿州过府,在市廛中,学人礼,学人话",俨然人的神情姿态,竟然深入市廛,而人们竟毫不感到惊异。猪八戒则是师徒四人中最有人情味的人物形象。在高老庄,他俨然一个农村庄稼汉——耕田耙地,不用牛具;收割田禾,不用刀杖。"食肠却又甚大:一顿要吃三五斗米饭;早间点心,也得百十个烧饼才够。喜得还吃素。"当要踏上取经之途时,猪八戒"摇摇摆摆,对高老唱个喏道:'上复丈母、大姨、二姨并姨夫、姑舅诸亲:我今日去做和尚了,不及面辞,休怪。丈人啊,你还好生看待我浑家:只怕我们取不成经时,好来还俗,照旧与你做女婿快活。'"再看牛魔王、罗刹女夫妻,虽是妖魔,但他们也闹矛盾。牛

---

① 〔日〕中野美代子:《〈西游记〉的秘密》,王秀文译,中华书局,2002,第384~385页。
② 〔日〕中野美代子:《〈西游记〉的秘密》,王秀文译,中华书局,2002,第379页。

魔王贪色，爱上了玉面公主，便不再理罗刹女，这是他们家庭矛盾。当遇到孙悟空来借扇子将涉及他们家庭利益时，他们则团结一致起来，牛魔王与孙悟空大战，最后，群神共助孙悟空，终于战败了牛魔王，眼看牛魔王要遭殃，罗刹女则抛弃夫妻不和的小矛盾，急卸了钗环，脱了色服，挽青丝如道姑，穿缟素似比丘，双手捧那柄丈二长短的芭蕉扇子，走出门；又见有金刚众圣与天王父子，慌忙跪在地下，磕头礼拜道："望菩萨饶我夫妻之命，愿将此扇奉承孙叔叔成功去也！"夫妻情爱是牛魔王免去灾祸的十分重要的原因。

三 以宗教之外衣包裹其愤世之喻

《西游记》的本质是明代中叶诞生的长篇神魔小说，作为文化艺术作品，是精神领域的产物，必然与宗教有着一定的联系，但，明代中叶的世俗社会对于宗教的认识与态度、价值取向，与今天人民对于他们的认识是两回事，不可以今日的认知强加于古人，更不可代圣贤立言，强加于《西游记》作者与作品本身。

清人汪憺漪、刘一明、张书绅等一批人，把《西游记》与道、儒联系为一体，用以敷衍其所谓的"微言大义""主旨"，结果成为随意解读的"曲解""误会"。历史证明，任何戴着有色眼镜的解读便是违背作品（作者）本意的过度阐释，必然成为过往烟云，恰如杨升庵《临江仙》"滚滚长江东逝水，浪花淘尽英雄。是非成败转头空。青山依旧在，几度夕阳红。白发渔樵江渚上，惯看秋月春风。一壶浊酒喜相逢。古今多少事，都付笑谈中。"

《西游记》的宗教观并非纯粹的道徒、儒生、佛徒所标榜的所谓为其祖师爷明道、说理之辞。

灵根、心性、心猿、元神、黄婆、婴儿、元神、灵台、方寸等，确实是道教全真道的修炼术语，只能说明，百回本《西游记》的最后改定者借用其术语，来附会《西游记》人物、故事情节，为小说、人物平添上一层神秘色彩。澳大利亚汉学家柳存仁先生在《全真教和小说西游记》中全面系统地梳理了全真教与《西游记》的联系，并客观地说"日本太田辰夫教授在《〈西游记〉解说》里曾指出第八回这一篇《苏武慢》和三十六回'前弦之后后弦前'绝句都是从他处移过来借用的，前者见《鹤鸣余音》，后者见宋张伯端的《悟真篇》"①，并找出更多的诸如马珏、宋仁宗等道教诗词被百回本《西游记》借用、引用的事实，并承认"一部较晚的作品内发现了前人的诗词文字是很平常的事情，这只是袭取，这里面不可能有前人参加写作的机会"②。此后，20世纪90年代中叶，山西李安纲先生从中觅得所谓全真教教义，并组织成系列专著、文章，全面认可全真教就是《西游记》的创作之源，说"《西游记》产生在全真道飞速发展、陆王心学鼎盛的时代，形成了独特的金丹学思想，即以心性为金丹。因此，《西游记》小说的创作者所运用的金丹诗词，自然也是以心性的表现为主题的"③。这就由此走向了极端，步入学术研究的歧途。

早在1993年，我就在《试论〈西游记〉与心学》中指出，"《西游记》的诞生过程与中国哲学史上'心学'的发展历程同步""《西游记》不仅在大的框架、总体构思上依据心学的基本思想，而且结合小说艺术的实际，在某种程度上突破和超越了心学""作者继承了宋明以来的心学之精华，加上自身对时代、社会的客观、理性的认知，'观古今于须臾，抚四海于一瞬'，融汇成洋洋大观的神魔鸿篇《西游记》，呈现出源于心学、超越心学的新格局，为中国传统小说的理性构造、哲理把握提供了新途径"④。

《西游记》的宗教意识究竟如何判断？

中国古代的宗教意识是不同于西方及现代社会的宗教，明处是说"儒道释三教"，实际上，儒家占主导，是一种有关社会政治、伦理的学说，与宗教并无多大密切契合，而是，体现于一种学术思想而非宗教信仰，人生态度而非宗教实践的形态。

明代中叶以来，社会风气突变，帝王崇道，官僚阶层、仕人放任奢靡，形成一股纵情任性的社会风尚。百回本《西游记》中反映这一风气的在于，对于南瞻部洲、天宫、西行九个国度的描绘，可见端倪。

第八回"我佛造经传极乐，观音奉旨上长安"，佛祖说："南赡部洲者，贪淫乐祸，多杀多争，正所谓口舌凶场，是非恶海。"这固然是社会现实的真

---

① 柳存仁：《全真教和小说西游记》，《和风堂文集》，上海古籍出版社，1991，第1335页。
② 柳存仁：《全真教和小说西游记》，《和风堂文集》，上海古籍出版社，1991，第1343页。
③ 李安纲：《论〈西游记〉诗词韵文的金丹学主旨》，《西游记文化学刊》（1），东方出版社，1998，第170页。
④ 杨俊：《试论〈西游记〉与心学》，《云南社会科学》1993年第1期。

实状态，需要"造经传极乐"，寻求善信历经万险求取真经来拯救受苦大众。但是，就在佛祖认定的其他部洲，甚至西天雷音寺下，却掩藏着阿罗、迦叶两个见金银才眼开的所谓圣徒、高僧，拉着唐僧师徒要"人事"，不给"人事"，二尊者就把"无字真经"传给取经人，平端又遇一难；孙悟空等到佛祖前告状，佛祖却说"你且休嚷，他两个问你要人事之情，我已知矣。但只是经不可轻传，亦不可以空取，向时众比丘圣僧下山，曾将此经在舍卫国赵长者家与他诵了一遍，保他家生者安全，亡者超脱，只讨得他三斗三升米粒黄金回来，我还说他们忒卖贱了，教后代儿孙没钱使用。你如今空手来取，是以传了白本。白本者，乃无字真经，倒也是好的。因你那东土众生，愚迷不悟，只可以此传之耳"。最后逼得唐僧只好把随身带的"紫金钵盂"呈献二尊者，才取得经卷。两边管事、力士、庖丁等耻笑二尊者"不羞！不羞！需索取经的人事！"须臾，把脸皮都羞皱了，只是拿着钵盂不放。这里是佛门禁地，至高无上的所在，却仍然有着世俗社会的金钱利益交换关系，金钱的利益关系渗透到大雷音如来处，所谓的宗教神圣事业是何等货色，岂不昭然若揭矣！

乌鸡国，全真道士侵占国王宝座三年，是文殊菩萨的坐骑狮猁王，"天无雨，民干坏，君王黎庶都斋戒。焚香沐浴告天公，万里全无云叆叇。百姓饥荒若倒悬，锺南忽降全真怪。呼风唤雨显神通，然后暗将他命害。推下花园水井中，阴侵龙位人难解。幸吾来，功果大，起死回生无挂碍。情愿皈依作行童，与僧同去朝西界。假变君王是道人，道人转是真王代"。乌鸡国里，妖怪变作全真道士横行作乱，假变君王，与皇后同居三年，坏了纲常，怎奈是个骗了的妖王。原来是原乌鸡国王把文殊菩萨一条绳捆了，送在御水河中浸了三日三夜，如来将此怪令到此处推他下井，浸他三年，以报三日水灾之恨。作者要说明的是"一饮一啄，莫非前定"果报思想。

车迟国：行至车迟国。国王兴道灭佛，僧人都被罚做苦工。悟空监工道士，放走诸僧，又叫醒八戒、沙僧，鼓风吹散道士之会，推倒观内塑像，变为三清大吃供品。众道士将三人当作降临的三清祈拜，以求对水。三人将尿施与，纵云而回。三大仙向国王奏说悟空等打死道士、冒充三清事。国王命唐僧等与三大仙赌赛，由于悟空使计，三大仙皆输。这回对于道士的讽刺可谓入木三分，冒充三清施尿作为三清的圣水，对于道教的恶作剧式的笑谑，不啻第七回猴子与佛祖打赌翻手心，撒尿并写下"齐天大圣，到此一游"的玩笑、打趣、讽刺？！

朱紫国：国王拆凤三年，只因佛母二雏伤箭之恨，国王被悟空医好病，说出病根是因三年前端午，麒麟山妖精赛太岁掠走王后金圣宫娘娘所致，悟空使计骗得妖怪金铃，溜出洞外挑战，引出那怪，用铃摇出烟、沙、火，使那怪走投无路。赛太岁原是观音胯下的坐骑金毛犼。朱紫国王同唐僧说起金圣宫三年前被妖精掳掠之事。国王道："三年前，正值端阳之节，朕与嫔后都在御花园海榴亭下解粽插艾，饮菖蒲雄黄酒，看斗龙舟。……"一样吃粽子，一样饮雄黄酒，一样赛龙舟，朱紫国的风俗习惯与大唐别无二样。

狮驼国：一个由妖精把持的国度。狮怪、象怪和鹏怪想吃唐僧肉一起对付悟空。悟空被鹏怪装入宝瓶。八戒被狮怪咬住，沙僧被象怪卷住。三怪将师徒放入笼内蒸时，悟空脱身，拜请如来，如来令文殊、普贤二菩萨分别收服自己坐骑青狮和白象。如来使鹏怪落在自己头上，现了原身。连如来都被扯进来，佛祖的神圣性值几何？宗教的光环逐渐暗淡矣！

比丘国：国王听信妖怪国丈的话，要用一千一百一十个小孩的心做药引，后来又要用唐僧的心作药引，孙悟空战胜他了，才知道国丈是寿星的坐骑——鹿。比丘国王听信道人谗言，为延寿长生，竟准备用一千一百一十一个小儿的心肝，煎汤服药。此举残忍至极！

祭赛国国王怀疑和尚盗走金光寺里的舍利子佛宝，竟然滥杀无辜，三辈和尚中，"前两辈已被拷打不过，死了；剩下的一辈，也是问罪枷锁，命悬一线"。

灭法国：该国国王前生那世里结下冤仇，因为受过和尚的气，竟许下罗天大愿，要杀一万个和尚。"这两年陆陆续续，杀够了九千九百九十六个无名和尚。"其今世里无端造罪。二年前许下一个罗天大愿，要杀一万个和尚，唐僧师徒路过时，扮作客商。孙悟空施法术，把国王后妃及文武大臣头发尽行剃去，使国王回心向善，孙悟空建议国王将灭法国改名为钦法国。国王谢了恩，摆整朝銮驾，送唐僧四众出城西去。国王昏聩残忍，令人发指。

这些国度就在如来所称道的所谓的"西牛贺洲"，"不贪不杀，养气潜灵，虽无上真，人人固寿"。这些国度酒色财气杀，样样俱全，祸国殃民、黑白颠倒、是非不分、美丑倒错，全没一点正义、正能量，为了凡间帝王的一点小疏忽，神仙们都是睚眦必报、丝毫不留情面，所谓"一饮一啄，莫非前定，因果报应，就在眼前"，与世俗社会的蝇营狗苟、是非颠倒何其相似乃尔！

新世纪《西游记》研究述评

21世纪开端,《西游记》研究经过20世纪末1990~2000年的10年积淀、磨炼,终于走出世纪末以来的沉寂,中国古典文学普及研究会《西游记》文化委员会于2002年8月在北京举行第四届《西游记》文化国际研讨会,河南大学于2003年10月举办《西游记》研究国际学术研讨会,2006年8月,以中国连云港《西游记》文化国际学术研讨会暨纪念吴承恩诞辰500周年活动的举行为标志,走进《西游记》研究新的黄金期。

21世纪是《西游记》研究取得长足发展与进步的黄金时代,全国性、省级、校级的西游记研究机构诞生,十多次的国际、国家级学术研讨会不断召开,老中青团结协作,每年专著、论文不断涌现,赢得国际、国内学术界的瞩目。

为了全面、系统地总结这段研究史,我们有必要做科学、客观的审视与梳理,以文本的学术研究为基准,排除一般民间的泛学术化、娱乐化、重复化因素,本着一切从客观实际出发,实事求是地研究、总结这段学术史,求得又好又快地推动《西游记》研究迈进更加健康、科学的轨道。

一 版本研究

20世纪以来《西游记》版本的重大发现,主要体现在以下几个方面:其一,在海外发现并向国人介绍了现存的4种明代刊本。金陵世德堂梓行的《新刻出像官板大字西游记》(简称世本),福建杨闽斋清白堂梓行的《新镌全像西游记传》(简称杨闽斋本),未署刊者的《唐僧西游记》。以上3种均题"华阳洞天主人校",卷首有"秣陵陈元之撰"的序言。世本陈《序》后题"时壬辰夏端四日",一般认为"壬辰"系万历二十年(1592),为现存《西游记》最早刻本。以上三书各二十卷一百回。其中世本为全本,其他两种略有删节。《李卓吾先生批评西游记》,首有幔亭过客即袁于令的

《题词》，不分卷，一百回，全本，文中有大量回评和夹批（或眉批）。明版《西游记》的发现和介绍，打开了视野，也为研究奠定了良好之基础。其二，在海外发现并向国内介绍了两种明版简本《西游记》，一为"书林莲台刘求茂绣梓""羊城冲怀朱鼎臣编辑"的《全像唐僧出身西游记传》（简称朱本。以往据该书卷首或卷尾偶题"唐三藏西游释厄传"而定名为《唐三藏西游释厄传》，今从书前题名改正），十卷六十七则；二为"齐云杨至和编""芝潭朱苍岭梓"的《新锲唐三藏出身全传》（简称杨本），四卷四十则。据考，一般认为这两种简本也刊刻于万历年间。令学界深感兴趣的是这两种明版简本，除朱本有唐僧小传而杨本则无以外，两本文字竟大有相同处。由此，又引发了一场这两种本子谁先谁后，以及它们与明代早期的全本《西游记》谁先谁后的论争。这场论争，关系到早期《西游记》如何演变，以及究竟谁是《西游记》祖本的重大版本问题，至今依然争论不休。

三是在海内外陆续发现了早在宋元时代就已经先后问世的说唱本《西游记》，共有3种。一为题"中瓦子张家印"的《大唐三藏取经诗话》（另一版本名《大唐三藏法师取经记》）。上、中、下三卷共十七节；二为《西游记》平话的两则片断，即辑入《永乐大典》的《魏徵梦斩泾河龙》和辑入朝鲜汉语教科书《朴通事谚解》中的车迟国斗圣。《永乐大典》成书于明永乐元年至六年（1403~1408）；而据朝鲜学者考证，《西游记》传入朝鲜当在1347年（元惠宗至正七年）前。《魏徵梦斩泾河龙》标明为《西游记》；车迟国斗圣则明确说明为《西游记》平话，而且该《西游记》又名为《唐三藏西游记》。文中且有八则注，总括之，堪称扼要介绍了当时平话《西游记》全书的内容，从中可看出平话《西游记》已较《取经诗话》大为发展。虽然据这两则片断，尚难肯定是出于同一平话，还是出于不同版本；但有一点是相同的，它们与《取经诗话》一样，都是下层文人对说唱艺人所说《西游》故事的提纲式的记录；当然，也不难推知，这类记录本印成后，又供更多的说唱艺人演唱。三为《西游记杂剧》，据考为明初人杨景贤作，共六本二十四出；同时，我们从早期的戏曲资料中还可看到更早时期演唱的有关描写唐僧西天取经故事的剧目和唱曲。这说明，自从唐玄奘取经后，其事迹被神话化，且在说书艺人和演唱舞台，同步发展，甚至相互吸收，共同发展。这些资料的陆续发现，使学界对《西游记》的成书有了一个崭新的认识：原来今见的小说《西游记》是由唐宋元明以来，在民间文学发展基础上不断地演变。最后在明代中期由文人加工改定为百回本小说巨著。由此，学界对"西游"题材的早期资料和小说《西游记》之间究竟如何演变，以及文人最后加工改定时，"西游"作品已经发展成一个什么模样，产生了浓厚的兴趣，提出了种种令人思索的论题，并引发出广泛的争论。

前述版本发现后，连同6种清代梓刻的百回本，也就是说，现存的"西游"作品特别是小说《西游记》明清版本共12种，均已为人所知。6种清刻本是：汪象旭《西游证道书》（简称证道书本）刊刻最早，也最为稀见；陈士斌《西游真诠》（简称真诠本），张书绅《新说西游记》（简称新说本），刘一明《西游原旨》（简称原旨本），张含章《通易西游正旨》（简称正旨本）和含晶子《西游记评注》（简称评注本）。清刻本均有大量评点文字和序跋，其中新说本为全本，其他5种为节本。前辈学者就以这些新发现的和原有的版本资料为根据，以他们深厚的古典文学修养、极其敏锐的观察力和分析力，对《西游记》版本问题，展开了开拓性的科学研究。诸如胡适的《西游记考证》、鲁迅的《中国小说史略》、郑振铎的《西游记的演化》和孙楷第的《日本东京所见中国小说书目》《中国通俗小说书目》（简称书目）等著作，或串述了《西游记》从《取经诗话》开始，如何演变为小说，甚至理出明清版本的源流衍变，或对《西游记》的祖本提出了富有启示性的见解，或对《西游记》的明清版本做了系统的著录，或对《西游记》版本中一些特殊资料和特殊论题提出了自己的看法。尽管由于各种主客观原因，如主要着重于介绍新发现资料，或在海外只能对版本作匆促的浏览，因此，其中某些见解也只能点到为止，甚至不可避免地会有偏颇甚或缺失；但是，筚路蓝缕，功不可没，而且事实上，他们的著述，至今依然是当代《西游记》版本研究者必备的参考资料，他们的许多见解，仍是使研究者们获得莫大启发甚至成为导入争论的起点。由版本考据引出下列问题。

（一）关于祖本问题，是困扰学界的"疑难杂症"之一

20世纪20年代以来，关于百回本《西游记》祖本争论异常激烈，主要有三种观点。

1. 杨本说

由鲁迅先生在《中国小说史略》中最先提出，1983 年，陈新先生在《江海学刊》《西游记研究》《明清小说研究》等刊发论文，重申鲁迅先生的观点，并通过系统比对研究，得出杨本是百回本《西游记》的祖本。①

2. 朱本说

澳大利亚籍华人学者柳存仁教授在《伦敦所见中国小说书目》中提出②，国内学者陈君谋、朱德慈等均认同。

3. 大典本说或平话本说

郑振铎先生于 20 世纪 30 年代，发表《〈西游记〉演化》，系统全面考察《西游记》故事演变、版本源流，提出古本《西游记平话》为吴氏《西游记》祖本。③英国学者杜德桥，国内学者李时人、邢治平、曹炳建等均认同此说。④

21 世纪的近 15 年来，吴圣昔先生用力甚勤，取得较大成果。曹炳建先生专注于《西游记》版本研究，获得一项国家社科基金，发表多篇论文，出版专著《〈西游记〉版本源流考》（人民出版社，2012）。王辉斌先生，先于 1989 年在《南都学坛》发表《〈西游记〉祖本新探》以来，吴圣昔先生在《宁夏大学学报》1995 年第 2 期发表《〈证道书〉白文是〈西游记〉祖本吗?》予以争鸣，王辉斌又于《宁夏大学学报》1996 年第 1 期发表《再论〈西游记〉祖本为〈西游释厄传〉——对吴圣昔〈商榷〉一文的质疑》，吴圣昔则在《宁夏大学学报》1997 年第 1 期发表《〈西游释厄传〉综考辨证录》，在《中华文化论坛》2003 年第 3 期发表《"祖本"探讨的演变与错位》予以反驳。王辉斌则在《荆楚理工学院学报》2012 年第 3 期刊发《四论〈西游记〉的祖本问题》予以反驳。持续 23 年的论争，王辉斌先后

---

① 陈新：《重评朱鼎臣〈唐三藏西游释厄传〉的地位和价值》，《江海学刊》1983 年第 1 期；《〈西游记〉版本源流的一个假设》，《西游记研究》，江苏古籍出版社，1984；《唐三藏西游释厄传、西游记传整理后记》，人民文学出版社，1984。

② 柳存仁：《伦敦所见中国小说书目》，书目文献出版社，1982。

③ 郑振铎：《〈西游记〉的演化》，《文学》民国 22 年（1933）1 卷 4 号，收入作者《佝偻集》和《中国文学研究》。

④ 杜德桥：《〈西游记〉祖本考的再商榷》，《新亚学报》第六卷第二期；李时人：《吴本、杨本、朱本〈西游记〉关系考辨》，淮安《西游记》研究会《西游记研究》第一辑；邢治平、曹炳建：《〈西游记〉祖本新探》，《新疆社会科学》1988 年第 6 期，又收入《西游记研究论文选》，新疆人民出版社，1991。

出版《四大奇书研究》《四大奇书探究》予以收录并总结。①

曹炳建先生在版本上下了功夫，取得不菲的成果。从"朱本非百回本祖本的证据、漏洞百出的杨本亦非祖本、百回本的祖本当为平话本《西游记》"三个方面全面、系统论述平话本是百回本《西游记》的祖本，找出三条内证：从平话本的主要情节和结构来看，已经初步具备吴承恩《西游记》的规模，谚解本中关于"孙悟空"的注文，记载了大闹天宫的经过，内容和世本已经十分接近；谚解本在二郎神名下注释"天王请二郎捕获大圣，即此庙额曰：昭惠灵显真君之庙"与世本第六回二郎神曾对孙悟空自称"吾乃玉帝外孙，敕封昭惠灵显王二郎是也"，二者关于二郎神的庙号基本一致。可是，在元代到明初的有关戏曲中，多记二郎神的庙号为"清源妙道真君"，在朱本中，二郎神只是自称"灵显王"，无"昭惠"二字。杨本却连"灵显王"三字都看不到了。可见，世本中二郎神的庙号，是直接继承平话本而来。世本第四十四回写唐僧师徒来到车迟国，"忽听得一声吆喝，好便似千万人呐喊之声"，悟空起在空中一看，原来是"许多和尚，在那里扯车儿喃，原来是一起着力打号，齐喊大力王菩萨"。此"大力王菩萨"即孙悟空也！杨本、朱本均没有提到"大力王菩萨"。百回本《西游记》作者在根据平话本创作时，感到"大力王菩萨"这个佛号不足以概括孙悟空敢于斗争、善于斗争、百折不挠、勇往直前的精神风貌，于是参考佛经或者宝卷，将其改为"斗战胜佛"。但在四十四回，却又由于一时疏忽，还残留着"大力王菩萨"这个佛号。因此，他认为，对百回本作者创作《西游记》影响最大、最直接的则是平话本《西游记》。而所谓朱本、杨本，只不过是吴本的删节本而已。②

（二）朱本、杨本、世本的关系

杨本、朱本是什么关系？

1. 杨本抄袭朱本说

郑振铎在《西游记的演化》中首倡，澳大利亚柳存仁，国内学人陈君

---

① 王辉斌：《四大奇书研究》，中国文联出版社，2001；《四大奇书探究》，时代出版传媒股份有限公司、黄山书社，2014。

② 曹炳建：《〈西游记〉版本源流考》，人民出版社，2012，第152~166页。

谋、朱德慈、曹炳建、张彩丽等均主此说。①

2. 朱本抄袭杨本说

国内学人陈新、李时人、黄永年、张锦池认为，"朱本抄袭杨本"。曹炳建先生不认同，不是"朱本"抄袭了"杨本"，而是"杨本"抄袭了"朱本"。其一，出版时间不能确定，朱鼎臣、杨志和的生活年代无法确定，怎么能够就证明"杨本"早于"朱本"。其二，陈新经过对"朱本"和"杨本"比较，曾列出朱本五条矛盾失误之处，这些矛盾失误在杨本中并不存在，因而认定"是朱鼎臣为了不让后面两卷篇幅过大，草率地删改了杨本"。然而，黄永年却与其相反，列出杨本三条矛盾失误之处，而这些矛盾失误在朱本中并不存在，因而认为是"朱本因袭杨本，同时还参考了百回本"。两个相反的证据却得出同一结论，可见这些证据并不能够成立。其三，杨本第二十九、三十两节讲的是青狮怪害乌鸡国王的故事，并在第三十节有节末诗"狮转玉台山上去，宝莲座下听经文。总是妖怪将人害，你是国王他是怪"。朱本相应之处删除了乌鸡国的故事，却将杨本的回末诗改为"妖转玉台山上去，宝莲座下听谈经。虽是妖怪将人害，老君收回诸天界"，并将这首节末诗置于平顶山收服金银角的故事之后。李时人认为，这种情况"只能是因为朱本抄杨本虽然略去了两节，却随手把杨本第三十节节末诗抄下来所造成的"，特别是其中"宝莲座下听谈经"一句，露出了抄袭的痕迹。张锦池也把此首"回末诗被修改和移植"作为朱本后三卷抄袭杨本的"铁证"。曹炳建认为，这首诗的前两句是抄自世本第三十九回的回末诗"径转五台山上去，宝莲座下听谈经"。不能排除另一种可能性，朱本在删改吴本时虽然删去了青狮怪的故事，但却将吴本的回末诗稍作改动，再加上自己创作的后两句打油诗，使之符合所删改的平顶山故事的有关内容；杨本保留了乌鸡国故事，便改动了朱本的后两句诗，使其置于乌鸡国故事之后。其四，张锦池总结的杨本为删节改写，朱本是"删节分则"，朱、杨二本的后二十则"也就随之而成为朱本抄袭杨本的铁证"。曹炳建认为，杨本体制和删改风格比较一致，也只是比较而已，杨本同样也有个前详后略的问题。杨本在体制上也非完全一致，又怎么能说杨本就一定早于朱本？其五，张锦池对比了朱本和杨本在删改世本前十五回时各自不同的

---

① 曹炳建：《〈西游记〉版本源流考》，人民出版社，2012；第110~116页。

文字特点后，认为"朱本成段成段地抄世本而略改几字"，因而造成朱本前七卷中除卷四外，"才多少有点世本的遗风"。杨本"节改世本的基本方法是依虎画猫"，是"精心地逐字逐句删节"，"文简事繁"便成为杨本的主要特点。世本所有之故事，"它应有尽有"，世本无唐僧身世的故事，杨本"也同样阙如"。曹炳建发现，杨本把唐僧身世故事改删压缩，放在了卷二"刘全进瓜还魂"一节中，并且大致位置和世德堂本相同。不过，世德堂本是以诗歌的形式，而杨本是用散文的形式表述。其六，朱本"三藏收复猪八戒"一节于收复八戒之后，漏去唐僧遇乌巢禅师一段，却窜入"话分两头，又听下回分解"两句，下接"道路已难行"一诗，诗后又有"行者闻言冷笑，那禅师化作金光，径上乌窠而去"等文字，错漏十分明显，张锦池说"庸手亦不当尔尔"。杨本相应之处错误情况相同，杨本出现这种情况，当由于脱漏和错简，而从"朱鼎臣编书好时而抢板斧，时而又作文抄公，并不那么事事尽心"的情况看，"此乃朱本抄袭杨本的又一铁证"。曹炳建不以为然，即使朱鼎臣再粗率，面对如此"脱漏和错简"，也不应该不加以纠正。怎能断定一定是杨本"脱漏和错简"，而不是朱本"脱漏和错简"？由此，朱本抄袭杨本的所谓"铁证"，实际上是可以另做解释的。①

3. 朱、杨二本无关系说

国内学人张颖、陈述力主朱、杨二本没有关系。②

曹炳建认为，说朱本、杨本没有关系，并不符合实际。比较杨本前十五节和朱本前四十七节（相当于世德堂本前十五回）文字出入较大，朱本详而杨本略。但朱、杨二本的后半部分，除朱本缺少五节外，其余文字大都相同，甚至连节目都一模一样。这后半部分，朱、杨二本存在着抄袭与被抄袭的关系，而非没有关系，因此，第三种观点是不能成立的。③

吴圣昔先生在《西游记》版本研究上用力颇多，取得成果也较大。20世纪80年代，他就涉足《西游记》研究领域，出版《西游新解》《西游新证》，在《光明日报》《文学遗产》《明清小说研究》等发表学术论文40多篇，对于《西游记》版本研究，主要有《世本陈〈序〉的信息价值和歧疑

---

① ③　曹炳建：《〈西游记〉版本源流考》，人民出版社，2012，第 110~116 页。

②　张颖、陈述：《〈西游记〉演化新说》，陈澂：《近几年来〈西游记〉研究综述》，《文史哲》1987 年第 3 期。

透视——西游记版本研究之一》（《明清小说研究》1995 年第 3 期）、《李评本二探》（《明清小说研究》1995 年第 2 期）、《西游证道书撰者考辨》（《明清小说研究》1997 年第 2 期）、《西游记鲁府本揭秘——兼谈登州府本之真相》（《明清小说研究》2000 年第 2 期）、《杨闽斋〈新镌全像西游记传〉版本研考》（上、下）（《明清小说研究》2004 年第 4 期、2005 年第 4 期）、《清刻〈西游真诠〉版本研考——西游记版本史之一》（《明清小说研究》2007 年第 4 期）、《改编删节求创新——论清刻〈西游证道书〉》（《人文论丛》2011 年卷，中国社会科学出版社，2011）等。近 10 年来，他最主要着力于对于明清以来《西游记》版本的考据与研究，杰出的代表便是，《版眼：破解〈西游记〉版本承传演变之秘的钥匙——〈西游记〉版本史稿之一》，指出，"版眼指各种明清版本《西游记》特别是世本中某些颇具特异性的文字，作为版本现象、版本关系、版本演变中的客观存在，版眼运用中词意明确，有助于分析和推断《西游记》的版本问题，特别是传承演变中的种种问题，它是破解版本传承演变关系之秘的钥匙"①。在《论闽斋堂本〈西游记〉的底本》中，他研究出，国人原知百回本《西游记》明版有四种：杨闽斋本、李评本、世本、唐僧本，现在又发现闽斋堂本，就是第 5种。闽斋堂本《西游记》全称《新刻增补批评全像西游记》，由福建建阳闽斋堂杨居谦校梓于明崇祯四年（1631）。通过与其他四种明代版本比对，吴圣昔先生认为，杨闽斋本《西游记》肯定是闽斋堂本的底本，李评本肯定也是闽斋堂本的主要底本之一，世本无疑也是闽斋堂本的底本之一，唐僧本是杨闽斋本的第二底本、参照底本，正是由于具备充分而又完备的优越条件，杨居谦及其闽斋堂的同事们也才能在此基础上改编校梓出另一部青出于蓝的删节本《新刻增补批评全像西游记》及闽斋堂本《西游记》。②

综上所述，关于百回本《西游记》的版本问题的确是困扰整个研究的关键环节，弄不清版本的来龙去脉，就难以考证出作者，无法判断作品的思想与艺术价值了。近十年来，吴圣昔先生致力于版本考据、比对，取得丰硕成果，尤其是"版眼"的提出，并以亲身实践，细致比对、研究明清

---

① 吴圣昔：《版眼：破解〈西游记〉版本承传演变之秘的钥匙——〈西游记〉版本史稿之一》，《淮海工学院学报》（社会科学版）2008 年第 1 期。

② 吴圣昔：《论闽斋堂本〈西游记〉的底本》，《西游记文化论丛》（第一辑），中国矿业大学出版社，2009，第 105~113 页。

《西游记》版本源流与关系，取得前无古人的优异成就，堪称 10 年来最具突破性成果。以曹炳建为代表的中年骨干，秉持实事求是，一切从文本实际出发，"一分材料说一分话"，认真清理 20 世纪 20 年代以来关于《西游记》版本研究的遗产，敢于挑战权威、定论，提出迥异于名家的认识、观点，不褒贬、不攻击，以公允之心，客观评判，实实在在地推动了学术研究步入健康轨道。

但是，由于资料的有限，各种版本的新发现仍然处于前学术时期，无法客观、科学判定百回本《西游记》的祖本是什么。杨本、朱本、世德堂本，还有吴圣昔先生所提出的"前世本"等，均无法在现有现存的版本里找到令人信服的证据。于是，对于百回本《西游记》祖本、朱本和杨本、杨本与世本之关系仍然缺乏科学、严谨、逻辑性的推论与结论。

二 作者研究

关于《西游记》作者问题，一直是《西游记》研究的核心问题之一，自诞生起，就犹如谜团一样萦绕在学者们心头，无法挥之即去，无法绕开躲避。

现存所有的明代《西游记》繁本、简本上，均未注作者姓名，清代所有刊本又都注明"长春真人丘处机"著。丘处机是金末元初全真道士，道号长春真人。他曾应成吉思汗的诏请，前往蒙古大草原朝见成吉思汗。其弟子李志常记述此次行程，写成《长春真人西游记》一书。清代初年，评论者汪象旭误将《长春真人西游记》当作小说《西游记》，在其所著《西游证道书》中，注明此书为丘处机著。此后清代所有刊本，便都承袭了汪象旭的谬误。其实，当时学者就从这种谬误中看出了破绽。纪昀就认为，《西游记》"祭赛国之锦衣卫，朱紫国之司礼监，灭法国之东城兵马司，唐太宗之大学士、翰林院、中书科，皆同明制"，故断定"《西游记》为明人依托无疑也"。钱大昕则从《道藏》中抄出了《长春真人西游记》，认定"村俗小说有《唐三藏西游演义》，乃明人所作。萧山毛大可据《辍耕录》，以为出丘处机之手，真郢书燕说矣"。淮安人吴玉搢等人则发现，天启《淮安府志·艺文志一·淮贤文目》在淮安人吴承恩名下，有如下记载："《射阳集》四卷□册，《春秋列传序》，《西游记》。"同书《人物志二·近代文苑》又记载曰："吴承恩，性敏而多慧，博极群书，为诗文下笔立成，清雅流丽，有秦少游之风。复善谐剧，所著杂记几种，名震一时。"再加上《西游记》中运用了不少淮安方言，因而，吴玉搢、阮葵生、丁晏等人，便将吴承恩和小说《西游记》联系起来。至 20 世纪二三十年代，又有鲁迅、胡适、郑振铎等学者对《西游记》的作者做了进一步的考证，肯定了吴承恩的著作权。此后，"吴承恩说"几成学术界的共识。

然而，学界对于吴承恩说仍然有不同意见，早在 1933 年，俞平伯就对吴承恩说表示怀疑。此后，不少学者如中国港台的张静二、张易克、陈敦甫、陈志滨，以及日本的小川环树、太田辰夫、田中严、中野美代子，英国的杜德桥，美国的余国藩等续有议论。大陆学者对吴承恩著作权的怀疑，由章培恒首先发难，续有杨秉祺、陈君谋、金有景、张锦池、刘勇强、黄永年、黄霖、李安纲、孙国中等人从不同角度加以探讨。综合诸位先生怀疑吴承恩的理由，最具有说服力的有三点：①《淮安府志》既没有说明吴承恩的《西游记》是多少卷或多少回，又没有说明是一种什么性质的著作，因此，没有充分证据证明吴承恩名下的《西游记》就是通俗小说，而不是同名的游记或地理类著作。②明清官修地方志都不收章回小说，《淮安府志》著录的《西游记》一定不是章回小说。③清初黄虞稷所撰《千顷堂书目》卷八史部地理类著录有"吴承恩《西游记》"，可见吴著乃一部通常意义上的游记。

与怀疑说并行的是仍有不少学者坚持吴承恩说，如苏兴、谢巍、杨子坚、石钟扬、陈澉、蔡铁鹰、廉旭、张乘健、宋克夫等。他们的主要理由是：①吴承恩一生除两次北上京城谒选、一次赴浙江任县丞外，其余无西游的记载，所以不具备创作游记性质《西游记》的基本条件。②天启《淮安府志》明确说明吴承恩所著杂记"名震一时"，然而时至今日，并未发现这一游记或地理著作的任何刊本或抄本、稿本，遍查吴承恩诗文及其亲朋好友有关文字，亦未有蛛丝马迹。③黄虞稷以个人之力，撰写一部三十二卷的书目，不能完全排除个别书籍并未亲自过目的可能和分类上的错误。著录吴承恩《西游记》于"史部，舆地类"，是黄虞稷"见书名想当然的误载"。一些学者经过对《千顷堂书目》进行研究，发现其确有误载之处。

对于《西游记》作者研究，近 10 年用力最勤的有李安纲、胡义成、胡令毅、杨俊等。

李安纲教授在博士后出站报告《西游记文化价值论》中再次系统表述对于吴承恩系《西游记》作者的质疑：一、杂记不是百回小说，吴承恩之所以被定作《西游记》作者，一个关键的证据是他写过几种"杂记"。对于史传文体分类最具权威的是唐代刘知幾的《史通》，其中有 10 次谈到"杂记"，主要指文言短篇小说，所谓"志怪小说"或者"杂记"，与百回本长篇小说完全是两回事。二、吴氏不是西游作者，纵观吴承恩一生，他是没有时间和精力完成长篇小说《西游记》的。①

胡义成是在 2002 年后突然闯进《西游记》研究领域的，以 20 多篇论文研究《西游记》作者问题，开辟了一条新路径，其主要观点是：《西游记》的最终定稿人是明代茅山全真道士闫希言师徒，证据是小说第一回有关闫希言身份的隐喻暗示，"乾元"意向的反复强调隐喻暗示定稿人就在茅山乾元观，第一回对"华阳洞天主人"就是作为定稿人的茅山道士的明确显示，第一回隐喻暗示定稿人就是道士闫希言。②《西游记》的主要创意之源来自明代"律学巨人"朱载堉，朱载堉与全真道创始人王重阳一道，成为今本《西游记》第一二回中奇特的"三教合一"的"阎浮世界"理想意象的首创者之一，也是其中"菩提祖师"意象的首要创设者，因此，《西游记》的创作也包含着这位世界文化名人的某些贡献。《西游记》的陈元之序言，也可能涉及对他的缅怀。③

美国斯克德摩尔学院胡令毅博士通过对世德堂本《西游记》"陈元之序"的分析，唐光禄就是唐鹤征，鹤征的父亲唐顺之是唐宋古文大家，既擅作古文，也擅作今文，《西游记》既是一部道书，更是史书，其"史"的性质在于三藏影射的是嘉靖皇帝，三藏取经故事影射的是嘉靖皇帝南巡，孙悟空是唐顺之的自我写照，《西游记》的原作者就是唐顺之。④ 胡令毅还从世德堂本《西游记》托名陈元之的序所言的唐光禄，考察出唐光禄乃唐

---

① 李安纲：《文化载体论：李安纲揭秘〈西游记〉》，人民出版社，2010，第 97~124 页。

② 胡义成：《再论〈西游记〉最终定稿人是明代茅山全真道士闫希言师徒——对〈西游记〉第一回有关闫希言身份隐喻暗示的部分破译》，《西游记文化论丛》（第一辑），中国矿业大学出版社，2009，第 157~169 页。

③ 胡义成：《论〈西游记〉主要创意之源自——明代"律学巨人"朱载堉对〈西游记〉主要创意的贡献》，《苏州科技学院学报》2010 年第 5 期，第 50~57 页。

④ 胡令毅：《〈西游记〉作者为唐顺之考论》，《洛阳师范学院学报》2010 年第 3 期，第 9~23 页。

顺之的儿子唐鹤征，唐鹤征不仅撰写了序，而且还修改并扩充了《西游记》，因此得出这样一个结论：《西游记》的原作者唐顺之，修改者是唐鹤征。① 由于是大量的外围材料罗列，没有真正的与百回本《西游记》作者有直接的关联，大多是猜测、推理，由于对于《西游记》作者研究的历程不涉猎，无视前人的学术成果，采取有选择性地立论、论述，主观意念的火花较盛，而客观、科学的逻辑思维欠缺。

笔者针对胡义成的"闫希言说"，先后发表三篇论文，从百回本《西游记》版本、陈元之序文、虞集序真伪与《西游记》关系、百回本《西游记》作品文本与华阳洞天主人关系，用《茅山志》与《西游记》作者比较，一一考辨百回本《西游记》与道教之关联，反驳了道教徒闫希言为百回本《西游记》作者之立论，批判了胡义成的错误。② 针对否吴说，笔者还在《学术月刊》发表《百回本〈西游记〉作者新探》，从对金陵世德堂考证，《西游记》最早刻本是官刻（区别于家刻、坊刻本），它揭示了《西游记》作者应是与朱明王朝的藩王府有着很深的关系；其次，从对"华阳洞天主人"的考察则证明，他不仅难能作为否定吴承恩著作权的证据，相反恰恰证明"华阳洞天主人"极有可能是吴承恩与百回本《西游记》刻者世德堂、序文作者陈元之为适应当时形势，及其追逐读者市场的一个合谋的产物。最后，对百回本《西游记》文化背景的整体分析，其条条线索都为坚持"吴承恩"的观点提供新的证据。③

张艳姝女士在博士学位论文《〈西游记〉佛禅思想考释》中，以《西游记》作者吴承恩的生存状态为基石，考释、探究《西游记》的佛禅思想，以及这种思想至于文本发生的诸多艺术效应。吴氏一生三个阶段，少年发奋读书，试图考取功名，中年提"王道""德治"主张，依然怀有入世情

① 胡令毅：《论〈西游记〉校改者唐鹤征——读陈元之序（一）》，《昆明学院学报》2010年第1期，第62~69页。

② 杨俊：《丘处机麾下全真道士不是〈西游记〉的最早作者——与胡义成先生商榷》，《唐山师范学院学报》2005年第6期，第1~5页；杨俊：《也论百回本〈西游记〉定稿人与全真教之关系——兼与胡义成先生商榷之二》，《广西师范学院学报》2006年第4期，第75~78页；杨俊：《闫希言师徒绝非今本〈西游记〉的最终定稿人——与胡义成先生商榷之三》，《2007中国·盱眙〈西游记〉学术研讨会论文集》，盱眙县第七届中国盱眙龙虾节组委会，2007年6月3日。

③ 杨俊：《百回本〈西游记〉作者新探》，《学术月刊》2007年第7期，第108~112页。

结，老年时期，思想倾向于释、道，以小说为武器，揭露并影射封建社会丑恶现象。《西游记》有扬佛抑道思想倾向，却依然小心翼翼地坚守着儒家的最后一道防线，对心灵的放纵有警惕之心。"和谐共生是释、道、儒的共同普世价值。《西游记》的佛禅依循，从阐发《心经》情节和西游人物、形象西行之旅关涉开始，证明唐僧师徒四人就是合和四相的一体真如的文学例证。"① 这是十年来最系统分析吴承恩生平与《西游记》关联性的研究成果，主要在于对吴承恩生平、思想及经历与释、道、儒的比较，全面、系统性地研究，充分体现了学术研究的严谨性与逻辑性，与一般民间学者们的比对、捕风捉影形成鲜明之对比。

客观审视，关于百回本《西游记》作者研究，一直是《西游记》研究的硬骨头，也是仅次于版本研究的重大课题，历经 400 年来的风雨，诸多学者历经艰难，通过地方文献、《西游记》演变、时代与思想，鲁迅、胡适先生掀起现代《西游记》研究的新时代，"吴承恩说"应运而生，也引起旷世的争鸣，孙楷第、刘修业、俞平伯、赵景深、苏兴、章培恒、黄霖、刘怀玉、蔡铁鹰、曹炳建、杨俊、胡义成、胡令毅等投入其中，形成中国《西游记》研究史上的奇观。

尽管，按照目前的材料、研究方法、所获得的成果，百回本《西游记》作者问题没有最后解决，但从近 10 年来的研究进展衡量，学术研究的规范有待完善，对于信息的把握筛选，研究方法的更新，还有待于新材料的挖掘与新发现。

三 思想研究

《西游记》的思想研究一直是持续性较长的重要研究，自作品问世以来400 年间，对于其思想性质的判断总是出现不同的声音。近 10 年来，学者们保持着十分认真、谨慎而审慎的态度，涌现出诸多新见。

（一）东方文化的自觉载体

李安纲教授在《文化载体论——李安纲揭秘〈西游记〉》著作中，从中国文化的角度深刻剖析了围绕古典名著《西游记》所产生的文化现象，

---

① 张艳姝：《〈西游记〉佛禅思想考释》，吉林大学博士学位论文，2015。

从而探讨其中的审美体验、社会价值和历史意义，系统阐释出《西游记》是东方文化，尤其是中华文化的自觉载体。《西游记》旨在揭示性命双修的意义、三教合一的真谛，因此将神魔妖怪、情节结构都当作寓言象征，来演绎中华民族的传统文化；而唐僧八十一难的文化原型，"九九归一"是要体现《道德经》的宇宙之道。《西游记》是以"天人合一"作为主题来加以表现的，它将道家的天体结构纳入人体之中，以头部描写天堂，以屁股表现地狱，以五脏揭示人间国度。唐僧取经乃是一条人类心灵修行完善之路，作者让孙悟空所代表的"金丹"成为"心性"的象征，以大量金丹诗词、修行韵语嵌入人物性格刻画，将佛家、道教故事演入"人体"，让"性命双修"的主题得以始终贯彻。①

（二）灭一切邪恶，开万世太平

刘森淼先生在《西游记通解》著作中提出，《西游记》的主题思想是灭一切邪恶，开万世太平。作品在宗教神话外衣掩护下，对封建帝制的腐败及社会弊病进行了无情揭露，认为人性本身的弱点与贪欲的无度，是导致以战争为首的人类全部罪恶的根源。只有通过尖锐斗争特别是武装斗争，才能推翻恶势力；只有采用健全的法制等必要手段与策略，提高全体社会成员的素质与修养，每个人都能做到对自我的适度约束，才能达到人人平等、世界和谐大同的目标。围绕这样一个大主题，全书采用几十个故事，进行了分别阐述。总的分为两大部分：第一部分（第一至七回）：从反面"放纵自己，就会怎样"；第二部分（第八至一百回）：从正面说"应当怎样"，主要讲人类要实现自身理想，必须如何做。其中又分为几个层次：第一层次（第八回），全书总纲。西天取经代表了人类追求和平安宁、建设清平世界的理想。第二层次（第九至十一回），对人性的探索，奠定了本书的思想基础。通过渔樵对话、人龙斗法借唐太宗魂游地府等故事描写，指出人类善恶两性相依相存，善性为"神"，恶性为"魔"。上至帝王，下至平民，任何人都免不了有此两性。人类只有抑恶扬善，诚实守信，如履薄冰，如临深渊，谨慎小心处理一切事务，才能找到自己的出路。第三层（第十二至八十六回），从队伍组建到推翻恶势力的大致过程。其中又以第二十二

---

① 李安纲：《文化载体论——李安纲揭秘〈西游记〉》，人民出版社，2010，第1~2、311页。

回为界，分为互相联系、不可截然分割的两个小层次。第十二至二十二回：取经队伍的形成过程，包括领导者的筛选，人才的重要性，适度军事行动的必要性，法纪礼节与内部团结的重要性，农民与受压迫的下层官僚是可依靠的主要力量，斗争的对象等。第二十三至八十六回，队伍形成后，与自身杂念及各种"妖魔鬼怪"的斗争。第四层次（第八十七至九十九回），进入天竺国界，象征大众政权的初步建立。第五层次（第一百回），历经九九八十一难（世上所有灾难），才能取得"真经"，"成仙成佛"，有望建成清平世界。因此，说它是神话小说，还不如说是一部披着神话外衣的寓言式、漫画式政治哲学著作，或者说是一部有关历代农民革命的总结性与迈向成功的纲领性文件。《西游记》一书具有重要的政治性、思想性、社会性、艺术性乃至寓言性。①

（三）一部修心修行的心书，中国最伟大的心史

刘海燕女士在《心悟西游：〈西游记〉里的密码》著作中首次提出：《西游记》可以被看作"空悟净"思想，也可以被称作"孙大圣哲学"；它剖析人心性蜕变的历程，是一部修心、修性的心书，解剖心性，扫除心障，心生莲花，福至心灵的良知观；也是正念与恶念的斗争史，倡导行善必断恶，践行心无挂碍的理性思维，它是理解自然科学与哲学的捷径。《西游记》从表面看是文学作品，实际上在剖析一个人成长的内心及思想——正念与恶念，包括信誉、忠诚、痴狂、妄想。《西游记》更是讲天道与人道关系的法则，《道德经》的白话版，也是《楞严经》的故事版。它是揭示宇宙观与人类心性文化的思想史；是涤荡人间违道、逆天等恶丑行为的反光镜，其内含深蕴的老庄精神，集道家、法家和佛家思想大成。《西游记》也恰当地运用道家的"宇宙观"，反映了中国古老的宇宙全息理论。②

（四）一部《西游记》，半部《六祖坛经》

悟澹在《西游记的禅文化》著作中提出，《西游记》是一本遗留在尘世间的经书，也是一面镜子。冥冥之中让我们在这本巨著中寻找禅者的智慧。

---

① 刘森森：《西游记通解》（上），中国商业出版社，2015，第3~10页。
② 刘海燕：《心悟西游：〈西游记〉里的密码》，团结出版社，2016，第1~3页。

人生西行是修行，我们曾为孙悟空行为喝彩的那份童心并没有随着时间和社会消失，而是被这三千大小世界给消磨得圆融了，在字里行间，我们看到的不仅是文字，更多的是对人生的几分淡然和豁达。①

（五）《西游记》是探讨人生游历成功的书，一本解释人生厄运的书

一本探讨人生为什么不成功及怎样成功的书，一本能左右人生的书，一本能改变人生命运的书。

王魁先生在《全面解析〈西游记〉》《答 187 疑问解析〈西游记〉》《解密〈西游记〉中的人物》《揭秘〈西游记〉中的八十一难》和《解析〈西游记〉探讨人生成功》专著中，全面、系统提出探讨人生为什么不成功，及怎样成功便是著书《西游记》的目的，而静定思虑的过程，就是用静虑来获得自己对人生不成功的精神上的解脱。著《西游记》主要是吴承恩记录自己的感悟，是知止而后有定，定而后能静，静而后能安，安而后能虑，虑而后用以探讨解脱自己人生不成功的灵魂。②

（六）《西游记》是儒家仁爱精神的象征

张洛先生在《〈西游记〉中的儒家仁爱精神解析》中提出，先秦儒家的仁爱精神在《西游记》小说中首先通过对儒学中仁爱精神的负价值嘲弄来实现。唐僧式的仁爱体现出佛学中单向度、非实践性，唐僧的仁爱之爱是寄托在唐僧这样一个不食人间烟火的大和尚身上的，他不近女色，与儒家宣扬的"食色，性也"完全相反，而且其天生就具有某种超越世俗的本性，例如吃了唐僧肉可以长生不老，而身体具有的这种功能和走了多少路、念了多少书没有一点关系，丝毫没有先秦儒家思想家荀子所言"无伪，则性不能自美"的后天实践意义，他的八十一难只是考验其本性，并没有增加或拔高其仁爱的厚度与广度。相比之下，像杀人无数的沙僧和好斗泼皮的孙悟空却在实践中真正地提升了自己灵魂和境界，不仅从"性本恶"转变

---

① 悟澹：《西游记的禅文化》，华文出版社，2015，第 1~12 页。

② 王魁：《全面解析〈西游记〉》《答 187 疑问解析〈西游记〉》《解密〈西游记〉中的人物》《揭秘〈西游记〉中的八十一难》《解析〈西游记〉探讨人生成功》，白山出版社，"西游记解析文丛"，2015 年 7 月、2016 年 4 月。

为一心向善的仁者，而且证明了儒家仁者道德行为实践的可行性与佛学仁者修炼的软弱性、苍白性。①

（七）孙悟空的心路历程，求心→束心→放心→收心→正心过程，正是小说的主旨

樊庆彦先生在《孙悟空的名号与〈西游记〉的主旨》中，从作者对主要人物孙悟空的塑造入手，以名号为参照，如美猴王、孙悟空、弼马温、齐天大圣、孙行者、斗战胜佛，孙悟空的名号变化，是心与魔之间相交的变化，一部《西游记》可以说是孙悟空的成长史、战斗史、精神发展史。②

（八）《西游记》中蕴含着吴承恩的和谐社会理想

李宇林先生在《从〈西游记〉看吴承恩的和谐社会理想》中，认为，吴承恩的和谐社会理想在《西游记》中表现得较为鲜明、突出，从中可以窥见作者的社会意识和生态意识。其社会理想在孙悟空斩妖除怪、恢复宁静生活的数十次斗争中得到最充分体现。唐僧师徒克服八十一难的全过程，同时也成功地表现了吴承恩的和谐社会理想。吴承恩的和谐社会理想不仅表现在人与人之间的关系层面上，更表现在人与自然的关系层面上，他主张人既要顺应自然，也要改造不利于人生存的恶劣环境，以保证人与自然的和谐，由此可以窥见作者的生态意识。两个层面的叠加，正是吴承恩社会意识和生态意识的综合反映，而这两种意识亦正体现出东方文化的特点，无疑是《西游记》中的闪光点。③

（九）佛、道二教的宗教理论和《西游记》的创作意图、艺术构思有着密切的关系，决定了作品的情节架构的逻辑走向与基本命意的表达

吴光正在《试论〈西游记〉的宗教特质及其理论分野》中认为，《西游

---

① 张洛：《〈西游记〉中的儒家仁爱精神解析》，《西游记文化论丛》（第一辑），中国矿业大学出版社，2009，第6~9页。
② 樊庆彦：《孙悟空的名号与〈西游记〉的主旨》，《西游记文化论丛》（第一辑），中国矿业大学出版社，2009，第10~13页。
③ 李宇林：《从〈西游记〉看吴承恩的和谐社会理想》，《淮海工学院学报》（社会科学版）2008年第2期。

记》宗教内涵的种种争论导源于学术界对于《西游记》所传达的宗教理论特质及其理论分野缺乏同情的理解。只要对作品中所一再强调的修性修命之分野、大乘小乘之分野、正道旁门之分野、人身妖躯之分野有了清晰的认识，就会发现《西游记》宗教描写是一个逻辑严密的统一体。从宗教史和文学史的立场来观照《西游记》这类有着复杂宗教内涵的作品，有助于人们清理作品中的宗教派别和理论分野，从而避免一些不必要的争论，达到对作品的还原解读。①

四 学术史研究

对于《西游记》学术史的关注，既与中国古代文学研究的宏观环境有关，又与学者们认真反思学术研究历程期待有所突破与超越有密切关系。

正是在中国古代文学研究界注重反思 20 世纪百年学术研究的背景下，中国《西游记》研究界回视百年研究的成败得失，积极推进学术研究迈向辉煌灿烂境地。2003 年，崔小敬、梅新林在《文献》上发表《〈西游记〉文献学百年巡视》，提出"今后的《西游记》文献学研究要在对现有研究成果进行全面梳理与总结的基础上实现重心转移"；2004 年，黄毅、许建平在《云南社会科学》发表《百年〈西游记〉作者研究的回顾与反思》，提出《西游记》作者研究，大体经历了无作者，或推衍作者为丘处机、吴承恩，否定丘处机，考订作者为吴承恩，否定吴承恩，寻觅新作者的探索历程。2004 年，苗怀明在《学术交流》发表《二十世纪〈西游记〉文献研究述略》，郭健在《江淮论坛》发表《建国以来〈西游记〉主题研究述评》，竺洪波在《人文论坛》发表《新时期〈西游记〉研究述评》，蔡铁鹰在《晋阳学刊》发表《李安纲"〈西游记〉文化研究"之学术质疑》等。

近 10 年来，竺洪波、杨俊、徐习军、苗怀明等注重《西游记》研究的走向与趋势，及时总结、反思，取得可喜进展。

竺洪波博士学位论文《四百年〈西游记〉学术史》，第一次全面、系统考察自百回本《西游记》诞生（1592）到 2005 年共 413 年来的《西游记》研究历史，分为三编：第一编明清《西游记》学术史轨迹，第二编现代

---

① 吴光正：《试论〈西游记〉的宗教特质及其理论分野》，《淮海工学院学报》（社会科学版）2009 年第 1 期。

《西游记》学术史进程，第三编当代《西游记》学术史流向，将作者论、成书（源流）论、版本论、思想与艺术论等相对独立的研究条块作横向融合，并在历时性与共时性的整合中总结治学经验，把握演进脉络，揭示发展规律，初步构筑起一个汇集、熔铸全部《西游记》学术成果，纵横交织，多层复合，而且不断向时空两维开放的立体网络结构，一个在中国学术史中具有范式意义、充满丰厚历史蕴藉和现代意义的学术史体系。[①]

竺洪波在 2006 年《西游记》文化国际学术研讨会上提交论文《〈西游记〉学术史告诉我们什么》，通过"如何评价吴承恩研究的价值""首届《西游记》会议与新时期《西游记》研究的振兴"和"关于世本的评本性质"三个论题来阐释学术史研究的主要意义和价值在于提供推进学术研究的动力。

又在 2007 年刊发《对〈西游记〉文化研究的总结与反思》，从"神话原型批评：视角新颖而难免凿枘之隙""童话批评：学术的美化与矮化共存""审美文化研究：论题广泛而亟须突破""宗教文化研究：新知与谬误缠杂"四个方面系统全面地分析、批评了 20 世纪 80 年代以来对《西游记》文化研究的成绩与不足，提出："长达四百年之久的《西游记》学术史已经积淀为一种极具中国特色和范式意义的学术文化的形态，关注《西游记》的学术文化内涵必将有力地推动《西游记》文化研究，并借此开拓《西游记》文化研究的新领域、新阶段。""《西游记》文化蕴涵的主体是中国传统文化，所以文化研究不能割裂固有的文化和学术传承。""当下《西游记》论坛，由于受浮躁、偎薄学风的侵蚀，那种热衷于做华而不实的表面文章，或生搬硬套西方理论、摸索皮毛，或主观臆断、游说无根，或务反旧说、故作新论，存在着割断历史、脱离文本实际倾向的现象时有所见，并业已造成一定的不良影响。""《西游记》的本体是艺术，所以文化研究必须回归艺术本体，契合文本实际，恪守其固有的艺术精神，尤其不应该超越《西游记》母体所能承载的维度。"[②]

笔者在《理性、严谨、思考、创新——评 2007 年〈西游记〉研究》中

① 竺洪波：《四百年〈西游记〉学术史》，复旦大学出版社，2006，第 7 页。
② 竺洪波：《对〈西游记〉文化研究的总结与反思》，《西游记文化论丛》（第一辑），中国矿业大学出版社，2009，第 1~13 页。

通过总结 2007 年度三届全国性《西游记》研讨会，一年之内数百人针对《西游记》展开研究、探讨、争鸣，近百篇文章交流、发表，创造了新中国成立以来《西游记》学术研究的新高潮。全国《西游记》研究已经形成诸多派别：北京，中国西游记文化研究会；西北，以李安纲为首的中国古典文学普及研究会《西游记》文化委员会；华东有以杨兆清为首的吴承恩《西游记》研究会；东海之滨有以淮海工学院为基地的《西游记》论坛；国内有"西游记宫""西游记研究网"；山西运城学院、淮海工学院学报社科版均开设了"西游记研究"专栏，定期刊发《西游记》研究系列论文。这一切均表明，《西游记》研究梯队已形成，诸多学者申报省级、市级人文社科研究项目，吸引诸多博士、硕士生的眼光，自觉投入到《西游记》研究中，写出一批较高质量的学术论文和学位论文。这预示着《西游记》研究必将迎来更加辉煌的前景。[①]

王学均在《2006 年〈西游记〉文化国际学术研讨会学术研讨综述》中，从成书研究、作者考证、版本研究、主题探索、人物形象解读、思想和宗教内涵分析、美学研究、学术史研究以及关联性研究九个方面，全面总结 2006 年《西游记》文化国际学术研讨会学术研讨状况，并结合《西游记》相关研究历史做了简洁点评，如，最能体现这次会议在学术上的突破性进展的，是关于《西游记》的成书研究。"矶部彰先生虽然没有出席这次研讨会，但他的重大发现和对原始材料无私的共享精神却和与会学者的学术探讨同在。"[②]

徐习军在《〈西游记〉学术研究的新开拓——2007 年盱眙西游记文化学术研讨会学术研究综述》中对于 2007 年 6 月在江苏盱眙召开的《西游记》文化学术研讨会基本情况做了系统综述与评价，与会者对《西游记》进行了广泛且深入的研讨，提出许多具有启发性的论述，特别是在《西游记》与盱眙、《西游记》与古泗州的研究方面具有先导性、开拓性的进展，在作者研究、成书与版本研究、资料与考证、文本研究，《西游记》与地方文化资源开发以及对《西游记》学术研究现象学的意义与价值的涉猎，使研讨

---

① 杨俊：《理性、严谨、思考、创新——评 2007 年〈西游记〉研究》，《广西师范学院学报》（社会科学版）2008 年第 4 期，第 93~95 页。

② 王学均：《2006 年〈西游记〉文化国际学术研讨会学术研讨综述》，《淮海工学院学报》（社会科学版）2006 年第 4 期。

颇有收获：一、《西游记》与盱眙之关联研究有待开拓，二、关于《西游记》学术研究现象学的意义与价值研究有独到见解，三、作者研究：在"吴著"说方面有进一步认定，四、成书与版本研究有新说法，五、资料与考证方面有新发现，六、文本研究：老学者有新成果，新生代成新亮点，七、西游记与地方文化资源开发研究有新认识。①

苗怀明先生的《2006 年〈西游记〉研究述略》，对于 2006 年，大陆地区各类报刊刊发的《西游记》研究论文进行了统计，相关论文 100 多篇，专著 5 部，作者、成书、原型等问题依然受到研究者的重视，并有新的角度和思考，作品的文化特性、文学品格等也有比较深入的开掘。总体而言，本年度最为热门的话题依然是《西游记》作者、成书与原型问题。②

此外，还有李蕊芹、许勇强的《近三十年"西游故事"传播研究述评》，在详尽梳理文献的基础上，从戏曲、说唱传播研究和文人小说传播研究两方面对近 30 年"西游故事"传播研究进行通盘考察，认为近 30 年"西游故事"传播研究尽管取得很大成绩，但也存在理论意识不强、研究系统性不足等问题。③

此外，近 10 年来，对于《西游记》英译的研究取得较大成绩，刊出十多篇相关论文④，最有代表性的是郑锦怀、吴永昇的论文《〈西游记〉百年英译的描述性研究》，借助翻译学理论，从历时的角度，对《西游记》在英语世界的译介情况展开深入而细致的考察，一、《西游记》的片段英译，有吴板桥为《西游记》的首个片段英译，翟斯理、韦尔、玛顿斯、倭纳《西游记》片段英译，华人的片段英译，王际真、杨宪益和戴乃迭夫妇、夏志

---

① 徐习军：《〈西游记〉学术研究的新开拓——2007 年盱眙西游记文化学术研讨会学术研究综述》，《淮海工学院学报》（人文社会科学版）2007 年第 3 期。

② 苗怀明：《2006 年〈西游记〉研究述略》，《2007 中国·盱眙〈西游记〉学术研讨会论文集》，盱眙县第七届中国盱眙龙虾节组委会，2007 年 6 月 3 日。

③ 李蕊芹、许勇强：《近三十年"西游故事"传播研究述评》，《明清小说研究》2010 年第 3 期。

④ 何惠琴：《目的论视角下的〈西游记〉英译本中文化专有项的翻译》，江西师范大学硕士学位论文，2010；高翔：《〈西游记〉三个英译本的翻译目的论对比研究》，长沙理工大学硕士学位论文，2013；姜静：《从〈西游记〉两个英译本的翻译看汉语熟语的翻译》，青岛大学硕士学位论文，2013；姜婷婷：《目的论视域下的〈西游记〉中文化负载词的翻译策略研究》，南京航空航天大学硕士学位论文，2013；王莉萍：《〈西游记〉英译研究三十年》，《湖北第二师范学院学报》2013 年第 2 期。

清等；二、《西游记》英译单行本，李提摩太的《西游记》第一个单行本，海斯《西游记》第二单行本、韦利的《西游记》经典英译单行本，瑟内尔的《西游记》单行本，余国藩的第一个《西游记》英文全译本，詹纳尔《西游记》英文全译单行本等。分别从译者、载体、翻译形式、出版时间与出版地、翻译的目的等方面全面、系统和深入地研究、分析，指出，"《西游记》的百年英译，是中国文学走向世界的重要组成部分，为我们提供了丰富的案例。考察《西游记》的英译历程有助于我们把握中国文学在海外译介与传播的诸多特点，从中吸取教训、总结经验，为今后的中国文学外译事业提供指导，加快中国文化走向世界的步伐"①。这的确开辟了新中国成立以来《西游记》研究的新领域与新视域，为《西游记》研究与传播走向世界奠定了良好的基础。

---

① 郑锦怀、吴永昇：《〈西游记〉百年英译的描述性研究》，《广西社会科学》2012 年第 10 期，第 148~153 页。

喧嚣中的探索与反思

——新世纪《西游记》文学传播流变巡礼

引　言

网络时代已经悄悄来到，我们在不经意间已经感受到《西游记》对于今天社会生活、经济发展和伦理道德的影响与作用。

如果说，香港刘镇伟、周星驰《大话西游》催生了世纪之交人们对古典名著《西游记》的"新解"，那么，以今何在、智夫、邢波、小非、火鸡、林长治、吴俊超、慕容雪村、王冰、牛黄、夫子等为代表"新新人类"则走上了一条重新解构、大话、新造《西游记》的不归路。

一　新时代的《西游记》传记在网络、现实中走俏

《大话西游》无疑成为"新新人类"立足新时代、重新寻找精神慰藉、聊以欣慰的导火线。今何在、明白人、智夫、牛黄、夫子们自称："看了《大话西游》后，觉得好有话可说，于是在百无聊赖中借助网络宣泄、发泄……"于是就有了《悟空传》《白姑传》（又名《白骨精传》）《天蓬传》《沙僧日记》《八戒日记》《悟空日记》《唐僧日记》《唐僧遗情书》《沙僧自传》《唐僧自传》等一系列网络+搞笑+幽默的当代《西游记》系列作品。

浏览这些作品，笔者感到作者们走的还是《大话西游》的路子，借名著的人物符号来结构新的故事，即"我眼中"的《西游记》。热闹中，我们仿佛看到作家们的挣扎、不屈！

《悟空传》是全国第二届网络大赛获奖之作，被认为是一部同时受《大话西游》和《西游记》影响的优秀作品，作者今何在也因此入选博库网站的十大网络写手之一，备受读者关注。"悟空传是很早就在心中有了一个名

字，能用一种现代的眼光重新来写西游的故事是很过瘾的一件事，后来看到了《大话西游》，不得不说在不知不觉中影响了我。真正促使我想写这东西的是 2000 年春节央视演的新版《西游记》。说实在话它让人失望，难道我们对西游的感情，就是在于想看打妖怪吗？孙悟空的悲剧英雄形象，理想者面对强大现实的无奈，反抗者的最终被扭曲被改造，这才是我从西游中看见的东西。这些东西使我感慨，使我觉得我想写点什么。"采访最后，今何在说，他还希望能看到自己作品的电影版。①

小说《悟空传》的主题是"本性比所有的神明都高贵"。人们总是生活在某种既定的社会价值规范中。这种既存的社会价值规范设定了一种神妖二元对立的价值体系——凡是在其秩序之内的都是"神"，被排除在其秩序之外的则是"妖"，被认定为"妖"者往往失去对自我的判断能力，一心向往成为"神"，孙悟空就是如此。为了成为"神"，他自觉地去除"妖精"，积功德，当所有的"妖"都被除尽时，他也就最终除掉了自己，成就了如来的阴谋。因而，认识自我，认同自我，逃离既存价值体系，才是解放自我之路。这是《悟空传》的深刻意义所在。

"我要这天，再遮不住我眼；要这地，再埋不了我心；要这众生，都明白我意；要那诸佛，都烟消云散！"这曾是《悟空传》里玄奘的一句经典名句，那份孤傲，那份凛然定格于一种千古传说中，当凌云壮志被现实消磨得忘记自己，当少年时"愿乘长风破万里"的豪情壮志被现实折磨得早已烟消云散，只剩下一个行尸走肉的家伙还在苟延残喘。而自己何尝不是一只因为知道自己身份而对月痛哭的猪啊！当猪八戒不是天蓬的时候，面对自己一张奇丑无比的面孔，痴的记住该忘却的那份刻骨铭心轰轰烈烈之时，却无法以猪的身份展现在阿月的眼帘，哭的是自己，苦的也是自己呵！皓月当空，抬眼凝神，丝丝忧郁倾泻在月光流下，大漠孤烟，孤寂痴痴傻傻的痛苦一生。在竞争越来越激烈，人际关系越来越淡漠的今天，直面现实让我们越来越累，而理想似乎越来越远了。而今，又有几个能像金蝉子、孙悟空那样永不放弃，又有几个能像猪八戒那样痴而至死不渝了？这是一个没有英雄的年代，能够称之为英雄的太少了，所以我们才更加期望英雄的出现，而不是琼瑶言情剧中的奶油小生。他没有轰轰烈烈的业绩，紫霞

---

① 《南京邮电学院学报》（社会科学版）2005 年第 7 卷第 2 期。

只能为他生命中的匆匆过客，孤傲的他坐在花朵的山顶遥看浩瀚的大海，天边紫的彩霞飘，白云悠悠，光影闲闲，看日落月升，看满天银辉，大海绚烂，繁星万点，与银河连一片，为他心底深处唯一的一片期望与怀念，也许这就是英雄末路的悲哀吧。纵使在现实纷扰中，我们无法让理想展翅高飞，翱翔天际，但也应该永不放弃。因为还有希望，永不放弃，认真地去努力奋斗，愉快地生活，这也是我们的宿命。①

《悟空传》热卖未停，《唐僧传》悄然跟进。

乍一看，这部《唐僧传》与《悟空传》简直就是孪生：封皮同是青黄色（《唐僧传》较《悟空传》的青色更重些）；书名选用的字号、字体乃至摆放的位置都一模一样；还有最具特色的主人公画像亦完全属同类风格，只是手持金箍棒的悟空背影换成了身披袈裟腕绕念珠的唐僧侧像，原来飘浮在空中的三朵白云也平添了一小朵乌云；封底的设计更同出一辙，微细处皆十分酷似。

假如说这些还都是表面上的相像，那么两本书推出的全文经典之句也让人感到颇有"缘分"。《悟空传》依靠"我要这天，再遮不住我眼，要这地，再埋不了我心，要这众生，都明白我意，要那诸佛，都烟消云散"，使网友迷狂；《唐僧传》则用"我有了佛天，佛天太寂寞；我有了佛地，佛地太冷漠；我活了59岁，突然想做人，但一场雁塔梦，使我重敬阿陀"，以求玄远意境。除此之外，两书在内容的结构、语言的运用、文笔的技法上都很相近。

《悟空传》与《唐僧传》究竟是何关系？从图书自身标明的出版社来看，前者是光明日报出版社，后者是巴蜀书社，不为一家；从作者来看，前者是今何在，后者是明白人，不是同名；从所属丛书来看，前者是网络人文书之一，后者属中国民间传说人物传奇丛书，不属同系。但仍然有好多读者打来电话询问《唐僧传》是不是《悟空传》的续书。

《唐僧传》一书的策划李嘉女士这样对记者说："我从来没见过《悟空传》，听也没听说过，相似吗？我一点也不知道。"又说："详细情况你问作者自己吧，他就在我身边。"但是接过电话的江先生却矢口否认自己是该书的作者。电话在二人手中推来委去，最终落回李女士手中，她这回又说江

---

① 《南京邮电学院学报》（社会科学版）2005年第7卷第2期。

只是作者的朋友，所有有关该书出版创意的设计以及书上标榜的"继《悟空传》后又一部网络经典之作"的评价都是作者个人所为，文稿要求出版也是作者自己找上门来的，作者是县里的，不好联系，江是出版社和作者的中介，出版社只管校稿而已。《唐僧传》所属的丛书还包括观世音传、妈祖传等，但都独立性很强，与《唐僧传》的装帧完全不同。说完又在电话外与江先生一阵交流，之后江先生对记者说，作者真名叫邱秉佑，是四川作协的会员，在当地小有名气。《悟空传》的作者今何在依然忙着开发自己的游戏软件，暂时休笔的他坦言：听说了《唐僧传》的出版，但未细见，《唐僧传》书既然自成故事，当然会有市场，但从方方面面效仿已有之作的举动并不明智，它完全可以有自己的特色，让读者耳目一新，而不是产生联想和误会。评判权在大家手中，读者最能检验作品的真实价值。①

紧随其后，花山出版社于 2001 年 10 月推出智夫的《白姑传》（又名《白骨精传》），在书的封面上标注："中国民间传说人物传奇丛书。继《唐僧传》后又一西游另类网络小说。我没有天，天是玉皇大帝的，我没有地，地是财主老爷的，我也不是人，命被阴曹地府剥夺，我只是个苦命之魂，为报仇在无底洞栖息……"

请看书中经典的语言："我什么都没有了，但我还忘不了七情六欲。因为，我实质上还是一个人，一个在别人看来是妖，而我固执地认为自己还是人。这么思想的人是男人或者是女人都不重要，男人和女人只是构件上有点区别，七情六欲则一定是相同的。我的朋友都在荒凉山谷，她们是黄嫂、白鼠、玉兔、蜘蛛；还有心中的玄奘、悟空、八戒、沙和尚。我比起他们的名气不算大，但也不算小，没有我的存在，他们都没戏唱。这个时代没你的戏唱，那才是最可悲的事。所以对于大多数朋友来说，我存在的意义原比我本质是什么还重要，我不践踏我的同类模特儿们，但我确确实实比她们狐媚十倍。我上镜头的时候天下美女无人能比。"②

客观地审视，智夫的技巧丝毫不逊色于前两位，通过白姑（白骨精）的视野看世界，世俗的世界犹如罪恶的深渊，唯有抗争才是唯一的出路！这就是此书的意义与价值所在。

---

① 详见《中华读书报》2001 年 08 月 15 日。
② 智夫：《白姑传》，花山出版社，2001。

与此相伴随，网上风靡"大话"，许多人似乎找到了宣泄的机会与场合。邢波先生将网上流行的"大话"合成一集《情话西游》（插图本），由学林出版社 2001 年 10 月出版。

这本书封面非常独特，背景是高山大谷，猪八戒与美眉调情，上面云层中站立着一身红衣绿头巾的孙悟空。封底是一把绿柄红鞘的宝剑，一只眼睛横眉于剑上，左边一行字"谁能拔出我的紫青宝剑，谁就是我的如意郎君"。平展开来就是一幅绝好的风景画啊！

首页目录显示：唐僧师徒：男人的四个侧面、《西游记》：两个"男人"和两个"女人"——由《西游记》人物引出的两性话题、《西游记》婚姻测试、西游美眉、大话西游之爱情辩论会、《大话西游》中的十种爱情。猪八戒获选为女性最佳情人、猪八戒情书精选、高玉兰给猪八戒：猪哥和我腰带连裤带、"八戒"的狱中情书、猪八戒：再不为女人而哭泣、猪八戒的最后情书、猪八戒的婚姻物语、情种高老庄温柔猪八戒、猪八戒点秋香、猪八戒风流记、网上猪八戒、数码情人猪八戒、关于猪八戒生活作风问题的调查报告、猪八戒和孙悟空谁更适合做丈夫、孙悟空遭遇前世情缘、我爱紫霞、紫霞、悟空日记——离开紫霞的日子、火焰山情仇、孙悟空这个男人怎么这么窝囊、孙悟空爱情观、孙悟空终身不娶原因浅析、不能让孙悟空谈恋爱、悟空情仇、如果我是孙悟空、唐僧的情书、美妇深情、唐僧与观音姐姐的网恋、玄奘西行一夜情、唐僧再会女国王、女儿国比武招亲、猪八戒才倾女儿国、飞幸女儿国、女国王不爱唐僧爱白马、欲与界、西游爱情、醉风尘、缤纷西游情、猎艳记、拯救爱情、如果还有来生、唐僧师徒征婚、神仙恋等。

以爱情为主线，将唐僧、孙悟空、猪八戒、高玉兰、观音、白马、紫霞等连接在一起，举凡书信、辩论会、短剧、电影脚本、杂剧、小说、散文、论文等多种文体，围绕"情"结构文章，形成独特的形式下美妙的效果。这是多年来的不多见的精致作品，留给我们经久不息的世俗、宗教视野下关于情爱、情欲的思辨、反思与纪念。从此层面来衡量，这是多年来少有的关于情爱、情欲的哲理反思、醒心之作。

2002 年 1 月，中国工人出版社推出汗青签约作家小非的《西游往事》，采用漫画的手法，写了《西游记》里的人物，最具特色的是——把古板的唐僧写成了一个可爱的小姑娘！在"网易"创造了当年最高的点

击率。2002 年 3 月，内蒙古人民出版社推出小非的《西游往事》，列入
"超现实搞笑文学丛书"，声称"《西游往事》是继《悟空传》又一部震
撼文坛的力作"。实际上是一稿多投、多出，后一本书仅仅加了附录——
《续悟空传》《八戒传》《沙僧传》，后者加起来仅仅 31 页，在全书中仅占
15% 左右。他自称"从人性的角度来写西游，完全展示了一个全新的构
架"。实际上是继承了《大话西游》的人物、精髓，是"无厘头"＋深刻
的人生问题。

2002 年 4 月，光明日报出版社推出火鸡著《天蓬传》，封面上注明：
《悟空传》的姊妹篇·猪八戒的新演绎，网络人文书之九，并赋诗："爱情
是以微笑开始，以吻生长，以泪结束。你出生的时候，你哭着，周围的人
笑着；生命的尽头，你逝去的时候，你笑着，而周围的人哭着。"《天蓬传》
亦真亦幻地讲述了在九天之上、在混沌情天中、在天宫中，神、妖和魔们
奋力抗争，向如来争取真爱的动人故事。共分三篇：《高老庄今世前缘》
《西游记恩怨情仇》《无极乐混沌情天》。在作品中，作者大胆颠覆，让金蝉
子牺牲了千年道行，十世修行，以证明：英雄们，去证明爱是无罪的，去
为你们的行动正名。因为……我也曾经爱过。最后，牛魔王家族、铁扇公
主们为救孙悟空与如来手下的阿傩、迦叶抗争，牺牲了；高翠兰也死了，
多么悲惨的颠覆。结局，天蓬来到了混沌情天，嫦娥从后面搂住了他，用
月宫里的子母砂撒下人间，"让我们亲手打造自己的美好家园"。在那一秒
钟，世界末日来临了！全世界闪放着刺眼的光芒。而你，正从那光芒中脑
䐃走来。那一秒钟，我将整个灵魂都给了你，整个世界，为你而存在！"作
者写了几种典型的爱情故事，唐僧、孙悟空、猪八戒的，尽量让它们都完
整，可谓"月有阴晴圆缺，人有悲欢离合，但只愿有情人终成眷属！"

2002 年 6 月，巴蜀书社隆重推出《猪八戒公园》系列四本书：明白人
著《猪八戒与总裁夫人》《痞子猪上网》，曾颖著《足球闹天宫》，羽儿著
《香格里拉酒吧》。第一部说，20 世纪 60 年代，猪八戒重降人世，公园奇遇
总裁夫人——莫愁，莫愁请求猪八戒为她调查丈夫在外包二奶的事，猪八
戒答应了，与孙悟空一起经过离奇曲折地侦破之后，竟也发现这座城市男
人包二奶且有私生子女的情况真的不容乐观。一时间，猪八戒成了反风化
的民间英雄。第二部写人间足球闹天宫，天上的神仙们寂寞无聊的生活，
终日只有靠打麻将消磨日子。某一日闻听人间疯迷足球，于是决心仿效。

他们以神仙类别的不同组成天宫队、天军队、地府队、花果山队和散仙队，捉对厮杀。由于各队之间亲疏各异，渊源不一，因而上演了一幕幕精彩的活剧，小小一个足球竟改变了天宫几万年不变的格局，当然，人间足球中的假球和黑哨也层出不穷，猪八戒又成了反黑哨的英雄。第三部写猪八戒在成了反腐败民间英雄之后，赶时髦学会了上网聊天，他的网名叫"痞子猪"；在网上，他被一个名为潇湘仙子的网友迷住了，而又恋上金丝雀，金丝雀则喜欢"痞子猪"，一场网上的三角恋爱开始了。猪八戒又成了网上尖兵，上网诀窍：智慧+幽默+品位+体魄健壮就能胜利狙击官场、商场、情场所有对手。第四部写猪八戒又成为酒吧靓男，在酒吧里偶遇一位失意少妇，芳名邵飞萍。酒后失态，猪八戒忍辱相助，将她接到家中伺候。邵飞萍则大骂八戒流氓，八戒则怜香惜玉，终于取得邵飞萍的信任。原来邵飞萍与老公周宗强感情破裂，婚姻摇摇欲坠。八戒路见不平，插手其间，于是风波又起，是非纠缠，八戒临危不乱，将感情纠葛掩盖下的一桩偷税漏税、贩假制假的案件抖了出来。猪八戒说：F4有流星花园，我也要建一座猪八戒公园。猪八戒心语是："现在我越来越相信，在我们脚下的这颗星球上，只要还有人这种高等哺乳动物的存在，真诚的情感和纯洁的友谊，就将是永远照耀着我们头顶上的永不陨落的太阳。"我们相信，作者的本意也是如此，所以才能吸引人、打动人、感动人，赢得世人的认同与赞赏。

2002年10月，光明日报出版社推出网络人文书之十——狂狷（唐醇）著《五行山下》，书的封面上方写着："《悟空传》的姊妹篇：无尽荒唐事，说与久困英雄。不知道孙悟空的中国人实在不多，这个猴子是永生的。"扉页在光明书签旁赫然写着："单枪匹马、毫发未损的齐天大圣，向一切狂妄和浅薄挑战，向一切尊贵、高雅却扼杀情趣的大帝叫板，这就是一个高明的倾听者。"——悟空语

《五行山下》荒诞、离奇，笔走偏锋，这真应了那句老话"变形的是最真实的"。——网友说

这部《五行山下》一改狂狷（唐醇）先生在"榕树下""大唐中文"等网络作品的贴近现实、敢揭内幕的风骨，代之以荒唐、离奇的面孔，在五行山下，作者以"金克木""木生火""火克金""金生水""水克火""火生土""土克水""水生木""木克土""土生金"十章结构全篇，秉承"变形的是最真实的"的宗旨，让我们在五行中倾听他的厚重的喧闹与深沉

的寂静——特定时空的来自心灵内的呐喊、呼唤：单枪匹马的齐天大圣，向一切狂妄、浅薄挑战，向一切尊贵、高雅而扼杀情趣的玉皇大帝叫板，久困的英雄恰是我们凡夫俗子的芸芸众生啊！表面看起来杂乱，但在五行山——象征中国文化的天罗地网中，作者让思想、意念、情感驰骋，其情爱生涯如此扑朔迷离。

这些作品均有公共话题、网络提交、网友热捧，假借《西游记》人物、情节，敷衍当今社会的纷繁复杂的人际关系、矛盾杂陈等，以古喻今，再走向传统的纸质书，出版后便得到社会各界的关注、认可，重新风靡起来！

二　网络催生日记体《西游记》走红

随着网络的迅猛发展，网友在网络上对于名著的热议、吐槽、口水，引来诸多写作高手以富有激情的笔调开始了关于《西游记》人物的"心路历程"的探索，于是，引发日记体《西游记》流行起来。

2003年6月，湖南文艺出版社推出林长智的《沙僧日记》，封面独特，黑底，封头打上："快乐不要命……搞笑无厘头。"史上最爆笑文学作品——《沙僧日记》，银灰色空心字，下方为银色速写漫画：我们在无比英明，无比光辉，无比帅呆的师傅率领下，离开新疆。师徒五众作急速行进状。《沙僧日记》在黄黑相间中凸显出来。前言道："不可不读，一定要读叛逆文学经典。"前言道："你以为不出书就找不到你了吗？没有用的！像你这样出色的一本书，无论在什么地方，都像漆黑中的萤火虫一样，那样鲜明，那样出众。你那凌乱的结构，差劲的语法，数不胜数的白字，和那无厘头的广告，都深深地迷住了我。不过，虽然你是这样出色，但是行有行规，无论怎样我要付清买书的钱呀，买书不用给钱吗？谨以上面的话，给我自己一个买《沙僧日记》的理由。"

全书以日记体形式结构全篇，分"秀逗前年""秀逗1年""秀逗2年"。极力标榜出沙僧"西行古惑仔的思想出轨日记，领衔主演温柔沙僧，妖冶三藏，猴骚反斗精（孙悟空），猪头三四五（八戒）。透过无厘头、搞笑方式敷衍成洋洋洒洒10万字的"日记"。据悉，这是首次以日记体小说的新形式展露沙僧心态的"大话"。从"秀逗前年3月3日"写起，在沙僧的眼里，八戒是一个生性浪漫的猪，唐僧是个白面大秃驴，孙悟空是猴骚反斗精。至于我"对于大家都夸我心如止水，将来定能成佛，我才不稀罕呢，成佛有什么好？还是当妖精好，想干什么就干什么。特别是可以三妻四妾"。一首《天净沙——西游》就能展示出这群取经人的心态："和尚，行李和马，路遥途险脚乏。古道西风人渣。夕阳西下，秀逗人在天涯。"最后，唐僧被如来大佛封为"白面秃驴佛"、降龙罗汉果，孙悟空被封为"与世无争猴中猴"，八戒被封为"超级无敌猪中猪"，沙僧被封为"西天无报主编"，白龙马被封"七龙珠之怎样都可以龙"。在两位藏经阁使者的带领下取经，却被勒索"掏钱吧"，没有办法，取经者们把一大堆化妆品瓶子（实际是破烂）奉上，却就取了"真经"——《大金刚经》《小金刚经》《中金刚经》《大变形金刚经》《小变形金刚经》《家家有本难念的经》《经中经》《生意经》《日经》，还有《月经》。真实绝妙的讽刺啊！如果说，吴承恩在百回本《西游记》最后所罗列的一系列"经"，让世人惊叹其对宗教的讽刺、挖苦和蔑视的话，那么，林长智在这里对所谓"取经"的讽刺、批判和打趣是何等有力度啊！在"新新人类"沙僧的眼中，一切是如此颠倒、反向，啊！如果说，无厘头经典电影《大话西游》为世纪末人们贡献了最搞笑，最让人念叨的唐三藏，现在，林长智先生就以这本《沙僧日记》为所有热爱"和平与爱"的人们贡献最鲜活、最有童心、最像人的沙僧。我们无法回避沙僧的秀逗，正如我们无法拒绝八戒的凡俗、肉欲，唐僧的无厘头般对如来佛祖的忠诚，孙悟空对取经的极不情愿，因为我们处在了一个充满世俗、无聊、空虚的无厘头时代，在沙僧的眼中。

也许是市场化的作用，在林长智《沙僧日记》风靡华夏的时刻，花城出版社从 2003 年 11 月至 2004 年 7 月连续推出吴俊超的三本日记体大话作品《八戒日记》《悟空日记》《唐僧日记》。

《八戒日记》的封面一如前面林长智的《沙僧日记》的封面，黑底银色速写漫画，但空心字"八戒日记"以红色展露，黄框背景里是两幅八戒的卡通图画，上下排列，上幅有扛着九齿钉耙的八戒，绝妙是下方，八戒手托下巴在用毛笔写日记。最下方通栏赫然标注"笑死你，不偿命。开心百分百，搞笑无厘头"。日记从"西行元年 4 月 16 日阴有乌云"写起，猪八戒辞别高老庄及众亲友，跟着唐三藏、孙悟空去西天出差。作者用八戒的眼光，以日记体的形式，通过师徒一路上遭遇形形色色的困境、挫折，生动形象地刻画出：温柔体贴、多情而善解人意的猪八戒；贪图享受、妖冶而虚伪的唐僧；怀才不遇、自命不凡的猴骚反斗精；贪婪而逆来顺受的沙僧。通篇以后现代主义的视域，叛逆经典《西游记》，将原本神圣的宗教事业——西天取经当作了一趟非常不情愿的出差，四人的扭结、作弄，敷衍出一幕幕"无厘头"的活剧，幽默搞笑，恰是一部轻松又体贴的西行古惑仔的思想出轨日记。在日记中，八戒于元年的题白："我是金子，我要发光，一切都得靠自己，在必然与可能之间，我选择了必然。"在"一个全世界伤心的日子"，八戒踏上西行出差之路，盼着师傅，在观音姐姐帮助下，爬山越岭，恰如书中《从亭子看水帘——唐僧观水帘有感》："一条水下落，迢迢半生云。奔流到山脚，洒落出水花。日照玻璃球，无晴风带雨。灵山多秀色，四人取经苦。"途中，黑帅哥（沙和尚）牵着猴子沿途卖艺，搞得八戒好被动。在茶楼里听老耶皮说《西游歪传》"金蝉子东窗事发，糖三葬横空出世"，终于在西行元年12月30，阴，赶到通天河畔，"为了尽早过河，我们在岸边想了几天办法，最后四人经过商量，决定作弊！那就是让白龙马变成一个汽艇，小白龙极不情愿，正在发愁的时候，大乌龟出现，"几位过河吗？每人五两银子！"没办法，唐僧给了10两银子让白龙马和行李放在乌龟上，命令我们仨飞着过去，他说这样可以节省点银两到对岸让我们撮一顿。"西行二年"，八戒道白："我是不是英雄？我不知道……但我以后绝对是一号人物。成熟的男人，都要曾经查哨沧海，饱经沧桑。我是一个好男人，佛祖对我也许会有特别的计划……"于是就从"2月3日有小雨写起"，2月14日情人节，四个老光棍和一匹马在深山老林过情人节，真他妈搞笑！当唐僧被垃圾山渣滓洞洞主臭气大仙威逼时，八戒借尿急，甩开唐僧的手，飞奔而去。"黑色幽默"：八戒嘴里还振振有词"师傅啊！我对你忠心有如滔滔江水，连绵不绝，但我实在是尿急啊！我大的要出来了，我快要忍不住了！"纯粹、经典的周星驰《大话西游》式的搞笑伎俩！后来，举凡女儿国比武招亲，唐僧自称"其实我是江湖上人称打不死的小神童金刚不坏的魔鬼肌肉人！"然而，"我们四人在英俊与智慧并存不好色、不贪财的师傅率领下唱着取经歌继续西行：'你叼着烟，我拿着酒，吃喝嫖赌跟着师傅走……'"周星迟看着我们西去的背影，情深深、意蒙蒙地站在女儿国城墙上，深情地朗诵道"曾经有一份真诚的爱情摆在他面前，可是他没有珍惜，等到了失去的时候才后悔莫及，尘世间最痛苦的事莫过于此。如果上天可以给他一个机会再来一次的话，我想，他还是不会答应的。如果非要把这份绝情加上一个期限，我想会是一万年！""西行三年"，八戒道白："我只有一次人生，无论我对它满意不满意，都是无法更改。其实它就是一部小说，自己读不懂就让人带着读，后来读懂了，什么也就完了……"

6月3日，晴，在灵山老大如来处住了几日，在灵山吃喝嫖赌好不快乐。前面，（唐三藏被封为白面秃驴佛）如来忙改嘴"九天罗汉佛果！赐九天玄女宫居住。孙悟空被封为美丽绝色猴中猴！主管天上云彩变幻，主要是放放彩霞供下界人观赏，赐住紫霞宫。八戒被封为超级美味火腿猪中猪，赐住高老庄。沙悟净被封为金身罗汉，赐住彩虹阁。小白龙被封八部天龙龙中龙"。之后去藏经阁取经，使者："给钱吧！经可不是白传。"唐僧让八戒把化妆品的空瓶子和废手机电池留给使者，于是，《日经》《月经》《天经》《地经》《大金刚经》《中金刚经》《小金刚经》《变形金刚经》《道德经》《九阴真经》《九阳真经》，还有《玉女心经》，使者"你统统拿去，不好看的可以擦屁股用，这可是上好的宣纸，特柔软的那种，吸水能力也特强，别浪费！"一场"无厘头"式的疯狂搞笑《西游记》总算有了结局。最后又黑色幽默了一回——沙师弟："自从取经后，脸也白了，没有了油腻，小豆豆也不见了，取经真好！"

《八戒日记》是超级搞笑，更是新新人类视野下的"大话"，举凡林林总总、鸡毛蒜皮小事，女人+好色+幽默，粗俗+鄙陋+恶趣，甚至拉出周星驰，名之曰周星迟。大量拼贴、剪辑，以张冠李戴成能力、作为，将一切正统、信仰和理念全推翻、颠覆，剩下的仅仅是爆笑、癫狂！这就是后现代主义所留下的难以磨灭的印迹。

《悟空日记》于2004年2月推出，以悟空为自由与爱而斗争的浪漫爱情故事为行文主线，用日记体形式将《西游记》中诸多耳熟能详的人物故事，加上现代的一些诙谐搞笑的笑料和幽默，于是，嬉笑怒骂、幽默对白中活现出一部轻松又体贴的西行好男人的思想出轨日记。恰如封面所云"冥顽孙猴子，开心百分百"，作者站在悟空角度重新审视西天取经，其自白"我要飞起时，天也让开路，我要入海时，水也分两边。天下再无可拘我之物，再也无可管我之人……"书中最精彩的一段经历，即悟空与紫霞的情爱纠葛，"我爱紫霞！她是我心中的神，我这一生都在找我的神。我要让她幸福，也要让这世间的万物自由而快乐……我终于戴上了紧箍圈，心里承受巨大的讽刺与伤痛辞别心爱的紫霞跟着和尚上路去西天——因为我战败了!""如果有轮回,我愿抛开能忘却记忆的仙丹,让我在痛苦之中等待。我要天天陪伴着她,看天边不尽的彩霞,心也伴随着她微笑,一生一世的微笑……""我又是一个佛,成了佛对我而言又将得到什么呢?为了紫霞,只要心中有爱,我宁愿不是一个佛。"在小说中,悟空与紫霞、金蝉子与九天玄女为了爱与自由而拼搏斗争,甚至如高高在上的如来佛祖也有着烦恼和忧愁。如果说最后取真经修正果到了灵山,唐僧(金蝉子)悟到了自由、幸福和爱,那么,孙悟空向佛祖如来挑战道"佛祖,我悟无不了,你不要叫我悟空,我永远都悟不空。拜托你以后叫我悟不空吧!"如来也承认"这几百年来,我都有所悟。天庭上也应该有爱,但那爱是纯洁的、神圣的、幸福的……你为爱而生,为自由而战,你是胜利的。猴儿,倘若紫霞真的与你有情,那种纯洁而神圣的情,佛讲究因果轮回,我相信你们会有相见的一天"。小说结尾处,孙悟空"在仙乐飘飘、天花飞舞之中看见了紫霞唱着歌,向我飞来!"于是,"大漠黄沙,路漫漫,多少妖魔鬼怪。天地无常,人世远,演绎恩怨情仇。世事轮回,成佛登仙,劫难无尽头。佛祖黯然,一时多少感慨。昔日银河星辰,大圣好本领,傲笑群仙。金冠战甲,展非凡,横扫天庭一切。鸿蒙初辟,笑不尽世事,唯我独尊。悟色悟空,无灭心中傲然。"如果说《八戒日记》是吴俊超先生借八戒之眼重新审视《西游记》,那么,《悟空日记》则是其借悟空之眼批判《西游记》所宣扬的"克己""忍性"而追求自由、无拘无束的理想,肯定"情爱"的正常、合理,恰是对传统宗教思想、禁欲主义的反拨。于是赢得当代广大青年才俊的认同。

2004年7月,吴俊超推出《唐僧日记》,首先将唐僧定位为当今皇上拜把子官封一品,并兼任大唐佛文化最高权力机关——金山寺老大。有了名车、洋房、美女和佳肴,每日沉浸于肉美酒香、软玉温香的幸福生活:洗999次玫瑰鸳鸯浴,开POP。因(唐王)挪用国有资产被发现,唐王让唐僧西天取经,奉上通关文牒和国际银行VIP卡,可在全球任何一家银行提款,美元、英镑、欧元任选。在收悟空、八戒、沙僧正式成为"西行F4组合"。师徒四个叼着烟,喝着酒,脖子扭扭屁股扭扭地踏上西天取经之路。一路叽叽喳喳,路遇七个蜘蛛精,参加"贝贝杯"天界五人制足球锦标赛,组成"西行F4+1队",以4∶0战败对手——以二郎神及哮天犬领衔的"神眼队"。经几轮厮杀进入决赛,对手是嫦娥仙子挂帅的红色娘子军"月宫队",

终以 2∶1 胜。后经过洪荒地带，最后，唐僧梦境中进入灵山，如来送来三藏真经：法一藏，教导多务农养殖，早日脱贫致富；有经一藏，指引下海经商成为暴发户；有论一藏，学会融资炒股做 VIP 大佬。实际经书上分别写着：务农养殖技巧，经营管理理论大全和证券操作学。如来："三藏，你既功德圆满，我封你为南无旃檀功德佛，再授你经营管理和佛法论证双博士学位。"如果说《悟空日记》宣扬"情爱"的正常、合理，那么，《唐僧日记》则进一步肯定"情爱无罪"，剥下了神话世界英雄天地的一件件光彩耀眼的外衣，用灰色而诙谐的凡人世界中的七情六欲，追求现实的梦想，调侃世故，诙谐可笑，令人不知不觉中被新新人类的情爱观、审美观、宗教观所震撼、惊叹而征服！在此时此地，神圣的光环一旦融入红尘，所有人的欲望、希望、追求、信念均染上世俗的光环，恰如作者吴俊超坦言："爆笑无厘头，开心百分百。""笑死你，不偿命"啊！

"日记体"小说，是采用第一人称手法，强调思想的无遮拦，语言的通晓、畅达，格外引人关注、深入人心。据作者在《悟空日记》后记中坦言："二十天！这样的二十天虽然十分辛苦，但在一年的生活中我又能遇上多少这样的二十天呢？"是啊！全是作者集中灵感、思想火花激越奔放的结果啊！

三 走综合路径的《西游记》变体

2003 年 7 月，天津人民出版社与榕树下合作，隆重推出慕容雪村的《唐僧情史》，完全以连环画+动漫+戏剧的崭新形式，让人眼前为之一亮！

唐僧：很多年以后我无比想念桃花林里那个妖精。我知道作为一个"佛"，这很不应该。我应该把一切都忘掉，把所有爱和恨，悲和喜，功业和理想，都忘掉。女妖桃儿在一个美丽的夜里俘虏了我，她挥了挥手，我就动弹不得。孙悟空是个诗人，我指他的生活态度。从本质上，他是一只浪漫多情的猴子，对世界无比温柔，但看上去却像个暴徒。她为了一个永恒的纪念能够放弃千百年的修行，而我，还在对自己傀儡一样的"功业"恋恋不舍！一种从未有过的情感在我心中迅速升腾，像烈火一样灼烤着我的灵魂。"师尊！"我毅然双膝跪倒，大声说："我不去取经！我不想成仙成佛，也不要长生不老！我要留下来，我要当一个凡人！"如来大喝："心魔不除，你就是妖孽！"桃儿说："你不要杀他！"一纵身挡在我的面前，捡起地上的宝剑，毫不畏惧地看着如来，平静地说："我一定会还你一个忠心耿耿的和尚。"她决绝地拿起宝剑，一剑刺进自己的胸膛，鲜血像三月的桃花一样绽放在她的胸前。三千年，雪山融为江河，沧海凝固成岩石，桃花开过，人间又春天。岁月的四壁题写着不朽传奇，总有一些让人心潮难平。

慕容雪村以如此凄婉的情节感动了我们，在书后写道："天路遥，人世远，凝眸处沧海桑田，为谁痛哭，为谁嬉笑，任光阴凋尽容颜。哪个出将入相，哪个成佛登仙，到头来或为黄土，或为轻烟。且去世外垂钓，手有轻轻竹竿，莫问卿卿何处，回头又是人间。"

2003年8月，百花文艺出版社推出王冰著《嘻游记》，封面上打出WWW.zhouxingchi.com独家授权二十五回本。龙凤图腾下，卡通型的取经五众独特造型。作者说："黑夜给了我一双黑色的眼睛，我用它来寻找另一双眼睛。"的确，小说完全采用后现代主义的方式借唐僧师徒西天取经故事，演绎新新人类视觉下的西行取经，有了"石猴出世""大闹天宫前传""大闹天宫正传""唐僧收二徒""唐僧收八戒""流沙河""三打白骨精""车迟国""女儿国""金兜山""盘丝洞""通天河""三借芭蕉扇""凤仙郡""五庄观""比丘国""平顶山""真假美猴王""小雷音寺""乌鸡国""金光寺""朱紫国""玉华州""金平府""九九归真"等故事。

在诸多以《西游记》为题材的作品中，慕容雪村的《唐僧情史》最为动人，不仅是艺术形式的创新，更在于对唐僧、孙悟空、如来取经的解构，让桃花林里诞生一位美丽动人、魅力四射的桃儿，通过蒙太奇的手法，通过意识流的创意，一会儿过去，一会儿现在，一会儿前世，一会儿……我们在作品美丽的画面里感受到作者的无穷创意与思索。这是多年来很少见的富有创新精神的艺术作品。

与此几乎同时，牛黄的大话系列先在网上流行，然后在《成都商报》上连载；2003年10月，德宏民族出版社隆重推出《牛黄大话作品集》，是将《大话西游》《大话三国》《大话水浒》《大话红楼》合围之作，封面上方标注："网上最热门的话题，传媒最受欢迎的栏目，周星驰的下一步？"扉页上说："不一样的牛黄版大话！孙悟空靠着月光宝盒穿越自己的前世今生，却发现自己的爱情早已注定没有结果。宿命之外依然还是宿命。周星驰演绎的大话西游中，众人嬉笑怒骂后才发现喜亦是悲，悲亦是喜，无厘头推翻了经典，而后无厘头自己成了经典！"

牛黄在《大话西游》中延续了《大话三国》《大话水浒》的一贯风格，书中的冷幽默平静而生猛，经常冷不防中把你的腰整弯。这与周星驰的《大话西游》区分开来，同样是大话，但整的部位不同，犹如周星驰整的胳肢窝，而牛黄整的是脚底板。这是典型的一鸡三吃的做法。牛黄大话系列已是网上热门，"我也许能鼓励'牛黄'，让他继续大话……"这部书以"水帘洞、定海神针、大败天宫、悟空出狱、高老庄、流沙河、人参果、三打白骨精、金银老妖、牛魔王、女妖夜总会、克隆国、女儿国、文学城、会议城、明星梦、回娘家、重出江湖、变态魔王、卡拉桥、健康国、瘦身城、彩票国、注水国、概念城、小资城、二奶城、足球城、快乐者家和大功搞成"为目录、框架，让唐僧师徒在一次又一次的领悟中取经，所谓去西天取经，不过是形式上的幌子，真经来源于生活，这才是牛黄的用心。而最后的结局竟然是到西天后，师徒才发现"经"已经成为电子文本，而检索工具居然是搜索引擎，在键入关键词"真经"，并回车后，搜索引擎搜出了一大串的乱七八糟的'真经'：有求职的"真经"，有赚钱的"真经"，有成名的"真经"……在充塞了无数杂碎的真经库中，如何找回自己需要的"真经"，便是唐僧师徒遇到的最大的难题！

于是，唐僧师徒开始学电脑，在最后一天的学习中，唐僧仿佛突然醒悟地大叫道："我知道为什么人们要发明电脑了！是因为人世间充满骗子强盗荡妇恶魔官僚刁民，充满坑蒙拐骗吃喝嫖赌，充满了虚伪狡诈懦弱油滑吝啬世故盲目无知欺骗自大，而电脑根本就没有这些恶习，电脑才是我们的神，电脑才是真经！"众徒弟连忙跪下，频频给电脑磕头。唐僧笑道："你们给电脑下跪，又是走火入魔了！电脑拆开来不就是一堆废铁吗？电脑没有人的弱点的，所以才没有错。"说完，唐僧端起装满资料的硬盘道："徒弟们，我们现在应该回去了！"这是何等的幽默与讽刺！这也揭示了现代社会，我们所面临的困难、问题。世界就是如此看不明白，真经在哪儿？真经有没有被假冒？我们心灵深处有没有真诚、良知？这既是唐僧师徒的问题，也是我们每一个人所面对的现实难题啊！恰如牛黄的自白："天下没有不可以大话的事，没有不可以大话的人。大话是一种说话的方式，当然不是全部的方式。但绝对是一种最重要的方式，是广大人民群众喜闻乐见的方式。一般人对老婆（含女友）说悄悄话，对上司（含下属）说废话，对亲人说实话，而对朋友说大话，所以本书是对所有的朋友说的话，看得起朋友，才对你说大话。"真可谓一语中的。

2003 年 11 月，德宏民族出版社又隆重推出牛黄的《大话宝典》（终结版），封面上赫然标着："大话终结者牛黄重返大话江湖"，左下一图——几位古代的名流跟着美眉，美眉说："我天天洗衣服时，连河里的鱼都来偷窥我，美得它们晕倒在河底，大家传说的沉鱼就是这么回事。"其右上有［文字类型］大话［故事效果］［文化成分］可有可无［购买价值］买了就亏［传阅价值］可以借给别人的，可别借给别人［不良成分］无［适用人群］老儿少儿皆宜［阅读姿势］侧卧席梦思或倒立［其他用途］定情信物、约会暗号、聊天参考、开胃大餐、通便利尿。这就将"大话"玩到了绝妙的精致地步！以至于阿行在引子前要来上一段："我们为什么如此喜爱牛黄"，其中开篇就说道："在我看来那些所谓伟大深刻的思想都是镌刻在虚无的墓碑上的。"据悉，牛黄的大话名著系列出版后一版再版，势头一发不可收拾，繁体字版由台湾时英出版社出版，并很快凭着大话的语言在海内外华语圈找到了自己的同类。相关的漫画版和音像制品也正在欢快地运作着。这也许就是《西游记》《大话西游》的传播意义上的成功。

从 2001 年开始，每年均有国内知名出版社不断推出以"大话西游"为基本套路的各种新解构、新阐释作品，从基本内容、思想、艺术形式均有质的变迁，表面上打着"大话"的幌子，实际上是在后现代主义的旗帜下，通过对名著《西游记》的解构，主要人物名字作为符号继续保留，或张冠李戴、偷梁换柱、釜底抽薪，林林总总，不一而足，实际上是试图通过颠覆古典名著的神圣地位而建立起新型的审美价值体系；许多作为"80 后"、"90 后"的年轻作者、读者（网络文学的即时互动性将作者与读者联在一起，互相探讨、结构、寻思和创作），由于所受教育的多元化，自中国加入WTO，中西交流，网络普及，欧风西雨的侵入，加上全球经济、文化交流的不断频繁，华尔街的一个喷嚏，北京、上海、广州、天津、深圳、南京等地也要不同程度感受到伤风、感冒的滋味！在全球神魔、神话、神秘文学风靡的时刻，国内诸多网络文学写手也操起了汉语的工具，试图回应、争取话语权！《西游记》作为中国古典神魔文学的典范，在世界性神魔梦幻文学潮流中越加吸引了人民的眼球！说反古、仿古、泥古也罢，说继承、创新和发展也行，总之，借"大话西游"浇自我的块垒，借唐僧、悟空、八戒、沙僧、白马、观音、如来、牛魔王、铁扇公主、高玉兰的名字，敷衍出一道富丽堂皇、精妙绝伦的风景，说说今朝故旧的往事，于是成了文学艺术的故事，一本接一本，越做越离奇，达到消解经典、打趣神圣宗教的文学作品。西方有人说，文学是艺术，而电视、电影、网络是工业。好莱坞作为电影与商业的联姻，奉献的是工业背景下的文学、艺术，于是爱情、色情交杂，正义与邪恶合流，真理与谬误合谋，新人辈出，经济效益第一，商业化淹没了最珍贵的情感，虚假的做作、掩人耳目的监守自盗，一切均要披上一件华丽的袍子：写上"献上最真诚的祝福"！于是，文学更加堂而皇之地进入商人的行列，充当最凶猛的野兽！扼杀最普通、纯洁的情感，包括最最珍贵的爱情、友谊和亲情！难怪西方有人说："这是垮掉的一代！这是迷茫的一代！"

结　语

尽管我们的大话迷们会不承认，以上艺术的堕落、衰退，从批判现实主义到现代主义、后现代主义，西方文学永远找不回当年的繁盛的黄金时代了！但随着世界各国人民的科学、民主、自由精神、思想的不断高涨，新生的希望在崛起！我们不会永远无视我们先辈作为思想、艺术的存在，于是，借古典的符号期望还魂，还我们民族曾经的辉煌、雄伟、无拘无束！周星驰来了，今何在、智夫、邢波、小非、火鸡、林长智、吴俊超、慕容雪村、王冰、牛黄们均踏着朝霞也赶来了！

固然在 10 多年的《西游记》改造、创新及变异化过程中，我们的作者充当着弘扬民族文化、继承优秀文化传统的角色，拉起《西游记》这面名著经典的大旗，从颠覆到回视，从依托到跳出禁忌，逐步走出一条重新解读名著，演绎新《西游记》故事，阐释新时代对于人生、社会、集体与个人价值的新路径。没有全盘否定其中的主导倾向、思想意识，代之以新型改造与创新。尽管，这是非常悲壮的革新，没有得到主流文学界的一致认可，即使《西游记》研究界也是毁誉参半，得不到专家的肯定，但，毕竟，作者们以可贵的义无反顾的精神创作出琳琅满目的作品，以坚韧不拔的意志、可贵的探索、富有前卫的远足，敷衍出一幕幕悲欢离合、喜忧杂陈的《西游记》大剧，讽刺、悲哀、欢笑、自虐纷呈，让我们看到了新世纪《西游记》爱好者的源源不绝。我们从《悟空传》《八戒日记》《唐僧传》《五行山下》等作品中感受到大众化背景下，《西游记》的魅力与张力所在，没有尽头的探索带来无穷的艺术探险、跋涉，没有回到过去的遗憾与失落，有的是为了理想、精神而付出的几许精神的慰藉与思想跋涉的代价。因为，网络时代的到来，网络情境下的关于《西游记》的认知彻底改变了我们的传统思维方式与认知世界的逻辑范畴，我们把《西游记》作为了逝去时代的文学图腾、样本，走出了没有顾忌、罗网的现代文学创新之路。尽管，作为传统文学范畴的评论家们无法认知、了解、感悟、体认和肯定，但是，文学的生命在于不尽的创造、革新、变化，从百回本《西游记》走到《后西游记》《续西游记》，走到《升平宝筏》，走到《八十一梦》，走到《故事新编》，走到《大话西游》，走到《悟空传》《八戒日记》《唐僧传》《五行山下》，最终是没有尽头的！可谓："路漫漫其修远兮，吾将上下而求索。"

这就是我们从中得到的启迪，也许要历经风霜雪雨的历练，人们才能明白其中的神圣启示与无尽的魔咒所带来的点点滴滴！《西游记》的伟大精神意蕴也许正在于此！

热闹·喧嚣·恶搞的背后

——当代《西游记》文化现象的反思

百回本《西游记》自明中叶诞生后，迅速掀起一场神魔文化热，先是明代的神魔小说流派异军突起，与历史、人情小说并驾齐驱，共同构成明清小说的繁盛，历代续作不断，或借机续貂，或赚人眼球，或借尸还魂，一时间，林林总总，蔚为大观。

如果说明清以来的续书仅仅继续着吴承恩《西游记》故事的余续，人物、情节、主题已难以有所突破与创新，《西游补》是个例外。鲁迅是现代文学史上较早将古代文学与当代社会世俗人情结合起来的开山大师。他在《故事新编》中将大禹等古代神话传说人物以鲜活的白话文展示在我们面前。其中主要人物的语言均披上现代人的外衣（标识），诙谐、幽默、风趣。与传统文言小说截然不同，是扎根于新文学土壤的鲜活语言，开了现代"大话"的先河，应当是后来张恨水、柏杨的近缘。

民国时期，出现张恨水的《八十一梦》，始将《西游记》与现实生活紧密相连，仍然是寓意性的，借孙悟空之"酒杯"浇自身困境下之块垒。诸如《天堂之游》《我是孙悟空》，即取材于《西游记》中的人物、情节，在一些荒诞不经的故事里，揭露了政治上、社会上的诸多秘幕、丑态。笔锋辛辣，在热闹喧嚣的背后是无情的揭橥和辛辣的讽刺、批判。这是对百回本《西游记》批判精神的发扬、光大。

20世纪80年代，台湾作家柏杨《西游怪记》在台湾出版，该书1987年4月又被中国文联出版公司以"香港台湾与海外华文文学丛书"出版，共17万字，以唐僧师徒取经回来后组成大唐国通天教朝圣团的遭遇为线索，把赵高、秦桧、贾桂、羊力大仙、潘金莲、张浚、潘巧云、吕不韦、孔子、子贡、孟子、唐太宗、李师师、劳得前八世、张得功、贾玛丽、猛生大人、张飞等与取经师徒混杂在一起，每个人物的个性、特征均融会出那个时代的烙印，行列而来，唇枪舌剑，吵吵闹闹，敷衍出一场你方唱罢我登场的闹剧，语言粗俗、直白，下流人物的下流语言常常成为出口成"脏"的顺口溜、调侃、笑话。总之，一切均以当今华人社会的生活作为历史背景，讽刺大陆、台湾两岸华人社会的种种劣根性，人口上超生，贫穷、饥饿，"同志"的称谓，"政治运动"，我们从中仿佛见证了近 40 年来中国社会政治历史变迁过程中所曾经有过的灾情、苦难的教训。以古喻今，借《西游新记》讽刺台海两岸中国国民性中的丑陋性、劣根性。这与柏杨先生名作《丑陋的中国人》如出一辙、相辅相成，共同构成反思中国传统文化、中国国民性的双璧。与其他续书不同，柏杨在这部作品中首次穿越历史时空，展露当今社会的种种丑陋败德，开了后来港台"大话""无厘头""西游"文化的先河。柏杨的风格恰恰可以追溯到 20 世纪 30 年代鲁迅的《故事新编》，鲁迅以其犀利的笔触揭露了传统文化背景下国民性的负面影响，讽刺揶揄则取当时世态，继承了明代百回本《西游记》的批判精神。柏杨的《西游怪记》则在精神上继承了两者的精华，以深刻、犀利、辛辣、痛快而著称，是现代意义上的"大话西游"鼻祖。

在沉寂了 10 年之久后，香港刘镇伟、周星驰再度合作、策划《大话西游》，将古典名作《西游记》再次以崭新的面貌展现在世人面前。其恢宏、大气，实承继了原著的精神。但，更可贵在于，创作者不拘泥于原作，而是结合现代社会的世俗生活，试图借助后现代主义的手法，"戏仿""拼贴""反讽"，将人生中有价值的东西撕碎给人看，将无价值的东西调侃、戏谑，混淆崇高、庄严与低俗、卑下的界限。

如果说鲁迅开拓了"大话"的处女地，柏杨辛勤耕耘扩大了创作领域，那么，刘镇伟、周星驰则通过"大话西游"展示了东西方文化在"后现代主义"思潮影响下的挣扎、彷徨与涅槃。

"大话西游"借助古典小说《西游记》的人物、情节，但在思想精神气度上融合了当代香港在殖民主义文化背景下的芸芸众生于 1997 回归前后的焦躁、忧虑与疑惑。

有着百年羞辱经历的香港，处于东西方文化的交汇处，是中华文化与欧美等西方文化碰撞、交融之地。面临欧风西雨的洗礼，商业成为主宰文化生存、发展的基石，肢解了中华文化农业为本、商业为末的传统思维基础。百回本《西游记》中所流露出的反皇权、求民主的思想在"大话西游"中得到淋漓尽致的宣泄。"强盗也是一种职业""你干好你的那份强盗的职业"。

如果说，百回本《西游记》是对历史上"玄奘西天求法"史实的艺术展现，是对玄奘《大唐西域记》的"大话"，艺术化、形象化的创造，那么，"大话西游"则是对百回本《西游记》的"解构""重释""新创造"。

历史证明，百回本《西游记》的成功，成为中国古典文学的经典，得益于凝重的历史内涵、犀利的批判眼光、深刻的民族文化反省、庞大的神话隐喻体系，加上令人耳目一新的白话通俗语言。历史也再一次证明，"大话西游"的成功，成为当今网络、传媒的经典，则受益于传媒时代信息传播的内涵、超锐的批判视角、锐利的批判眼光、对民族经典文化的反讽、庞大的神魔文化隐喻系统，加上让人刮目相视的"大话体系"。刘镇伟、周星驰以殖民主义文化背景下"小人物"的视角，重新演绎《西游记》中"西天取经"故事，虽然孙悟空变成了"至尊宝"，今生沦为斧头帮帮主，成为山贼草寇。白骨精变成了"白晶晶"，但他（她）们之间的恩恩怨怨、生生死死的遭遇，敷衍出一幕幕悲悲喜喜的喜剧故事。菩提老祖是一串葡萄，紫霞仙子本是菩提老祖的一根灯芯，她抓住了爱情，"谁能拔出我的紫青宝剑谁就是我的如意郎君"。"只羡鸳鸯不羡仙。"至尊宝对白晶晶的一见钟情，即使她是一个白骨精。月光宝盒可以超越时光，而且也难以控制，只能一次次重来。白晶晶一出场就遇到至尊宝，就说道："还是干你的山贼那份很有前途的职业吧！"在时空交织、是非转换之中，周星驰通过至尊宝之口说出一段经典的独白："曾经有一份真诚的爱情放在我的面前，我没有珍惜，等我失去的时候，我才后悔莫及，人世间最痛苦的事莫过于此。如果上天能够给我一个再来一次的机会，我会对那个女孩子说三个字：我爱你。如果非要在这份爱上加上一个期限，我希望是……一万年！"然而，周星驰则用电影蒙太奇手法，通过牛魔王、猪八戒、唐僧、白晶晶、紫霞、菩提的矛盾冲突，打打斗斗，尤其是与牛魔王的战斗，天昏地暗、杂乱纷呈。影片的编导刘镇伟说："常常觉得孙悟空其实不想去取经，是被人逼去的，一个被逼的人想法必定很有趣，所以我把孙悟空塑造得更加坏，把他的角色扭转一下。"这便是《大话西游》借古典小说《西游记》的人物形象符号施行富有"香港化"的改装。尤其是"无厘头"的插科打诨，影片通过孙悟空死而复生的故事，分作两部分：一是死前的孙悟空作为"至尊宝"时的阶段，二是孙悟空死后的阶段。作为影片的核心人物，孙悟空在"月光宝盒"中穿梭,他爱上了前来吃唐僧肉的白骨精——白晶晶,白晶晶自杀身亡,他则借"月光宝盒"穿越时空拯救白晶晶,却不料回到了500年前的盘丝洞。巧遇紫霞仙子,竟被紫霞在脚板烙上三颗痣,变作孙悟空。但"至尊宝"却不承认自己为孙悟空,仍痴心不改地寻找白晶晶,无视紫霞对他的一往情深。可是造化弄人,当他与菩提老祖回到盘丝洞找到白晶晶,却发现这是一场错爱。最终,他被蜘蛛精所杀。他死后皈依了佛门,抛弃了以往对紫霞的爱,大战牛魔王,重新踏上护送唐僧西天取经之路。这是一种深深的寓意,影射了现代香港(1997年前后)人由"无厘头"(殖民统治下的意识)向"自我"的觉悟方向大踏步前进的趋向。尽管作者用"反讽""戏谑"的方式,尤其是结尾,夕阳下,武士与紫霞的相会,"谁能拔出我的紫青宝剑谁就是我的如意郎君""只羡鸳鸯不羡仙"。至尊宝拔出了,然而,现实中的孙悟空又要走向佛门。没有戴上紧箍之前,他只是凡人,背负着事业与爱情的双重职责。戴上紧箍,他就成了孙悟空,只有事业,必须舍弃爱情。这是男人世界里那个成功的男人必须遭遇的。紫霞说:"不能和我爱的人在一起,就是让我做玉皇大帝,我也不会开心。"当夕阳武士拥抱她时,她也许找到了真爱,因为,他最终拔出了紫霞宝剑。这武士是"至尊宝",不是孙悟空。当至尊宝成了"孙悟空"时,叼着香蕉回头看着城头一对恋人时,紫霞靠着夕阳武士的肩头望着孙悟空的眼神是何等凄美。于是,"他好像一条狗耶"。悲耶?喜耶?这才是真正抓住了人性中的关键处。"至尊宝""孙悟空"恰是每个男人必须面对的自我。当你是"至尊宝"时,便有了爱的烦恼;当你是孙悟空时,于是烦恼便消失了,皈依宗教,便成为至圣的仙佛与功德无量的神圣护法。百回本《西游记》中的孙悟空、齐天大圣的双重寓意,何尝不是如此呢?从这种意义上说,《大话西游》揭示了《西游记》的奥义,是新时代殖民主义统治下香港人的矛盾、犹豫、彷徨与新生。这是一段痛定思痛的抽肠拉肺般的精神涅槃啊!在目睹周星驰饰演下的"至尊宝""孙悟空"形象,我们不正可以窥见回归前后香港社会芸芸众生的心态与情意吗?

说周星驰恶搞也罢,"大话"本身就是新时代的一种创新。历史正是在一代代人的"大话"史中前进。百回本《西游记》本身正是对玄奘《大唐西域记》的"大话",《西游补》是当时对百回本《西游记》的绝妙"大话";鲁迅《故事新编》则是"五四"后一代学人对中国历史的形象"大话"；抗日战争时期的张恨水《八十一梦》则是20世纪30~40年代对中国遭受日本侵略下的民众心态、思想的绝妙"大话"；柏杨《西游怪记》则是台湾民众的"潜意识"层面对中华古典文化的全盘"大话"。这些正是香港刘镇伟、周星驰创作《大话西游》的土壤与氛围，欧风西雨下的香港面临"97回归"，可谓"山雨欲来风满楼"。民众的矛盾、焦虑、忧愁、彷徨，往往以"无厘头"方式发泄出来。周星驰仅仅通过《西游记》找到了发泄这种"无厘头"积怨的恰切方式而已。

我们不应用传统的审美标准来评判《大话西游》，那样就会削足适履的。因为诞生的背景、创作的基础与文化氛围的差异，均会让你无所适从，陷入无以名状、焦虑不安、隔靴搔痒的怪圈。

《大话西游》原意并非"恶搞"，但周星驰以"无厘头"的形式破坏了百回本《西游记》的庄严、神圣和崇高，代之以"讽刺""肢解""挖苦""煽情"，打破了庄严与滑稽、真诚与表演、痛苦与欢乐以及哲理与废话的界域。完全是一场对古典艺术的颠覆、破坏，不讲秩序、伦理，不要崇高，不信真理，"上帝死了"！信念的动摇、努力的窳败，趣味至上，不讲深刻，只要眼前（"当下"），拼命追逐时髦与浅薄。周星驰通过对孙悟空的改造，完成了一场后现代主义式的意念、精神的超越。留下诸多所谓经典"大话"——诸如上文的"爱情表白"，诸如"爱需要理由吗？爱不需要理由吗？""还是去干你的山贼那份很有前途的职业吧！""I 服了 you"。俚语、俗语伴着低级的下流话，低俗的语言为了创造出庸俗的笑料，仅仅博人一笑而已。除了个别之处有耐人寻味之外，更多的仅仅是让人一笑而已！

《大话西游》正是在后现代主义的背景下，开启了当代中国文坛"恶搞"经典名作的序幕，网络的普及，草根族们将一切古典神圣的光环全消亡，代之以"戏谑""调侃""讽刺"，没有了崇高、偶像，全被"解构"、颠覆！甚至全部推翻、否定！实质上就是虚无主义的翻版！应当引起有识之士的警觉！我们不反对对传统经典的新探索、新反思，但我们决不能认同违背历史真实与正义的完全否定的虚无主义立场与视角！因为我们既是历史的见证者，也是文明的延续者！

明代《西游记》研究新探

明代《西游记》诞生以来，现存于世的版本分简本、繁本系列，繁本有"华阳洞天主人校"本世德堂系列，又有"李卓吾先生批评西游记"系列；简本有朱鼎臣《唐僧出身西游记传》，又有阳（杨）志和本《西游记传》。在最早的世德堂本《西游记》前有陈元之《刊西游记序》揭示了《西游记》出版前后的相关信息，繁本中《李卓吾先生批评西游记》乃最早的批评本，构成明代《西游记》研究的最珍贵信息资料，而，幔亭过客《西游记题词》，谢肇淛在《五杂俎》卷十五关于西游记评论，以及吴从先在《小窗自纪》对于《西游记》的评价，均构成明代《西游记》研究的主流倾向，代表了当时社会知识阶层有识之士的客观评价，为考辨《西游记》作者、思想与时代提供有益的参考与借鉴。

一 明代《西游记》版本简况

明代《西游记》版本现存七种，分别为繁本、简本系列。繁本又分两类：华阳洞天主人校本，李卓吾评本。简本两种：朱鼎臣本，阳（杨）志和本。

先说简本，朱鼎臣本，全名《唐僧出身西游记传》，扉页题为："鼎镌全相唐三藏西游传"，据慈眼堂所藏本，封面题名为"全像唐僧出身西游记传"，共十卷，现存两部。一部现存台湾双溪故宫博物院，系 20 世纪 20 年代在日本村口书店发现，后由北平图书馆收购。一部现存日本日光轮王寺慈眼堂。扉页上题为"羊城冲怀朱鼎臣编辑，书林莲台刘永茂绣梓"。刊刻时代，据郑振铎考辨，认为"是明代嘉隆间闽南书肆的刻本。其时代最迟不能后于万历初元"（《中国文学研究》上册，第 267 页）。孙楷第先生认为是万历刊本，朱鼎臣为万历年间人（《日本东京所见小说书目》，人民文学出版社，1958，第 82 页）。李时人先生认为该书"应该刊于万历中叶以后，很可能是万历末期的刊本"（《西游记考论》，浙江古籍出版社，1991，第128 页）。曹炳建先生认为定为万历初元至中叶刊刻比较适宜（《〈西游记〉版本源流考》，人民出版社，2012，第 107 页）。

此本按天干"甲乙丙丁戊己庚辛壬癸"为次序排列，共六十七节，每卷三四节至九十节不等。正文分上、下部分，上半部分是图画，下半部分是文字。

阳（杨）至和本，全称《西游记传》，因题中有阳（杨）至和编，学界简称"阳本"或"杨本"。有两种类型：一类为单行本，一类为《四游记》本。

现存单行本有两种：一种是明刻单行本，原藏英国牛津 Bodleian 图书馆。全书共四卷，缺封面和序跋，卷一首题"新镌三藏出身全传"，卷中又有题"三藏传""三藏全传"，故此本应名为"唐三藏出身全传"。由于此本卷一第二、三、四行分别题"齐云阳至和""天水赵毓真校""芝潭朱苍岭梓"，故学界或称其为"阳至和本""阳本"，或"朱苍岭本"。

第二种为单行本，题"近文堂版，龙江聚古斋梓"，清刻，近文堂本，为清嘉庆十六年（1811）书坊刊本，其中内封题"唐三藏出身传""近文堂藏版"，国家图书馆藏。

再说"繁本"，"繁本"即指百回本《西游记》现存明代版本，分两大系列，华阳洞天主人校本，李卓吾评本。前者现存三个明代版本：金陵世德堂梓行的《新刻出像官板大字西游记》（简称世本），福建杨闽斋清白堂梓行的《新镌全像西游记传》（简称杨闽斋本），未署刊者的《唐僧西游记》。以上 3 种均题"华阳洞天主人校"，卷首有"秣陵陈元之撰"的序言。世本陈《序》后题"时壬辰夏端四日"，一般认为"壬辰"系万历二十年（1592），也有认为是前一个甲子，1532 年，为现存《西游记》最早刻本。以上三书各二十卷一百回。

李卓吾本，《李卓吾先生批评西游记》，首有幔亭过客即袁于令的《题词》，不分卷，一百回，全本，文中有大量回评和夹批（或眉批）。

二 明代《西游记》研究鸟瞰

现存明代的金陵世德堂梓行的《新刻出像官板大字西游记》卷首有《刊西游记序》，题"秣陵陈元之撰"，序末题"壬辰夏端四日"，据考证，一般认为是万历二十年（1592）。后有目录，共二十卷一百回，每卷五回，以宋代邵雍《清夜吟》诗"月到天心处，风来水面时。一般清意味，料得少人知"为次序，恰好配成20卷次。第一卷卷首题"新刻出像官板大字西游记月字卷之一"，第二行题"华阳洞天主人校"，第三行题"金陵世德堂梓行"。但其中卷九、十、十九、二十又题"金陵荣寿堂梓行"，卷十六则题"书林熊元滨重镌"。版心题"出像西游记"，偶题"西游记"。

《新刻出像官板大字西游记》（下简称"世本"）的存世，既保留了最早《西游记》的版本、内容，更留下了最珍贵的《刊西游记序》，是明人对于《西游记》评论的最早、最珍贵的历史文献资料。

金陵世德堂梓行的《新刻出像官板大字西游记》卷首有《刊西游记序》是明代关于百回本《西游记》的最早说明与评价，具有重要的史料、学术价值。

下面引陈元之《刊西游记序》：

太史公曰："天道恢恢，岂不大哉！谭言微中，亦可以解纷。"庄子曰："道在屎溺。"善乎立言！是故"道恶乎往而不存，言恶乎存而不可"。若必以庄雅之言求之，则几乎遗《西游》一书，不知其何人所为。或曰"出今天潢何侯王之国"；或曰"出八公之徒"；或曰"出王自制"。余览其意近骎弛滑稽之雄，卮言漫衍之为也。旧有叙，余读一过，亦不著其姓氏作者之名，岂嫌其丘里之言与？其《叙》以为：孙，猢也，以为心之神；马，马也，以为意之驰；八戒，其所戒八也，以为肝气之木；沙，流沙，以为肾气之水；三藏，藏神、藏声、藏气之三藏，以为郛郭之主；魔，魔以为口耳鼻舌身意、恐怖颠倒幻想之障。故魔以心生，亦心以摄。是故摄心以摄魔，摄魔以还理。还理以归之太初，即心无可摄，此其以为道之成耳。此其书直寓言者哉！彼以为大丹之数也，东生西成，故西以为纪。彼以为浊世不可以庄语也，故委蛇以浮世；委蛇不可以为教也，故微言以中道理；道之言不可以入俗也，故浪谑笑谑以恣肆。笑谑不可以见世也，故流连比类以明意。于是，其言始参差而俶诡可观；谬悠荒唐，无端崖涘，而谭言微中，有作者之心，傲世之意。夫不可没已！

唐光禄既购是书，奇之，益俾好事者为之订校，秩其卷目梓之，凡二十卷，数十万言有余，而充叙于余。余维太史、漆园之意，道之所存，不欲尽废，况中虑者哉？故聊为缀其轶《叙》叙之，不欲其志之尽湮，而使后之人有览，得其意忘其言也。或曰："此东野之语，非君子所志。以为史则非信，以为子则非伦，以言道则近诬，吾为吾子之辱。"余曰："否！否！不然！子以为子之史皆信邪？子之子皆伦邪？子之子史皆中道邪？一有非信非伦，则子史之诬均。诬均则去此书非远，余何从而定之？故以大道观，皆非所宜有矣；以天地之大观，何所不有哉？故以彼见非者，非也；以我见非者，非也。人非人之非者，非非人之非，人之非者，又与非者也。是故必兼存之后可。于是兼存焉。"而或者乃亦以为信。属梓成，遂书冠之。时壬辰夏端四日也。

秣陵，南京古地名，秣陵是秦代的南京名称，秦始皇三十七年（公元前210）置，属会稽郡。公元前210年，秦始皇东巡，曾在秣陵关西南丹阳（今南京江宁区丹阳）经过，回途又从江乘渡江北返。随行术士认为金陵山势险峻，有天子之气，秦始皇便把王气泄散，将金陵改为秣陵。"秣"是草料的意思，意即这里不该称金陵，只能贬为牧马场。

陈元之把"秣陵"这个地名冠于自己名字前，是表达怀古之心，还是另有隐情？

其中："不知其何人所为。或曰：出今天潢何侯王之国；或曰：出八公之徒；或曰：出王自制。"一直被后来的研究者作为考据、探寻作者的依据，实际上，陈元之已经说得很清楚，"不知其为何人作为"，以下三个的"或曰"均为推测。况且，陈元之在前序中明明白白地告诫"若必以庄雅之言求之，则几乎遗《西游》一书"。这是今天试图借此来研究《西游记》作者的学者们的"死穴"。

再来看"华阳洞天主人校"，一解，"华阳洞天"：源于金陵东茅山一景；又解，华阳，洞天主人，华阳古地名，洞天主人系某某君一号也。可能与作品充满道家的神仙、玄幻有一定联系，恰是印书者、校刻者布下的"一局"，现在综合起来，似乎是故弄玄虚，吊起读者的口味。

既然是"校"，就不可能是作者，明摆着的事，有些研究者，似乎把"秣陵陈元之"与"华阳洞天主人"及序文的三个"或曰"联系起来，推测，就是一人云云，可能是作者。实际上，均是主观性的猜测，不足为据。

这篇《序》的存在既具有历史价值，又为我们指出《西游记》的主旨"若必以庄雅之言求之，则几乎遗《西游》一书""此其书直寓言者哉！于是，其言始参差而诙诡可观；谬悠荒唐，无端崖涘，而谭言微中，有作者之心，傲世之意。夫不可没已！"

初看其意，似乎就是"寓言者哉"，无深刻的含义；但《序》的后面，却冒出"孙，狲也，以为心之神；马，马也，以为意之驰；八戒，其所戒八也，以为肝气之木；沙，流沙，以为肾气之水；三藏，藏神、藏声、藏气之三藏，以为郛郭之主；魔，魔，以为口耳鼻舌身意、恐怖颠倒幻想之障。故魔以心生，亦心以摄。是故摄心以摄魔，摄魔以还理。还理以归之太初，即心无可摄，此其以为道之成耳"。便成为后来诸多解说《西游记》者奉为圭臬的至理名言，误导了明、清以来的道士们以其寓"金丹大道"的微言大义。

到目前为止，我们仍然没有解开这篇《序》文的诸多谜，第一，序作者陈元之，仅仅解开"秣陵"为南京古地名，关于陈元之的相关信息，一条直接的历史材料、方志资料均没有。学者们大多是推测、臆测，无法与史实相对应。

《刊西游记序》，为我们留下了关于作者的推测："不知其何人所为。或曰'出今天潢何侯王之国'；或曰'出八公之徒'；或曰'出王自制。'"天潢"，"侯王"，"八公之徒"，"王自制"等，引起后代各位专家、学者的皓首穷经般的推测、敷衍，均与原作相去甚远矣。

根据现有各种因素来衡量，"《西游记》作者"是谁仍然是没有解决的问题，除吴承恩外，有丘处机、许白云、宗泐、史真人弟子、尹真人弟子、唐太史、唐皋、唐顺之、茅山道士闫希言师徒、蓝田、鲁王府朱王、周王府朱睦㮮等说，曹炳建先生在《〈西游记〉作者诸说考辨》（上、下）① 中一一列出并逐一批评，指出无一种说法能够成立。

秣陵陈元之《刊西游记序》，保留了对于百回本《西游记》刊印前后的相关缘由、古本、作者推测、主旨、传播等信息资料，对于后代研究者指

---

① 曹炳建，《〈西游记〉作者诸说考辨》（上、下），《淮海工学院学报》（社会科学版）2014年第 3、4 期。

明了阅读、研究、追踪相关主旨、内容、情节之路径。

如果说"世本"之留存及《刊西游记序》为后代揭示了古本《西游记》的题旨、作者之谜的关键信息，还停留于主观的认识与评价之上，那么，《李卓吾先生批评西游记》版本的存在则由此开辟出一番新的天地。

《李卓吾先生批评西游记》（下简称"李评本"），现存 12 个版本，中国历史博物馆和河南省图书馆存两个版本，国家图书馆存 1 个版本，但又残缺。法国、英国和韩国各存 1 部，日本内阁文库、宫内省书陵部、东京大学东洋文化研究所、广岛浅野图书馆各存 1 部，日本田中谦二、奥野信太郎各藏 1 部。

"李评本"初刻本应当刊刻于万历三十年后半期，从刊载的《题辞》衡量，专家考据出袁于令（1592~1674）的时间与刊刻时间的关联性，一般认为是明代万历三十五年至四十一年之间，即 1607~1613 年之间。① 虽然标明是"李卓吾"，但据钱希言《戏瑕》和盛于斯的《休庵影语》，可能是叶昼所评。

"李评本"最大的贡献在于第一次对百回本《西游记》全面点评，开辟了明清时代点评《西游记》的先河，以完整、全面的点评，揭示出对于《西游记》主旨、结构、语言、人物形象的"微言大义"。

其开篇第一回总评："读西游者，不知作者宗旨定作戏论。篇中云：释厄传见此书，读之可释厄也。何以言释厄？只是能解脱便是。"第十三回总批"心生种种魔生，心灭种种魔灭，一部西游记只是如此，别无些剩却矣"。第十九回总批"游戏之中，暗传密谛。学者着意心经。方不枉读西游记，辜负了作者婆心"。

"李评本"开创了用"心学"统领《西游记》之先河，第十三回总批"心生种种魔生，心灭种种魔灭，一部西游记只是如此，别无些剩却矣"便是证明，而"求放心"，第一回"又曰子者儿男也，系者婴细也，正合婴儿之本论，即是庄子为婴儿，孟子失却赤子之心之意。同一回的"灵台方寸山，山中有座斜月三星洞"一语后面又加批语"一部西游记，此是宗旨"。"释厄传见此书，读之可释厄也。何以言释厄？只是能解脱便是。"所谓"解脱"，便是"心学"的回光返照。

周亮工《因树屋书影》卷一说叶昼"多读书，有才情，留心二氏学，故为诡异之行"，对于"心学"的青睐、浸透，熔铸于《西游记》点评之

---

① 曹炳建：《〈西游记〉版本源流考》，人民出版社，2012，第 202~203 页。

中，成为研究《西游记》的最珍贵的历史文献资料。

前此"世本"有夹批，第一回"此山叫作灵台方寸山"处有双行夹批"灵台方寸，心也"，在"山中有座斜月三星洞"处又批曰"斜月象一勾，三星象三点，也是心。言学仙不必在远，只在此心"，与"李评本"的此处批语完全一致，也许后者就是直接沿袭了前者。

三 明代其他序文、题词对《西游记》探究

明代张誉在《北宋三遂平妖传序》中说："小说家以真为正，以幻为奇。然语有之：'画鬼易，画人难。'《西游》幻极矣。所以不逮《水浒》者，人鬼之分也。"此观点代表了当时文坛的主流倾向，"以真为正，以幻为奇""《西游》幻极矣。所以不逮《水浒》者"，肯定以真为正的主导意识，忽略、贬低神魔小说的"以幻为奇"的艺术创作本质。

明代又有幔亭过客《西游记题词》，"文不幻不文，幻不极不幻。是知天下极幻之事，乃极真之事；极幻之理，乃极真之理。故言真不如言幻，言佛不如言魔。佛非他，即我也。我化为佛，未佛皆魔。魔与佛力齐而位逼，丝发之微，关头非细。摧挫之极，心性不惊。此《西游》之所以作也。说者以为寓五行生克之理，玄门修炼之道。余谓三教已括于一部，能读是书者，于其变化横生之处引而伸之，何境不通？何通不恰？而必问玄机于玉匮，探禅蕴于龙藏，乃始有得于心也哉？至于文章之妙，《西游》《水浒》实并驰中原。今日雕空凿影，画脂镂冰，呕心沥血，断数茎髭而不得惊人只字者，何如此书驾虚游刃，洋洋洒洒数百万言，而不复一境，不离本宗。日见闻之，厌饫不起；日诵读之，颖悟自开也！故闲居之士，不可一日无此书"。

据孙楷第先生考证，"幔亭""令昭""白冰"皆是袁于令的字，袁于令（1592~1674），名晋，一名韫玉，亦字"于令"，有"幔亭过客""幔亭歌者"等号，吴县（今江苏苏州）人，《吴县志》有传，著有杂剧、传奇多种，又有小说《隋史遗文》、传奇《西楼记》等。此篇序文，正是其评点《西游记》的开篇之文。与《隋史遗文序》相得益彰。

袁于令在《隋史遗文序》中首次提出"贵幻说"，"传奇者贵幻：忽焉怒发，忽焉嬉笑，英雄本色，如阳羡书生，恍惚不可方物""奇幻足快俗人，而不必根于理"，主张小说创作应该有虚构，突破了前此历史演义小说的窠臼，开辟了小说创作"贵幻"的理论先河。

这篇《西游记题词》与《隋史遗文序》的"贵幻说"思想倾向上是一致的，所谓"文不幻不文，幻不极不幻。是知天下极幻之事，乃极真之事；极幻之理，乃极真之理。故言真不如言幻，言佛不如言魔。佛非他，即我也。我化为佛，未佛皆魔。"把《西游记》的宗旨概括为一个"心"字，所谓"一部《西游记》，此是宗旨"。

袁于令对于《西游记》研究的举世之功在于，鉴定《西游记》的性质，肯定小说的"幻"，《西游记》是一部"极幻极真"之作，在当时具有与《水浒传》同等重要的价值与地位。"于文章之妙，《西游》《水浒》实并驰中原。"这是对于百回本《西游记》作为小说，从艺术虚构与现实真实的关系方面，予以高度认可与赞扬，褒义之中含义深长，"此书驾虚游刃，洋洋洒洒数百万言，而不复一境，不离本宗"。可谓前无古人的大胆眼光与卓绝史识。

首次提出《西游记》系"三教合一"，"余谓三教已括于一部，能读是书者，于其变化横生之处引而伸之，何境不通？何通不恰？而必问玄机于玉匮，探禅蕴于龙藏，乃始有得于心也哉？"这是对于百回本《西游记》思想性质的深刻把握与敏锐观照，开辟了明代对《西游记》思想研究的先河，影响了后代诸多点评、研究者不得不正视小说与三教之关联性，朝着正确的解读、阐释路径迈步。

明代谢肇淛在《五杂俎》卷十五中说："《西游记》曼衍虚诞，而其纵横变化，以猿为心之神，以猪为意之驰，其始至放纵，上天下地，莫能禁制，而归于紧箍一咒，能使心猿驯伏，至死靡他，盖亦求放心之喻，非浪作也。"这是对于百回本《西游记》主旨最生动、形象的揭示与披露，从宏观抓住了小说的关键因素，"曼衍虚诞""求放心之喻"，受到20世纪30年代鲁迅先生的推崇，"如果我们一定要问它的大旨，则我觉得明人谢肇淛所说的'《西游记》曼衍虚诞，而其纵横变化，以猿为心之神，以猪为意之驰，其始至放纵，上天下地，莫能禁制，而归于紧箍一咒，能使心猿驯伏，至死靡他，盖亦求放心之喻'这几句话，已经很足以说尽了"（鲁迅《中国小说的历史变迁》）。

谢肇淛（1567～1624），字在杭，福建长乐人，号武林、小草斋主人，晚号山水劳人。明万历二十年（1592）进士，历任湖州、东昌推官，南京刑部主事、兵部郎中、工部屯田司员外郎，曾上疏指责宦官遇旱仍大肆搜括民财，受到神宗嘉奖。天启元年（1621）任广西按察使，官至广西右布政使。入仕后，历游川陕、两湖、两广、江浙各地所有名山大川，所至皆有吟咏，雄迈苍凉，写实抒情，为当时闽派诗人的代表。曾与徐𤈦重刻淳熙《三山志》，所著《五杂俎》为明代一部有影响的博物学著作。他的关于小说文本考据与传播及相关理论集中于《五杂俎》《文海披沙》《虞初志序》《麈馀》之中。

谢肇淛在《文海披沙》中说："俗传有《西游记演义》，载玄奘取经西域，道遇魔祟甚多，读者皆嗤其俚妄。余谓不足嗤也。古亦有之：神农尝百草，一日而遇七十毒，皇帝伐蚩尤，迷大雾天。"为《西游记》张目，依据是"古已有之"，列举诸多历史故事、传闻，来印证小说的历史存在与前人的共同性，从而肯定了《西游记》的历史地位与价值，与当时社会上对于神怪小说的贬低、抹杀截然不同。

考察其小说观，我们发现谢氏继承与发展了胡应麟的小说理论，通过小说创作并形成了独特的"子部小说观"。对于《西游记》的评价，认为神怪故事是人力不及之事，肯定神魔小说的历史价值与地位，为此而提出"情景造极而止""博览稗官诸家""足以翼经佐史"的小说创作方法与技巧，体现"虚实各半"的小说理论视点，为神怪小说的历史价值与地位而呼吁。

明代吴从先在《小窗自纪》中说"《西游记》一部定性书"，对于作品的思想与性质做了高度的概括与透彻的揭橥，堪称独具慧眼的"的评"。

总之，明代百回本《西游记》的诞生，开辟了中国古代长篇章回体小说的新门类，神魔小说，以"神幻"奇闻独步文坛，以"寓言"的形式，"其言始参差而诙诡可观；谬悠荒唐，无端崖涘，而谭言微中，有作者之心，傲世之意"。以长篇神魔、变幻无穷的故事，敷衍出形形色色之神鬼魔怪，展示出喻世之意、愤世之情，成为中国长篇小说之林中独具一格的圭臬。尽管百回本《西游记》在甫一面世就以其神幻迷人故事受到市场、读者的追捧，后续者或删节、或改编，掀起一股长篇神魔小说创作、点评的"追剧"热潮，《封神演义》《三宝太监西洋记》《桃花女》《后西游记》《续西游记》等络绎不绝，构筑起一道弥漫宗教、神学气氛的神魔小说风景线。

明代的出版者在向市场推广的过程中，极力推崇《西游记》，有"华阳洞天主人"、秣陵陈元之、杨志和、朱鼎臣等一大批人熔出版、评点于一炉的，快捷地把对于小说主旨、思想、人物的评价冠于作品之中，赢得市场、读者的追捧、热议，直接推动明末清初的文学家、宗教徒、士子学人，投入改编、出版、点评之洪流之中。

明代《西游记》的版本流变，按照出版的发展规律，一般是先有由"简本"到不断扩张为"繁本"，也有例外，由"繁本"不断删改成为"简本"。《西游记》版本发展历程不会违背一般规律，先有"简本"的出现，不断演变、扩展为比较完善的"繁本"。世德堂、李评本都是较为完善的本子，故事情节完整，条目清晰，回目纲要比较完善，代表了古代白话章回体长篇小说趋于成熟的阶段。

从世德堂《新刻出像官板大字西游记》，到《李卓吾先生批评西游记》，构成百回本《西游记》的总体格局。明代百回本《西游记》的完善，熔铸了诸多出版家、评点者、创作者（无名氏）的心血，开辟了明代百回本《西游记》出版、点评及研究的新路径，为清代《西游记》研究提供有益的范本与参照。

强加先辈之武断

——《西游记》"陈光蕊故事"的来龙去脉探轶

最近，吴闲云《煮酒探西游》[①] 对于《西游记》中"陈光蕊故事"青睐有加，用六篇文章予以剖析，可谓用心良苦。

初看，吴先生的解读似乎有道理，且逻辑严密，推断精妙，然而，细细品味，笔者总的认识是——貌似合逻辑，其实有误；按照辩证唯物主义与历史唯物主义的方法论，实事求是地审视之，与其说吴闲云先生的"煮酒探"《西游记》，是对经典"唐僧取经故事"的亵渎，毋宁说既是对先辈《西游记》创作者意志的"强加"，更是对于经典《西游记》主要人物唐僧（玄奘）生平、思想与意志的武断之误断。

武断一：没有仔细考量《西游记》的成书史

对于《西游记》的"陈光蕊故事"，学界一向十分关注，400 多年来，仁者智者，莫衷一是。

关键的问题是，现存的明代"华阳洞天主人校""李卓吾点评"之百回本《西游记》中，没有"陈光蕊故事"，清代汪象旭《西游证道书》首次根据明代的相关《西游记》故事，增添了这段"陈光蕊故事"。于是，清代之后诸多《西游记》版本就成为吴闲云先生所见的样子。

1949 年 10 月中华人民共和国成立后，人民文学出版社出版《西游记》。而该版本是在根据北京图书馆所藏明刊本金陵世德堂"新刻出像官板大字《西游记》"摄影胶卷，参考清代六种刻本。而明金陵世德堂本《西游记》没有"陈光蕊故事"，孙楷第先生认为是明世德堂本《西游记》刊落了。学界有不同意见。

---

① 吴闲云：《煮酒探西游》，河北出版集团，2013。

而对于百回本《西游记》中"陈光蕊故事"，我们通过考察《西游记》成书史，发现陈光蕊故事，早在元代就流布甚广。

元·陶宗仪《辍耕录》卷二十五院本名目，和尚家门：《唐三藏》。

元·吴昌龄《唐三藏西天取经》杂剧（残本）"诸侯饯别"云"贫僧俗姓陈，法名了缘。父亲名陈光蕊，一举状元，除授洪州刺史。带领母亲之任，行至中途，大江遇着水贼刘洪，见俺母亲姿色，将俺父亲推入大江之中。比时贫僧在母腹中有七八个月了，未曾分娩。我母亲只得勉强而从。后来产下贫僧，刘洪又要害俺的性命。多亏我母亲用计，造成木匣一个，咬指滴血写下血书一封。将贫僧放在木匣之内，抛入大江。流至金山脚下，幸遇平安长老在江中洗钵，捞取木匣。打开看时，见了贫僧，留在寺中，抚养成人；教学经典，无所不通，无所而不晓"①。

可见，元代就有了关于"陈光蕊故事"的细致表述，对于故事的叙述还是基本符合逻辑的，没有后来被吴闲云先生剖析之漏洞。

明代世德堂本《西游记》虽然没有"陈光蕊故事"，但不能说明代小说《西游记》中就没有"陈光蕊故事"。果然，在日本发现的明代中叶版本《唐三藏西游记释厄传》，羊城冲怀朱鼎臣编辑，书林刘永茂绣梓，共十卷，卷四有八则涉及"陈光蕊故事"，请看"唐太宗诏开南省""陈光蕊及第成婚""刘洪谋死陈光蕊""小龙王救醒陈光蕊""殷小姐思夫生子""江流和尚思报本""小姐嘱儿寻殷相""殷丞相为婿报仇"。②

可见，"陈光蕊故事"一直与《西游记》紧密相连，在百回本《西游记》成书史上具有举足轻重的位置与影响。删去"陈光蕊故事"，的确是世德堂本《西游记》的一大缺憾。以至于清代汪象旭先生要托名古本《西游记》而补上此回故事，以与全篇《西游记》形成全璧。但是，在截取明代及以前"陈光蕊故事"时，因为多种因素的局限，成为被吴闲云先生发现之漏洞。

武断二：以今天的判断强加给明代作者

吴闲云以今天人的判断，强加于古人，按照实际生活逻辑推断陈光蕊与殷小姐成婚，第二天就赴洪州上任，没有怀孕的时间，推断，殷小姐肚

① 张继红校注《吴昌龄、刘唐卿、于伯渊集》，山西人民出版社，1993，第185页。
② 陈新：《唐三藏西游释厄传》《西游记传》，人民文学出版社，1984。

中的孩子必然不是陈光蕊的；而这一切是古代市井"写手"按照一般文人案头传奇小说的思路，一般性判断、补充原作前后疏漏，因第九十九回难簿上有"金蝉遭贬""出胎几杀""满月抛江""寻亲报冤"，而前文没有此相关内容，显得前后历时性与共时性的不统一，露出矛盾破绽。世德堂本、李卓吾评本都没有"陈光蕊故事"，给全书造成前后脱漏、矛盾之处。

而明代简本系列之朱鼎臣、杨志和本《西游记》均有此"陈光蕊故事"，尤其是"朱本"，用了一卷八则占全书十分之一篇幅结构这一故事，体现出全本《西游记》的逻辑、规则。两项比照，显现出朱鼎臣的高明之处。

武断三：混淆历时性与共时性的差异

吴闲云以今天人的思维强加于古人，以陈光蕊、殷小姐成婚时间段，怀孕至少十月等，混淆历时性与共时性之差异，进而假想出，刘洪与殷小姐是旧相好，玄奘是私生子，刘洪是玄奘的亲生父亲，于是，一切关系都被颠覆了。而这一切推断与全部《西游记》的历时性、共时性逻辑相矛盾、相抵触，如何回应第九十九回难簿上的"金蝉遭贬""出胎几杀""满月抛江""寻亲报冤"四难？

古人的思维还是比较符合逻辑的，原作者作为"市井闲人"，以其对于社会、人生与世道的理解、认识与历练，安排"陈光蕊故事"，把唐僧（玄奘）的故事说得更加完整、契合常理，配上第九十九回难簿上的"金蝉遭贬""出胎几杀""满月抛江""寻亲报冤"四难，体现了历时性、共时性的交错与统一。

由于吴闲云先生对于《西游记》版本源流演变的忽略、未见，导致按照清人的版本汪象旭、黄周星的《西游证道书》"陈光蕊赴任逢灾，江流僧复仇报本"的全篇内容，找出其漏洞、缺失，抓住一点，攻其不备，显现出今人的思辨性智慧与诡辩。

回应吴闲云先生的质疑，可以有诸多理由，一、古人思维不够缜密；二、古人补上相关故事，与原作者思维、结构的差异；三、古人大而化之，为赶印刷周期，应急拿来"古本"（实际是"朱本"），改写而成，漏掉了时间的间隔差异，导致不容推敲、思考之处；四、清人（汪象旭、黄周星）伪托"得大略堂《释厄传》古本"之疏漏，而汪象旭、黄周星也说"刘洪假官莅任，直至一十八年，朝廷不行考核，同寮不行觉察，海州亲族遂无一人往来，万花店婆婆亦绝不寻到江州，安安稳稳，公然考满六次，毫无风波，则此贼真可谓好时运矣"①。可见，清人汪象旭、黄周星也并非傻子，已经发现了这一回的破绽与不严密处。吴先生也是在阅读汪象旭、黄周星的本子时引起的联想也未可知啊！

综上所述，"陈光蕊故事"的确在《西游记》中是不可轻易忽略的关节，涉及版本、作者、结构等多方面问题，牵涉对于明代社会制度、风俗、人文地理等多方面的知识、学养、修为，轻易地删去、改写、增添，均难以达到与原作合隼，按照古代小说的成书，版本印制、写作程序、刊行流布等因素考量，可能有一种比较完整的百回本《西游记》存在过，因为现行的百回本《西游记》，无论世德堂本、李评本都非初刻，而是覆刻本，其间经过了多次印制、改编；由此可以窥见，明代中叶以来，南京、建阳等地书商刊行《西游记》的多种混乱情况。书商为了适应巨大的市场需要，神魔小说——四大奇书之一《西游记》的广泛市场需求，委托市井写手，或自己亲自操刀，挖改、杜撰、增删等，可谓无所不用其极。改写（增添）一回故事，况且有前人的本子作为参考，就不是很难之事矣。

"陈光蕊故事"引起我们追根溯源，考量古今，林林总总，足堪比对这本古典名著《西游记》思想、人物及价值的探究与重估。

---

① 李卓吾、黄周星评《西游记》，山东文艺出版社，1996，第99~100页。

世纪之争

——关于《西游记》作者研究综述

百回本《西游记》作为明代四大奇书之一，其作者一直是个谜。因为现存百回本《西游记》的最早版本——明金陵世德堂《新刻镌像官板大字西游记》上没有编、撰、著者的姓名，仅署有"华阳洞天主人校"。长期以来，其作者被认定为元代道士——丘处机，清初西陵残梦道人汪憺漪笺评刊刻《西游证道书》一百回时，在卷首增添一篇元人虞集《西游证道原序》，"以为邱长春作，并谓得古本"（孙楷第《中国小说书目》），于是，"不根之谈乃愈不可拔也"（鲁迅《中国小说史略》）。

清初学者吴玉搢在乾隆十年（1746）纂修《山阴县志》时，见到明天启年间《淮安府志》卷十九《艺文志·淮贤文目》载："吴承恩，《射阳集》四册□卷，《春秋列传序》，《西游记》。"山阴人阮葵生在乾隆三十六年（1771）撰《茶余客话》时，据旧县志亦主张《西游记》为吴承恩作。清嘉庆著名学者焦循在所著《剧说》中曾引阮葵生的资料，并考辨此事。朴学家丁晏在嘉庆、道光年间完成《石亭记续编》一书，力证《西游记》为吴承恩作，指出丘处机作《西游记》小说之谬。清代大学者纪昀根据《西游记》中"祭赛国之锦衣卫，朱紫国之司礼监，灭法国之东城兵司马，唐太宗之大学士翰林院中书科，皆同明制"，因此断定："《西游记》为明人依托，无疑也"（《如我是闻》三）。然而，这些学术成果当时均不被人重视，人们一直因循汪憺漪之旧说，一直到1921年汪原放用新式标点刊印《西游记》时，胡适在《西游记考证》中推断，"《西游记》小说之作必在明朝中叶以来一位无名的小说家做的"。鲁迅先生在1922年与胡适通信中指出作者为射阳山人吴承恩，在第二年撰写《中国小说史略》时，根据天启《淮安府志》及吴玉搢、纪昀、阮葵生、丁晏等人论述，认为吴承恩是《西游记》最后加工写定者。至此，学术界见解趋于一致。

1983 年，复旦大学教授章培恒先生在《社会科学战线》第 4 期上，发表《百回本〈西游记〉是否吴承恩所作》一文，对现行《西游记》为吴承恩作的说法提出质疑。东北师范大学教授苏兴先生在同一杂志 1985 年第 1 期上发表《也谈百回本〈西游记〉是否为吴承恩所作》，对章氏观点提出争鸣。谢巍先生在同年《中华文史论丛》第 4 期上，发表《百回本〈西游记〉作者研究》，对章氏观点提出异议；内蒙古师范大学杨秉祺先生在同年该校学报第 2 期上发表《章回小说〈西游记〉疑非吴承恩作》否定吴承恩为《西游记》作者。章培恒先生又于《复旦学报》1996 年第 1 期上发表《再谈百回本〈西游记〉是否是吴承恩所作》一文，再次阐述他否定吴承恩著作权的理由。

日本学者太田辰夫、小野忍、中野美代子等均对吴承恩为百回本《西游记》作者持怀疑态度。近年来，山西运城学院教授李安纲先生再次提出："吴承恩不是《西游记》小说的作者"（《西游记文化学刊》第 1 期；《苦海与极乐》，东方出版社，1996）

中国人民警官大学副教授刘振农先生对李安纲的新说提出反驳，认定吴承恩是《西游记》的作者（《中国人民警官大学学报》1997 年第 1 期）。现兹将他们的争讼要点分述如下。

一　天启《淮安府志》记载问题

章培恒认为，鲁迅、胡适他们用以证明百回本《西游记》为吴承恩所作的最有力的证据，是天启《淮安府志》卷十九《艺文志》《淮贤文目》。但该府志既没有说明吴承恩《西游记》是多少卷或多少回，又没有说明这是一种什么性质的著作，那又怎能断定吴承恩的《西游记》就是作为小说百回本《西游记》，而不是与之同名的另外一种著作呢？在此情况下就断定百回本《西游记》为吴承恩作，实嫌证据不足。

苏兴先生认为，将天启志的《西游记》说成是通俗小说，"非吴玉搢一人言"，"我们要来研究吴玉搢是怎样由'杂记'而联及《西游记》，不迟疑的认定吴承恩《西游记》便是百回本《西游记》小说。很显然，他是由'杂记'字样的前提定语即'复善谐（谑）剧'联结得出的。万历二十年陈元之序《西游记》，概括作者的观点便是'踸驰滑稽之雄'。这是读《西游记》者的共感。吴玉搢由'滑稽之雄'联想及于'善谐剧'者作的'杂记'，把《淮贤文目》著录的吴承恩《西游记》重合到百回本《西游记》身上。吴玉搢的逻辑思维是这样严密而唯物。阮葵生、丁晏、鲁迅深体此旨，一致赞成吴玉搢此种理解"。天启志云，吴承恩"复善谐剧，所著杂剧几种，名震一时"。吴氏杂记是什么？《禹鼎志》不足当之。当时人们对笔记小说与通俗小说并没有明确的区分，把通俗小说称之为"杂记"，大约也可能。天启志将吴承恩《西游记》与"杂记"联结起来谈，就不能讲什么"孤证"，游记类的东西既不需要"善谐剧"者来写，也难以因而名震一时，天启《淮安府志》编撰者是当时当地人，孤证也可以立（《也谈百回本〈西游记〉是否为吴承恩所作》，《社会科学战线》1985 年第 1 期）。

章培恒反驳说：一、仅仅"善谐谑"而没有"跅弛"的气概，是写不出百回本《西游记》的。而在天启《淮安府志》的吴承恩传中，却找不到吴承恩有任何"跅弛"的特点。光根据"善谐剧"（谑）三字，就把他跟"跅弛滑稽之雄"的百回本《西游记》作者等同起来，这正是犯了以局部代替全局的毛病，是一种思想上的毛病（片面性），哪里是"严密而唯物的逻辑思维"？二、关于吴承恩传与《淮贤文目》是否前后映照，我们最多只能说：这二者可能是相互"映照"，但也可能并无"映照"关系。所以，这一点并不足以证明百回本《西游记》为吴承恩所作。对于"杂记"是否就是通俗小说问题，章先生认为"在尚未找到称通俗小说为'杂记'的先例情况下，恐怕还是把那部与'杂记'相映照的《西游记》视为笔记小说为稳妥，但这"二者未必真有'映照'关系"（《百回本〈西游记〉是否吴承恩所作》，《社会科学战线》1983 年第 4 期）。

杨秉祺则认为，"明清官修的地方志都不收章回小说"，"官修各级地方志的撰写都是这样地恪守成规，不能稍有逾越。如光绪《乌程县志》收录了凌濛初的廿部其他著作，但偏不收他的《二拍》，收录了董说的八十五部其他著作，但偏不收他的《西游补》，收了陈悦的其他著作，但偏不收他的《水浒传》……"所以，天启《淮安府志》著录的《西游记》必非章回小说（《章回小说〈西游记〉疑非吴承恩作》，《内蒙古师范大学学报》1985 年第 2 期）。

关于天启《淮安府志》记载问题，争论双方各执己见，但双方均无驳倒对方的实质性论据，持吴承恩说者，摆出明天启《淮安府志》卷十九《艺文志·淮贤文目》："吴承恩，《射阳集》四册口卷，《春秋列传序》，

《西游记》。"言之凿凿，堪称铁证。而，怀疑否定吴承恩说者，指出其可疑之处，《西游记》并未标明是何性质的书，多少卷册，明清官修地方志均不收章回小说。天启以后的淮安地方志均删除了《西游记》可证。而反驳者也说，正是因为删除了，是百回本《西游记》无疑。

最近，曹炳建先生认为，天启《淮安府志》很可能照抄陈文烛撰写的《西游记》列入府志中，既不言性质，又不言明卷数，显然有难言之隐。陈文烛是吴承恩亲友中少数几个知道《西游记》情况的人之一，不忍其湮没无闻，故含糊其辞，将小说《西游记》列入正史之中。之后，天启《淮安府志》便承继了陈文烛的"错误"。另外，正史虽不涉及通俗小说，但并不是宗教类作品，历来正史《艺文志》多有"释类"便是证明。在《千顷堂书目》之前，有《徐氏家藏书目》，又有《红雨楼书目》，其"子部，释类"载"《西游记》，二十卷"。其所载为通俗小说《西游记》无疑。正是从宗教考虑，陈文烛将吴承恩小说《西游记》录入《淮安府志》中，故天启《淮安府志》所收《西游记》当为小说无疑。这是颇有见地的，可惜仍是推论，实证之处乏见。这一问题的最后解决还有待于更广泛的调查取证。随着新的考古文献资料的发掘，这一问题定有新的、更有力的证据出现。

二　关于《千顷堂书目》著录问题

章培恒先生认为，黄虞稷《千顷堂书目》卷八史部地理类有"吴承恩西游记"的记载，说明吴承恩的《西游记》只是普通的游记类的作品。吴承恩西赴荆府，"写些游记，更完全是情理中事"。黄虞稷是一位很有学问的目录学家，《千顷堂书目》系其私人藏书，"殆尽目睹"，不会分错类，著录是可靠的。

杨秉祺先生认为，《千顷堂书目》中吴承恩的《西游记》是舆地类游记。因为《千顷堂书目》中也不收任何章回小说，"千书目"明白无误地把吴著《西游记》列入卷八"舆地类"的诸游记中，《西游记》和它前后相邻著作一样：是游记而不是章回小说。古代文体名称中，'记'中的'游记'与'杂记'基本上属于一个范畴"。"《府志》暗示这是'杂记'，'千书目'把它排在诸游记中，两书的看法是一致的，即，吴著《西游记》是一部记游性质的笔记"（《内蒙古师范大学学报》1985 年第 2 期）。

苏兴先生认为，将吴承恩《西游记》载入史部舆地类，是《千顷堂书目》的误载。其原因，一是"黄虞稷著录吴承恩《西游记》没有目验，是见书名想当然地误载"。"《千顷堂书目》是为了给编《明史·艺文志》做准备，非个人藏书目。"张均衡云，《千顷堂书目》"并非悉据旧目"，这就是说"黄虞稷确实藏有许多明人著书，但也据旧目，只是'非悉'而已"。《书目》中列有《永乐大典》《明实录》等书，如认为黄家实藏有这些书，实令人"很可疑""吃惊"，而所列《永乐大典》的卷数与今通常所说也不一致。二是吴承恩不能写一部游记性的《西游记》，因为吴承恩罢长兴丞后，虽有荆府纪善一职的任命，他却没有到任，没有由东向西去荆府的西游。

谢巍说，吴承恩确实未有赴荆府纪善之任，他为苏兴此说提出两条补证，证明吴承恩隆庆二年到万历十年间的踪迹，是没有远走西隆，也没有去过蕲州，更不会再去"屈就荆府纪善"，他不会有西行材料撰写游记之类的《西游记》（《百回本〈西游记〉作者研究》，《中华文史论丛》1985年第4期）。

谢巍说，《千顷堂书目》著录及分类"体例特异""而且颇多错谬之处"。他从该书卷三经部中列举了《素王事记》《孔子通纪》《孔圣图谱》等五书"分类不妥，著录书名、卷数有误"的情况，又从卷五史部别史类中列举了《平台召见纪事》《茶史》《乙卯召对录》证明黄"并未检读"原书，"分类有想当然者"。又举《贻安堂稿》《弹园杂志》《林居漫录》等六书，证明其错误分类。卷六史部舆地类（上）中也有不少错误，他列举了《雍大纪》《雍胜略》《雍语》等书，即与吴承恩《西游记》著录在一起的卷八史部舆地类（下）中也有同样错误，如《山海经补注》《山海经释义》，《四库全书总目》定为小说，而黄则入舆地，这证明《千顷堂书目》著录不是没有错误，而是有很多错误（王国维批校本列举其讹误达一百多条，我又考稽得百余条）。故《千顷堂书目》"将吴承恩作的小说《西游记》分入史部舆地类不足为奇"。

三 关于淮安方言问题

章培恒先生指出，吴玉搢所说"书中多吾乡方言"问题，天启志与"吴、阮、丁都未曾说明书中的哪些词语是淮安方言"。以今日人民文学出版社1980年5月北京二版的《西游记》注释中明确提到的七条淮安方言看，"至少有四个不是淮安方言，或不能仅仅作为淮安方言，所以，"书中多吾乡方言"，"观其中方言俚语皆淮上之乡音街谈"，至少是不确切的。章培恒认为书中"也有相当数量的吴语地区的方言"，并列举了十条"明显"的例子，是"淮安及其附近地区的方言中，都不这样使用"。《西游记》中的方言并不能证明百回本的作者为淮安人，倒是提供了若干相反的证据。

杨秉祺认为，"若小说所用语言确是淮安方言"，只能证明作者是淮安人而不能证明作者是吴承恩，但"这个论据本身并不确立"。实际上，小说所用的方言是北方话而非淮安方言，后者只是前者的一个分支。"书中许多淮安方言词只是北方话词汇中的一部分。整个北方方言区的人读'章（回小说）西游'都会发现，因而感到非常亲切，但又有一些方言词不是自己家乡所有的，如果不懂这个道理，就会使许多北方次方言区的人都会认为（章西游）是用自己家乡的方言写的。"

苏兴认为，"《西游记》中的方言不可能专属之淮安，清初的黄太鸿说《西游记》'篇中多金陵方言'（《西游证道书跋》），证明书中的方言亦通于南京。吴玉搢和丁晏只是说'多吾乡方言'，没有说方言皆属之淮安；阮葵生说得太绝对化了，'皆字不恰，过头了。'考虑到吴承恩常跑南京，在嘉靖初年即与吴人文徵明、王宠等人交往，到苏州与文徵明泛石湖，他的口头生活用语夹杂吴语区方言词也是可能的。"

颜景常则从诗歌韵类与作者关系研究《西游记》的语言系统，"《西游记》韵类不会属于北方话"，"这个韵类系统既不可能放在《中原音韵》之后的北方话里，也不可能放在《中原音韵》之前的北方话里，所以，丘处机不可能是《西游记》作者。《西游记》押上声韵的诗歌至少有《醒世恒言》的两倍，入韵字在三倍以上，我们没有发现一个全浊声母上声字，这些字都押去声韵，吴语区方言上述三个特点，在《西游记》里无所发现。一个吴语区作家会写出不反映方言特点的几百首诗歌吗？""用北方话和吴语解释不了的现象，用淮海话可以迎刃而解。由于它和中原音韵不属于同一方言，发展道路、速度不同，所以在某些方面它比《中原音韵》保守，如有入声，无支思，车遮，某些方面它又比《中原音韵》离中古音更远，如 n 昆、n2 尾、m 尾的并合。""皆来，齐微不合用，歌戈，鱼模不合用，中古全浊生声母上声字读去声。这三个和吴语的差异证明《西游记》不是吴语区人写的。这三个特点现代淮海话都保存着。我们的结论是《西游记》

韵类属于淮海话,从音韵学的角度上看《西游记》作者是淮安人吴承恩"
(《〈西游记〉诗歌韵类和作者问题》,《明清小说研究》1988 年第 3 期)。

李安纲先生认为,科学地说,即使小说中全部用的是淮安方言,这也
最多只能作为一个参考,是绝对不能当作判定作者的依据的。"我们在读
《西游记》的时候,也发现小说采用了我们晋南的方言系统。而且我们也能
够用晋南的方言词汇系统,来解决那些淮安方言系统所解决不了的问题。
但是,我们绝对不能就此来判断,作者就是我们晋南人"(《河东学刊》)
1999 年第 1 期)。

四 关于"华阳洞天主人"问题

现存《西游记》的最早版本——金陵世德堂《新刻镌像官板大字西游
记》上仅署有"华阳洞天主人校",这是关于《西游记》作者之争的关键问
题,郑振铎认为"华阳洞天主人似即陈《序》中所谓唐光禄"(《西游记的
演化》),孙楷第则认为作序的陈元之即世德堂主人唐氏(《日本东京所见
中国小说书目》)。苏兴先生主张华阳洞天主人是李春芳,李的祖籍曾是句
容,句容茅山有华阳洞,是道教圣地之一。李春芳之所以取号华阳洞天主
人,一方面是对祖籍的怀念,更主要是显示他对道教有特殊兴趣,当然也
是他在仕途经历疲乏路上不如意的心情反映。对此,陈澉先生立刻提出异
议,他认为:首先,种种迹象表明,李春芳并无"华阳洞天主人"这一别
号;其次,金陵世德堂本序言曾说:"唐光禄既购是书,奇之。益俾好书者
为之订校,秩其卷目梓之。"在这里,作序人已经确切指出订校人为当时的
一个好书者,因而不会是已经去世 8 年的李春芳。章培恒先生从史志方言等
多方面对《西游记》作者提出疑问:华阳洞天主人并非一定是李春芳,其
证据实在很难成立。其一,华阳洞天主人并非一定是句容人;其二,即使
确是句容人,也不一定非李春芳不可;其三,罗洪先的诗只是说李春芳同
东方朔一样"避世金马门",并未说他有华阳洞天主人的号;其四,即使李
春芳与通俗小说有关一事,明末熟被人知,但也未必与《西游记》有关。
孟宝林先生则主张,"华阳洞天主人"就是李春芳,他也赞同苏兴先生的观
点。陈澉先生还从三个方面驳斥苏兴先生"华阳洞天主人"即李春芳的观
点:第一,苏先生在《吴承恩年谱》和《吴承恩小传》书中所列举的种种
证据都不能证明"华阳洞天主人"就是李春芳;第二,现存的有关李春芳

的所有传志及其他文章都表明，李春芳从来没有"华阳洞天主人"这一称号；第三，李春芳根深蒂固的崇道思想，同《西游记》强烈的抑道倾向也是格格不入的。在反驳"华阳洞天主人"即李春芳的同时，主张"华阳洞天主人"就是书的撰序者——"秣陵陈元之"。黄俶成在《明清小说研究》1990 年第 3、4 期发表的《明代小说史上的三个李春芳》一文认为：陈澉的理由不过硬，第一，陈文认为苏兴以吴承恩诗文为据只能证明李氏家族在句容，却无法证明李春芳是华阳洞天主人；第二，旧时小说家者流不登大雅之堂，各种正史、别史、方志都没有记载过小说及其作者，如果直接记载，也就无须小说史家考证了；第三，对《西游记》抑道还是扬道，从来就有不同看法，李春芳很有点玩世不恭，他写青词只是一些表面文章，或一种文字游戏，我们不能以此来判断他是否崇道。

陈君谋先生在《苏州大学学报》1990 年第 1 期发表《百回本西游记作者臆断》认为，百回本《西游记》目前所知的最早刻本为万历壬辰世德堂本，最早接触和了解这本书的是世德堂主人唐氏、校者华阳洞天主人和序文作者陈元之。作序的陈元之实即订校者华阳洞天主人，也即《西游记》作者，三位一体，陈元之是秣陵人，是陶弘景的同乡，陶弘景是历史上有名的道家……自号华阳隐居。陈元之的名字来自《老子》："玄之又玄，众妙之门。"玄、元同。从籍贯和名字两方面来联系，很自然地使人想到陈元之跟陶弘景一样是道家，而华阳洞天主人很明显是道家的别号。这样，姓名陈元之，别号华阳洞天主人，两者就很自然地结合在一起了。

张锦池先生则从世本与杨本、朱本的思想性质差异上作比较，从各自突出人物不同的分歧中得出：世本思想风格与《吴承恩诗文集》大相径庭。"今见外证材料不能证明世德堂本为吴承恩作"，而最后改定者应是"华阳洞天主人"，此人极大可能是陈元之（张锦池：《论〈西游记〉的著作权问题》，《北方论丛》1991 年第 1 期）。

廉旭先生立即提出质疑，校订者绝不是创作者，陈元之绝非《西游记》的作者，序中说"旧有序，余读一过。亦不著其姓氏作者之名"。这证实了在世德堂本之前的确有一个旧本，与世德堂本"新刻""官板"字样在此时恰恰相互吻合，这也说明了"好事者"为之订校的必要性。陈元之在序中两次提到《西游记》一书不知何人所作，这是经他目验过的。序中还说道"好事者"在制版准备印刷时，请陈元之作序，由此观之，陈元之不是订校者，起码不是作者（廉旭：《百回本〈西游记〉作者臆断质疑》，《苏州大学学报》1991 年第 1 期）。

沈承庆认为，"华阳洞天主人与陈元之、唐光禄是世本此刻仅见的与成书有关的三个人"，"虽署'华阳洞天主人校'，并不排除其可能为'编撰者'的身份（而仅'秩其卷目'的那位'订校者'是担不起这副担子的）"。"《西游记》第九十五回一诗中隐有'李春芳长者留迹'词句。'留迹'意为'留笔'，与卷首'华阳洞天主人'字样参看，皆为考订《西游记》作者之本证。"从一首怪诗的个别现象（孤证都难算上）就认定其为百回本《西游记》之作者，恐怕是太过随意，缺乏系统全面的证据与论证。是《西游记平话》的作者，在引述大量有关文献的基础上，侧重从元初关中陇山道教文化区有关史实分析出发，主张把《西游记》作者一人一元化不符合历史事实，"完全无视故事框架定型者和哲学取向制定者，甚至为了突出最后定稿人的地位而有意抹杀他们，淡化名著必然固有的哲学思想性，显然不妥。"并对虞集给《西游记》写序一事持肯定意见，又举陶宗仪《辍耕录》的《长春真人》一节记述丘处机生平后，有"以上见《磻溪集》《鸣道集》《西游记》《风云庆会录》《七真年谱》等书"一句，后来，樗栎道人秦志安在所编《重莲正宗记》的《长春丘真人》一节记述丘生平后，也写道：丘的所有诗歌杂说、书简议论、直言语录曰《磻溪集》《鸣道集》《西游记》，近数千首，见行于世。可见，早在元代，在全真道士中《西游记》系丘祖所作，已成广泛流传的某种共识，不能把这些文献中的《西游记》一律解为《长春真人西游记》。《西游记平话》产生前后，特别是 12 世纪末至 13 世纪初，全真龙门派的独尊地位有所动摇，导致了《西游记平话》特殊宗教观出现（沈承庆，《话说吴承恩》，北京图书馆出版社，2000）。

胡义成认为，把《西游记平话》的产生放在关中道教文化区（在明代包括陇山道教文化区，含陇东崆峒山道教文化区等）历史、民俗、地理等层面来理解，《西游记》研究中的一系列疑团也能进一步获解，只有对关中陇山道教文化区深有了解的丘门弟子，才可能构筑"西游故事"的完整框架，龙门洞以东数十公里，即彬县花果山，上有水帘洞，清人孙兆桂有记："邻（彬）州有花果山，水帘洞，山下一带，皆花果树，山皆绿色，靠依泾河，雅有林泉三胜，洞在山上，殿宇三层，最上为孙大圣修真之所"，"曾有人攀附而登，竟至洞内，见有孙大圣像危踞其中，四面皆水，惶惧而下"

（《片玉房花笺录》）。"西游故事"中孙悟空原型之一，是《宋高僧传》卷三《唐上都章敬寺中悟空传》中"释悟空"，系"京兆云阳人"，云阳即关中泾阳县西北，离龙门洞也不远。彬县花果山水帘洞是《西游记》中同名景地的第一原型。王母娘娘所住的瑶池就在龙门洞附近的甘肃泾川县泾河边，至今遗迹犹在。乾县"旮旯庄"就是"高老庄"的原型，陇县龙门山洞口"火烧寨"就是"火焰山"下之寨，作为猴子成精的孙悟空形象的出现完成，也与关中陇山文化区特殊的史地因素有关，在宁夏发现的元抄本《销释真空宝卷》与《平话》情节极多重合；在甘肃安西榆林窟的西夏绘画中，也发现唐僧、猴行者和白马合作西行的形象，都表明孙悟空形象的产生确与党项西夏密不可分（胡义成：《〈西游记〉作者和主旨再探》，《甘肃社会科学》2001年第1期）。

胡义成进一步提出"茅山道士闫希言：今本《西游记》定稿者"，"华阳洞天"只属于茅山道教，"华阳洞天主人"绝非李春芳，明万历二十年前后的"华阳洞天主人"，只能是茅山道士中的全真派，在明万历二十年前的茅山全真道士中，只有闫氏师徒有这种可能性，因为当时只有他们是公然敢于与"华阳洞灵官"斗争的全真道士中的领头者和佼佼者；闫希言"来自终南"，其徒江本实后又归于终南，他们与三茅"华阳洞天"更具亲和力，自称其"主人"也在情理之中；当时的茅山也只有他们文艺修养堪当此任。可以设想，金陵世德堂本《西游记》的出版，正是以闫氏师徒在金陵化缘募资作为契机和经济支撑的。可惜实证较少，大多是推测，诸多史实细节尚待考证、辨析。但是，胡义成、张燕的文章打开了《西游记》作者研究的又一扇门，尤为可贵的是，从元初关中陇山道教文化区域有关史实分析判断，实发前人之未发，对于研究《西游记》成书史具有重要的意义。但客观地审视，胡义成对《西游记》作者的研究，推测多于史实，史实的陈述多于实际求证，对百回本《西游记》中陈元之的《序》文"出天潢何侯王之国"的解释是错误的，这实际指关于《西游记》作者为谁是有传说的，是一位某藩王府的八公之徒。早在1933年，俞平伯先生据此说"若说姓吴的虽非'天潢'却大可以做'八公'的，此固可通，拿不出证据来何？志上只说吴承恩做长兴县丞而已"（俞平伯：《驳〈跋销释真空宝卷〉》，《文学》创刊号1933年7月）。

然而，1929年，吴承恩的《射阳先生存稿》在故宫博物院被发现，吴国荣在万历十七年所写的跋中，明确记载了吴承恩晚年"为母屈就长兴"后，有"荆府纪善之补"。1981 年 8 月，江苏省人民政府指示淮安县人民政府对吴承恩墓地进行调查，吴承恩父亲吴菊翁的墓志铭早在 1975 年 1 月已被发现，1974 年冬天，当地农民在吴菊翁墓西侧挖了一个墓，出土的棺材挡板上有"荆府纪善射阳吴公之柩"，此次寻访，确定了吴承恩的墓地，找到小半截棺材挡板，这就为吴承恩"荆府纪善"之职找到了根据。蔡铁鹰于 1988 年亲赴荆府（今湖北蕲春）考察，找到诸多吴承恩到过蕲州的证据，包括吴承恩活动的编年有赴荆府任职的时间；荆王府旧事与《西游记》有直接关联；吴承恩有到过荆府的诗证。这些新的发现实际证明，吴承恩是最符合陈元之序中所言的百回本《西游记》最终完成者。

五　其他方面的问题

章培恒认为，有同志为了证明百回本《西游记》为吴承恩作，还用《二郎搜山图歌》《禹鼎志》和云台山、水帘洞作为旁证。但是这三条旁证也都难以成立。关于《二郎搜山图歌》，吴承恩在其中称二郎神为"清源公"，而小说中都称为"二郎显圣真君"，从来未称"清源公"，说明作者不喜欢或不习惯使用（甚或根本不知道）"清源公"这一称号。关于《禹鼎志》，"虽跟百回本《西游记》作者身份相应，但在明代，由于戏曲小说繁荣及其在文学史上地位的提高，喜爱小说，作有志怪小说甚或通俗小说的人并不太少"。因此，以此作旁证并不有力。关于"水帘洞名"，《朴通事谚解》所引述的《西游记》，一般认为是元末明初的小说，但其中已把孙悟空所住之洞名为"水帘洞"。假如《西游记》中的水帘洞之命名确是受了云台水帘洞的影响，那也只能用来证明元末明初《西游记》作者为那一带人，而不能用来证明百回本《西游记》的作者为淮安人。又据日本学者研究，《西游记》中许多地名在何乔远《闽书》中都有，"与其说是受淮安的水帘洞的影响，实不如说其受福建这一系列地名的影响"。

杨秉祺还认为，一、以"章西游"中许多文言诗与吴氏诗文集中的诗词比较，"就会发现二者的用词极不相同，足证二者不是出于一人之手的"。二者在描写秋冬景、春景的习用词不同，"风格也不相类：吴的诗词较板滞，远不及'章西游'诗词的洒脱流转"。二、反对尊崇道教、反对崇道反佛，这种思想在"章西游"中至为突出。从抒发这种思想倾向的时间和条件看，小说不可能出于吴承恩之手。小说的作者对于佛、道两教都是不太尊重的，但对道教的态度严峻得多，对崇道灭僧的宗教政策尤其反感。这是当时的一部分现实，是针对明世宗朱厚熜而发的。但从吴承恩诗文集中看不出这类思想的任何流露，与此相反，文集中正有歌颂明世宗尊崇道教的文句。明世宗在位时，这部小说的刊出是不可能的，它的刊出应是在明世宗死后。但明世宗死时，吴承恩已 67 岁，在剩余的残力中写出这几十万字的鸿篇巨制，按常理是不可能的，"章西游"作者应比吴承恩小 20 岁左右才合情理，成书刊出的时间应在隆庆、万历年间。

李安纲先生考证认为，唐僧八十一难原型是宋代的道教南宗清修派创始人石泰《还源篇》五言绝句八十一章；又认定《西游记》正是对全真道经典之作《性命双修万神圭旨》的文学形象渲绎，并从主题、人物和结构三方面来论证《性命圭旨》是《西游记》小说的文化原形。从而推测《西游记》小说的作者是一个精通儒道释三教、易经八卦、阴阳五行、中医经络、金丹大道的知识分子（《山西大学学报》1996 年第 2~3 期，《西游记文化学刊》第 1 期）。李安纲先生在新评新校的《西游记》上便署名为"无名氏"。

李时人对吴承恩作者说提出怀疑（《西游记考论》，浙江古籍出版社，1991）。

唐遨认为："如果无论如何要使用吴承恩之名，那么在其名前加上'传'字不就妥了"（《西游话古今》，香港，中华书局，1991）。

刘勇强说《西游记》作者是一个谜（《奇特的精神漫游——〈西游记〉新说》，生活·读书·新知三联书店，1992）。

徐朔方在给《李卓吾先生批评西游记》的排印本（1994 年，上海古籍出版社出版）写前言道："个人创作之说是毫无根据的。"

五 争论的启示

关于《西游记》作者的世纪之争，堪称中国小说史上的一大绝妙"奇观"，对于推动《西游记》吴承恩的研究起了巨大的作用。

结合近十余年来研读《西游记》的经历及教学实际来看，笔者认为——探讨《西游记》作者须从《西游记》成书史、作品本身、作者所处时代及文学发展史的传承等多角度、系统综合地来进行深层次研究。

　　首先，笔者在《明清小说研究》1995 年第 3 期上发表了《"华阳洞天主人"与〈西游记〉》一文，指出关于《西游记》作者论证双方均忽略了"华阳洞天主人"这一唯一能见到的确切的与《西游记》有关的名号。比较吴承恩《射阳先生存稿》基本内容与《西游记》相近之处是不少的，佛道思想的痕迹，形象思维的能力以及驾驭语言文字的技巧均表明，吴承恩具备创作《西游记》的基本条件和素质。从小说本身来看，涉及作者姓名的至少有三处：第七回云："伏逞豪强大势兴，降龙伏虎养乖能。偷桃偷酒游天府，受禄承恩在玉京。"第九回，张稍说："承恩的，袖蛇而走。"第二十七回目次："承恩八戒转山林。"这些地方并非随意涂鸦，而是有意点睛，用嵌字游戏法让后人猜谜，呈现出作者的苦心孤诣。

　　其次，笔者结合教学实践，经多年学习、考察（1989 年、1996 年、2004 年、2012 年多次去江苏淮安考察），认为吴承恩与陶渊明有较密切的关联，《西游记》虽是一部神魔小说，却以山水田园诗的多广杂而独步古典小说之林。《西游记》可谓集中国古代山水田园诗之大成，作者定是一位具有高深文化素养、热爱山水田园，崇尚陶潜"少无适信韵，性本爱丘山。误落尘网中，一去三十年"的田园诗中人。汲汲乎高贵尊崇、劳顿于官场之人不能写出那么多充满世外桃源之气息的山水田园诗。否定与肯定吴承恩为《西游记》作者的双方均忽略了山水田园诗——这一百回本《西游记》里貌似闲雅却意蕴深厚的文本载体。尽管《西游记》里的山水田园诗词数量众多，但真正地表现作者核心思想的则是第九回的首端渔翁张稍与樵子李定的一段对话，虽为游戏笔墨，却显露出作者热爱山水田园的审美情趣。纵观全回文字，两人对诗（词）堪称集前代山水田园诗词之大成，其核心便是"我们水秀山青，逍遥自在，甘淡薄，随缘而过"。又第六十四回，荆棘岭十八公等与唐僧的对诗、联句，又称一绝，作者着意于此，并非随意涂鸦，恰如书中所云"漠漠烟云去所，清清仙境人家，正好洁身修炼，堪宜种竹栽花。……说甚耕云钓月，此间隐逸堪夸"。即使是神怪处所也写得尤如"世外桃源"一般。吴承恩热爱山水自然，田园风光，崇尚陶渊明的人格与田园诗。自觉创作大量山水田园作品，据统计，吴氏现存诗 123 首，涉及田园风光的有 37 首，占全部诗的 30.8%；现存词 23 首，涉及田园的有 19 首，占全部词的 82.6%；小令 5 首，涉及田园的有 3 首，占全部小令的 60%。吴氏在其诗文词中多次提到陶渊明，如"有栗里渊明，一床琴酒"

（《大中丞白溪张公归田园障词》）、"栗里渊明，又醉东篱之菊"（《贺金耻斋翁媪寿降词》）、"问讯渊明，折腰吏，尔能为否？"（《赠赵学师归田障词》）、"小小楼居，客来正值黄花放，落英新酿，坐有陶元亮"（《点绛辰》）、"大父则寄一真于元亮，世纲鸣冥"（《寿贾百松障词》）。不难看出吴氏对陶渊明的崇敬、仰慕。陶氏的平淡自然诗风给吴承恩以潜移默化般的影响，吴氏诗词多从神韵上谙得其三昧。吴氏的《宿田家》与陶渊明《归园田居》《饮酒》何其神似。吴氏的《种藕》平常语平常事平常之情境，颇得渊明诗风之妙境。

通过两大不同时代作家的比较研究，探寻文学流派在历史发展中的传承关系。从陶渊明对后人影响与吴承恩对前代文学的学习、继承的个案比较中，研究杰出作家的创新是建立在对前代文学、作家的学习、继承上，惊世之作《西游记》并非无根之水，它是作家吴承恩继承中国传统文学的典范之作，也是作家精湛艺术修养、文学才华的综合体现。没有精湛的艺术修养的人创造不出传世之作——百回本《西游记》。

以上仅仅是从一个新的角度来研究《西游记》的一种新的尝试，尚有诸多工作要做，如《西游记》与《射阳先生存稿》之关联，《西游记》与陶渊明之关系等。这场跨世纪的争论启示我们，对于《西游记》作者的研究，尚须作更深入细致的研究，要"大胆假设，小心求证"，科学研究来不得半点懈怠、马虎。

主要参考文献

《西游记》，人民文学出版社，1955。

朱一玄、刘毓忱编《西游记资料汇编》，中州书画社，1983。

朱鼎臣、陈新整理《唐三藏西游释厄传》，人民文学出版社，1984。

（清）张书绅：《新说西游记》，中国书店，1985。

《古本小说丛刊·西游记》，中华书局，1987。

《古本小说集成·西游记》，上海古籍出版社，1990。

刘荫柏：《西游记研究资料》，上海古籍出版社，1990。

鲁迅：《中国小说史略》，人民文学出版社，1973。

《李卓吾批评西游记》，齐鲁书社，1991。

苏兴：《吴承恩年谱》，人民文学出版社，1980。

苏兴：《吴承恩小传》，百花文艺出版社，1981。

《西游记研究》，江苏古籍出版社，1984。

苏兴：《西游记及明清小说研究》，上海古籍出版社，1989。

吴冶编《西游记研究论文选》，新疆人民出版社，1991。

章培恒：《献疑集》，岳麓书社，1993。

吴圣昔：《西游新解》，中国文联出版公司，1989。

吴圣昔：《百家汇评本西游记》，长江文艺出版社，2007。

李时人：《西游记考论》，浙江古籍出版社，1991。

李时人：《大唐三藏取经诗话校注》，中华书局，1997。

刘勇强：《西游记论要》，台湾文津出版社，1991。

吴圣昔：《西游新证》，新疆大学出版社，1993。

张锦池：《西游记考论》，黑龙江人民出版社，1997。

蔡铁鹰：《西游记成书研究》，中国文联出版社，2001。

蔡铁鹰：《〈西游记〉的诞生》，中华书局，2007。

蔡铁鹰编《西游记资料汇编》，中华书局，2010。

蔡铁鹰：《吴承恩年谱》，中国社会科学出版社，2014。

蔡铁鹰编《吴承恩集》，中国社会科学出版社，2014。

蔡铁鹰：《淮安有部西游记》，江苏人民出版社，2012。

曹炳建：《〈西游记〉版本源流考》，人民出版社，2012。

李安纲：《苦海与极乐》，东方出版社，1995。

李安纲：《李安纲批评西游记》，中国社会出版社，2004。

李安纲：《文化载体论——李安纲揭秘〈西游记〉》，人民出版社，2010。

李安纲：《西游记文化学刊》（第1辑），东方出版社，1998。

李安纲：《西游记奥义书》，中国社会科学出版社，2002。

〔日〕中野美代子著，王秀文译《西游记秘密》，中华书局，2002。

胡胜：《西游记诠释与解读》，中国少年儿童出版社，2003。

胡胜：《明清神魔小说研究》，中国社会科学出版社，2004。

〔澳〕柳存仁：《和风堂文集》，上海古籍出版社，1991。

竺洪波：《四百年〈西游记〉学术史》，复旦大学出版社，2006。

梅新林、崔小敬：《20世纪〈西游记〉研究》，文化艺术出版社，2008。

〔美〕余国藩著，李奭学编译《〈红楼梦〉〈西游记〉与其他》，生活·读书·新知三联书店，2006。

晏维龙主编《西游记文化论丛》（第1辑），中国矿业大学出版社，2009。

李路：《图解西游记》，南海出版社，2008。

周勇、潘晓明编《〈西游记〉学术档案》，武汉大学出版社，2013。

〔日〕矶部彰：《〈西游记〉形成史研究》，创文社，1993。

〔日〕矶部彰：《〈西游记〉受容史研究》，多贺出版株式会社，1995。

晏维龙主编《西游记文化论丛》（第2辑），淮海工学院学术期刊社，2012。

胡淳艳：《〈西游记〉传播研究》，中国文史出版社，2013。

赵炳起、史飞金、舒小平主编《西游记文化论丛》（第3辑），南京大学出版社，2016。

〔日〕太田辰夫著，王言译《西游记研究》，复旦大学出版社，2017。

李蕊芹、许勇强：《〈西游故事〉生成与传播研究》，中国文史出版社，2013。

江巨荣：《赵景深文存》，上海古籍出版社，2016。

李建武：《〈水浒传〉〈西游记〉〈金瓶梅〉文学经典性》，中国社会科学出版社，2016。

欧阳健：《中国神怪小说通史》，江苏教育出版社，1997。

黄霖：《中国小说研究史》，浙江古籍出版社，2002。

生巧素、温惠宇、杨俊：《文学欣赏》，中国石油大学出版社，2017。

杨俊：《语文学科知识与教学能力》，延边大学出版社，2017。

杨俊：《简明中国文学史·西游记》，黄山书社，1991。

杨俊：《西游新论》，黑龙江人民出版社，1997。

杨俊：《百回本〈西游记〉作者新探》，《学术月刊》2007年第7期。

杨俊：《谈吴承恩的诗文创作》，《光明日报》2006年7月28日。

杨俊：《假神魔而言情，托鬼怪而寓意——试论吴承恩的神魔小说理论》，《晋阳学刊》2015年第6期。

〔日〕中野美代子著，王秀文、孙文译《探访〈西游记〉的计谋世界》，世界知识出版社，2014。

竺洪波：《西游释考录》，上海文艺出版社，2017。

赵毓龙：《西游故事跨文本研究》，中国社会科学出版社，2016。

康江峰：《〈西游记〉新论》，中国社会科学出版社，2014。

刘耿大：《〈西游记〉导读》，黄山书社，2000。

曹大赞：《西游十五讲》，苏州大学出版社，2017。

刘怀玉：《吴承恩论稿》，南京大学出版社，1991。

魏文哲：《话说〈西游记〉》，江苏人民出版社，2012。

纪连海：《纪连海说西游》，广东人民出版社，2018。

图书在版编目(CIP)数据

《西游记》研究新探 / 杨俊著. -- 北京：社会科
学文献出版社，2018.9（2021.1 重印）

ISBN 978-7-5201-3165-0

Ⅰ.①西…　Ⅱ.①杨…　Ⅲ.①《西游记》研究　Ⅳ.
①I207.414

中国版本图书馆 CIP 数据核字（2018）第 166450 号

《西游记》研究新探

著　　者 / 杨　俊

出 版 人 / 王利民
项目统筹 / 宋月华　杨春花
责任编辑 / 范明礼

出　　版 / 社会科学文献出版社·人文分社（010）59367215
　　　　　　地址：北京市北三环中路甲 29 号院华龙大厦　邮编：100029
　　　　　　网址：www.ssap.com.cn
发　　行 / 市场营销中心（010）59367081　59367083
印　　装 / 北京玺诚印务有限公司

规　　格 / 开　本：787mm × 1092mm　1/16
　　　　　　印　张：15.5　字　数：251 千字
版　　次 / 2018 年 9 月第 1 版　2021 年 1 月第 2 次印刷
书　　号 / ISBN 978-7-5201-3165-0
定　　价 / 89.00 元